HARLAN COBEN

TERUGKEER

KUN JE VERANTWOORDELIJK ZIJN VOOR
EEN MOORD ALS JE ZELF AL DOOD BENT?

Vertaald door Jan Pott en
Annemarie Lodewijk

BOEKERIJ

ISBN 978-90-492-0344-3
ISBN 978-94-023-2331-3 (e-book)
ISBN 978-90-528-6702-1 (audio)
NUR 330

Oorspronkelijke titel: *Think Twice*
Vertaling: Jan Pott en Annemarie Lodewijk
Omslagontwerp: DPS Design & Prepress Studio, Amsterdam
Omslagbeeld: © DPS Design & Prepress Studio, Amsterdam / Arcangel Images
Zetwerk: Mat-Zet bv, Huizen

Published by arrangement with Lennart Sane Agency AB.

Ter nagedachtenis aan Juan 'Johnny' Irizarry
Ik mis de glimlach en de vuistjes

PROLOOG

Zo maak je een eind aan iemands leven.

Je staat bij zijn bed en kijkt naar hem als hij ligt te slapen. Hij slaapt diep. Dat weet je want je observeert hem nu al zes weken. Je gaat niet over één nacht ijs. Je neemt geen risico's. Je bereidt alles voor. Dat is het geheime ingrediënt. Je hoeft je niet te haasten. Ergens naar uitkijken maakt het leven boeiend. 'Het gaat om de reis, niet om de bestemming,' zei de spreker bij de diploma-uitreiking aan het eind van je studie. Het is een waarheid als een koe, een cliché, maar het is blijven hangen. En het is bovendien niet helemaal waar, eigenlijk bij lange na niet, maar het is goed om tijdens die lange, eenzame nachten in gedachten te houden dat al het saaie wachten ook iets vreugdevols kan hebben.

Omdat je je goed voorbereidt, weet je dat hij voor het slapengaan graag een glas cognac drinkt. Niet iedere avond, maar wel bijna altijd. Als hij vanavond de cognac had overgeslagen zou je het hebben uitgesteld. Geen haast. Geen risico's. Als je geduldig bent pak je je prooi bijna zonder risico's.

Alles draait om voorbereiding en geduld.

Omdat je hem hebt geobserveerd, weet je dat hij een reservesleutel in zo'n grijze nepkei verstopt. Met die sleutel heb je je vanochtend toegang tot zijn huis verschaft om iets in zijn cognac te doen. Met die sleutel ben je nu ook binnengekomen.

Voorlopig wordt hij nog niet wakker.

Hij heeft een Glock 19 in een kluisje in de bovenste la van zijn nachtkastje. Dat kluisje heeft geen cijferslot. Het heeft een biometrisch slot dat werkt met een duimafdruk. Hij is volledig van de wereld, dus til je zijn hand op, je pakt zijn duim en drukt die op de sensor. Het mechaniek van het slot komt tot leven en het kluisje springt open.

Je pakt het pistool.

Je hebt handschoenen aan. Hij vanzelfsprekend niet. Je vouwt zijn hand om de Glock zodat zijn vingerafdrukken op de juiste plekken terechtkomen. Dan stop je het pistool behoedzaam in je rugzak. Je hebt tissues en plastic zakjes bij je. Die heb je altijd bij je. Voor het geval dat. Je houdt een tissue tegen zijn mond en zorgt dat er spuug op komt. Dan doe je de tissue in een plastic zak, en de plastic zak bij het pistool in je rugzak. Misschien heb je het spuug niet nodig. Misschien is het te veel van het goede. Overkill, maar overkill lijkt een recept voor succes.

Hij blijft op zijn rug liggen snurken.

Je moet onwillekeurig glimlachen.

Je houdt van dit deel van het proces. Je houdt veel meer van dit deel van het proces dan van de eigenlijke moord. De moord kan betrekkelijk eenvoudig zijn en voltrekt zich meestal in een vloek en een zucht.

Maar dit, de enscenering, dit is pure kunst.

Zijn mobiele telefoon ligt op zijn nachtkastje. Je dempt het geluid en stopt de telefoon bij de andere spullen in je rugzak. Je loopt zijn slaapkamer uit. De sleutels van zijn Audi hangen aan een haakje bij de achterdeur. Daar is hij heel precies in. Hij komt thuis en hangt zijn sleutels aan het haakje. Iedere keer. Je pakt de sleutels. Om het af te maken zet je een van de honkbalpetjes op die aan de kapstok hangen. Het past wel ongeveer. Je zet een zonnebril op. Je weet dat je je hoofd gebogen moet houden.

Je rijdt in de Audi naar haar toe.

Ze verblijft in een Airbnb bij een stil meertje in Marshfield. Hij weet niet dat ze daar is. Jij wel want je hebt je voorbereid. Toen je zag dat ze daarnaartoe was gegaan – dat ze zich voor hem verborgen wilde houden en niemand iets had gezegd – wist je dat de tijd gekomen was. Je pakt zijn mobiel en voert het adres van de Airbnb in zodat het wordt opgeslagen bij de zoekopdrachten voor navigatie.

De Airbnb die ze heeft gehuurd is een eenvoudig vrijstaand huis. Ze is er nu een week. Je begrijpt waarom ze deze stap genomen heeft, al zou het nooit meer dan een tijdelijke oplossing voor haar kunnen zijn. Je parkeert op de straat. Het is diep in de nacht. Twee uur. Je weet echter dat zij nog wakker is, dus parkeer je op straat. Voor een leeg vakantiehuis.

Je haalt het pistool uit de rugzak.

Het licht in de keuken van de Airbnb is aan. Daar zal ze zijn.

Je maakt een omtrekkende beweging in de richting van het licht en kijkt door het raam van de keukendeur naar binnen.

Daar is ze.

Ze zit alleen aan de tafel met een kop thee en een boek. Ze is een aantrekkelijke vrouw. Haar asblonde haar lijkt haastig bij elkaar gebonden. Ze heeft haar voeten onder zich opgetrokken. Ze oogt te mager maar dat komt waarschijnlijk door de stress. Ze gaat helemaal op in haar boek. Ze draagt een oversized mannenoverhemd. Je vraagt je af of het een overhemd van hem is. Dat zou bizar en een beetje eng zijn, maar dat geldt nu eenmaal voor zo veel in het leven.

Terwijl je naar haar blijft kijken, probeer je voorzichtig de deurkruk uit.

Je wilt geen lawaai maken. Je wilt haar niet opschrikken.

De deur zit op slot.

Je kijkt omlaag naar de kruk. Het is een oud geval. Het slot ziet er krakkemikkig uit. Als je gereedschap bij je had, zou je het zo open hebben. Maar waarschijnlijk is het zo beter. Je kijkt opnieuw naar haar door het raam. En als je dat doet kijkt ze op en ziet ze je gezicht.

Ze spert haar ogen open van verbazing.

Ze staat op het punt te gaan gillen. Dat wil je niet.

Slordig. Opnieuw. Ondanks al je planning heb je de vorige keer een fout gemaakt. Je kunt je niet veroorloven opnieuw een fout te maken.

Dus aarzel je niet.

Je mikt op de plek pal onder de deurkruk. De deur biedt vrijwel geen weerstand aan je trap. Je gaat naar binnen.

'Alsjeblieft.' Ze gaat staan en steekt haar handen naar voren. In haar ene hand houdt ze het boek. 'Doe me geen pijn.'

Je schiet haar twee keer in haar borst.

Ze zakt in elkaar op de vloer. Je haast je naar haar toe en neemt poolshoogte.

Dood.

Je haalt de tissue uit het plastic zakje in je rugzak. Je laat hem op de vloer vallen. Rechtbankjury's zijn dol op DNA. Ze zijn stuk voor stuk opgegroeid met series op tv waarin de wonderen van de moderne techniek schromelijk worden overdreven. Een moordzaak is pas echt als er DNA aan te pas komt. Als er geen DNA is, twijfelt de jury bij de schuldvraag.

Je bent minder dan vijftien seconden binnen geweest.

Het pistool heeft lawaai gemaakt. Dat lijdt geen twijfel. Maar de meeste mensen denken bij dergelijke knallen aan vuurwerk of een slecht afgestelde ontsteking of iets anders heel onschuldigs. Maar er is natuurlijk geen enkele reden om lang te blijven hangen. Je haast je terug naar de auto. Je maakt je er niet echt zorgen om of iemand je misschien ziet rennen. Als dat al gebeurt – het slechtste scenario denkbaar – ziet diegene een man met een honkbalpet die naar een Audi rent die geregistreerd staat op zijn naam, niet op de jouwe.

Eigenlijk voegt dat alleen maar iets toe.

Je begint te rijden. Je hebt een raar gevoel overgehouden aan de moord. Het is een kick, dat moorden, meer voor je geliefde dan voor jou, maar meteen erna voel je je vaak op een vreemde manier heel leeg. Het lijkt wel een beetje op seks, toch? Ik wil niet te steriel klinken, maar het gevoel van neerslachtigheid na het orgasme, het moment dat de Fransen *la petite mort* noemen, de kleine dood... Zo voel je je nu. Zo voel je je tijdens de eerste paar kilometers van de rit terug. De beelden van het schieten gaan steeds opnieuw door je hoofd, de manier waarop haar lichaam in elkaar zakte. Het is opwindend, maar toch ook een beetje...

Leeg?

Je kijkt hoe laat het is. Hij zou nog een uur of drie uitgeteld moeten zijn. Genoeg tijd dus. Je rijdt terug naar zijn huis. Je parkeert de Audi waar je hem eerder hebt aangetroffen.

Je glimlacht. Hier, dit onderdeel, dit is waar jij op kickt.

Deze Audi heeft een of ander trackingsysteem, dus de politie zal kunnen zien waar hij vannacht is geweest. Je gaat zijn huis binnen. Je hangt de sleutels terug. Je houdt de honkbalpet – er zouden nu best een paar haren van je in kunnen zitten. Daar hoef je geen risico mee te lopen. As de politie opmerkt dat hij weg is, zullen ze denken dat hij hem na de moord ergens heeft gedumpt.

Je gaat naar boven naar zijn slaapkamer. Je legt de telefoon weer op zijn nachtkastje. Je sluit hem zelfs aan op de oplader. Net als voor de Audi zal de politie zorgen voor een gerechtelijk bevel voor het uitlezen van de locaties van de telefoon. Die zullen aantonen dat hij de tocht naar de Airbnb heeft gemaakt rond de tijd van de moord.

Je gebruikt zijn duim om het kluisje open te maken. Je legt het pistool terug. Je overweegt nog even om het pistool op het nachtkastje te laten liggen, maar dat lijkt overdreven. In de tuin is een berghok. Je neemt het kluisje met het pistool mee en verbergt het onder een paar zakken tuinturf. Ze weten natuurlijk dat er een Glock 19 op zijn naam geregistreerd staat. Ze zullen alles afzoeken en uiteindelijk het pistool in het berghok vinden.

Ballistisch onderzoek zal aantonen dat zijn Glock het moordwapen is.

De Audi. De mobiele telefoon. Het DNA. Het pistool. Elke willekeurige combinatie van twee van die vier belastende feiten is voldoende voor een veroordeling.

Voor haar is er een einde aan de gruwelijkheden gekomen.

Voor hem zijn ze nog maar net begonnen.

1

Myron Bolitar had zijn tachtigjarige vader aan de lijn toen de twee FBI-agenten zich meldden die hem wilden spreken over de moord.

'Je moeder en ik,' zei zijn vader vanuit zijn gepensioneerdenflatje in Boca Raton, 'hebben de *edibles* ontdekt.'

Myron knipperde met zijn ogen. 'Huh, wat?'

Hij was in zijn nieuwe penthousekantoor boven in de wolkenkrabber van Win op de hoek van 47th Street en Park Avenue. Hij draaide rond in zijn bureaustoel zodat hij uit de plafondhoge ramen kon kijken. Het uitzicht op de Big Apple was nogal spectaculair.

'Cannabis-gummies, Myron. Je tante Miriam en oom Irv zijn er weg van – Irv zegt dat het helpt tegen zijn jicht – dus toen dachten je moeder en ik: waarom niet? Laten we het maar eens proberen. Het kan immers geen kwaad? Heb jij wel eens edibles geprobeerd?'

'Nee.'

'Dat is zijn probleem.' Dat was de schelle stem van Myrons moeder op de achtergrond. Zo ging het altijd – de ene ouder was aan de telefoon, de ander riep allerlei kleurrijk commentaar. 'Geef mij de telefoon, Al.' En toen: 'Myron?'

'Hoi mam.'

'Je moet eens high worden.'

'Als jij dat vindt.'

'Je moet de stevia proberen.'

Pa: 'Sativa.'

'Wat?'

'Het heet sativa. Stevia is een zoetstof.'

'Ooo, moet je die oude vader van je daar eens zien, meneer de hippie staat op te scheppen dat hij ineens alles over drugs weet.' Toen richtte ze zich weer tot Myron. 'Ik bedoelde sativa. Dat moet je eens proberen.'

'Oké,' zei Myron.

'Van indica word je slaperig.'

'Ik zal het onthouden.'

'Weet je hoe ik kan onthouden wat wat is?'

'Dat ga je me vast vertellen.'

'Indica, in-de-kast, de bedstee, begrijp je? Slapen. Snap je?'

'Ik snap het.'

'Doe niet zo fatsoenlijk. Je vader en ik vinden het lekker. We worden er, ik weet niet, wat opgewekter van. Alerter. Zelfs zen. En weet je wat, Myron?'

'Nou, mam.'

'Vraag me niet wat het voor ons seksleven betekent.'

'Dat zal ik niet doen,' zei Myron. 'Nooit.'

'Ik word er een beetje vrijer van. Maar je vader wordt een ware geile beer.'

'Ik vroeg niks, mam, weet je nog?' Myron zag beide FBI-agenten nu achter de glazen wand van zijn kantoor staan met een norse trek op het gezicht. 'Ik moet ophangen, mam.'

'Ik bedoel, de man kan niet meer van me afblijven.'

'Ik vraag nog steeds niks. Tot gauw.'

Myron verbrak de verbinding op het moment dat Big Cyndi, sinds jaar en dag zijn receptioniste, zwijgend de twee federale agenten de vergaderruimte inloodste. Beide agenten staarden omhoog, ver omhoog, naar Big Cyndi. Dat was ze gewend. Myron was er ook aan gewend. Het kostte Big Cyndi geen enkele moeite om de aandacht te trekken. De beide agenten lieten hun legitimatie zien en stelden zich voor. Special agent Monica Hawes, de hoogste in rang van de twee, was een zwarte vrouw van halverwege de vijftig. Haar norse partner was een jongeman met een bleke smoel en zo'n kolossaal voorhoofd dat hij veel weg had van een beloegawalvis. Hij noemde weliswaar zijn naam, maar Myron werd dusdanig afgeleid door dat voorhoofd dat hij de naam niet opving.

'Gaat u zitten,' zei Myron. Hij maakte een gebaar naar de stoelen die naar de plafondhoge ramen met het genoemde nogal spectaculaire uitzicht gericht stonden.

De agenten gingen zitten maar leken niet erg gelukkig.

Big Cyndi koos voor een Brits nepaccent en zei: 'Is dat alles, meneer Bolitar? Misschien een drupje thee?'

Myron onderdrukte de neiging met zijn ogen te rollen. 'Nee, ik denk dat het zo goed is, dank je.'

Big Cyndi maakte een buiging en vertrok.

Myron ging ook zitten en wachtte tot de agenten het woord zouden nemen. Het enige wat hij wist over dit bezoek was dat de FBI hem en Win wilde spreken over de Callister-moorden die veel publiciteit hadden gekregen. Hij had geen idee waarom – noch Win, noch hijzelf wist meer over de Callisters en de zaak dan wat ze hadden meegekregen van het nieuws – maar er was hun verzekerd dat ze geen verdachten waren en ook anderszins niet zelf in de belangstelling stonden.

'Waar is meneer Lockwood?' vroeg agent Hawes.

'Present,' zei Win op dat hooghartige toontje dat hem typeerde als het product van dure elitescholen. Hij schreed zwierig de vergaderruimte binnen (Carly Simon, 'You're So Vain'). Win – alias de hiervoor genoemde meneer Lockwood – was het schoolvoorbeeld van chic in alle bewegingen waarmee hij om de nieuwe vergadertafel manoeuvreerde en naast Myron plaatsnam.

Myron spreidde beide handen en hij toonde zijn meest bereidwillige glimlach. 'Ik begrijp dat u vragen voor ons heeft?'

'Ja,' zei Hawes. Vervolgens wond ze er geen doekjes om. 'Waar is Greg Downing?'

De vraag sloeg in als een bom. Je kon het niet anders noemen. Een bom. Myrons mond zakte open. Hij keek Win aan. Van Wins gezicht viel zoals gewoonlijk niets af te lezen. Daar was Win goed in. Niets laten zien.

De reden voor die stomme verbazing van Myron was heel eenvoudig.

Greg Downing was al drie jaar dood.

'Ik dacht dat jullie hier waren vanwege de Callister-moorden,' zei Myron.

'Dat is ook zo,' zei special agent Hawes. Daarna herhaalde ze de vraag. 'Waar is Greg Downing?'

'Maak je een grapje?' vroeg Myron.

'Zie ik eruit alsof ik een grapje maak?'

Nee, zo zag ze er niet uit. Ze zag er in feite uit alsof ze nóóit een grapje maakte.

Myron wierp een snelle blik op Win om diens reactie te peilen. Win oogde een beetje verveeld.

'Greg Downing is dood,' zei Myron.

'Is dat je verhaal?'

Myron fronste zijn wenkbrauwen. 'Mijn verhááI?'

De jonge agent die gelijkenis vertoonde met een beloega boog zich iets naar voren en richtte zich met een woeste blik in de ogen tot Win. Het was de eerste keer dat hij iets zei. Zijn stem was zwaarder dan Myron had verwacht. Maar misschien had Myron ook niet meer verwacht dan de hoge pieptoon van een walvis. 'Is dat ook jouw verhaal?'

Win gaapte bijna. 'Geen commentaar.'

'Jij bent de financieel adviseur van Greg Downing,' ging Beloega door. Hij was met Win verwikkeld in een wedstrijdje wie het laatst zijn ogen zou neerslaan. De kans dat hij dat zou winnen was nog kleiner dan met een dekbed als tegenstander. 'Is dat juist?'

'Geen commentaar.'

'We kunnen met een gerechtelijk bevel beslag leggen op jullie administratie.'

'Gaap, nu word ik doodsbang. Laat me daar eens over nadenken.' Win plaatste de vingertoppen van beide handen tegen elkaar en liet zijn kin op zijn borst zakken alsof hij diep in gedachten verzonken was. Toen zei hij: 'Zeg het eens samen met mij: geen commentaar.'

Hawes en Beloega keken nog norser. 'En jij.' Hawes richtte zich met een snauw weer tot Myron. Myron schatte in dat Hawes hem op de korrel nam en Beloega Win. 'Jij bent Downings agent of zo? Manager?'

'Pardon,' zei Myron. 'Ik wás zijn zaakwaarnemer en manager.'

'Wanneer ben je gestopt?'

'Drie jaar geleden, toen Greg doodging, je weet wel.'

'Jullie zijn beiden bij de herdenkingsplechtigheid geweest.'

Win volhardde in stilzwijgen, dus zei Myron: 'Ja.'

Hawes keek Myron aan. 'Jij hebt zelfs gesproken. Ik heb me laten vertellen dat je, na alles wat er tussen jullie is voorgevallen, een lovende grafrede hebt gehouden.'

Myron wierp een blik op Win. 'Eh, dank je.'

'En je blijft bij je verhaal?'

Weer dat verhaal. Myron wierp vertwijfeld zijn handen in de lucht. 'Waar heb je het over? Welk verhaal?'

Beloega schudde zijn kolossale witte hoofd alsof hij zwaar teleurgesteld was in Myrons antwoord – wat waarschijnlijk ook zo was.

'Waar is hij nu, denk je?' vroeg Hawes.

'Greg?'

'Hou op met die spelletjes, klootzak,' snauwde Beloega. 'Waar is hij?'

Myron kreeg er langzamerhand genoeg van. 'In een mausoleum op Cedar Lawn Cemetery in Paterson.'

'Dat is een leugen,' wierp Hawes tegen. 'Heb jij hem geholpen?'

Myron rechtte zijn rug. De toon van beide agenten werd steeds vijandiger, maar er klonk ook onmiskenbaar een ondertoon van wanhoop en dus legitimiteit in door. Myron begreep niet wat er aan de hand was en als dat het geval was, praatte hij meestal te veel. Hij kon maar beter eerst een keer diep ademhalen voordat hij weer iets zei.

'Ik begrijp niet,' begon hij, 'wat Greg Downing te maken heeft met de Callister-moorden. De politie heeft de man toch al gearresteerd?'

Nu wisselden de beide agenten een blik van verstandhouding. 'Ze hebben meneer Himble vanochtend weer vrijgelaten.'

'Waarom?'

Geen reactie.

Wat Myron over de moorden wist, was dit: Cecelia Callister, tweeënvijftig jaar oud, een voormalig topmodel uit de jaren negentig, en haar dertig jaar oude zoon Clay waren dood aangetroffen in de villa die ze deelden met Cecelia's vierde echtgenoot, Lou Himble. Vermoord. Himble was onlangs aangeklaagd wegens vermeende fraude met zijn start-up die iets in crypto's deed.

'Ik dacht dat het een uitgemaakte zaak was,' zei Myron. 'De man had een verhouding. Zij kwam erachter, was van plan tegen hem te getuigen, dus moest hij haar het zwijgen opleggen en daarbij werd hij door de zoon verrast. Zoiets.'

Special agent Hawes en special agent Beloega wisselden opnieuw een blik van verstandhouding. Toen herhaalde Hawes voorzichtig: 'Zoiets.'

'Dus?'

Myron wachtte. Win wachtte.

'Er zijn aanwijzingen,' zei Hawes, nog steeds heel voorzichtig, 'dat Greg Downing nog in leven is. Er zijn aanwijzingen dat je voormalige cliënt betrokken is bij de moorden.'

Beide agenten bogen zich naar Myron en Win om hun reactie te peilen. Myron stelde hen niet teleur. Ook al leek deze beschuldiging zo langzamerhand onvermijdelijk, Myrons mond zakte voor de tweede keer open van verbazing toen hij het zo hardop hoorde zeggen.

Greg. In leven.

Hoe moest hij dat verwerken? Na al die jaren – hun rivaliteit bij het basketbal, Greg die Myrons eerste liefde van hem afpakte, Myrons afschuwelijke wraak daarvoor, Gregs nog veel vreselijker wraak daar weer voor, de jaren van verzoening – en Jeremy, die prachtige, lieve Jeremy...

Het klopte niet. Zijn hele gezicht drukte een niet te bevatten onbegrip uit. En Win? Win keek op zijn exclusieve Blancpain-horloge hoe laat het was.

'Neem me niet kwalijk,' zei Win. 'Ik heb een dringende afspraak. Wel, het was een waar genoegen u beiden te hebben ontmoet.'

Win ging staan.

'Ga zitten,' gebood Hawes.

'Ik geloof niet dat ik dat zal doen.'

'We zijn nog niet klaar.'

'U bent nog niet klaar?' Win vergastte beide agenten op zijn charmantste glimlach. Een fantastische glimlach, nog beter dan Myrons bereidwillige glimlach. 'Ik echter wel. Ik wens u nog een aangename middag toe.'

Zonder ook nog maar een blik over zijn schouder te werpen marcheerde Win het kantoor uit. De drie die achterbleven, staarden naar de deur waardoor hij verdween.

Wins volledige naam is Windsor *Horne* Lockwood III. De wolkenkrabber waar ze met z'n drieën bovenop zaten was de *Lock-Horne* Building. De cursieven benadrukken het feit dat het gebouw de naam van Wins familie draagt en dat er dus veel geld mee gemoeid gaat. Jarenlang was Myrons sportagentschap MB Reps (met de M van Myron, de B van Bolitar en de Reps omdat hij mensen representeerde – Myron had die naam helemaal zelf bedacht, maar hij bleef bescheiden) gehuisvest op de derde verdieping van het gebouw. Een paar jaar geleden was Myron zo stom geweest om zijn zaak te verkopen en het kantoor te ontruimen. Nu huisde er een advocatenkantoor. Toen Myron twee maanden geleden besloot weer aan de slag te gaan, was de bovenste verdieping de enige beschikbare ruimte.

Denk niet dat Myron daarover klaagde. Het nogal spectaculaire uitzicht maakte indruk op cliënten, niet alleen op FBI-agenten.

De afgelopen twee maanden had Myron er hard aan gewerkt om oude cliënten zover te krijgen dat ze zich weer door hem lieten vertegenwoordigen. Hij had niet aan Greg Downing gedacht om, nou ja, om de eenvoudige reden van dat dood zijn en zo. Doden laten zich maar moeilijk vertegenwoordigen. Met doden is het slecht zakendoen.

De beide agenten zaten nog steeds naar de deur te staren. Toen het eindelijk tot hen doordrong dat Win niet terugkwam, richtte Hawes zich weer tot Myron. 'Heb je gehoord wat ik zei?'

Myron knikte en herpakte zich. 'Je beweert dat een man die is overleden na een hartinfarct – een man van wie een overlijdensbericht in de krant heeft gestaan, voor wie een begrafenisplechtigheid is gehouden waar ik, zoals je zelf aangaf, heb gesproken – nog in leven is.'

'Ja.'

Myron keek naar de deur waardoor Win zojuist vertrokken was. Ja, Win speelde graag de hooghartigheid zelve, de snob die boven alles verheven was, want zo was hij ook in werkelijkheid, maar Myron vond het toch moeilijk te accepteren dat Win zomaar zonder reden zou vertrekken. Dat deed Myron besluiten de teugels iets aan te trekken en iets behoedzamer te handelen.

'Wil je dat toelichten?' vroeg hij.

Dat viel niet in goede aarde bij Beloega. 'Hé, ben jij een psychiater of zo?'

‘Dat is een goeie.’

‘Wat?’

‘Die over die psychiater,’ zei Myron. ‘Heel grappig.’

Beloega kneep zijn kleine oogjes nog iets meer samen. ‘Probeer jij mij voor lul te zetten?’

Myron reageerde niet direct. Herinneringen aan Gregs gezin spookten door zijn hoofd. Hij deed zijn uiterste best het onder controle te houden. Gregs vrouw Emily. Gregs… O, man, het was zelfs moeilijk er alleen maar aan te denken… zijn zoon Jeremy. Zo veel verleden. Zo veel geschiedenis. Zo veel ellende en vreugde. Soms lopen we tegen mensen op die ons leven voor altijd veranderen. Soms zijn dat mensen die je vanzelfsprekend tegenkomt, familie, partners. Maar als Myron terugkeek op zijn eigen leven en het pad dat hij had bewandeld, had niemand zijn leven ingrijpender beïnvloed dan Greg Downing.

Ten goede of ten kwade?

‘Hoor je me, wijsneus?’

‘Luid en duidelijk,’ zei Myron. Hij moest zijn best doen om erbij te blijven. ‘Kun je bewijzen dat wat je beweert waar is?’

‘Wat beweren wij?’

‘Dat Greg leeft. Kun je dat bewijzen?’

De agenten aarzelden en wisselden maar weer eens een blik van verstandhouding. Toen zei Hawes: ‘Het DNA van Greg Downing is aangetroffen op de plaats delict van de Callister-moorden.’

‘Wat voor soort DNA?’

Beloega reageerde met een zekere gretigheid. ‘Huidcellen,’ zei hij. ‘Ze hebben DNA van die, eh, “dode” vriend van jou gevonden onder de vingernagels van het slachtoffer.’ Hij ging iets meer rechtop zitten en ging verder op de fluisterende toon van een samenzweerder. ‘Je weet wel, als een hulpeloos slachtoffer wanhopig begint te krabben in een laatste poging zijn leven te redden? Zoiets.’

Het begon Myron te duizelen. Dit was pure waanzin. Beloega

glimlachte een rij tandjes bloot die te klein was voor zijn mond en begon daardoor nog meer op een walvis te lijken.

'Onder de nagels van welk slachtoffer?' vroeg Myron.

'Dat gaat je niets aan.' Nu was Hawes weer aan de beurt. 'Jij en Downing kennen elkaar al heel lang, toch? Basketbalrivalen. Highschool. Universiteit. Allebei gekozen in de eerste selectieronde van de NBA. Daarna een fantastische carrière als profbasketballer voor Downing. En toen hij was gestopt als speler een coach waar iedereen mee wegliep.' Hawes pruilde quasi-medelijdend. 'Maar jij daarentegen...'

'... zit in een fantastisch kantoor met een nogal spectaculair uitzicht?'

Even de achtergrond: niet lang na die zojuist vermelde selectie, tijdens de eerste wedstrijd in voorbereiding op het nieuwe seizoen, ramde Big Burt Wesson, een eenentwintigjarige beginnende prof van de Boston Celtics, Myron van zijn voeten, waarbij Myrons knie boog zoals geen knie ooit hoort te buigen.

Toedeloe basketbal.

Hawes en Beloega dachten dat Myron daar nog steeds onder leed en dat ze het prima konden gebruiken om hem op de kast te krijgen.

Daar waren ze twintig jaar te laat mee.

Hawes' starende blik kruiste die van Myron. 'Laten we ophouden spelletjes te spelen, meneer Bolitar. Waar is Greg Downing?'

'Ik moet jullie vragen nu te vertrekken.'

'Je wilt niet meewerken?'

'Als het waar is wat jullie zeggen...'

'Het is waar.'

'Als het waar is wat jullie zeggen,' begon Myron opnieuw, 'als Greg leeft, kan ik niets zeggen.'

'Waarom niet?'

'Geheimhoudingsplicht.'

'Ik dacht dat jij zijn agent was.'

'Dat ook.'

'Ik kan je niet volgen.'

Toen de jonge Myron besefte dat zijn knie nooit meer de oude zou worden, toen hij besefte dat hij nooit meer op niveau zou kunnen basketballen, stortte hij zich vol overgave op zijn studie. Hij was al een goede student geweest aan Duke. Hij kanaliseerde alle strijdbaarheid waarmee hij tot dan toe basketbal had gespeeld in blokken voor de toelatingsexamens, slaagde daarvoor met vlag en wimpel, waarna hij werd toegelaten tot de rechtenfaculteit van Harvard waar hij cum laude afstudeerde. Eenmaal beëdigd als advocaat richtte hij MB Reps op (in die tijd heette het MB *Sports*Reps omdat – let op de cursief gedrukte tekst – hij in het begin alleen atleten en andere mensen uit de *sport*wereld vertegenwoordigde). Als beëdigd advocaat kon Myron zijn cliënten de beste bescherming bieden die de wet maar mogelijk maakte.

Dat kon geen kwaad, zeker niet als de cliënt botste met gezagsdragers.

Zoals bijvoorbeeld in dit geval.

'Er is ons verzekerd dat u zou meewerken, meneer Bolitar.'

'Dat was voordat ik wist waar het om ging,' zei Myron. 'Maar nu moeten jullie gaan.'

Hawes en Beloega pakten hun dossiers bij elkaar en gingen staan.

'Nog iets,' zei Myron. 'Als jullie meneer Downing vinden, hebben jullie geen toestemming hem te ondervragen zonder mijn aanwezigheid.'

Beloega liet een schamper geluid horen, Hawes koos ervoor te zwijgen.

Myron zat stil en zag hen langs de vergadertafel naar de deur lopen. Greg. Levend. Vergeet die moorden even. Hoe was het in godsnaam mogelijk dat Greg leefde?

Toen Beloega Myron passeerde, boog hij zich naar hem toe. 'Dit is nog lang niet voorbij, klootzak.'

Hij had er geen flauw idee van hoe juist die inschatting was.

2

Het kantoor van Win lag een verdieping lager.

Toen Myron uit de lift stapte, zette hij zich automatisch schrap voor de kakofonie van beurshandelaars die opdrachten schreeuwden voor het kopen en verkopen van aandelen, obligaties, investeringen en, eh, andere financiële producten. Myron had weinig kaas gegeten van monetaire instrumenten maar dat deerde hem niet. Win handelde alle geldzaken af voor zijn cliënten. Myron verzorgde het agentschap, hij onderhandelde met eigenaars en bestuurders, regelde deals met sponsors, vergrootte waar mogelijk de inkomsten van de cliënt uit social media, merkensponsoring en optredens voor het grote publiek. Hij nam kortom alle dagelijkse beslommeringen van de cliënt voor zijn rekening. Zoiets.

Eigenlijk zorgde hij voor een optimaal verdienmodel.

Myrons werk was inkomen genereren. Wins werk was het investeren van dat inkomen en het stimuleren van de groei ervan.

Het ontbreken van de handelskakofonie had iets te maken met hoe de handel tegenwoordig werd gedreven, met computers en via internet. Je hoorde zo nu en dan nog wel eens iemand iets dwars door de zaal roepen, maar de meeste ogen waren op computerschermen gericht. Een eng gezicht.

Wins privékantoor was, zoals te verwachten, het grootste. Het bood uitzicht op Park Avenue en in de richting van uptown. Het uitzicht was nogal spectaculair, maar het kantoor had ook een lambrisering van donker hout, kunst aan de wanden en de uitstraling van een negentiende-eeuwse herensociëteit in hartje Londen.

'Jij weet iets,' zei Myron.

'Ik weet heel veel ietsen.'

'Je gedraagt je terughoudend. Zo doe je nooit.'

'Soms ben ik terughoudend met de dames,' zei Win. 'Nee, wacht,' voegde hij eraan toe. 'Ik bedoel onderhoudend.'

'Wist jij dat Greg nog leeft?'

Win peinsde. Hij zette zich af zodat zijn stoel naar het raam draaide, en keek naar buiten. Ook dat was iets wat hij zelden deed. Toen zei hij: 'Een columbarium.'

'Wat nou weer?'

'Je zei tegen die beide agenten dat Greg Downing in een mausoleum ligt.'

'Juist.'

'In een mausoleum berg je lijken op,' zei Win. 'Gecremeerde stoffelijke resten worden bewaard in een columbarium.'

'Ik beken mijn onwetendheid. Dank voor deze kleine cursus vocabularium.'

Win spreidde zijn handen. 'Ik geef en ik geef.'

'Inderdaad. Wat je bedoelt te zeggen is dat Greg is gecremeerd.'

'Juist.'

'En eh... dat maakt het gemakkelijker om net te doen of hij dood is?'

'Zullen we de geschiedenis even doorlopen?'

Myron knikte dat Win maar moest beginnen.

'Vijf jaar geleden werd Greg Downing ontslagen als hoofdcoach van de Milwaukee Bucks. In die tijd was Greg immens populair. Hij had winnende reeksen achter de rug bij drie verschillende clubs in de NBA. Je doet de waarheid geen geweld aan als je zegt dat hij nog steeds heel gewild was als coach, klopt dat?'

Myron knikte. 'De Knicks en Heat wilden allebei met hem praten.'

'Maar in plaats van dat hij op dat aanbod inging, wendde Greg, nog altijd een jonge kerel...'

'Net zo oud als wij,' vulde Myron aan.

'Goed, een heel jonge kerel dus.' Win glimlachte gereserveerd. 'In plaats daarvan wendde hij een burn-out voor. Hij wilde weg uit het gekkenhuis. Geloofde jij hem?'

Myron haalde zijn schouders op. 'Ik heb het wel vaker zien gebeuren.'

'En wie is er nu terughoudend?'

'Je zou het niet van hem verwachten,' gaf Myron toe. 'Greg was altijd ontzettend strijdvaardig.'

'*Game knows game*,' zei Win.

'En wat bedoel je daarmee?'

'Jij en Greg zijn zo lang elkaars rivalen geweest omdat jullie allebei hypercompetitief waren. Dat heeft schitterende gevechten opgeleverd tijdens wedstrijden en vreselijke catastrofes in het gewone leven.'

Daar had Myron niet van terug.

'Heb jij dat besluit met Greg besproken?' vroeg Win.

'Nee. Dat weet je.'

'Ik ga alleen de feiten langs. Greg is er domweg vandoor gegaan. Op de vlucht geslagen. Verdwenen. Hij heeft jou een e-mail gestuurd.'

'Ja.'

'Weet je nog wat er in die e-mail stond?'

'Als je dat op prijs stelt, kan ik hem voor je opzoeken, maar er stond gewoon in dat hij iets anders in zijn leven wilde, dat hij aan een nieuw hoofdstuk wilde beginnen. Hij zei dat hij in zijn eentje ging reizen om zichzelf te zoeken.'

'"Om zichzelf te zoeken",' herhaalde Win. Hij schudde vol afgrijzen het hoofd. 'God, ik hoop dat hij het niet zo onder woorden heeft gebracht.'

'Dat deed hij wel,' zei Myron. 'Hoe dan ook, hij is begonnen in een klooster in Laos.'

'En hoe weten we dat?'

'Dat heeft hij me verteld.' Myron dacht na over dat antwoord. 'Waarom zou hij daarover liegen?'

Win reageerde niet. 'Wanneer heb je daarna weer iets van hem gehoord?'

'Ik weet het niet. Ik ging ervan uit dat hij de batterij moest opladen, dat hij niet lang zou wegblijven. Maar een week werd een maand en een maand werd twee maanden. Zo nu en dan kreeg ik een appje. Dan schreef hij dat hij in Laos was, daarna Thailand of Nepal, dat weet ik niet meer precies. Daarna...'

'... gaan er twee jaar voorbij en wordt ons bericht dat hij dood is.'

'Ja,' zei Myron. 'Wat houd je voor me achter, Win?'

Win negeerde de vraag opnieuw. 'Hoe moeilijk zou het geweest moeten zijn om zijn eigen dood te simuleren? Laten we eens zeggen dat jij Greg bent. Je stelt je eigen overlijdensbericht op en zet dat in de krant. Je geeft aan dat je bent overleden na een hartinfarct. Je stuurt as – maakt niet uit van wat – in een urn naar huis. Er wordt een plechtigheid gehouden. We gaan erheen.' Win hief zijn handen in de lucht. 'En voilà, je bent dood.'

Myron fronste zijn wenkbrauwen. 'En dan, eh, sluip je daarna het land weer in en vermoord je Cecelia Callister en haar zoon?'

Win staarde nog wat langer uit het raam. Dat gaf Myron de tijd om het tot zich door te laten dringen.

'Greg zou geld nodig hebben gehad,' zei hij.

Win bleef naar buiten staren.

'Al die jaren op reis. Maakt niet uit hoe zuinig hij leefde. Hij moest toegang tot zijn bankrekeningen hebben. Heb je hem ontmoet?'

Starende blik.

'Win?'

‘We hebben een dilemma.’

‘En dat is?’

‘Geheimhoudingsplicht.’

‘Jij bent geen advocaat.’

‘Dus als ik mijn woord geef, heeft dat niets te betekenen?’ Win keerde zich af van het raam. ‘Als een cliënt om vertrouwelijkheid vraagt, moet ik gewoon maar over zaken praten alsof er niets aan de hand is?’

‘Nee,’ zei Myron. Hij zocht naar een oplossing om uit de impasse te komen. ‘Maar in dit specifieke geval van Greg Downing ben ik zijn agent, zijn manager en zijn advocaat. Alles wat hij jou verteld heeft, kun je met mij delen.’

‘Tenzij,’ zei Win met opgestoken vinger, ‘de cliënt me heeft bezworen niemand, en met name jou niet, iets te vertellen.’

Myron deed een stap achteruit. ‘Wow.’

‘Inderdaad.’

‘Wou je beweren dat jij wist dat Greg nog leeft?’

‘Ik beweer helemaal niets wat daarop lijkt.’

‘Ik voel een “maar” aankomen.’

‘Maar als ik zijn besluiten in financieel opzicht nog eens moet bezien vanuit dit nieuwe perspectief, zou ik misschien kunnen concluderen dat dit door mij minder als een schok wordt ervaren dan het voor jou moet zijn.’

Win hoefde de details niet in te vullen, Myron wist genoeg.

‘Dus puur theoretisch,’ zei Myron, ‘zou Greg voordat hij de benen nam naar het buitenland om, eh, zichzelf te zoeken, wellicht enige financiële voorzieningen getroffen kunnen hebben. Rekeningen in het buitenland geopend, geld in zaken gestoken die moeilijk traceerbaar zijn, dat soort dingen.’

‘Als hij dat gedaan heeft,’ zei Win, ‘zou dat het soort zaken zijn dat onder vertrouwelijkheid valt.’

‘Dus Greg heeft het allemaal gepland.’

'Het zou kunnen.'

Stilzwijgen.

'Greg heeft ons nooit de laan uit gestuurd,' zei Myron uiteindelijk.

Win sloot zijn ogen.

'Als hij leeft, is hij nog steeds onze cliënt.'

Win wreef over zijn gesloten oogleden.

'Jij snapt waar ik met deze opmerking naartoe wil?' vroeg Myron.

'Het zou moeilijk zijn dat niet te begrijpen, tenzij er sprake was van zeer recent hersenletsel,' zei Win. 'Jij wilt hem helpen.'

'Wat ik wil doet niet ter zake,' zei Myron. 'Als Greg leeft, zijn we verplicht hem te helpen.'

'Is dit het moment waarop ik zeg: "Zelfs als hij een moordenaar is?"'

'En dan knik ik plechtig en zeg: "Zelfs dan." Of misschien: "Over die vraag buigen we ons als hij aan de orde is."'

'Doe maar "Zelfs dan", dat is het minst afgezaagd,' zei Win met een zucht. 'Moet ik je eraan herinneren dat dit bij jou oude emotionele wonden zal openrijten?'

'Niet echt.'

'Of dat jij niet zo goed met zulke emotionele wonden kunt omgaan?'

'Daar ben ik me van bewust.'

'Jouw destructieve ex. De blessure die je carrière verwoestte. Je biologische zoon.'

'Ik begrijp het, Win.'

'Nee, beste vriend, je begrijpt het niet. Je begrijpt het nooit.' Win zuchtte en sloeg met beide vlakke handen op tafel. 'Oké, goed, aan de slag. De Lone Ranger en Tonto op het oorlogspad.'

'Eerder Batman en Robin.'

'Sherlock en Watson.'

'Green Hornet en Kato.'

'Starsky en Hutch.'

'Cagney en Lacey.'

'McMillan & Wife.'

'Scarecrow en Mrs. King.'

'Simon en Simon.'

'Turner en Hooch.'

Win slaakte een hijgende zucht. 'Als dat eens waar was!' Hij knipte met zijn vingers. 'Tango en Cash.'

'Oeh, die is goed. En deze: Michael Knight en KITT.'

'KITT, de sprekende auto?'

'Jazeker,' zei Myron, 'maar dan met de Hoff in de rol van Michael. Geen waardeloze remakes.'

'Michael en KITT,' herhaalde Win. 'Wie van ons is wie?'

'Maakt dat wat uit?'

'Het maakt niets uit,' zei Win. 'Waar beginnen we?'

'Volg het spoor van het geld van de buitenlandse rekeningen.'

'Nee,' zei Win.

'Waarom niet?'

'Het zal ons niet lukken het spoor te volgen,' zei Win. 'Zó goed ben ik.'

'Dan moeten we de Callister-moorden misschien eens onder de loep nemen.'

'Ik ben er al aan begonnen. En jij? Wat ga jij doen?'

Myron dacht erover na. 'Mijn destructieve ex opzoeken.'

3

Emily Downing, de destructieve ex, trok de deur van het appartement op Fifth Avenue met een brede glimlach open. 'Kijk eens aan, kijk eens aan, de hoofdprijs die ik door de vingers heb laten glippen.'

'Dat zeg je iedere keer als je me ziet.'

'Omdat dat altijd in me opkomt. Hoelang is het geleden, Myron?'

'Drie jaar. De begrafenis van Greg.'

Dat wist Emily natuurlijk. Even stonden ze daar tegenover elkaar en lieten ze de herinneringen over zich heen komen. Ze probeerden ze niet tegen te houden of net te doen alsof ze er niet waren. Ze hadden elkaar voor het eerst ontmoet in de eerste maand van het eerste jaar van hun studie, in de Perkins-bibliotheek van Duke University. Emily en Myron keken elkaar aan. Emily glimlachte Myron een beetje scheef toe. Boem, Myron was verkocht. Ze waren allebei achttien, stonden net voor het eerst op eigen benen en waren allebei onervaren in al die wereldse zaken waarvan tieners doen voorkomen alsof ze er al jaren vertrouwd mee zijn.

Ze werden verliefd.

Althans, hij werd verliefd.

En nu stond ze al die jaren later hier weer voor hem. Ze zei: 'Je gelooft niet echt dat Greg leeft, toch?'

'Jij?'

Ze kauwde op haar onderlip en boem, Myron raakte verloren in die koele herfstnachten in Emily's kamer in het studentenhuis, zacht licht van schemerlampen, de maan die door het raam naar binnen schijnt. Na bijna vier jaar daten, tegen het einde van hun studie, sneed Myron het onderwerp trouwen aan.

De reactie van Emily?

Ze nam Myrons hand in haar handen, keek hem recht in de ogen en zei: 'Ik weet niet zo zeker of ik van je hou.'

Volgende boem. Een heel ander soort boem.

'Greg die leeft,' zei Emily in opperste verbazing. Een lok haar viel voor haar oog. Myron kon nog net voorkomen dat hij zijn hand uitstak om de lok terug te duwen. 'Het is te zot om waar te zijn.'

'Vind je?'

Ze vuurde die scheve glimlach weer op hem af. Deze keer geen boem. Hooguit een nostalgisch knalletje. 'Nog altijd een sarcastische wijsneus.'

'Ik kan alleen maar mezelf zijn.'

'Alsof ik dat niet weet. Maar het was allemaal maf. Om te beginnen dat jij Greg als cliënt nam.'

'Greg stond garant voor een solide inkomen.'

'Nog meer sarcasme?'

'Nee.'

'Ik heb het nooit begrepen,' zei Emily. 'Waarom werkte je met hem? En ga me niet vertellen dat het alleen om het geld ging.'

Myron besloot open kaart te spelen. 'Greg had mij pijn gedaan. Ik had hem pijn gedaan.'

'Dus jullie stonden quitte?'

'Laten we zeggen dat we het allebei achter ons wilden laten.'

'Greg mocht jou, Myron.'

Myron zweeg.

'Daarom had ik jou gevraagd om iets te zeggen bij de plechtigheid. Ik denk dat Greg dat graag had gewild.'

De rivaliteit tussen Greg en Myron bij het basketbal was begonnen in groep zes, bleef een factor toen ze dertien waren, de vier jaar dat ze in teams voor de highschool speelden en daarna in de competities waarin Myron voor Duke uitkwam en Greg voor UNC. Er deden geruchten de ronde dat de beide supersterren elkaars bloed wel konden drinken, maar dat was zwaar overdreven. Op het speelveld tussen de baskets bestreden ze elkaar met een inzet die alleen de allergrootsten kunnen begrijpen. Buiten de lijnen wisten ze amper van elkaars bestaan.

Tot Emily op het toneel verscheen.

'Heb je het...' Myron haalde diep adem. '... aan Jeremy verteld?'

Het noemen van de naam was genoeg om een groot stil gat te laten ontstaan.

'Ik bedoel dat Greg leeft...'

'Niet doen,' zei ze.

'Wat, niet doen?'

'Jeremy is nog steeds in het buitenland gestationeerd.'

'Dat weet ik.'

'Er is geen reden om het hem te vertellen.'

'Vind je niet dat hij het recht heeft om te weten dat...' Myron wist niet precies welk woord hij moest gebruiken, dus zei hij wat Jeremy gezegd zou hebben. 'Dat zijn vader misschien nog leeft?'

'Jeremy doet gevaarlijk werk. Hij moet zich kunnen concentreren. Het kan wel wachten tot we het zeker weten.'

Daar zat wat in. En het was ook niet iets waarmee Myron zich moest bemoeien. Dat had Jeremy genoegzaam duidelijk gemaakt. Dit was afleiding, verkeerde afleiding. Myron maakte er zo ongeveer een gewoonte van het spoor bijster te raken. Win had hem gewaarschuwd. Zijn verleden was een mijnenveld.

'Tussen twee haakjes,' zei Emily. Ze sleurde hem aan zijn haren weer naar het heden. 'Ik heb het niet aan de politie verteld, maar Greg kende Cecelia Callister.'

Dat trok Myrons aandacht. 'Hè, wat?'

'Niet echt goed. Hij heeft Cecelia misschien twee, drie keer ontmoet. Destijds trokken we met elkaar op. Cecelia en ik, bedoel ik. We waren vriendinnen als we de zomer doorbrachten in de Hamptons, toen we net getrouwd waren. Ik weet dat we één keer met z'n vieren uit zijn geweest – Greg en ik en Cecelia met haar eerste echtgenoot, een aardige vent. Ben Staples heette hij. Misschien was hij ook wel haar tweede. Dat kan ik me niet meer herinneren. Hoe dan ook, het is vreselijk lang geleden.'

Myron probeerde tot zich door te laten dringen wat dit moest betekenen. 'Kan er meer geweest zijn?'

'Je bedoelt minnaars?'

'Ik bedoel van alles.'

'Greg en Cecelia,' mijmerde Emily. 'Wie weet?'

Myron probeerde het langs een andere weg. 'Wanneer heb je voor het laatst iets van Greg vernomen?'

'Toen hij de benen nam naar Cambodja, of waarnaartoe het ook maar was.'

'Laos. Dat was vijf jaar geleden.'

'Zoiets.'

'En geen woord meer sindsdien?'

'Nee,' zei ze zacht. 'Geen woord.'

Myron kon niet uitmaken of dat haar dwarszat of niet.

'Luister, Myron, Greg en ik... Wij hadden een vreemde relatie. We zijn jaren geleden gescheiden nadat...' Ze maakte een handgebaar naar Myron. 'Je weet wel.'

Inderdaad, hij wist het.

'Maar Jeremy bleef ziekelijk, ook na de transplantatie, en wat Greg dan ook mankeerde... mankeert?... verdomme, wat is het? Nou ja, hoe dan ook, hij hield van die jongen, zelfs nog nadat...'

Daar was het dan.

Na Myrons onhandige aanzoek vlak voor het einde van hun studie, had Emily Myron laten vallen voor… je raadt het al, Greg Downing. Om het er allemaal nog een beetje extra in te wrijven waren ze zo hard voor elkaar gevallen dat ze zich vier maanden later verloofden.

En toen werd het allemaal wat smoezelig.

Kort samengevat nodigde Emily Myron op de avond voor de bruiloft uit om langs te komen. Hij kwam langs. Ze hadden seks. Met als resultaat – iets wat Myron pas veertien jaar later te weten kwam – een zoon, Jeremy, die Greg zonder het te weten opvoedde als zijn eigen kind.

Yep, smoezelig.

Myron had Emily er altijd de schuld van gegeven. Net toen hij de klap van het verlies een beetje te boven begon te komen, was zij degene geweest die hem die avond had gebeld. Zij had voor de alcohol gezorgd, de glazen gevuld en de eerste stap gezet. Ze had een soort plan, zo destructief als je je maar kunt voorstellen, en hij was niet meer dan een pion in dat plan. Dat had hij zichzelf jarenlang voorgehouden. Maar nu, op grotere afstand en met meer ruimte om erover na te denken, besefte Myron dat dat een erg ouderwetse manier van denken was geweest. Hij had zichzelf willen zien als de brave borst die tot slachtoffer was gemaakt. Een klassiek geval van zelfrechtvaardiging.

Je kunt alles goedpraten als je maar je best doet.

'Myron?'

Dat was Emily. Emily nu. Pff, Win had hem gewaarschuwd voor het oprakelen van oud zeer, toch?

'Dus jullie gingen scheiden,' zei Myron. Hij bande het verleden uit zijn gedachten. 'Maar jaren later zijn jullie toch weer bij elkaar gekomen? En zelfs weer getrouwd?'

Emily gaf geen antwoord.

'En toen nam Greg zomaar de benen en verdween hij zonder enige uitleg naar het buitenland?'

'Het is ingewikkelder dan dat.'

'Ik luister, Emily.'

Ze kauwde opnieuw op haar onderlip. 'Ik heb dit niet aan de politie verteld. Dan weet je dat. Ik heb niet geprobeerd iets achter te houden, maar ze hebben er niets mee te maken. Niets van dit alles is hun zaak.'

'Oké.'

'Jij hebt er ook niets mee te maken.'

'Oké.'

'Greg en ik hadden afspraken gemaakt.'

Myron wachtte tot ze verder zou gaan. Toen ze dat niet deed, vroeg hij: 'Wat voor afspraken?'

'Transactionele.'

Dat geldt voor heel veel afspraken, wist Myron, maar dat zei hij niet. In plaats daarvan zei hij maar weer: 'Oké.'

'Greg was rijk.'

'Klopt.'

'Dat weet jij beter dan wie ook.'

'Oké.'

'Hou op met dat ge-oké,' snauwde ze. 'Hoe dan ook, hij beloofde dat hij voor me zou zorgen.'

'Financieel?' vroeg Myron.

'Ja. Daarom kan ik het me veroorloven hier te wonen. Greg heeft een ruimhartig fonds voor me opgezet. Ook voor Jeremy natuurlijk. Win heeft hem daarbij geholpen.'

'Dat lijkt heel normaal,' zei Myron.

'Dat was het niet. Ik bedoel, onze relatie...' Emily viel stil.

'Wou je zeggen dat jullie niet echt getrouwd waren?'

'Ja, nou ja, nee. We waren wettig getrouwd. Maar ik bedoel, wat is een huwelijk nu helemaal? Greg is zijn hele leven de deur uit geweest voor het basketbal. Altijd. Buiten het seizoen doodde hij meestal de tijd in South Beach. Hij was alleen bij mij als hij in New York was, en dat was, eh, misschien een maand, zes weken per jaar.'

'En als hij er was, gingen jullie dan...'

Myron bracht zijn handen naar elkaar toe alsof hij accordeon speelde, terwijl hij zich ondertussen afvroeg waarom hij in vredesnaam überhaupt zo'n vraag stelde. Was het belangrijk?

'We hadden allebei een eigen slaapkamer,' zei Emily. 'Al waren we soms bij elkaar. Je weet hoe dat gaat. Dan was er een chic diner of een avond voor een goed doel. Je steekt je in je beste kleren, je drinkt wat, je komt thuis, je herinnert je hoe het ooit is geweest, het is laat en het is te lastig om iemand anders op te zoeken...' Ze keek Myron aan.

'Ik begrijp het,' zei hij. 'Ga door.'

'Wat moet ik nog meer zeggen?'

'Om maar iets te noemen: waarom wilde je die afspraken?'

'Ik wilde financieel vaste grond onder de voeten.'

'En Greg?'

Emily keerde zich van hem af en liep naar een glazen barmeubel. 'Wil je iets drinken?'

'Nee, dank je.' Ze kwamen nu bij de kern van de zaak. 'Wiens idee was het om afspraken te maken?'

'Greg,' zei ze. Ze reikte met haar ene hand naar een glas en met haar andere hand pakte ze een fles Asbury Park-gin. 'Dit is allemaal wat moeilijker uit te leggen.'

'Neem de tijd.'

'Ik weet ook eigenlijk niet of het wel relevant is.'

'Jouw "dode" echtgenoot wordt verdacht van een dubbele moord,' zei Myron. 'Het is relevant. Waarom die afspraken, Emily?'

Ze staarde naar de fles, maar schonk niet in. 'In het begin wist ik het zelf niet zo goed. Greg en ik deelden nog altijd de zorg voor Jeremy, zelfs toen hij volwassen was en het leger in ging. Jeremy is groot en sterk en dapper en heldhaftig en zo, maar hij is ook... Onze zoon heeft ook iets fragiels.' Ze keerde zich om en keek op naar Myron. Onze zoon. Dat zei ze. Onze zoon. Dat kon je op twee manieren opvatten. Emily schonk in. 'Nou, Greg en ik waren niet echt in elkaar geïnteresseerd. Dat lag al lang achter ons. Maar toen zijn woede voorbij was, je weet wel, over wat wij hem hebben aangedaan...'

Myron voelde zijn borst zich samenknijpen.

'... was er iets anders. Ik weet niet hoe je dat moet noemen. Vriendschap is niet het goede woord. Hij en ik praatten weinig met elkaar en we deelden niet veel. Maar we vertrouwden elkaar en we hadden een band.'

Ze nam een slok. Myron maakte de gedachte voor haar af. 'Jeremy.'

'Ja, ik denk het. Hoe dan ook, ik vertel dit helemaal verkeerd. Maar op een dag zei Greg tegen me dat hij opnieuw wilde trouwen. Hij bood me een heel aantrekkelijk financieel pakket aan. Dat heb ik aangenomen.'

'Hij heeft nooit uitgelegd waarom?'

'Hij zei iets over beeldvorming. Hij wilde doorgaan voor iemand die zich aan één vrouw had gebonden en zei dat het goed voor Jeremy zou zijn.'

Myron dacht daar even over na. 'Begreep je het?'

'Nee. Ik dacht dat hij problemen had.'

'Problemen?'

'Het soort problemen waarbij het goed oogt als je getrouwd bent en een gezin hebt. Ik weet niet precies wat, maar Greg kon niet zo goed overweg met zijn impulsiviteit. Ik dacht dat hij misschien tegen een minderjarig meisje aan gelopen was in een club. Of dat hij weer eens de vrouw van iemand anders genaaid had. Ja, ironisch, toch? Dat deed hij. Naar bed gaan met getrouwde vrouwen. Heel vaak. Ik heb er met mijn psychiater over gepraat. Die is ervan overtuigd dat Gregs trauma het gevolg is van wat wij hem hebben aangedaan.'

Myron zweeg.

'Geen reactie?' vroeg Emily.

'Nee,' zei Myron. 'Geen reactie.'

'Hoe dan ook, Greg zei alleen dat hij getrouwd wilde zijn. We zouden samen naar evenementen gaan en voor de media de schijn ophouden van een gelukkig stel. Het oude verhaal over tot inkeer komen. In ruil daarvoor regelde hij die fondsen. Daar was ik om heel veel redenen blij om. Vanwege het geld natuurlijk, maar ook sociaal. Vrienden nodigen je niet uit als je alleen bent. En vooral mij niet. Jij hebt me ooit eens verteld dat ik een seksuele uitstraling heb.'

'Emily, ik was jong en...'

'O, ik voel me niet beledigd. Jezus. Iedereen doet tegenwoordig overal zo moeilijk over. Ik heb dat nu eenmaal. Ik heb het altijd gehad. Dat weet ik. Hoe dan ook, getrouwde stellen, nou ja, eigenlijk de vrouwen, willen dat niet in de buurt van hun man. Niet als je een ongetrouwde vrouw bent, die helemaal niet geïnteresseerd is. Maar het werkte in ieder geval. Greg en ik, deel twee. Hij deed wat hij wilde doen en ik deed wat ik wilde.'

Emily's ogen schoten alle kanten op om Myron maar niet te hoeven aankijken. Dat was absoluut niet haar manier van doen. 'Er is iets wat je me niet vertelt,' zei Myron.

'Ik werk ernaartoe. Het gaat om privézaken van Greg. Ik ben niet in de stemming om dat zomaar met Jan en alleman te delen.'

'Het gaat niet om alleman. Ik ben de enige die het hoort.'

'Dat maakt het er niet beter op. Dat snap je toch wel? Maar wat maakt het nog uit als Greg dood is? En als hij niet dood is, als hij op een of andere manier toch nog leeft...' Emily dacht daar even over na. Myron gaf haar de tijd. 'Ik wil je iets laten zien.'

Emily pakte haar mobiel. Haar vingers dansten over het scherm.

'Naarmate hij ouder werd, ging Greg steeds vreemder doen. Ik weet niet hoe ik het anders moet formuleren. Meer in zichzelf gekeerd. Veel meer online.'

'Greg?'

'Ja, ik weet het. Dat verwacht je helemaal niet van Greg, toch? Hoe dan ook, hij liet een keer zijn mobiel op het aanrecht liggen. Hij was er de hele ochtend mee bezig geweest en ik kende zijn wachtwoord. Hij gebruikte overal hetzelfde wachtwoord voor. Je kunt wel raden wat ik toen heb gedaan.'

'Je schond zijn privacy.'

'Precies. Ik ontdekte dat hij op Instagram zat. Dat was zo vreemd. Kun je je dat voorstellen? Greg op Instagram?'

'Dat hebben wij voor hem geregeld,' zei Myron. 'Het helpt bij sponsordeals en branding.'

'Nee, niet die account. Die ken ik. Daar doet hij nooit iets mee. Dat regelt Esperanza toch voor jou?'

Myron zei niets.

'Dit is een andere account. Onder een pseudoniem. Hier, kijk maar.'

Emily gaf hem niet de telefoon, dus Myron ging achter haar staan om over haar schouder mee te kijken. Het is merkwaardig dat het geheugen van de zintuigen beter is dan ons eigen geheugen, vooral het geheugen van de reuk. Hij vroeg zich af of ze nog steeds dezelfde shampoo gebruikte, want heel even was hij terug in haar kamer tijdens het eerste jaar van hun studie en stond ze haar haar te drogen met een handdoek, slechts gehuld in de rafelige badjas die hij van huis had meegenomen. Het had niets te betekenen. Het was niet zo dat hij er iets mee wilde. Maar het was er en hij kon er niet onderuit.

De profielfoto van de Instagram-account toonde het logo van de University of North Carolina. De alma mater van Greg. De gebruikersnaam van de account was UNCHoopsterFan7. UNCHoopsterFan7 volgde driehonderdnegentig mensen, maar werd zelf door slechts twaalf mensen gevolgd.

'Het is waarschijnlijk een *sock puppet* account,' zei Myron.

'Wat is dat?'

'Een soort pseudoniem. Je doet je voor als iemand anders. Soms voor marketingdoeleinden. Iemand heeft een bedrijf of een restaurant en doet net of hij klant is van dat bedrijf en prijst het de hemel in. Of politieke nitwits die beweren dat ze superonafhankelijk zijn en vervolgens elke corrupte misstap van hun kandidaat goedpraten.'

'Zo werkt deze account niet. Greg heeft er nog nooit iets op gepost of ergens commentaar op geleverd.'

'Oké, misschien is het dan niet meer dan een manier om naar andere accounts te kijken zonder dat iemand weet dat hij dat doet.'

'Hij appte met iemand, Myron.'

Emily tikte met haar duim op het schermpje naar een account van een afgetrainde, zwaar gespierde, geoliede man. *Public Figure*, een fitnessmodel. Hij heette Bo Storm.

Myron kneep zijn ogen tot spleetjes.

Bo Storm had zesduizend volgers en volgde zelf negenhonderd mensen. Emily keek Myron over haar schouder aan. Ze wilde zijn reactie peilen. Bo was te zien in allerlei bodybuilderposes, steeds met ontbloot bovenlichaam. Hij had een geweldig sixpack en het soort gladde huid dat alleen wordt verkregen bij het volgen van een streng waxregime. Zijn gezichtsbeharing was zorgvuldig verwaarloosd. Op de bovenste foto was Bo Storm, gekleed in niet meer dan een string, dansend op het podium van een nachtclub te zien.

Zijn profiel ging vergezeld van de tekst: *Mijn droomleven in Vegas. Jongens, meld je aan op mijn OnlyFans-account om meer te zien.*

Myron had geen idee wat hij hier nu van moest denken.

'Hoe oud denk je dat hij is?' vroeg Emily.

'Vijfentwintig of zo?'

'Precies. Een stuk jonger dan Greg.'

Myron knikte en probeerde te bedenken waar Emily met dit alles naartoe wilde. 'Dus deze Bo en Greg appten met elkaar?'

'Ja.'

'Heb je die appjes gelezen?'

'Greg kwam de kamer weer in, maar ik had genoeg gezien. Emoji's van hartjes. Plannen voor de toekomst. Allerlei intiem gedoe.'

Myron zei niets.

'Ben je verrast?' vroeg Emily.

'Wie interesseert het of ik verrast ben?'

'Het zou niets moeten uitmaken, hè? Ik bedoel, ik snap het. Of ik probeer het te snappen. Het is een nieuwe wereld en onze generatie probeert er nog steeds grip op te krijgen. Misschien was dat altijd maar achter de vrouwen aanzitten een soort compensatie voor Greg, of een uitlaatklep. Misschien is hij bi, of pan of omni, weet ik veel. Ik heb echt geen idee.'

'Het is niet belangrijk,' zei Myron.

'Ja, dat kunnen we allebei wel blijven zeggen, maar het blijft een schok. Toch?'

Myron zei niets.

'En je hebt gelijk. Het is niet belangrijk. Niet op die manier. Maar het wordt nog gekker. Kijk eens naar de laatste datum waarop die jongen – ik weet wel dat die Bo Storm geen jongen is, maar mijn god, hij is nog zo jong – kijk eens van wanneer zijn laatste post dateert.'

Myron pakte de telefoon van haar aan en scrolde omlaag. De recentste foto was Bo op een strand in een strakke zwembroek en een zwart smokingjasje, zonder shirt. Het bijschrift luidde: *Formele strandkleding voor het huwelijk van Larry en Craig*, gevolgd door emoji's met hartjes, vlammen en regenbogen.

Myron keek naar de datum. 'Hij heeft al vijf jaar niets meer gepost.'

'Hij stopte twee weken voordat Greg de benen nam naar Azië. En kijk eens voor die tijd. Die Bo was nooit langer dan drie dagen afwezig met zijn posts. Dus ik bedoel, één plus één is twee. Greg flirt met dat geile bokje op Instagram. Plotseling besluit Greg ervandoor te gaan. Het geile bokje stopt zijn activiteiten op Instagram. Jij mag het zeggen.'

De implicatie was overduidelijk.

'Heb je Greg ermee geconfronteerd toen je de appjes had gezien?'

'Nee. Op dat moment... Hoe moet ik dat zeggen? Ik was natuurlijk verrast, maar stel je eens voor hoe moeilijk het voor Greg moet zijn geweest, Myron – verborgen houden wie hij werkelijk was om zijn carrière in de sport te kunnen behouden.'

'Het is 2024,' zei Myron.

'Je meent het... Vertel eens, hoeveel mannelijke sportcoaches zijn er uit de kast gekomen?'

Myron knikte. 'Je hebt gelijk. Dus jij denkt dat Greg er met die Bo vandoor is gegaan?'

'Welke conclusie moet je anders trekken? Heb jij ooit dat hele klooster-in-Laos-verhaal echt geloofd?'

'Ik denk het niet.'

'Op een bepaalde manier was ik blij voor hem. Greg had nooit rust. Zijn hele leven niet. Er broeide altijd iets in hem. Ik heb met hem samengewoond en kende hem beter dan wie ook, maar ik voelde altijd een afstand. Dus liet ik het los. Ik had het geld. Ik had de voordelen van een huwelijk en ik was al gewend aan een leven zonder hem in de buurt. Het was allemaal goed. Tot hij stierf. Jeremy was kapot.'

Myron herinnerde het zich. Het was de laatste keer geweest dat hij zijn biologische zoon had gezien. Bij de begrafenis van Greg, huilend om zijn 'echte' vader.

'Er ontbreken nog steeds grote delen van de puzzel,' zei Myron.

'Ik weet het.'

'Laten we zeggen dat Greg zich aangetrokken voelde tot Bo. Laten we zeggen dat ze er samen vandoor gingen. Hoe leidt dat tot het feit dat Greg zijn eigen dood in scène zet?'

'Ik weet het niet.'

'En daarna, eh... Daarna wacht hij een paar jaar en vermoordt dan Cecelia Callister en haar zoon?'

'Nou,' zei Emily, 'Cecelia was wel zijn type, heb ik altijd gedacht – mooi en getrouwd. Maar ik weet niet meer wat ik moet denken. Was Greg gay? Viel hij op getrouwde vrouwen? Allebei? Geen van beide? En nu denkt de FBI dat hij nog leeft en twee mensen heeft vermoord. Ik zie het nog niet voor me, maar mensen zitten vol geheimen, Myron. Dat weet jij als geen ander.'

4

Toen Myron na zijn te lange afwezigheid zijn activiteiten in de Lock-Horne Building weer oppakte, gebeurde het steevast dat hij in de lift uit gewoonte op de knop voor de derde verdieping drukte. Zijn oude kantoorverdieping. Vandaag deed hij dat opzettelijk. In zijn oude kantoor was nu FFD gehuisvest – Fisher, Friedman en Diaz, een hyperagressief kantoor met vrouwelijke advocaten dat slachtoffers van rechtenschendingen vertegenwoordigde. Het was opgericht door de charismatische, mediagenieke Sadie Fisher. FFD wierp zich in de strijd voor de slachtoffers van misbruik, pesterij en mishandeling in dit nieuwe digitale tijdperk. Het probeerde wetten aangepast te krijgen voor bescherming van slachtoffers.

Op de homepagina van hun website stond:

Wij helpen je de verkrachters, de stalkers, de klootzakken, de trollen, de viezeriken en de gestoorden in hun kruis te trappen.

Het nieuwe advocatenkantoor had het jammer genoeg erg druk, want onzekere en gewelddadige mannen (het gaat hier om feiten en niet om politiek correct geneuzel of seksisme: het merendeel van de stalkers en verkrachters is man, het merendeel van de slachtoffers is vrouw) waren erg in de mode. Om Win te citeren toen hij investeerde in FFD: 'Onzekere, boze mannen zijn een groeimarkt.'

De receptioniste zat niet achter haar bureau, dus klopte Myron op de deur van het kantoor.

'Kom binnen,' zei een hem welbekende stem.

Myron deed de deur open. Esperanza Diaz stond met haar rug naar hem toe. Ze voerde een telefoongesprek. Ze keek door hetzelfde raam vanuit hetzelfde kantoor naar buiten als in de tijd van MB Reps. Esperanza was begonnen als Myrons receptioniste en assistente, maar tegen de tijd dat ze het agentschap hadden verkocht, had Esperanza haar studie rechten afgerond, was ze beëdigd en was ze zijn volwaardige partner geworden in MB Reps. Acht maanden geleden, niet zo heel lang voordat Myron besloot tot een comeback als agent in de wereld van sport en entertainment, had Win Esperanza voorgesteld aan de Sadie Fisher. De twee konden het goed met elkaar vinden en het resultaat was dat de naam Diaz werd toegevoegd aan Friedman en Fisher. Dat bood Esperanza, die volgens Myron misschien wel beter was dan wie ook in het aanbinden van de strijd tegen onrecht, een geheel nieuwe arena om in te vechten.

Ze beëindigde het gesprek en keerde zich om. 'Hé, Myron.'

'Hé.'

Esperanza liep naar hem toe. Ze droeg een parelsnoer en was gekleed in felle kleuren. Blouse en rok waren beide superstrak. Alle seniorpartners van FFD liepen er zo bij. Dat was een idee geweest van Sadie Fisher. In het begin van haar carrière als advocaat van mishandelde, aangerande en verkrachte vrouwen was haar verteld dat ze onopvallend, ingetogen gekleed moest gaan, dat ze kleren aan moest trekken die saai en vormeloos waren. Sadie had daar een bloedhekel aan. Zo werd meer schuld op het bordje van het slachtoffer gelegd en daar werkte zij niet aan mee.

Nu was deze outfit de standaard voor de advocaten van dit kantoor.

'Met een zaak bezig?' vroeg Myron.

'De cliënt is een tweedejaars rechten aan Stanford.'

'Goede universiteit.'

'Juist. De stalker is een afgrijselijke vent die meer dan eens heeft gedreigd haar te zullen vermoorden. Hij is toegelaten tot dezelfde faculteit en staat erop daar te gaan studeren. Ik ga de rechter bewerken om haar in bescherming te nemen.'

'Denk je dat dat lukt?'

Ze haalde haar schouders op. 'Standaardwerk voor FFD. Ietsje minder standaard: leeft Greg Downing echt nog?'

'Misschien wel, ja.'

'Ik heb hem nooit gemogen.'

'Ik weet het.'

'Jij hebt hem vergeven. Ik niet.'

'Luister, ik heb hem gekwetst...'

'En hij jou. Ik weet het. Dat heb ik je eerder horen zeggen. Dat is gelul. Je hebt hem als cliënt aangenomen om iedereen te laten zien hoe grootmoedig je kunt zijn.'

'Wind er geen doekjes om, Esperanza, vertel me precies wat je voelt.'

'Greg heeft jouw droom vernietigd...'

'Hij wist niet hoe zwaar die blessure zou zijn.'

'... en nu heeft hij zijn eigen dood in scène gezet en iemand vermoord.'

'Eh, misschien loop je iets te hard van stapel.'

'Het zal wel. Ik wil er niets mee te maken hebben.'

'O,' zei Myron. 'Oké.'

'Kijk niet zo. Ik heb er een bloedhekel aan als je zo kijkt.'

'Als ik hoe kijk?'

'Als een onschuldig pasgeboren lammetje.'

Myron knipperde met zijn ogen en tuitte zijn lippen om er nog een schepje bovenop te gooien.

’Bah,’ zei ze. ‘Luister, ik heb je appje gezien en ben diep in die Bo Storm gedoken.’ Esperanza ging achter haar bureau zitten en begon op haar laptop te tikken. ‘Hoe was het trouwens om Emily weer te zien?’

‘Wat denk je?’

‘Minder erg dan gewoonlijk, vermoed ik. Je bent nu gelukkig getrouwd. Het is nu echt verleden tijd.’

‘Dat is waar. Maar.’

‘Ja. Jeremy. Ik begrijp het.’ Esperanza tikte weer iets in. ‘Om te beginnen heet Bo Storm niet echt zo.’

Myron legde een hand op zijn hart. ‘Ik sta perplex.’

‘Yep, ik begin met wat voor de hand ligt, want vanaf daar wordt het behoorlijk vreemd.’

‘Op wat voor manier?’

‘Bo Storm is al vijf jaar van de radar verdwenen. Compleet verdwenen.’

‘Sinds Greg zogenaamd de benen nam naar het buitenland.’

‘Precies. Hij heeft al zijn accounts opgeheven, niet alleen Instagram. Bo had een behoorlijk aantal volgers op OnlyFans. Misschien wel omdat hij niet erg duur was.’

‘Als je OnlyFans en niet duur zegt…’

Ze keek op. ‘Je weet niet wat ik bedoel?’

‘Nee.’

‘Je betaalt om hem naakt te zien.’

‘O.’

‘En in seksscènes met andere mannen.’

‘O.’

‘Dat wist je echt niet, hè?’

Myron schudde zijn hoofd. ‘En als je zegt dat hij niet duur was…’

‘Een abonnement kostte je maar één dollar negenennegentig per maand, al denk ik dat hij zijn OnlyFans alleen gebruikte om zijn handeltje aan te prijzen.’

'Handeltje?'

'Prostitutie. Dat is niet alleen iets wat wij, vrouwen, praktiseren. Voor zover ik heb kunnen nagaan werkte Bo in een gay sportbar met de illustere naam...' Ze keek op naar Myron. 'Man United.'

Myron keek haar aan. Zij bleef hem aankijken.

'Dat is eigenlijk een heel grappige naam,' zei Myron.

'Vind ik ook,' zei Esperanza.

'Heb je Bo's echte naam ook?'

'Nog niet, maar let op. Ik gebruik zoekprogramma's met geavanceerde gezichtsherkenning. Weet je wat dat is?'

'Laten we zeggen van niet.'

'Ik stop er een foto in van iemands gezicht. Het programma zoekt overal op internet naar andere foto's waar die persoon op staat.'

'Jakkes, over Big Brother gesproken.'

'De techniek is niet nieuw, Myron. Hij bestaat al jaren.'

'Oké. Wat heb je gevonden?'

'Bo staat op een hele serie foto's van de clubs. Feestjes, toeristen, dat soort dingen. Tot dusverre heb ik twee dingen gevonden die voor jou van belang zijn. In de eerste plaats dat er geen recente foto's van hem zijn. Helemaal niets in de laatste vijf jaar.'

'Dus,' zei Myron, 'sinds hij niets meer op internet heeft gezet...'

'... heeft ook niemand anders een foto van hem op internet gezet. Precies. En dat is heel bijzonder. Je moet echt heel erg je best doen om honderd procent onzichtbaar te worden.'

Myron sloeg het op in zijn geheugen. 'En het tweede?'

'Dat is een massafoto met Bo die jij boeiend zult vinden.'

'Massafoto?'

'Een foto met een massa mensen. Bijvoorbeeld het publiek bij een sportwedstrijd. Bijvoorbeeld jouw vriend Bo in het publiek bij een NBA-basketbalwedstrijd.'

Myron verstijfde. 'Bijvoorbeeld een wedstrijd met Greg Downing als coach?'

Esperanza knikte. 'Gregs Milwaukee Bucks in Phoenix tegen de Suns. Zes jaar geleden. Ik heb hem uitvergroot en afgedrukt.'

Ze gaf hem de foto. Inderdaad, massafoto. Bo zat achter de bank van de Bucks naast een veel te gebruinde, veel te blonde vrouw die een veel te strak topje droeg.

'Dat kan geen toeval zijn,' zei Myron.

'Man, wat ben jij scherp.'

Hij glimlachte. Hij was blij dat Esperanza zo tevreden was met haar nieuwe werk, maar hij miste het dagelijkse samenwerken. MB Reps was MB Reps niet zonder Esperanza.

'En hoe gaan we na al die tijd Bo Storm vinden?' vroeg Myron. 'Misschien hebben ze bij Man United zijn echte naam op de loonlijst.'

'Dat heb ik al geprobeerd. Er is een nieuwe eigenaar en die heeft alle oude administratie weggegooid.'

Myron kreeg een idee. 'Leg eens uit hoe dat zoeken met gezichtsherkenning werkt.'

'Er valt weinig aan uit te leggen.'

'Dus als jij een foto van mij had...'

'... kon ik die in de zoekmachine stoppen en in principe zou dat dan alle foto's op internet opleveren waarop jij staat.'

'Haal de slapende Instagram-pagina van Bo eens op.'

Esperanza opende de pagina. Myron scrolde langs de afbeeldingen tot hij vond wat hij zocht. Hij wees naar iemand op een foto. 'Die man,' zei hij, 'die staat op minstens tien van Bo's foto's.'

Esperanza las de bijschriften hardop voor: '"Jord en ik doen ons ding. Jord en ik in de club." Hm, het zijn allebei knappe jongens. Die gays werken zo hard aan hun conditie. Veel foto's in de clubs met ontblote bovenlijven.'

'Ja, maar dat bedoel ik niet.' Myron scrolde nog wat verder. 'Dit is een foto met Bo en Jord bij een barbecue ergens in een tuin.'

'Weer met ontbloot bovenlijf.'

'En kijk: "De jongens op bezoek om naar de Super Bowl te kijken."'

'Weer met ontbloot bovenlijf,' herhaalde Esperanza met een grimas op haar gezicht. 'Wie kijkt er nou naar de Super Bowl met ontbloot bovenlijf?'

'Kun je die Jord-figuur ook door je zoekmachine halen?'

Esperanza knikte. 'Dat is geen slecht idee.'

'Zo nu en dan…'

'Geef me een uurtje, oké?'

'Oké.'

Myron bewoog niet en staarde naar Esperanza.

'Hé,' zei Esperanza, 'wat is er? Heb ik iets tussen mijn tanden of zo?'

'Nee.'

'Wat dan?'

'Ik mis dit. Jij niet?'

Ze zei niets.

Hij boog zich naar haar toe. 'Kom terug bij MB Reps.'

Ze zei nog steeds niets.

'Dan neem ik zelfs je initialen op in de naam.'

Esperanza trok een wenkbrauw op. 'MBED Reps?'

'Zeker.'

'Dat is een vreselijke naam,' zei ze. 'Maar ja, dat is MB Reps ook.'

'Yep.'

'Ik doe hier goed werk.'

'Weet ik.'

'Sadie is een fantastische vrouw.'

'Weet ik ook. Doe het dan fiftyfifty. De helft van de tijd hier bij Sadie, de andere helft bij mij.'

'Goede dingen doen,' zei ze, 'en foute dingen.'

'Alles waar je maar plezier in hebt.'

Ze schudde haar hoofd.

'Wat?'

'Ik hou van je,' zei ze. 'Dat weet je.'

'En ik van jou.'

'Je bent mijn beste vriend. Je zult altijd mijn beste vriend zijn.'

'Insgelijks.'

'Naast Win. Dat begrijp ik.'

'Wat wil je zeggen?'

'Jij houdt niet van veranderingen, Myron.'

Nu was het Myrons beurt om te zwijgen.

'Waar is Terese?' vroeg Esperanza.

Myrons vrouw.

'Ze is in Atlanta.'

'Daar is ze aan het werk.'

'Ja.'

'Terwijl jij in New York bent.'

'Ze komt op bezoek.'

Stilzwijgen.

'Het komt allemaal goed,' zei Myron.

'Denk je?'

'Ik hou van Terese,' zei Myron.

'Dat weet ik,' zei Esperanza, maar er klonk iets van droefheid door in haar stem. 'Laten we Greg maar gaan zoeken, oké? We kunnen hier later nog wel eens over verder praten.'

Een uur later werd Myron door Esperanza gebeld. 'Ik heb iets over Bo's online vriendje Jord,' zei ze.

'Vertel.'

'Ik kom naar je toe om het je te laten zien.'

Twee minuten later hoorde Myron Big Cyndi een gil slaken die kinderen doet huiveren en katten onder de bank jaagt. Maar Myron herkende het als een kreet van opperste vreugde. Hij leidde eruit af dat Esperanza op de drempel stond. Myron liep de ontvangstruimte in op het moment dat Big Cyndi haar kolossale armen om Esperanza sloeg. Het zou volstrekt ontoereikend zijn om dat wat Big Cyndi met Esperanza deed, te omschrijven als een knuffel. De omhelzingen van Big Cyndi omvatten alles, lieten geen enkele ruimte meer in het universum. Het was alsof je werd ingepakt in dikke lagen klam isolatiemateriaal.

Myron keek toe en glimlachte. Jaren geleden vormden Big Cyndi en Esperanza een enorm populair kampioensteam in het professionele worstelen. Ze speelden in de League onder de naam FLOW, een afkorting van Fabulous Ladies Of Wrestling (oorspronkelijk hadden ze zich de naam BLOW – Beautiful Ladies Of Wrestling – aangemeten, maar de suggestie dat ze daarmee in de markt waren voor bepaalde en betaalde seksuele handelingen was voor een commerciële tv-zender reden geweest om aan te dringen op een andere naam). Ze lieten zich Big Chief Mama (Big Cyndi) en Little Pocahontas (Esperanza) noemen. Dat beide vrouwen latina waren en geen druppel Indiaans bloed in hun aderen hadden, interesseerde niemand. Jazeker, dat waren andere tijden. Het verschil in omvang tussen de partners – Big Cyndi was een meter achtennegentig en woog meer dan honderddertig kilo, terwijl Esperanza nog geen een meter zestig was en optrad in een minuscuul suède bikinietje met franjes – werkte komisch en verhoogde het dramatische effect. Bij professioneel worstelen gaat het nooit om het worstelen. Er is een plot en er zijn personages. Het is theater met een moraal, bijna Bijbels qua vertelkracht. Little Pocahontas was steevast op weg haar partij met inzet van al haar vaardigheden en volstrekt binnen de regels van het spel te winnen, als de tegenstanders, die het kwaad vertegenwoordigden, iets deden wat absoluut niet was toegestaan en bovendien uiterst verwerpelijk was. Ze gooiden bijvoorbeeld zand in haar ogen, waarop het publiek gilde en joelde en zich grote zorgen maakte over Little Pocahontas, die het plotseling zwaar te verduren kreeg en ongenadig door de ring werd gesmeten, tot Big Chief Mama weer in de ring sprong, explodeerde en Little Pocahontas krachtdadig van de boeven verloste. Samen vochten ze zich op creatieve en deskundige wijze terug in de wedstrijd die ze dan uiteindelijk toch nog wisten te winnen.

Om de een of andere reden was dat zeer onderhoudend.

Er kwam een moment dat Esperanza genoeg had van het professioneel worstelen. Ze ging aan het werk als Myrons assistent bij MB SportsReps en klom, zoals al eerder gezegd, uiteindelijk op tot partner. Toen ze een medewerker nodig hadden voor de receptie, namen ze Big Cyndi in dienst.

Met Esperanza nog steeds in haar armen gesloten begon Big Cyndi te snotteren. Ze verstopte zich achter een enorme hoeveelheid opzichtige make-up en als ze het te kwaad kreeg, zoals nu, liep de make-up uit zodat haar gezicht begon te lijken op een doos vetkrijt die in de felle zon was achtergebleven op een betonnen trottoir. Zo was Big Cyndi. Ze leefde luidruchtig en omhelsde alle facetten van het leven. Mensen staarden haar na, het viel niet te ontkennen, maar Myron herinnerde zich dat ze ooit eens, jaren geleden, had gezegd: 'Ik zie liever ontzetting dan medelijden in hun ogen, meneer Bolitar. En ik laat ze liever schaamteloosheid en buitensporigheid zien dan iemand die in elkaar krimpt en bang is.'

'Het is goed,' zei Esperanza troostend. Ze streelde Big Cyndi's rug. 'Je hebt me vanochtend nog gezien, weet je nog?'

'Maar dat was dáár, benéden,' wierp Big Cyndi tegen. Ze sprak het woord 'daar' uit alsof het een vloek was. 'En nu ben je hiér, bij ons, waar je hoort te zijn...'

Ze had gelijk, dacht Myron. Het was de eerste keer dat Esperanza hun nieuwe onderkomen kwam bewonderen. Waarschijnlijk was ze met opzet zo lang weggebleven.

'Het is goed je hiér te zien,' zei Myron.

Esperanza trok een grimas. 'Bo's vriend Jord?' zei ze. 'Zijn echte naam is Jordan Kravat.'

'Je hebt hem dus gevonden.'

'Dat zou je kunnen zeggen. Hij is dood.'

'Tjonge.'

'Vermoord.'

'Tjongejonge.' Myron probeerde er vat op te krijgen. 'Wanneer?'

'Mag je raden.'

'Vijf jaar geleden.'

'Jij bent zó scherp.'

'Voor of nadat Bo verdween?'

'Ongeveer rond die tijd.'

'Dus Bo's vriend wordt vermoord...'

'Ik denk dat Bo en Jordan meer dan vrienden waren.'

'O, oké. Hoe dan ook, Jordan wordt vermoord en Bo verdwijnt.'

'En Greg besluit onzichtbaar te worden,' voegde Esperanza eraan toe.

'Voor de hand liggende vraag: werd Bo verdacht?'

'Ze hebben iemand anders veroordeeld. Een baas uit de wereld van de lokale georganiseerde misdaad draaide ervoor op.'

Myron dacht na. 'Maar toch, de timing. Dat kan geen toeval zijn.'

'Nog één puntje.'

'Ik luister.'

'Herinner je je nog dat Bo werkte vanuit een sportbar?'

'Man United,' zei Myron.

'Juist. Die bar was van Donna Kravat, de moeder van Jordan Kravat.'

Myron voelde het zoemen dat opkomt als de puzzelstukken op tafel beginnen te vallen. Hij zag nog niet wat precies op welke plaats moest, maar de stukken werden zichtbaar en ze waren belangrijk en dat was een begin. Rammel met de doos, schud de stukken eruit en kijk wat er op de tafel ligt. Daar begon het puzzelen mee.

'Hebben we een adres van mama Kravat?'

'Dat hebben we. Ze verblijft nog steeds in Vegas.'

'Dan moest ik maar eens een vlucht daarnaartoe boeken.'

'Op weg naar boven kwam ik Win tegen.'

'Heb je Vegas genoemd?'

'Ja. Hij heeft het vliegtuig al afgetankt klaarstaan voor vertrek.'

5

Twee uur later zaten Win en Myron in Wins privéjet. Het vliegtuig taxiede over de startbaan van Teterboro Airport in het noorden van New Jersey. The stewardess, een vrouw die Mee heette, serveerde Win een cognac en Myron een chocoladedrankje dat Yoo-Hoo heette. Myron had het grootste deel van zijn leven Yoo-Hoo gedronken, maar de afgelopen jaren was zijn verlangen naar frisdrank met de smaak van chocolademelk afgenomen. Desondanks serveerde Mee hem het spul en dronk hij het omdat de moed hem ontbrak om haar, laat staan zichzelf, te vertellen dat hij nu zo langzamerhand misschien te groot geworden was voor wat ooit zijn favoriete drankje was.

'Ik heb net een artikel gelezen,' zei Win, 'over een nieuwe cocktail die de laatste tijd erg populair is: Yoo-Hoo gemixt met absint.'

'Goor,' zei Myron.

'Geen idee. Je zou kunnen zeggen dat wat dood is niet doder kan. Geldt misschien ook wel voor goor.'

Myron keek Win aan. Win keek Myron aan.

Na verloop van tijd zei Win: 'Ik heb het dossier hier, maar praat me eens bij.'

Myron vatte samen. Win luisterde zwijgend. Toen Myron uitgesproken was, vroeg Win: 'Herinner je je Huey Lewis and the News?'

De volstrekt onverwachte wending in het gesprek zou Myron eigenlijk niet mogen verrassen, maar dat gebeurde toch. 'Natuurlijk. Jij had een bloedhekel aan ze.'

'Bloedhekels zijn zo passé, Myron. Mensen hebben er een bloedhekel aan als een band cool klinkt. Creed of Nickelback of zo. Mensen mogen zelf weten waar ze van genieten.'

'Ik heb je een keer een pistool zien trekken toen de band op een huwelijksfeest "The Heart of Rock and Roll" speelde.'

'Ja, kom zeg, als ze "*beating*" laten rijmen op "Cleveland"...'

'Oké, ja, goed, ik snap het.'

'En laten we eerlijk zijn,' zei Win. 'Wie huurt er nou een Jiddische Huey Lewis-tributeband in?'

'Met zangeres,' zei Myron.

'Hoe heetten ze ook alweer?'

'Judy Lewis and the Jews – gaat dit gesprek ergens over?'

'Alleen maar dat ik onlangs te weten ben gekomen dat de band oorspronkelijk Huey Lewis and the American Express heette. Dat hebben ze veranderd in the News omdat ze bang waren dat het creditcardbedrijf ze voor de rechter zou slepen.'

Myron knikte. 'Kortom, het gaat nergens over.'

'Helemaal nergens. Zullen we dan maar overgaan tot de orde van de dag?'

Win had het luxe vliegtuig gekocht van een rapper die ook was afgestudeerd aan Duke. Aan boord waren slaapvertrekken en een douche. De vloerbedekking had de groene kleur van een golfbaan en achterin was een puttinggreen.

'Toe maar,' zei Myron.

Win schoof zijn leesbril op zijn neus. Met die bril zag hij er ouder uit. Zijn blonde lokken die hem zo typeerden als man van een bevoorrechte klasse, vertoonden hier en daar wat grijs, vooral op de slapen. De huid op zijn vlezige, op elkaar geklemde kaken hing net iets losser dan een paar jaar geleden. Ze werden oud, besefte Myron. Minder gehavend dan de meesten, maar ongehavend wordt niemand oud. 'Greg Downing maakt kennis met deze knappe, voor hem veel te jonge danser schuine streep sekswerker met de naam Bo Storm. Denken wij dat dit online gebeurde of in de vleselijke werkelijkheid?'

'Dat weten we niet,' zei Myron. 'We weten wel dat Bo bij een wedstrijd van de NBA in Phoenix is geweest waar Greg als coach aanwezig was.'

'En dat Bo achter de bank zat.'

'Correct.'

'Dat hebben we dus. En we weten dat Greg en Bo communiceerden via Instagram.'

'Juist.'

'Op een bepaald moment wordt Jordan Kravat, Bo's vriendje – we gaan toch uit van een romantische verstrengeling?'

'Laten we dat maar doen.'

'Hoe dan ook, op een bepaald moment wordt Jordan Kravat vermoord. Vervolgens verdwijnt Bo, Greg roept zich uit tot kluizenaar en vertrekt naar het buitenland en een tijdlang wordt van geen van beiden nog iets vernomen. Twee jaar later schijnt Greg te overlijden en vertrouwen wij zijn as toe aan de aarde. En nu, zeer onlangs, is Gregs DNA aangetroffen op een plaats delict. Zo lijkt alles wel aardig samengevat, of niet?'

'Wel zo ongeveer.'

Win fronste zijn wenkbrauwen. 'Toch zie ik hier nog niet zo veel.'

'Je bedoelt?'

'Wat denk jij dat er is gebeurd? Greg en Bo werden verliefd en, eh, vermoordden Jordan Kravat, om vervolgens de benen te nemen, maar daarna net te doen of Greg doodgaat, waarna hij stiekem het land weer binnenkomt om een supermodel van enige faam en naam te vermoorden.'

'Eén stap tegelijk,' zei Myron. 'Er is iemand gearresteerd voor de moord op Jordan Kravat.'

'Een maffiabaas die Joseph Turant heet.' Win haalde een vel papier tevoorschijn. 'Iedereen noemt hem Joey the Toe.'

Myron fronste zijn wenkbrauwen. 'Joey the Toe?'

'De naam is qua creativiteit geen hoogtepunt,' zei Win instemmend.

'Ik bedoel, Joey the Toe? Als je iemand "the Toe" noemt, zorg dan dat het rijm klopt.'

'Heel juist. Joe the Toe.'

'Dat klinkt veel beter, vind ik,' zei Myron. 'Joe the Toe in plaats van Joey the Toe. Hoe dan ook is het een merkwaardige bijnaam, the Toe. Hoe komen ze erbij om de man zo te noemen?'

'Joey houdt ervan om tenen af te knippen,' zei Win.

'O. Ja, dan zit er wel enige logica in.'

'Jawel,' zei Win.

'Misschien een tikkeltje te letterlijk.'

'Dat ben ik met je eens. Het gaat bovendien alleen om de kleine teen. Joey verzamelt ze als aandenken. Ze hebben er zestien in zijn vrieskist gevonden toen ze hem oppakten.'

'Zestien kleine tenen?'

'Ja.'

'Daarmee krijg je een feestje wel op gang,' zei Myron.

'Drie van de tenen waren vrouwelijk, dertien mannelijk.'

'Was er ook een kleine teen bij van Jordan Kravat?'

'Ja.'

'Wat een zaak.' Myron schudde zijn hoofd. 'Wat weten we nog meer van onze podofiele vriend Joey the Toe?'

'Podofiel,' herhaalde Win. 'Mooi woord.'

'Jij bent niet de enige die cursussen vocabularium kan verzorgen.'

Win zuchtte. 'Zullen we verdergaan? Joey the Toe stond aan het hoofd van de criminele Turant-familie. Volgens dit rapport heeft hij een behoorlijk strafblad – de gebruikelijke potpourri van afpersing, corruptie, moord, geweldpleging, woekeren, allerhande gangsterpraktijken.'

‘Gangsterpraktijken is een mooie allesomvattende term,’ zei Myron.

‘Vind je ook niet? Hoe dan ook, Joey the Toe werd gearresteerd en veroordeeld voor de moord op Jordan Kravat. Hij zit levenslang uit in Ely State Prison in Nevada.’

‘Interessant,’ zei Myron.

‘Ik zie niet zo goed hoe de moeder van het slachtoffer ons wijzer zou kunnen maken.’

‘Je weet hoe het werkt, Win. We kloppen op deuren, we roeren in de soep, we porren in de stront en kijken wat er boven komt drijven.’

‘Kortom, onze doorwrochte strategie.’

‘Juist.’

‘Het voelt als verspilde moeite.’

‘Ik had ook alleen kunnen gaan.’

‘Naar Vegas?’ Win trok een wenkbrauw op. ‘Je weet dat ik nooit een trip naar Vegas oversla.’

‘Grote plannen, Win?’

‘Golf en lichtzinnigheid, ja.’

‘Ik dacht dat je daar niet meer aan deed.’

‘Wat, golf?’

‘Haha, ik dacht dat je gestopt was met prostituees.’

‘Dat is ook zo, min of meer. En jij moet ophouden je zo schandelijk uit te laten over sekswerkers. “Steun de sekswerker” is niet zomaar een nietszeggende, progressieve slogan voor mij.’

‘O ja, jij bent een zeer verlichte geest.’

‘Dat gezegd hebbende ben ik veel behoedzamer dan ik was.’

‘Op welke manier?’

‘Ik zorg ervoor dat ik zeker weet dat er geen misbruik, dwang of vrouwenhandel in het spel is.’

‘Hoe doe je dat?’

‘We hoeven het niet in detail te behandelen, maar ik weet het.’ Hij zette zijn vingertoppen tegen elkaar. 'Het is altijd een dichotomische kwestie voor me geweest. Ik wil geen emotionele band als het gaat om de seksuele daad omdat ik vind dat zo'n band het pure fysieke genieten in de weg staat – maar toch wil ik ook niet dat het een kille, onpersoonlijke gebeurtenis wordt. Een puur financiële transactie werkt voor mij niet. Ik moet het gevoel krijgen dat de deelnemende – degene die het geluk heeft gehad te mogen deelnemen, mag ik wel zeggen – zich tot mij aangetrokken voelt. Ik moet me gewild voelen.'

Win keek op en wachtte.

'Wow,' zei Myron.

'Ik ben veeleisend,' zei Win.

'Je realiseert je hopelijk wel dat dit verhaal bol staat van de tegenstrijdigheden.'

'We zijn allen vaten vol tegenstrijdigheden, Myron. We zijn allemaal hypocriet. We willen alles zwart-wit, terwijl alles grijs is.'

Mee, de stewardess, kwam bij hen staan. 'We hebben lekkere hapjes aan boord. Hebben jullie zin in iets?'

'Dank je, Mee. Mag ik de kaviaar?'

Mee keek Myron aan. 'Voor mij ook, alsjeblieft.'

Toen Mee weer vertrokken was, voelde Win Myrons ogen op zich gericht en zei: 'Nooit meer met werknemers. Nooit. Dat is de reden waarom Yu is vertrokken.'

'Omdat je met haar naar bed ging?'

'Wat? Nee, het tegenovergestelde.'

'Zeg je nu dat Yu is vertrokken omdat je niet met haar naar bed wilde?'

'Misschien.'

'Ik dacht dat ze een succesvolle makelaardij had opgezet in Santa Fe.'

'Gun me mijn illusies, Myron.' Win ging verzitten. 'En, hoe ging het met je ex?'

Myron deed verslag van zijn gesprek met Emily. Aan het eind voegde hij er nog aan toe: 'O, en er was iets wat ik interessant vond. Emily ging ooit op vriendschappelijke voet om met Cecelia Callister.'

'Ik ook,' zei Win.

'Hè, wat? Wanneer?'

'Lang geleden. Een keer een weekend.'

Myron schudde zijn hoofd.

'Het was fantastisch, als je dat wilt weten.'

'Nee, dat wil ik niet.'

'Misschien was ze een tikkeltje performatief. Mooie vrouwen vertonen vaak performatief gedrag, vind je ook niet, Myron?'

'Nee.'

'Ze moeten verliefd zijn om zich werkelijk te laten gaan.'

'Dat geldt voor de meeste vrouwen. Voor mannen ook, trouwens.'

Win hield zijn hoofd scheef. 'Dat geloof je niet echt.'

'Je hebt me nooit iets verteld over jou en Cecelia Callister.'

'Een gentleman zwijgt over zijn vrijerijen.'

'Maar jij zwijgt nooit.'

'Tja, ik ben geen gentleman.'

6

Een paar uur later doemde de bekende Las Vegas Strip op toen Wins vliegtuig de landing inzette op wat tegenwoordig Harry Reid International Airport heette. De landing verliep gladjes alsof hij werd uitgevoerd onder choreografie van de Four Tops. Het vliegtuig taxiede naar een plek waar Win en Myron werden opgewacht door twee zwarte SUV's, Mercedes-Maybach GLS. De ene zou Win naar de Shadow Creek Golf Course brengen. Win was een scratchgolfer, lid van Merion, Pine Valley, Seminole, Winged Foot en Adiona Island. De goede verstaander heeft maar een half woord nodig. Win was de jongste telg van een geslacht van golfers. Zijn voorvaderen gingen van boord van de Mayflower met een tas vol golfclubs van de beste kwaliteit en teetimes op het mooiste moment van de dag.

De andere SUV zou Myron naar het onderkomen van Donna Kravat vervoeren.

'Waar verblijven we?' vroeg Myron.

'In het Wynn. Wil je weten waarom?'

'Omdat het een goed hotel is midden op de strip?'

'Ook, maar vooral vanwege de alliteratie. Win in het Wynn.'

'O jee.'

Myrons rit naar de nieuwe woonwijk bij Kyle Canyon vergde een half uur. Hij had zijn komst niet telefonisch aangekondigd, maar

Win had een lokale privédetective op pad gestuurd om zeker te weten dat de moeder van Jord Kravat thuis zou zijn. De man had gemeld dat Donna nu gehuld in een felroze bikini bij het gemeenschappelijke zwembad op een chaise longue lag. Myrons bevooroordeelde onnozelheid deed hem denken dat iedereen die een volwassen kind had, ook het uiterlijk van een bepaalde leeftijd moest hebben. Yep, behoorlijk seksistisch. Donna Kravat was waarschijnlijk even oud als Myron, misschien een paar jaar ouder, maar ze zag er fantastisch uit. Het leed geen twijfel dat er, zoals Myrons moeder dat eufemistisch placht te noemen, enig werk was verricht, maar wat dan nog? Zo ging dat vandaag de dag, zeker rond zulke zwembaden. De helft van Myrons klasgenoten op de highschool in Livingston had iets aan zijn neus laten doen. Sommige mensen verven hun haar. Anderen doen weer wat anders. Laat ze. Doe waar je zin in hebt. Myron had zelf een paar jaar geleden facings op zijn tanden laten zetten. Waarom zou hij anderen de maat nemen?

Dat alles gezegd hebbende, moest Myron toegeven dat het werk hier deskundig was verricht. Donna Kravat was misschien iets aan de gevulde kant, maar nog maar eens: wat dan nog?

'Donna Kravat?'

Ze keek over de rand van haar zonnebril. 'Ik ken jou.'

'Ik geloof niet dat wij elkaar eerder hebben ontmoet. Mijn naam is...'

'Myron Bolitar,' zei ze. 'Je speelde basketbal voor Duke.'

Het gebeurde zelden dat mensen zich hem herinnerden uit de tijd dat hij nog speelde. 'Heeft iemand je verteld dat ik zou komen?'

'Nee,' zei Donna. 'Maar ik zat in de eindexamenklas van Wake Forest toen jij eerstejaars was op Duke. Ik zat destijds zo ongeveer permanent op de bank voor het meisjesteam.' Ze onthaalde hem op een brede glimlach. Yep, ook zij had facings. 'Jij was een geweldige basketballer.'

'Dank je.'

Haar glimlach verflauwde. 'Toen jij die knieblessure kreeg, ik bedoel, zo aan het begin van je carrière...'

'Dat is lang geleden,' zei Myron.

'Maar toch,' zei ze. Donna Kravat zette haar zonnebril af en ging rechtop zitten. 'Oké, dus ik ben supernieuwsgierig. Waarom wil Myron Bolitar mij spreken?'

Het uur U. Myron had in gedachten al een paar keer steeds op een andere manier het gesprek geopend, maar hoe moet je in vredesnaam vanuit het niets aan een moeder vragen gaan stellen over haar vermoorde zoon?

Donna Kravat zag zijn aarzeling en knikte. 'Het gaat over Jordan.'

'Ja. Als je liever ergens anders met wat meer privacy...'

'O, ik zou het heerlijk vinden om ergens naartoe te gaan met wat meer privacy,' zei ze, een zweem van dubbelzinnigheid voorwendend om iets te maskeren wat niet te maskeren viel. 'Maar we kunnen hier ook praten. Mijn zoon laat me nooit alleen, weet je. Geen seconde. De moord op hem is mijn permanente metgezel. Als ik het van me af probeer te zetten, houdt het zich schuil in de schaduw en bespringt het me als ik er het minst op verdacht ben. Jordan is dus altijd hier, vlak naast me.'

'Ik vind het heel erg voor je,' zei Myron.

Ze pakte haar telefoon. Om een appje te versturen misschien, of om zichzelf even een houding te geven. Ze tikte nadrukkelijk op het scherm. Myron wachtte stil af. Terwijl ze op het scherm van haar telefoon bleef kijken, hield ze op met tikken. Ze vroeg: 'Kende je mijn zoon?'

'Nee, het gaat om een vriend van hem.'

Ze knikte. 'Bo.'

'Ja. Hoe wist je dat?'

'Het is niet per se een briljante ingeving van mijn kant. Bo is de enige vriend die is verdwenen na de moord op Jordan. Weet je waar hij is?'

'Ik hoopte dat jij me dat zou kunnen vertellen.'

'Ik heb hem niet meer gezien na het moment dat hij voor de rechtbank getuigde tegen de moordenaar van Jord. Waarom ben je naar hem op zoek?'

Myron vroeg zich af hoe hij daarop moest antwoorden en besloot tot: 'Dat is een lang verhaal.'

'En dan moet ik nu zeggen dat ik alle tijd van de wereld heb?'

'Na mijn blessure ben ik advocaat geworden en ik heb een sportagentschap.'

'Ik geloof dat ik daar iets over heb gelezen. Na je blessure stond je op de omslag van de *Sports Illustrated*. Met je knie in het gips of zo. Ze dachten dat je wel terug zou komen.'

'Dat lukte niet. Hoe dan ook, dit gaat om een van mijn cliënten, dus ik moet het vertrouwelijk houden.'

'Geheimhoudingsplicht.'

'Ja. Ik hoop dat je dat niet erg vindt.' Myron probeerde het gesprek gaande te houden. 'Waren Bo en je zoon goede vrienden?'

'Ze waren een stel, als je dat bedoelt. Ze hebben elkaar in feite via mij leren kennen. Ik runde een kroeg.'

'De Man United?'

'Mooie naam, hè?'

'Heel mooi.'

'In mijn voorlaatste studiejaar heb ik een semester doorgebracht in Engeland. Daar ben ik echt supporter van Manchester United geworden. Zo ben ik aan de naam gekomen. Deden jullie dat op Duke ook?'

'Een semester naar het buitenland?'

'Ja.'

'Dat ging niet, vanwege basketbal.'

'O, juist, natuurlijk. Zoals ik al zei zat ik voornamelijk op de bank. Hoe dan ook, mijn zoon vertelde me op zijn vijftiende dat hij gay was, al kwam dat nauwelijks als een verrassing. Ik wilde hem steunen bij de keuzes die hij in zijn leven maakte en dacht dat ik met de club winst zou kunnen boeken. Maar ik zat er in beide opzichten naast.'

'Hoezo?'

'We gingen geweldig van start. Ik bedoel, Man United was een schot in de roos. En het was hartstikke leuk. Echt. Ik probeerde het ook netjes te houden. Natuurlijk waren er een paar dansers die er privé wat dingetjes naast deden, die geld verdienden in, eh... de wandelgangen. Dat houd je niet tegen.'

'Je bedoelt prostitutie?'

'Ja, dat. Maar toen kwam de maffia. En die kwamen bepaald niet zachtzinnig binnen. Ze wilden van alles een percentage. Ze begonnen de jongens onder druk te zetten om meer te verdienen. We probeerden ons wel te verzetten, maar...'

'En Joey Turant was een van die gangsters?'

'Hij en zijn familie, ja.' Ze schudde haar hoofd en keek weg. 'Jordan begreep niet hoe gevaarlijk die Turants waren. Ik had hem gezegd zich koest te houden, maar zo zat hij niet in elkaar.'

'Jammer.'

Ze knikte, liet het bezinken en gunde zichzelf even tijd om op adem te komen. 'Wil je weten waar Bo volgens mij is?'

'Ja, natuurlijk.'

'Ik denk dat hij ergens in de woestijn begraven ligt. Ik denk dat ze hem ook hebben vermoord.'

Myron probeerde zich een mening te vormen over dat idee. Donna Kravat bestudeerde Myrons gezicht.

'Je bent het niet met me eens,' zei ze.

'Ik weet het niet.'

'Maar?'

'Maar ik denk dat Bo nog in leven is.'

'Waarom?'

Myron zei niets.

'De geheimhoudingsplicht?'

‘Weet jij hoe Bo werkelijk heet?’ vroeg Myron.

Nu was het Donna Kravat die zweeg.

‘Donna?’

‘Jij lijkt me een prima vent,’ zei ze, ‘maar ik ken je niet echt. Ik weet niet waarom je hier bent.’

‘Dat heb ik je verteld.’

‘Je hebt iets ontdekt over Bo en nu ben je naar hem op zoek. Zoals ik al zei, ik denk dat hij in de woestijn begraven ligt. Maar als dat niet zo is, als hij op de vlucht is, is zo iemand als jij misschien wel de reden waarom dat zo is.’

‘Nee, dat is het niet. Ik wil hem helpen.’

Haar gezicht verstrakte. Ze zette de zonnebril weer op en ging liggen. Myron zocht naar een manier om haar weer aan de praat te krijgen.

‘Jij houdt van basketbal,’ zei hij.

Ze reageerde niet.

‘Dan herinner je je Greg Downing vast.’

Dat trok haar aandacht. Ze liet haar zonnebril zakken en keek hem over de rand ervan aan. ‘Natuurlijk. Ik heb gezien dat jullie het tegen elkaar opnamen. Ik vond het verdrietig dat hij zo jong is gestorven. Ik was een fan van hem.’

‘Heb je hem ooit ontmoet?’

‘Greg Downing? Nee.’

‘Heeft je zoon het ooit over hem gehad?’

‘Nee, nooit.’ Ze ging helemaal rechtop zitten. ‘Hoe zou Jordan iets te maken kunnen hebben met Greg Downing?’

‘Bo is misschien een vriend van Greg Downing geweest.’

‘Hè? Wanneer?’

Ze keek Myron aan. Die knikte alleen maar.

‘Ik begrijp het niet. Wil je zeggen dat Bo en Greg Downing…’

‘Ik weet het niet, maar daarom ben ik hier. Ik moet Bo opsporen. Alsjeblieft Donna, hoe heette Bo in het echt?’

‘Nee, sorry, zo werkt dat niet,’ zei ze. ‘Je komt hier onaangekondigd en stelt me vragen over mijn vermoorde zoon. Wat hou je voor me achter?’

‘Er is op dit moment niets om achter te houden,’ zei Myron. ‘Als ik iets boven water krijg, zal ik het je laten weten. Maar alsjeblieft...’

Ze ging staan en trok een dun badjasje aan. Ze zette haar handen in haar zij en zuchtte diep. ‘Hij beweerde dat hij in het echt Brian Connors heette.’

‘Beweerde?’

‘Hij wilde me geen *social security*-nummer of zo geven. Alles gebeurde zwart, dus ik weet niet of hij echt zo heette.’

‘Heeft hij wel verteld waar hij vandaan kwam?’

‘Ergens in Oklahoma.’

‘Weet je of hij familie had?’

‘Hij had een hechte band met zijn moeder. Die heet Grace.’

‘Vader? Broers? Zusters?’

‘Zijn ouders waren lang geleden gescheiden. De vader leeft niet meer. Misschien is er een broer, dat weet ik niet. Bo deed heel geheimzinnig over zijn verleden. Ik weet niet waarom.’ Ze ging dichter bij hem staan. ‘Hoelang blijf je in Vegas?’

‘Waarschijnlijk maar tot morgen.’

‘Wil je met mij uit eten?’

Myron aarzelde. Ze bleef hem aankijken en het leek wel of ze hem wilde versieren. Maar zeker weten deed hij het niet. Hij stak zwakjes zijn linkerhand omhoog, wees op zijn ring en zei slapjes: ‘Ik ben getrouwd.’

‘Ik ook.’

Waarop Myron, altijd al een gladde prater, reageerde met: ‘O.’

‘Maar je weet wat ze zeggen: wat in Vegas gebeurt, blijft in Vegas.’

‘Ja,’ zei Myron. ‘Maar dat is niet echt mijn stijl.’

'Ook niet als twee voormalige profbasketballers? Ik denk dat er nog veel meer is waarover we moeten praten. Alleen komt het op dit moment niet uit. In welk hotel zit je?'

'Het Wynn.'

'Dan zie ik je bij Mizumi. Vanavond. Acht uur.'

7

Myron belde Esperanza toen hij terugliep naar de Mercedes.

'Er zullen heel veel Brian Connors blijken te zijn.'

'Zijn moeder heet Grace.' Myron schoof op de achterbank met de telefoon aan zijn oor. De chauffeur zette de versnelling in *drive* en begon te rijden. 'Misschien komt hij uit Oklahoma.'

'Ik ga ermee aan de slag.'

'Bedankt.'

Ze waren misschien twee straten verder toen Myron het gevoel kreeg dat er iets niet in orde was. 'Neem me niet kwalijk,' zei hij tegen de chauffeur, 'waar is Harold?'

'Hij moest weg. Ik ben zijn vervanger.'

'Hoe heet je?'

'Sal.'

'Sal, ik ben Myron.'

'Aangenaam, Myron.'

'Insgelijks. Harold vertelde dat zijn vrouw ziek was.'

'Ja, daarom moest hij weg. Excuses voor het ongemak.'

'Maak je geen zorgen,' zei Myron.

Heimelijk probeerde Myron het portier. Op slot. Niet geheel onverwacht. Hij keek op zijn telefoon of zijn gps was ingeschakeld. Dat bleek zo te zijn. Net als altijd. Win en hij deelden voortdurend hun locatie met elkaar.

Voor het geval dat.

Voor het geval dat zich een situatie als deze zou voordoen. Myron tikte op het stille alarm op zijn telefoon om Win te laten weten dat er onheil dreigde.

Op het moment dat de auto bleef stilstaan voor een verkeerslicht, boog Myron zich naar voren, schoof zijn arm om de keel van de man en snoerde de greep hard aan.

Sal maakte een gorgelend geluid.

Myron wrikte zijn elleboog strakker om de keel en sneed de luchttoevoer af. Sals handen schoten omhoog naar Myrons elleboog, probeerden er tevergeefs vat op te krijgen. Hij deed zijn uiterste best zich op zijn minst gedeeltelijk uit de greep te bevrijden.

Myron verslapte niet.

Met zijn mond dicht bij Sals oor fluisterde Myron: 'Mijn chauffeur heette Fred. Hij was niet getrouwd.'

Myron spande zijn biceps om de greep nog wat strakker aan te snoeren.

Sal bokte op zijn stoel.

Myron zag de afstandsbediening voor de portieren op de console tussen beide voorstoelen liggen. Dat zou onhandig worden – zijn rechterarm om Sals keel, zijn linkerarm daaroverheen of voorlangs kruisend alsof hij Twister speelde. Toen hij de afstandsbediening eenmaal in zijn hand had, overwoog hij wat hij nu moest doen. Bleef hij in de auto zitten en bewerkte hij Sal om hem aan het praten te krijgen? Of moest hij als de gesmeerde bliksem uit die auto om een veilig heenkomen te zoeken?

Dat speelde zich allemaal in een paar nanoseconden in zijn hoofd af. De kans was groot dat Sal niet alleen werkte. Iemand had met Fred afgerekend, met een trucje of met dwang, en als Fred onder dwang uit de Mercedes was gehaald, was het belangrijk hem zo snel mogelijk terug te vinden.

Maar de allereerste regel in Myrons *rules of engagement* luidde nog altijd: zorg dat je veilig bent. Een confrontatie met je tegenstander kan altijd nog.

Win zou het gevecht aangaan. Hij zou ervan genieten om Sal af te maken.

Dat gold niet echt voor Myron.

Het licht sprong op groen.

Myron ontgrendelde de portieren met de afstandsbediening. Hij was bang dat Sal op het gaspedaal zou trappen op het moment dat Myron hem losliet om uit de auto te springen. Dat was een risico dat Myron niet wilde lopen. Kon hij met de afstandsbediening de motor uitschakelen? Hij zou niet weten hoe dat moest. Daarom probeerde hij het met een andere, uiterst eenvoudige truc.

Hij balde zijn linkervuist, leunde zo ver achteruit als maar mogelijk was en stompte Sal tegen zijn slaap – hard genoeg, zo wist hij, om Sal een tijdje uit te schakelen. Lang genoeg om veilig uit de auto te komen.

Maar zo ging het niet. Op het moment dat hij de stomp had uitgedeeld vlogen de beide achterportieren open.

Twee mannen stapten in, allebei gewapend met een pistool.

Dat was niet goed.

Myron aarzelde niet. Hij gunde de man links de tijd niet om het portier dicht te trekken en gaf hem een elleboogstoot op zijn neus, terwijl hij nog over het leer naar Myron toe schoof. Myron voelde de botjes in de neus wijken en meegeven.

Myron duwde hard tegen de man om hem uit de auto te werken.

'Niet bewegen!'

Dat was de stem van de man die aan de rechterkant was ingestapt. Myron hield in en woog zijn kansen. Zou de man hem neerschieten? Waarschijnlijk niet. Als het de bedoeling was geweest om hem te vermoorden, hadden ze dat allang gedaan. Zou je denken. Ze hadden geprobeerd hem te ontvoeren. Wie waren die mannen? Wat wilden ze? Myron had geen idee.

Hij wist alleen dat hij zo snel mogelijk uit die auto moest zien te komen.

Maar goed, hij had zijn locatie doorgegeven en alarm geslagen.

Win was onderweg.

Misschien moest hij zo veel mogelijk tijdrekken?

Nee.

Myron stak zijn handen omhoog alsof hij zich overgaf. Hij was een formidabele vuistvechter. Goed getraind, maar hij had vooral de reflexen en de snelheid van een professional. Nee, dat is zeker niet sneller dan een kogel, maar met de voorsprong van het verrassingseffect, zijn grootte, zijn kracht en zijn genen, bracht hij zijn handen traag omhoog, wat hem de tijd gaf zijn volgende actie te plannen. Op het moment dat hij voelde dat de man met het pistool iets te zelfverzekerd was, zijn concentratie even liet verslappen, zag Myron zijn kans schoon.

Nú, zei hij in gedachten.

De vingers van Myrons rechterhand vormden een speer die hij met de snelheid van een cobra tegen de keel van de man stootte. Diens ogen werden groot van de pijn. Myrons linkervuist volgde meteen. De klap landde vlak op de kaak. De man sloeg achteruit en omdat het portier nog een beetje openstond, kostte het geen enkele moeite om hem uit de auto te schuiven.

'Oké, zo is het wel genoeg.'

Die stem kwam uit het voorste deel van de auto. Sal de chauffeur. Sal had nu ook een pistool en de vorstelijke beenruimte achter in de Mercedes-Maybach maakte het Myron onmogelijk in de buurt van Sal te komen voordat die de trekker zou overhalen. Sal richtte het pistool op Myron. Zijn ogen spuwden vuur.

Hij wilde schieten.

Myron aarzelde. En meer was er niet nodig om de strijd te beslechten.

De man links, die hij een elleboogstoot had gegeven, sloeg Myron tegen zijn hoofd met de greep van zijn pistool. Myron zag sterretjes. Een tweede klap volgde, Myron had geen idee waar die vandaan kwam, en een derde.

Daarna werd alles zwart.

8

Ze hadden hem vastgebonden op een stoel midden in een kamer. Ze hadden zijn linkerschoen en linkersok uitgetrokken.

Naast zijn blote voet lag een snoeischaar.

Onder zijn voet lag bovendien een vel plastic.

Helemaal fout.

Er waren vier mannen. Sal en de twee mannen die hem van links en rechts hadden besprongen en een nieuwe. Die man, duidelijk de leider van het stel, stond voor hem.

'We zagen dat je je vriend een seintje had gegeven. Sal heeft je telefoon achter in een vrachtwagen gestopt die op weg is naar het westen. Je vriend volgt je nu waarschijnlijk richting de grens van Californië.'

De leider had in alles de uitstraling van een ouderwetse maffiabaas. Over zijn kaken lag een grijs waas van twee dagen vettige baardgroei. Zijn haar lag glad achterover gestreken over zijn schedel en zijn shirt hing los over zijn behaarde borst die werd opgesierd met gouden kettingen. Hij klemde een tandenstoker tussen zijn kaken.

'Ik heb me laten vertellen dat jij ooit een ster was in het basketbal,' zei de leider. 'Maar ik heb nog nooit van je gehoord.'

'Wow,' zei Myron. 'Nu kwets je mijn gevoelens.'

De leider glimlachte en kauwde eens flink op de tandenstoker. 'We hebben een grapjas te pakken, jongens.'

'Ik ben ook een begenadigd zanger,' zei Myron. 'Wil je mijn uitvoering horen van "Volare"?'

'O, straks zal ik je wel horen zingen.'

Weer die glimlach. Myron bleef hem recht in de ogen lijken. Regel twee van de rules of engagement: nooit laten zien dat je bang bent. Nooit. Dat had Myron wel geleerd. Deze lui kickten op angst. Het wond ze op. Het gaf ze kracht.

Situaties beoordelen. Daar was Myron goed in. Inschattingen maken. Bedenken wat je kon doen. Myron nam de ruimte in zich op. De muren waren van beton. Tegen een van de muren stonden een bandenpomp en een schop. Aan een andere muur hing gereedschap.

Het zou een garage kunnen zijn.

Hij kon buiten verkeer horen, soms een autoradio waarvan het volume flink was opgeschroefd. De leider deed een stap naar voren. Hij bleef op de tandenstoker kauwen.

'Waar is Bo?'

'Die tandenstoker,' zei Myron. 'Vind je ook niet dat dat een beetje te veel van het goeie is?'

'Hè?'

'De maffiabaas kauwend op een tandenstoker,' zei Myron. 'Nogal cliché, dat is heel vaak gedaan.'

Dat toverde een nieuwe glimlach op het gezicht van de leider. 'Raak.' Hij spuugde de tandenstoker weg en kwam nog dichter bij Myron staan. 'Laat me je eens vertellen hoe dit verdergaat. Zie je je voet? Die ene zonder schoen en sok?'

'Ja, die zie ik.'

'Oké, luister, grote jongen. We gaan dat kleine teentje afknippen. Daar kan niet over worden onderhandeld. Daar kom je niet onderuit. Dat moet gebeuren. Dat is een dingetje van onze baas. Zijn motto of zo.'

'Zijn MO,' zei Sal.

De leider knikte. 'Ja, veel beter, dank je. Zijn MO.' Even bleef het stil. Toen zei hij: 'Hé, waar staat dat eigenlijk voor? MO?'

'Operatiemethode, geloof ik.'

'Dan zou het OM zijn.'

'O ja,' zei Sal. 'Wacht, dan is het vast methode van operatie.'

'Dat wordt MVO.'

'Hm, nee,' zei Sal. 'Dat klinkt als een club waar slagers lid van worden. Dan moet je zeggen: "Hij knipt tenen af als de beste slager", of zoiets raars als: "Bij de MVO knippen ze je tenen af." Dat kan het niet zijn. Misschien moeten we het googelen, Jazz.'

'O ja, natuurlijk.'

'Modus operandi,' zei Myron.

'Wat?'

'Dat is waar MO voor staat. Modus operandi. Dat is Latijn.'

Dat kon Jazz wel waarderen. 'Moet je nou eens kijken,' zei hij. 'Einstein, de zingende grapjas.'

'Einstein zonder kleine teen,' voegde Sal eraan toe.

'Nou ja, als hij meewerkt houdt hij tenminste nog één kleine teen over.'

'Einstein met één kleine teen in plaats van twee.'

'Dat is wel een hele mondvol, Sal.' Jazz, de leider, richtte zich weer tot Myron. 'Goed, dit is wat het is, vriend. Je raakt een kleine teen kwijt. Hoe dan ook. Ook al zing je als een kanarie. Maar als je niet meer appendices wilt kwijtraken…'

'Mooi woord, Jazz.'

'Wat, appendices?'

'Ja.'

'Bedankt, Sal. Heb ik van de Woord van de Dag-app.' Hij richtte zich weer tot Myron. 'Hoe dan ook, als je niet meer appendices wilt kwijtraken,' zei hij terwijl hij even over zijn schouder keek en naar Sal knipoogde, 'dan vertel je ons wat we willen weten. Waar is Bo?'

'Hoe weet je dat ik hem zoek?' vroeg Myron.

'Eh... dat doet er niet echt toe.'

'Nou, Jazz – mag ik Jazz zeggen? Nou, Jazz, dat doet er wel toe.'

'Hoezo?'

'Omdat jij, als je weet dat ik Bo zoek, ook weet dat ik niet weet waar hij is. Als ik dat wist, zou ik hem immers niet zoeken, toch?'

Jazz begon na te denken. Hij keek Sal aan.

'Klinkt wel een beetje logisch, Jazz,' zei Sal.

De beide andere ongeschoren boeven knikten instemmend.

'Maar je bent wel naar hem op zoek. Dat klopt?' zei Jazz.

'Ja.'

'Waarom?'

Myron vroeg zich even af hoe hij daarop zou reageren en besloot toen maar zo veel mogelijk open kaart te spelen. 'Wellicht zijn er banden met iemand anders die zoek is.'

'Wie?'

'Wie wat?'

'Wie is die andere persoon die zoek is?'

'O,' zei Myron om tijd te rekken. 'Weet je wat zo interessant is?'

'Ik ben reuzebenieuwd.'

'Het lijkt wel of we allebei aan dezelfde kant staan.'

Jazz wreef over zijn kin. 'Hoe dan?'

'We zoeken allebei Bo Storm. Als we onze kennis delen, kunnen we elkaar misschien verder helpen.'

'O, man, dat zou fantastisch zijn, Myron. Ik wil jou zo graag helpen. Daar leef ik voor.'

Sal schudde zijn hoofd. 'De knul is aan het tijdrekken.'

'Wow, klopt, Sherlock. We gaan die teen eraf knippen om er een beetje vaart in te brengen. Jerry?'

'Wat?' vroeg een van de ongeschoren boeven.

'Heb je de koelbox daar?'

Jerry zette een Coleman-koelbox naast Myrons voet. Zo'n ding waar je een sixpack in doet als je naar het strand gaat. Jerry keek Jazz aan.

'Toe maar, Jerry. De eer is aan jou vandaag.'

Jerry raakte duidelijk niet opgewonden van zijn uitverkiezing. 'Ik heb het de vorige keer gedaan.'

'Zeker, dat deed je heel goed.'

'Ik doe het wel,' zei Sal. 'Ik ben nog steeds pissig vanwege die wurggreep.'

Het ging de verkeerde kant op.

Myron zette druk op zijn boeien. Ze gaven geen millimeter mee. Sal kuierde op zijn gemak naar Myron. Buiten hoorde Myron nog steeds auto's voorbijrijden, zo nu en dan vergezeld van radiogeluiden. Sal bukte zich en raapte de snoeischaar op. Hij zwaaide de schaar traag heen en weer voor Myrons ogen, kneep de handgrepen langzaam samen en nam toen de druk weer weg, alles om Myron duidelijk te maken dat de schaar goed functioneerde.

Myron probeerde te bokken, te schoppen, op een of andere manier in beweging te komen. Zijn boeien gaven nog steeds niet mee.

Sal liet zich op een knie zakken bij Myrons voet.

'Wacht even,' zei Myron. Hij moest zijn best doen om de paniek uit zijn stem te weren. 'Laten we dit uitpraten.'

'Dat gaan we doen, Myron,' zei Jazz. 'Maak je geen zorgen. Maar eerst moet die teen eraf.'

Sal opende de schaar en liet Myron de kromme snijrand zien. Myron begon wanhopig te wiebelen met zijn voet, probeerde zijn teen weg te frommelen, krom te zetten of wat dan ook.

Hij deed alles wat hij maar kon doen om de teen in beweging te houden.

'Luister, Jazz, Sal, Jerry, allemaal – willen jullie nu even wachten? Ik wil meewerken. Vertel me waarom Joey the Toe Bo zoekt.'

Dat zette Sal aan het denken. 'Wie heeft gezegd dat wij voor Joey the Toe werken?'

'Eh...'

Meende hij dat?

'Kijk,' zei Myron. 'De eerstvolgende met wie ik wilde praten was Joey.'

'In de gevangenis?'

'Precies. Hem laten zien dat ik hem waardeer. Hem vertellen dat ik hem wil helpen.'

'Dit is een grappige truc om tijd te rekken.' Jazz glimlachte. 'Je hebt echt geen idee, hè?'

Dat was het moment waarop Myron uit een auto buiten een bekend lied hoorde. 'The Heart of Rock and Roll' van Huey Lewis and the American Express/News.

'Jij lult te veel,' zei Jazz. 'Knip die kutteen eraf, Sal. Zonder dat kreng zal hij veel beter meewerken.'

Sal drukte de voet op de vloer. Myron bleef bokken.

'Jerry, help me,' zei Sal.

Jerry ging naast Sal op zijn hurken zitten en drukte met twee handen Myrons voet op de vloer. Sal opende de bek van de schaar wijd. De tijd begon te dringen. Het lied klonk nog steeds. Huey zong dat hij het zelf had gezien en het dus geloofde, en toen viel de muziek stil.

Myron hield op met wiebelen. 'Sal?'

Sal keek naar Myron op.

'Hou onmiddellijk op, anders ga je dood.'

'Ha, ik denk het niet.'

Myron sloot zijn ogen en wachtte.

De eerste kogel verwijderde Sals achterhoofd.

Warm bloed en stukjes hersenen spetterden op Myrons blote voet.

Myron schreeuwde: 'Je hoeft niet...'

Maar dat had geen zin. Win stapte de ruimte in. Met de tweede kogel schakelde hij Jerry uit, zachtjes zingend dat '*the old boy may be barely breathing*'. Het laatste wat de andere ongeschoren boef hoorde voordat ook hij het loodje legde waren de woorden van het refrein: '*the heart of rock and roll, heart of rock and roll is still beating*'.

Alle drie een kogel in het hoofd. Alle drie doder dan dood.

Jazz stak zijn handen omhoog. Win richtte het pistool op hem terwijl hij zong: 'In Cleveland, Detroit.'

'Alsjeblieft,' zei Jazz. 'Niet doen.'

9

Drie uur later, klokslag acht uur, kuierde Donna Kravat Mizumi in, het sushirestaurant van het Wynn. Ze droeg een soepelvallende zwarte jurk en liep op hoge hakken. Ze gaf de net onder de douche vandaan gestapte, van top tot teen schoongeschrobde Myron een klein kusje op zijn wang. Donna verspreidde een heerlijke geur. Toen ze was gaan zitten vroeg Myron: 'Waarom heb je ze getipt?'

'Ik weet niet waarover je het hebt.'

Zonder waarschuwing graaide Myron haar tasje weg.

'Hé, verdomme...' Ze schoot weer overeind.

Myron rommelde in het tasje en haalde haar telefoon tevoorschijn.

'Wat doe je?'

Hij hield de telefoon voor haar gezicht. Het toestel ontgrendelde.

'Myron?'

Myron scrolde door de lijst met iMessages. 'Jij hebt ze getipt. Meteen toen ik bij het zwembad opdook. Dat was het bericht dat je verstuurde.'

'Myron...'

'Wist je wat ze zouden doen?'

'Maakt het wat uit als ik zeg van niet?'

'Niet echt, nee.'

'Ik sta perplex,' zei ze. 'Je hebt je teen nog.'

'Ik ben een vindingrijk mens.'

'Ik geloof je meteen.'

Myron legde de telefoon neer. 'Dus waarom help jij de moordenaar van je zoon?'

'Omdat ik geloof,' zei Donna, 'dat hij het niet heeft gedaan.'

'Waarom niet? Met zo veel bewijsmateriaal...'

'Te veel bewijzen, denk je ook niet?' Donna ging voor de tweede keer zitten. Myron ging ook zitten. Ze hield haar hand op en maakte een gebaar dat hij haar de telefoon moest teruggeven. 'Denk er maar even over na. De vingerafdrukken. Het DNA. Het wapen, en dan nog die téén.'

'Eh, Joey verzamelt tenen. Vandaar die bijnaam.'

'Niet als hij iemand koud maakt. Hij knipt tenen af om een boodschap duidelijk te maken – het is een manier om zijn concurrenten te intimideren. Echt, welke idioot bewaart tenen van zijn slachtoffers zodat de politie ze kan vinden? Wie is er zo idioot om zo veel bewijs te laten rondslingeren?'

'De gevangenis zit vol met dergelijke idioten.'

'Joey Turant staat aan de top van een belangrijk misdaadsyndicaat. Hij had geen enkel motief om mijn jongen te vermoorden.'

'Dat weet je niet. Misschien was Joey een crypto en stond Jordan op het punt hem uit de kast te sleuren. Misschien liep Jordan hem voor de voeten, of had hij hem verkeerd aangekeken of deed hij niets...'

'Ze stonden aan dezelfde kant.'

Dat snapte Myron niet. 'Aan dezelfde kant? Van wat?'

'Daar ga ik niets over zeggen,' zei ze.

'O ja, Donna, dat ga je wel doen. Ik was door jou bijna een teen kwijtgeraakt.'

'Dus nou denk je dat ik je iets verschuldigd ben?'

'Ik begrijp het niet. Waarom heb je die tuchthuisboeven achter mij aan gestuurd?'

'Mijn zoon en Bo,' zei ze.

'Wat is daarmee?'

'Op het laatst stond hun relatie onder druk. Je weet hoe het gaat. Twee jonge kerels die elkaar proberen trouw te blijven in een stad waarin trouw een vies woord is.'

'Een van beiden ging vreemd?'

'Dat weet ik niet. Waarschijnlijk. Waarschijnlijk allebei. Het maakt niet uit. Ik wil je iets vragen. Vergeet alle vooroordelen die je in deze zaak koestert, oké? Als er een moord wordt gepleegd, wie is dan áltijd de eerste verdachte?'

Myron begreep welke kant ze op wilde. 'De partner.'

'Precies.'

'Dus jij denkt dat Bo betrokken was bij de moord op Jordan?'

Donna deed geen moeite te reageren.

'Heeft de politie daarnaar gekeken?'

Ze giechelde. 'Grapjas. Denk je dat echt, met al dat bewijsmateriaal tegen Joey? Ze wilden Joey al jaren pakken en nu kregen ze hem op een presenteerblaadje aangeboden. Ik denk dat het ze niet eens interesseerde of hij het wel of niet had gedaan. Voor de politie was het volstrekt duidelijk dat ze deze kans moesten grijpen en om complicaties te vermijden zeker niet naar andere verdachten moesten kijken.'

Dat klonk heel aannemelijk.

'Vanaf het moment dat Bo getuigde hebben de Turants alles op de kop gezet om hem te pakken te krijgen. En ze hebben helemaal niets voor elkaar gekregen. Bo is spoorloos verdwenen, zonder dat iemand ook maar een idee heeft waar hij zou kunnen zijn, hij heeft geen enkele aanwijzing achtergelaten. Ik had het al helemaal opgegeven. En nu, na al die jaren, kom jij ineens...'

'Dat betekent nog niet dat hij iets te maken had met de moord op jouw zoon. Misschien is Bo ook dood, zoals je zei. Misschien heeft Joey wraak genomen...'

'Nee. Als Joey Bo vermoord zou hebben, waarom zou hij dan zo geobsedeerd zijn om Bo te vinden? Dan zou hij al weten waar Bo is.'

Daar zat wat in.

'Misschien is het wel gegaan zoals je eerder zei,' probeerde Myron. 'Bo was bang. Zijn vriend wordt vermoord. Hij getuigt tegen de moordenaar en denkt dat hij als volgende aan de beurt is.'

'Misschien. Oké, ik betwijfel het, maar wie zal het zeggen? Het is mogelijk. En als we hem vinden, mag Bo dat allemaal uitleggen, maar hoe dan ook, Myron, jij hebt ons voor het eerst in lange tijd een aanwijzing gegeven.'

'En dat is?'

'Greg Downing.'

'Ik kan je niet volgen.'

'Bo is een knappe jongen. Een tijdlang mijn beste danser. Verschrikkelijk sexy. Maar, hoe zal ik het zeggen, zijn broeksriem gaat niet door alle lusjes, als je begrijpt wat ik bedoel. Hij is niet zo heel slim of vindingrijk. Hij is zeker niet slim genoeg om mijn zoon te vermoorden en Joey the Toe ervoor op te laten draaien.' Ze boog zich naar Myron toe. 'Maar als iemand als Greg Downing in beeld komt. Als Greg verliefd werd op dat sixpack en dat strakke kontje...'

Win zat in de lege bezoekersruimte van de gevangenis tegenover Joey the Toe.

'Jazz is je neef,' zei Win. 'Daarom heb ik hem laten leven.'

Joey zat met zijn armen over elkaar. Hij was niet geboeid. Tussen beide mannen bevond zich geen barrière. Het bezoekuur was al uren geleden afgelopen, maar dat maakte voor Joey the Toe niet uit. Hij was de baas.

'Dus je hebt hem laten leven,' zei Joey schouderophalend. 'Ik neem aan dat je nu denkt dat ik je iets verschuldigd ben?'

'Dat neem ik niet aan. Je hebt mannen op mijn vriend gezet.'

'Dat waren duidelijk niet de beste die ik heb.'

'Dat hoop ik niet.'

'Ik had er meer op moeten zetten.'

'Ik denk niet dat dat iets aan de uitkomst veranderd zou hebben,' zei Win.

'Nee, ik denk het niet. Jij had een tracker op Bolitars telefoon.'

'Ja.'

'Maar we stuurden die telefoon een andere kant op.'

'Er zit ook een tracker in zijn horloge.'

Joey the Toe schudde zijn hoofd. 'Hoe hebben die imbecielen dat over het hoofd kunnen zien.'

'En de auto was er ook nog.'

'Wat was er met de auto?'

'Jouw jongens vervoerden mijn vriend in de gehuurde SUV. Dat verhuurbedrijf heeft trackers in alle wagens.'

'Om zeker te weten dat hun chauffeurs niet even voor eigen rekening rijden in de baas zijn tijd,' constateerde Joey met een instemmende hoofdknik. 'Slim. Goed, wat wil je?'

Win rechtte de rug en zette zijn vingertoppen tegen elkaar. 'Jij bent op zoek naar Bo Storm.'

'Je meent het.'

'Ik kan jou dwarszitten, jij kunt mij dwarszitten. Dat kunnen we allebei missen als kiespijn. Dus ik zal je even uitleggen hoe het ervoor staat: wij vinden Bo Storm en als we dat doen, stellen we jou in kennis.'

Joey the Toe keek Win vuil aan. 'Stellen jullie mij in kennis.'

Win zei niets.

'Waarom zoek jij hem?' vroeg Joey.

'Er is mogelijk een verband met een andere moord.'

'Echt?' Dat vond Joey the Toe grappig. 'Dat is interessant. Wil je zeggen dat die Jordan Kravat niet de enige is die Bo heeft vermoord?'

'Dat weet ik nog niet.'

Joey the Toe zakte onderuit en streelde zijn baard. 'Die andere moord,' zei hij. 'Is dat toevallig zo'n moord waarbij de smerissen iemand anders dan Bo verdenken?'

Op die vraag was Win niet verdacht. Hij peinsde over het beste antwoord en besloot er niet omheen te draaien. 'Ja. Hoe wist je dat?'

'En laat me eens raden: iemand die jij kent – misschien een vriend of zo – gaat ervoor opdraaien?'

'Eerder een cliënt dan een vriend,' zei Win. 'Maar je hebt gelijk.'

Joey glimlachte.

'Hoe wist je dat?'

'Ik heb Jordan Kravat niet vermoord. Ja, ja, ik weet het. Dat zeggen ze allemaal, maar ik heb geen enkele reden om tegen je te liegen, of wel soms?'

'Nee.'

'Ik ben erin geluisd. Bij die andere moord waarover je het hebt, wordt jouw cliënt, vriend, wat dan ook, er ook in geluisd. Net als ik. Wat voor bewijs hebben ze tegen hem? DNA? Vingerafdrukken?'

'DNA.'

Joey schudde grijnzend zijn hoofd. 'Verdomme! Hij heeft het weer voor elkaar gekregen.'

10

Wins penthousesuite in het Wynn was minder vorstelijk dan je zou denken. Er mankeerde echt niets aan en er was een spiegel in het plafond ingebouwd en dat soort dingen, maar het echte werk vond plaats rondom villa's bij de golfbaan en dat stond Win niet aan. Hij wilde daar zijn waar het allemaal gebeurt.

'Ik heb een spoor,' zei Win tegen Myron.

'O?'

'Correctie: Esperanza heeft een spoor gevonden. Ik ben uitsluitend schuldig aan het briljante idee wat we met dat spoor moeten doen.'

'Samen kunnen wij de wereld aan.'

'Wil je dat nooit meer zeggen?'

'Nee, helemaal fout. Mea culpa. Het spoor?'

'Esperanza heeft niets boven water kunnen halen over jouw Brian Connors.'

'Is dat het spoor?'

'Klinkt dat als een spoor? Zoals je weet heeft ze de afgelopen vijf jaar internet afgezocht naar afbeeldingen met Bo Storm alias Brian Connors.'

'Maar niets gevonden.'

'Dus heeft ze de andere kant op gezocht.'

'Nog verder terug in de tijd?'

'Ja.'

'Foto's dus van meer dan vijf jaar oud.'

'Deze is meer dan tien jaar oud. Kijk.'

Win gaf Myron een foto van 20x25 in hoogglans. Myron bekeek de foto en voelde zijn polsslag versnellen.

'Holy shit.'

'Altijd zo precies in zijn woordkeus.'

Er stonden twee mensen op de foto. De ene was een heel jonge Bo Storm. Myron schatte hem op een jaar of zestien, hooguit zeventien. Hij droeg een mouwloos hemdje. Hij was gespierd, maar nog niet zo uitzonderlijk als het later zou worden. Bo was lang. Myron was zelf een meter drieënnegentig en hij vermoedde dat Bo ook zoiets was. Vergeleken bij de andere man op de foto was Bo een minkukeltje.

De andere man was enorm – twee meter vijf, twee meter tien en hij woog minstens honderdtwintig kilo. Hij droeg de basketbaloutfit van Oklahoma State University. Myron wist nog wie hij was. Goed in de rebound, goede verdediger, goede driepunters voor iemand van die omvang.

'Spark Konners,' zei Myron. 'Met een K.'

'Heel juist.'

Myron keek Win aan. 'Spark is in Milwaukee assistent-coach geweest onder Greg.'

'Opnieuw heel juist. Wat weet je nog meer over hem?'

'Hij heeft nooit de NBA gehaald. Ik geloof dat Spark een jaar of twee in Italië of Spanje heeft gespeeld, maar ik herinner me dat Greg zei dat het een slimme jongen was, dat hij het goed zou doen als coach. Dus Bo is...?'

'Brian Konners,' zei Win. 'De jongere broer van Spark. Esperanza heeft alles nageplozen. Er is niets te vinden van Bo of Brian in de afgelopen vijf jaar – geen creditcards, geen bankrekeningen, helemaal niets.'

'Jezus, Win.'

'Het is verbijsterend.'

'Misschien hebben Greg en Bo elkaar helemaal niet bij toeval online ontmoet.'

'Dat lijkt onwaarschijnlijk.'

'Ze hebben elkaar leren kennen via Gregs assistent Spark Konners.' Myron keek op. 'Zou Spark zijn broer hebben uitgenodigd voor die wedstrijd in Phoenix? Daar hebben Bo-Brian en Greg elkaar waarschijnlijk leren kennen.'

'Dat zou kunnen.'

'We moeten met Spark praten.'

'Dat moeten we zeker.'

Myron dacht na. 'Toen Greg is gestopt met coachen, hebben ze bij Milwaukee schoon schip gemaakt, dus ik weet dat Spark daar niet meer werkt.'

'Esperanza heeft hem al opgespoord. Spark Konners voert ijverig zijn taak als assistent-coach uit voor Amherst College.'

'Dat is een flinke stap achteruit.' Myron trok een grimas. 'Wat is Amherst? Derde divisie?'

'Bovenin mee blijven draaien is zwaar.'

'We moeten uitzoeken waar hij uithangt.'

Win glimlachte. 'Weet je nog dat ik zei dat Esperanza een spoor had gevonden?'

'En dat jij schuldig was aan een briljant idee. Ik weet het nog.'

'Spark Konners is net gearriveerd. Hij staat nu in de lift omhoog.'

'Is hij hier? Hoe...?'

'Ik heb hem laten halen met het vliegtuig.'

'En hij is domweg ingestapt?'

'Het zou kunnen zijn dat hij de indruk heeft gekregen dat de NBA iets wil beginnen in Vegas en dat hij op de nominatie staat als coach.'

Myron staarde Win aan. 'Wow.'

'Ja toch? Dus de impulsieve zakenman die in de club wil investeren heeft zijn vliegtuig gestuurd.'

‘Ben jij die zakenman?’

‘De impulsíéve zakenman,’ corrigeerde Win. ‘Ik heb altijd al eens eigenaar van een basketbalclub willen zijn.’

‘Jij hebt een hekel aan profbasketbal.’

‘Te veel overtredingen,’ zei Win. ‘Te veel time-outs. Het is na een tijdje strontvervelend. Weet je hoe ze het spel interessanter zouden kunnen maken?’

‘Door jou toe te voegen als impulsieve clubeigenaar?’

‘Ja, dat ook, maar...’ De bel kondigde aan dat er iemand voor de deur stond. ‘Hij is er. Ik zal je later mijn ideeën uit de doeken doen.’

‘Ik ben vreselijk nieuwsgierig.’

‘Dames,’ riep Win.

Drie als modellen gestylede vrouwen kwamen uit het andere vertrek. Ze hadden alle drie dezelfde uitstraling. Glanzend, pikzwart haar dat als een zachte waterval over een glanzend zwarte jurk gleed. Met koket getuite lipjes en kleine pasjes stapten ze volmaakt synchroon naar binnen – alsof het gerepeteerd was.

‘Waarom zijn zij hier?’ vroeg Myron.

‘Decorum.’

‘Ik kan je niet volgen.’

‘Ze zijn alle drie superhippe influencers op social media met enorm veel volgers. En weet je wie graag optrekt met superhippe influencers met enorm veel volgers?’

Het begon Myron te dagen wat Wins bedoeling was. ‘Impulsieve zakenlieden?’

Win glimlachte. ‘Jij snapt het.’

Win trok de deur open. Spark vulde de deuropening als een zonsverduistering. Hij moest zich bukken om binnen te komen. Hij schudde Win stevig de hand.

‘Oké, dames, tijd om te vertrekken,’ zei Win. ‘De jongens hebben een beetje ruimte nodig voor een goed gesprek.’

De influencers verlieten giechelend het vertrek en wuifden nog even koket naar Spark Konners. Spark wuifde terug met een onzeker glimlachje om zijn lippen. Hij droeg een slecht zittend donkerblauw pak met een donkerblauwe, te korte stropdas.

Win stelde zich voor. Spark knikte en glimlachte nerveus handenwrijvend. Kleine zweetdruppels glommen op zijn voorhoofd.

'Heel fijn dat je zo snel kon komen,' zei Win.

'Dank u wel voor het sturen van het vliegtuig. Man, dat was een verrassing.'

'Was alles naar wens aan boord?'

'Het was fantastisch, ja. Ik had nog nooit in een privévliegtuig gezeten. Nogmaals heel hartelijk dank.'

'Het was me een genoegen,' zei Win. Hij wuifde met één arm naar Myron. 'Ken je Myron Bolitar?'

Spark liep naar Myron. 'We hebben elkaar nooit ontmoet, maar mijn baas destijds bewonderde u zeer, meneer Bolitar.'

'Zeg maar Myron.'

Myron schudde Sparks kolossale hand. Het was alsof hij een hoofdkussen de hand schudde. 'En Greg was vol lof over jou,' zei Myron.

'En daarom ben je hier,' zei Win. 'Ik zal even het plaatje schetsen en dan laat ik het aan jullie tweeën over. De NBA wil graag een club in Las Vegas. Ik krijg het grootste deel van de aandelen. Myron wordt technisch directeur en algemeen manager. We voeren nu gesprekken met kandidaten voor de functie van hoofdcoach.' Win keek Myron aan. 'Vergeet ik nog iets?'

'Ik dacht het niet,' zei Myron.

'Dan laat ik jullie nu alleen. Ik heb de influencers beloofd dat we een paar clubs zouden bezoeken.'

Toen Win de deur uit was gelopen, bleven Myron en Spark een beetje onthand achter. Het vertrek voelde ineens stil en leeg aan zonder Win. Win hoorde thuis in zo'n suite. Myron en Spark niet.

'Ga zitten,' zei Myron.

Dat deed Spark. Myron ging zitten waar Win de map met de foto had laten liggen. Hij klapte de map open en zag nog meer vellen papier. 'Je hebt een indrukwekkend cv,' zei Myron.

Sparks doorgaans blozende gezicht kleurde dieprood van valse bescheidenheid. Hij probeerde het zich gemakkelijk te maken op de bank, maar hij was zo kolossaal dat alles om hem heen veel te klein gemaakt leek. 'Mag ik iets zeggen voordat we beginnen?'

'Natuurlijk.'

'Ik wil niet overkomen als een kontlikker, maar ik herinner me nog hoe jij als senior iedereen de baas was tijdens de *Final Four*. Ik was toen nog klein. Ik begon net met basketbal. Ik vond jou een van de beste spelers die ik ooit heb gezien.'

Myron wist niet hoe hij daarop moest reageren en zei dus maar: 'Dank je.' Om vervolgens de koe bij de horens te vatten: 'Hier staat dat je drie seizoenen onder Greg Downing hebt gewerkt.'

'Dat klopt. Drie jaar in Milwaukee.'

'Hoe was dat?'

'Werken met coach Downing? Ik heb veel geleerd. Hij was de beste scout die ik ooit heb meegemaakt. Hij kon beter plannen dan iedereen en hij was een tactisch genie. Zijn voorbereiding klopte tot in de puntjes. Een man van details.'

Myron knikte. Zo herinnerde hij zich Greg ook in het veld, als de slimste en best voorbereide basketballer in de zaal. Hij zag elke tactische manoeuvre aankomen, elke pass, elke defensieve of offensieve actie. Hij kende de sterke en de zwakke kanten van zijn tegenstanders en wist hoe hij daar gebruik van kon maken.

'Maar,' zei Spark, 'hij wist ook op welke knoppen hij moest drukken om een speler maximaal te laten presteren. Sommige spelers moet je knuffelen, anderen moet je hun gang laten gaan en weer anderen moet je een schop onder hun gat geven. Dat begreep coach Downing heel goed.'

Oké, dacht Myron, genoeg van dit ongemakkelijke gepraat.

'Zullen we eens beginnen met een paar basale punten?'

'Brand maar los.'

'Hoe is je gezinssituatie?'

'Ik ben getrouwd met Kendra. We hebben elkaar leren kennen op Oklahoma State. Ze is mondhygiëniste. We hebben twee zoons, Liam en Joshua. Liam is acht, Joshua is zes. We wonen nu even buiten Boston, maar ik heb al met Kendra gepraat en we zouden heel erg bereid zijn om hiernaartoe te verhuizen. Dit is voor mij een opwindende uitdaging. Dat begrijpt Kendra heel goed.'

Myron zag de hoop in de ogen van de man en hij was er kapot van. Dit was Wins idee. Myron probeerde zich met die gedachte te troosten, maar dat voelde als een smoes. Hij deed er immers aan mee. Hij was degene die de vragen stelde. Hij was degene die de leugen in stand hield. Het was tijd om een stap verder te gaan.

'Nog andere familie?'

De knipperende ogen verraadden hem. De glimlach bevroor op zijn gezicht en straalde niet langer uit zijn ogen. 'Familie?'

'Moeder, vader, broers of zusters?'

Spark schraapte zijn keel. 'Mijn vader is een paar jaar geleden overleden.'

'Dat spijt me.'

'Wij hadden geen nauwe band. Mijn moeder leeft nog.'

'Waar woont zij?'

Die vraag haalde het tempo eruit. 'Ze reist veel. Ik geloof dat ze nu in Rome is, of Parijs.'

Nu kwamen ze in de buurt. 'Nog broers of zusters?'

'Nee.'

Gewoon zo. Snel. Zonder aarzelen. Hij had de vraag nu verwacht en had zijn antwoord klaar.

Myron deed alsof hij in het dossier bladerde. 'Hier staat dat je een jongere broer hebt die Brian heet.'

'Hij is...'

Myron wachtte.

'Het is niet relevant. Hij maakt al heel lang geen deel meer uit van mijn leven.'

'Dat is spijtig. Waar woont hij?'

'Vind je het goed als we daar niet verder over praten?'

'Nou ja, het is niet echt aan mij om dat te beslissen. Dit is een nieuwe onderneming in, laten we wel wezen, de stad waar alles is uitgevonden wat niet mag. Ze zullen alles onder een vergrootglas leggen en daar maakt de League zich uiteraard zorgen over. Bij iedereen die we in dienst nemen zullen we uitgebreid onderzoek moeten doen. Als er ook maar de geringste aanwijzing is voor een schandaal...'

'Dat is er niet.'

'Dus waar is dan je broer, Spark?'

De glimlach verdween.

'Hij woonde hier in Vegas onder de naam Bo Storm,' zei Myron. Hij liet alle schijn varen. 'Dat weet je. Zijn vriend is vermoord en sindsdien heeft niemand hem nog gezien.'

'Verdomme,' zei Spark. 'Ik had het kunnen weten.'

Myron zei niets.

'Er komt helemaal geen nieuwe club in Vegas, toch?'

'Nee,' zei Myron. 'Die komt er niet.'

Spark schudde zijn hoofd. 'Klotestreek.'

Daar viel weinig tegen in te brengen.

Spark zette zijn handen op zijn knieën en drukte zichzelf omhoog tot hij stond. Hij nam veel ruimte in beslag. 'Geeft die vriend van jou me een lift terug? Ik heb Liams wedstrijd gemist voor dit hier. Ik coach zijn team ook.'

'Ik ben er niet op uit je broer iets aan te doen.'

Tranen glansden in de ogen van de grote man. 'Ik wil nu graag weg.'

'Ik moet echt met hem praten.'

‘Je had me ook gewoon kunnen bellen en naar hem vragen. Je had me niet dit hele klote-eind hiernaartoe hoeven slepen en me voor de gek houden.’

‘Dat spijt me. Echt waar.’

‘Ik had het je door de telefoon kunnen vertellen. Ik heb hem al jaren niet meer gesproken. Ik weet niet waar hij is.’

‘Geen flauw idee?’

‘Ik moet weg. Kunnen jullie me naar huis brengen of moet ik een vlucht boeken?’

‘Win zal je terugvliegen. Geen probleem. Wanneer heb je voor het laatst iets van je broer vernomen?’

‘Ik heb je al eerder verteld dat we al jaren geen nauwe band hadden. Wil je weten wat ik denk? Ik denk dat hij dood is.’

‘En je moeder?’

‘Wat is er met mijn moeder?’

‘Waar woont ze? Kan ik met haar gaan praten?’

Spark liep op Myron af. Hij torende boven hem uit. Zijn ogen spuwden vuur. ‘Mijn moeder weet helemaal niets. Blijf bij haar uit de buurt. Hoor je dat?’

Myron legde vastberadenheid in zijn stem. ‘Een stap achteruit, Spark.’

‘Ik zeg dat je haar met rust moet laten.’

‘En Greg Downing?’

Dat bracht Spark van zijn stuk. ‘Wat is er met hem?’

‘Weet je waar hij is?’

‘Hij is dood. Maar dat weet jij. Ik ga nu weg.’

Myron bleef Spark aankijken. Hij wachtte tot Spark het oogcontact zou verbreken. Spark liep naar de deur. Toen hij die wilde openen, riep Myron: ‘Spark?’

Spark keerde zich om.

‘Het spijt me. Echt. Maar ik denk ook dat je tegen me liegt.’

11

Win en Myron troffen elkaar in de lobby. Ze lieten zich door de SUV naar de luchthaven vervoeren. Myron praatte Win bij over zijn gesprek met Spark Konners. Win luisterde zwijgend. Toen Myron vertelde dat de misleiding met het coachschap van een club in Vegas hem een rotgevoel had bezorgd, fronste Win de wenkbrauwen. Hij deed net of hij iets onder zijn kin stopte, sloot zijn ogen en zaagde voorzichtig over de snaren van zijn luchtviool.

'Grappig,' zei Myron.

'Denk je dat Spark tegen je loog?'

'Ik denk dat hij bepaald niet toeschietelijk was.'

'Dat denk ik ook.'

'Daar kunnen we weinig aan doen.'

'Ah, nu zit je er helemaal naast,' zei Win.

De SUV reed over het asfalt van de luchthaven en door de poort die het gedeelte voor privévliegtuigen afschermde van de rest. Myron zag het vliegtuig van Win rechts geparkeerd staan. Er brandde licht in het vliegtuig.

'Waar is Spark?' vroeg Myron.

'Daar.'

Een tweede SUV kwam door de poort het terrein oprijden.

'Hoe kan het dat wij er eerder zijn dan hij?'

‘Hij zat vast in het verkeer.’

‘Hij is langs dezelfde weg gekomen.’

‘Kom. Zullen we nog even afscheid nemen van onze gast? Als je dat wilt kun je zelfs nog je verontschuldigingen aanbieden.’

Myron keek Win aan. ‘Jij hebt andere plannen, hè?’

Win reageerde niet. Hij stapte uit. Myron kreeg geen goed gevoel over hoe de situatie zich ontwikkelde, maar hij wist ook dat er tijden waren dat de ‘Winmobiel’ zo onbeheersbaar over de weg zwabberde, dat je maar beter uit de buurt kon blijven.

Win liep naar de SUV waar Spark Konners in zat. Spark stapte uit. De enorme omvang van de man verbaasde Myron opnieuw. Het was niet alleen zijn lengte, zijn borstkas was zo immens dat je er een dinertje voor vier op zou kunnen serveren. Myron zag Win met uitgestoken hand naar de man toe lopen.

‘Het spijt me dat het op niets is uitgelopen,’ zei Win.

Spark zag eruit alsof hij op het punt stond zijn zelfbeheersing te verliezen. ‘Ik wil gewoon naar huis.’

‘Dat begrijp ik.’

Win was, net als Myron, een goede atleet. Geen profniveau, zoals Myron, maar dat compenseerde hij met veel training en een uitzonderlijke toewijding. Hij had zich bekwaamd in zelfverdediging, snelheid, kracht, planning, coördinatie, vallen, manoeuvres, slaan en wapens onder leiding van de beste leermeesters op de hele wereld. Hij plande razendsnel, zag in een flits alle mogelijkheden en maakte koud en genadeloos gebruik van elke opening die zijn tegenstander hem bood.

Zijn handen waren ook extreem snel.

Spark had zijn telefoon bij zich. Dat wil zeggen: het ene moment had hij de telefoon in zijn hand, maar het volgende moment had Win hem afgepakt.

‘Hé, verdomme, wat...’

Win keek naar de telefoon. ‘Ik was er al bang voor. Vergrendeld. Gezichtsherkenning en zo.’

‘Belazer je mij?’ Spark had er genoeg van. ‘Geef mij die kuttelefoon of ik sla je dwars doormidden.’

Win grijnsde naar de veel, veel grotere man. Myron zag de blik in Wins ogen. Die beviel hem niet.

‘Win,’ zei Myron.

Spark deed een stap naar Win toe. Het is altijd een vergissing om dicht bij je tegenstander te gaan staan, zelfs als je de grootste van de twee bent. Je denkt dat je zo kunt intimideren. Misschien lukt dat een enkele keer. Maar het lukt niet bij degenen die weten hoe ze die intimidatie moeten pareren.

Dan werkt het juist in je nadeel.

‘Het kan me geen moer schelen hoe rijk jij bent,’ zei Spark. ‘Geef me mijn telefoon terug, klootzak. Nu.’

Win stapte niet achteruit. Hij legde zijn hoofd in zijn nek, keek omhoog en zei: ‘Ik dacht het niet.’

‘Win,’ zei Myron nog een keer.

Spark Konners liep rood aan van woede. Hij balde zijn vuisten tot twee sloophamers. Dat was precies wat Win wilde, wist Myron. Woede maakt je dom. Spark had er genoeg van. Hij was beledigd en vernederd door dat kleine rijke klootzakje dat voor hem stond. Dat kleine klootzakje was te ver gegaan. Veel te ver.

‘Spark,’ zei Myron. ‘Niet doen.’

Maar Spark hoorde niets meer. Hij maakte zich op om zo hard uit te halen dat hij er een wolkenkrabber mee had kunnen slopen. Als hij raak had geslagen, maar natuurlijk sloeg hij niet raak. Win zag de klap van verre aankomen. Hij deed een stap opzij en wachtte op het moment dat Spark volledig uit balans was. Toen schopte hij Sparks standbeen onderuit.

Spark donderde keihard op het asfalt.

Win handelde bliksemsnel. Hij greep Sparks haar, trok diens gezicht naar de telefoon, liet de haardos los en deed een stap achteruit.

De telefoon was nu ontgrendeld.

In blinde woede ontstoken duwde Spark zich op handen en voeten omhoog en zette hij zich af om Win als een stier ondersteboven te rammen. Win wachtte tot op het allerlaatst, schoof toen opzij en haakte Spark pootje.

Opnieuw klapte de grote man hard tegen het asfalt.

Myron liep naar Konners, probeerde tussen hem en Win te gaan staan om verdere fysieke confrontaties te voorkomen. Tot nu toe had Win alleen defensief gehandeld. Dat zou kunnen veranderen als Spark het een derde keer probeerde.

Win scrolde door de gesprekkenlijst op Sparks telefoon. 'Het heeft er alle schijn van dat je nadat je uit de hotelsuite bent vertrokken, iemand hebt gebeld, beste vriend. Netnummer vier-nul-zes. Wie belde je?'

'Dat gaat jouw geen moer aan.'

'Wacht.' Win tikte een paar keer op het scherm. 'Vier-nul-zes... dat is in Montana.'

Spark drukte zich omhoog tot hij op handen en knieën zat. Hij was een volgende aanval van plan. Terwijl hij zonder op te kijken naar het scherm van de telefoon bleef staren, haalde Win een groot pistool tevoorschijn. Hij richtte het op Spark.

'Ik kan aardig schieten,' zei Win. 'Maar dat kun je testen als je dat wilt.'

'Win.' Myron probeerde het nog een keer.

Win zuchtte. 'Jouw waarschuwingen zijn als een blindedarm. Overbodig of uiterst pijnlijk.'

Myron fronste zijn wenkbrauwen. 'Meen je dat?'

'Niet mijn beste beeldspraak, dat geef ik toe.' Nog steeds naar het scherm van de telefoon kijkend zei hij: 'Ik track het nummer nu. Hm... Hebbes. Afgaande op de zendmasten zendt de telefoon op dit moment een signaal uit vanuit een Budget Inn in iets wat Havre heet, in Montana.' Win wierp Myron een blik toe. 'Klim in het vliegtuig. De vlucht naar Havre duurt iets meer dan twee uur. Ik zal de locatie van de Budget Inn met je delen.'

12

Je parkeert bij het huis van Walter Stone.

Het is twee uur 's nachts. Achter alle ramen van het huis is het donker. Alleen uit de rommelkamer op de begane grond straalt het blauwe licht van een computerscherm. Walter is zevenenvijftig. Hij heeft een eenvoudig vrijstaand bakstenen huis met aluminium gevelplaten aan Grunauer Place in Fair Lawn. Hij heeft twee zoons, allebei in de twintig. De een heeft net een kind gekregen, Walters eerste kleinzoon. Walter zit achter zijn toetsenbord. Hij is afgelopen april ontslagen. De Foodtown-supermarkt waar hij dertig jaar had gewerkt, sloot de deuren, en voor een oudere blanke man vinden ze nergens anders werk, maakt niet uit hoe goed hij is. Dat zegt hij tegen iedereen. Voor zijn gevoel is dat ook zoals het is. Zijn vrouw heet Doris. Ze speelt drie keer per week pickleball en doet haar uiterste best om steeds een reden te bedenken om niet thuis te hoeven zijn. Op dit moment ligt ze boven te slapen. Ze gaat 's avonds na het eten altijd naar boven. Walter blijft beneden. Ze hebben er allebei vrede mee.

Jij zit buiten in de Ford Fusion. Je draagt handschoenen en een bivakmuts. Je pistool ligt op je schoot.

Je gaat ervan uit dat Walter nog steeds als een bezetene zit te typen.

Hij denk dat de anonimiteit van internet zijn veiligheid waarborgt.

Walters eerste bemoeienis met social media was zoals die van de meeste mensen. Hij maakte er grapjes over, was zich bewust van de hoeveelheid tijd die het opslokte. Hij dacht dat het iets voor luie kinderen was. Hij heeft een hekel aan de nieuwe generaties – Generatie X of Y of Z, Alfa's, hoe ze zich ook maar mogen noemen – die volgens hem allemaal verwende zachtgekookte eitjes zijn die liever aan de tiet van zijn belastingcenten sabbelen dan een dag eerlijk werk te verrichten. Walters jongste zoon Kevin is ook een beetje zo. Altijd maar bezig met computers en games en dat soort dingen. Een totale verspilling van tijd, als je het Walter vraagt. Maar goed, Kevin had op een gegeven moment een Twitter-account voor zijn vader aangemaakt. Waarom was niet meer helemaal duidelijk. Waarschijnlijk om Walter te laten zien waar het allemaal om ging. Misschien om Walter van een gratis platform voor nieuws te voorzien. Walter zou nog liever dood neervallen dan een stuiver uitgeven aan de lokale krant of om te kijken naar de leugens die ze op tv uitzonden. Misschien kwam het doordat Kevin zijn account had aangemaakt, of misschien was er een raar soort algoritme, maar toen hij eenmaal de weg naar Twitter gevonden had, vulde zijn feed zich met de ene na de andere tweet vol met de gemeenste, naïefste lulverhalen die je je maar kunt voorstellen. Hoe konden mensen zo dom zijn? Niet een van al die idioten die de hele dag niets anders doen dan twitteren, wist hoe de wereld werkelijk in elkaar stak. Het enige wat hen nog meer bezighield dan die strontverhalen, waren ze zelf. Man, ze dachten allemaal dat iedereen bij hen in het niet viel. Eindeloos de expert uithangen en neerbuigend naar anderen doen. O, en je moest hem de bek niet openbreken over hersenloze vrouwen die de hele dag geen zak uitvraten. Jezus.

Zoek een vriendje of zo. De hele tijd maar mekkeren dat er een kerel boe tegen ze zei of tegen een elleboog stootte. Dat maakte hem pas echt kwaad. Alles wat je als man tegenwoordig deed, was fout. God, gewoon iets zeggen tegen zo'n trut was al een vorm van aanranding. O, en niks tegen ze zeggen, negeren? Dat was een gebrek aan respect en seksistisch. Toen Walter jong was, vond een vrouw het leuk als iemand haar een knipoog gaf of toeknikte. Dat streelde de ijdelheid. Dat moest je nu eens proberen. Ze staan onmiddellijk op hun fluitje te blazen dat ze verkracht worden. Ik bedoel, denk eens even na, schatje. Zo bijzonder ben je niet.

Dat is eigenlijk ook zo ongeveer wat er bij Foodtown gebeurde.

Vanaf het moment dat die buitenlandse, Katiana, achter de toonbank stond bij de delicatessen – dezelfde Katiana die op haar eerste dag bij Foodtown naar Walter glimlachte en zijn arm aanraakte, die duidelijk met hem flirtte, ook al was het zonneklaar dat hij een trouwring om zijn vinger had – vanaf het moment dat zij bij personeelszaken over hem klaagde, was het voor hem afgelopen. Zo ging dat tegenwoordig. Niemand gaf iets om het verhaal van de andere kant. Als een vrouw over je klaagde, kon je het wel schudden. En het enige wat Walter had gedaan was een beetje aardig voor haar zijn. Katiana was nog maar net gescheiden (slimme vogel, die ex van haar, dat hij de dans met die berin was ontsprongen) en dus dacht Walter dat hij haar een beetje moest complimenteren met haar figuur en zo, om haar zelfbeeld wat op te vijzelen. Ze droeg toch niet voor niets strakke kleren? Zomaar ineens was zijn overplaatsing naar het filiaal in Pompton Lakes als sneeuw voor de zon verdwenen. O, ze ontsloegen hem niet, ze lieten hem blijven tot de winkel hier dichtging. Een handdruk van drie weken loon na dertig jaar. Een week loon per tien jaar. Klootzakken. En nu, een paar maanden later, waren al die zelfgenoegzame krengen als Katiana bezig om, nota bene hier op zijn eigen computer, al die hersenloze regels te spuien over hoe mannen zich volstrekt tegennatuurlijk moesten gedragen, alsof de wereld net een paar dagen geleden was uitgevonden. Jezus. Een van die krengen, die zich 'Fitte Amy' noemt, als je dat kunt geloven, blijft maar doorzaniken over hoe bang ze is om alleen met een man in een lift te staan en dat – let op – die man maar moet wachten op de volgende lift als hij ziet dat een vrouw alleen in de lift staat. Serieus? En dus wil Walter haar wel het een en ander uitleggen. Niets om je druk om te maken, toch? Hij maakt een tweede account aan, want als je gewoon zonder omwegen zegt waar het op staat in deze wereld, komen ze verhaal halen. Zo gaat dat tegenwoordig. Fuck de vrijheid van meningsuiting. Je wilt online gaan en die liftverslaafde mannenhater duidelijk maken 'dat je zo lelijk bent dat je dankbaar zou moeten zijn voor de eerste de beste man die jou in een lift verkracht', hé, de waarheid doet pijn, hè, schatje?

Dus Walter, slimmerik, snelle leerling, maakt een nepaccount aan onder de naam 'Rotten Swale'. Niet omdat hij bang is om te zeggen wat hij denkt. Walter niet. Hij wil alles op tafel. Hij gelooft in een vrije uitwisseling van gedachten, zodat die stomme nazifeministen verzuipen in een stortvloed van logica. Maar zo werkt het tegenwoordig niet meer. Niet in de wereld van watjes van nu. Die meiden zijn fanatiekelingen die, als ze erachter komen wie hij is, gaan schrijven naar een supermarktketen als Stop-n-Shop of dat nieuwe filiaal van Green Grocery dat binnenkort opent in Ridgewood en dreigen dat ze de winkel zullen boycotten of rechtszaken zullen aanspannen als ze Walter een baan geven. Doxen noemen ze dat. Dat, mijn beste Amerikaanse medeburgers, laat zien hoe gestoord die mensen zijn. Dus ja, hij maakt in een opwelling die nepaccount aan. Zo van, ach, die ga ik niet echt gebruiken. Dat denkt Walter totdat het verlangen – nee, de nóódzaak – om die krengen op hun plaats te zetten, te sterk wordt. Dus dat doet hij. Of eigenlijk zou je moeten zeggen, dat doet Rotten Swale. Hij wast ze de oren. Misschien luisteren ze niet, maar ze zullen het horen. En die ene meid die zich Fitte Amy noemt, met dat mijn-stront-stinkt-niet-profiel en dat gelul over Black Lives Matter en regenboogvlaggen in haar fucking bio, die trut met die gigantische kokosnoten en haar bloesje te ver open, die altijd een beetje te ver naar voren buigt naar de camera als ze weer aan het tieren is en mannen gewoon uitnodigt om bij dat bloesje naar binnen te kijken… Haar maakt Rotten Swale in achtereenvolgende boodschappen duidelijk dat a) 'niemand naar je zou kijken als je niet zo'n enorm balkon had', en dat b) 'je een domme, liegende hoer bent die pikken pijpt bij wegrestaurants', en dat c) 'je zeven jaar oude dochtertje het verdient om in haar reet verkracht te worden', wat niet echt is wat Walter vindt, maar je moet nu eenmaal iets zeggen wat de aandacht trekt, en, man, die bitch verdient het gewoon dat iemand als Walter haar een keer een goede beurt geeft. Ja, iemand als Walter, een échte man die haar eens even aan de werkelijkheid vastnagelt en laat zien wat wat is.

Dat gaat een jaar zo door.

Walter post meer en meer. Erger, steeds erger. De account van Rotten Swale wordt op een gegeven moment gesloten – maar niet getreurd, Walter verschaft zich domweg een nieuwe identiteit. Late Towners. En daarna weer een andere. Seattle Worn. Steeds maar door. Walter blijft anoniem.

Dat denkt hij.

Maar jij zit buiten voor zijn huis met je pistool – je hebt Rotten Swale gevonden.

Het kostte tijd om zijn ware identiteit te achterhalen, maar minder dan de meeste mensen denken. De account van Rotten Swale was nog steeds toegankelijk. Je hebt al die posts bekeken en geanalyseerd. Er viel niet veel uit te halen – Walter heeft geleerd om zich in te dekken – maar hij heeft één keer een foto gepost die hij door de voorruit van zijn auto genomen had. Een foto van een seksshop die – zo beweerde Walter – 'de buurt kapotmaakte'. Dom. Even googelen maakte duidelijk dat de seksshop aan Route 17 lag in Paramus in New Jersey. Dus vanaf dat moment wist je waar hij ongeveer woonde.

De volgende stap: ga naar de lijst met mensen die hij volgt. Helemaal aan het begin van die lijst staan de profielen van twitteraars die hij als eerste volgde. Daar kun je veel uit halen, want dat zijn vaak mensen die hij in het echt kent. Walter had die mensen gevolgd omdat hij, toen hij de account aanmaakte, zichzelf voor de gek hield en dacht dat hij geen idioot was, dat de account een legitiem communicatiemiddel zou zijn.

Dat is een vrij gebruikelijke gedachtegang bij ontluikende stalkers.

Als je je verdiept in de profielen die Walter in het begin is gaan volgen, en die bekijkt in het licht van de activiteiten van Rotten Swale, is het meteen raak. Rotten Swale heeft meerdere Instagram-posts geliket van vrouwen die hij volgt. Bij twee gaat het om de vrouwen Kathy Corbera en Jess Taylor, die allebei in Paramus wonen. De een in River Vale, de ander in Midland Park. Je graaft wat dieper en vindt een verband. De vrouwen volgen elkaar, maar ook een derde account met de naam 'Glen Rock High School 1980s alumni'. Oké, cool. Je gaat naar die pagina. Daar zoek je naar de mannen die zowel die pagina met alumni volgen als Kathy Corbera en Jess Taylor.

Je vindt drie mannen die aan de criteria voldoen.

Je wordt warm.

Drie mannen. Peter Thomas woont in New York, Walter

Stone woont in Fair Lawn, dicht bij Paramus, en de derde, Brian Martin, woont in Glen Rock, ook dicht bij Paramus.

Nu doe je een stap terug.

Waarom heeft die man het pseudoniem Rotten Swale gekozen?

Zoiets gebeurt nooit helemaal willekeurig. Er is altijd een reden voor. En die reden lag voor de hand toen je de speurtocht eenmaal tot drie mogelijke uitkomsten had gereduceerd. Rotten Swale, Late Towners, Seattle Worn.

Drie anagrammen van de naam Walter Stone.

Slim, heel slim.

Game, set, match.

Dat maakt het probleem voor jou een stuk eenvoudiger. Walter Stone, de stalker die je om zeep wilt brengen, woont in Fair Lawn in New Jersey. Amy Howell, de gestalkte vrouw die je ervoor op wilt laten draaien, woont in Salem in Oregon.

Hoe kun je haar tot verdachte promoveren?

Dan lacht het geluk je toe. Amy heeft een broer die Edward Pascoe heet. Hij woont in Woodcliff Lake in New Jersey – twintig minuten rijden met de auto vanwaar jij nu geparkeerd staat.

Hier houd je van. Een moordenaar uit de tweede lijn. Weer eens iets anders dan anders. Iets wat nieuwe vaardigheden vereist.

Het alarmsysteem van Edward Pascoe is behoorlijk geavanceerd. Je overweegt te wachten op een gelegenheid om in te breken zodat je zijn DNA kunt stelen en zijn auto kunt gebruiken – min of meer je modus operandi – maar je bedenkt iets anders wat net zo goed zal werken. Pascoe rijdt in een witte Ford Fusion van 2020. Daar rijden er veel van rond, dus je huurt er een onder een valse naam. Pascoe parkeert zijn auto op de oprit, waar de geavanceerde beveiliging van zijn huis niet werkt. Een uur geleden ben je die oprit op geslopen en heb je de kentekenplaten van de beide Ford Fusions verwisseld. Als dit allemaal achter de rug is, rijd je hier weer naartoe en verwissel je ze opnieuw. Geen haan die ernaar kraait. Jouw witte Ford Fusion zal tijdens de rit meerdere keren met de kentekenplaten van Edward Pascoe worden geregistreerd door bewakingscamera's.

Behoorlijk slim, toch?

Je hebt ook de stappen geprint van de speurtocht waarbij je hebt ontdekt dat Rotten Swale, de trol die Pascoes zuster Amy bedreigde, in het echt Walter Stone is. Die papieren zullen ze verstopt achter in Edward Pascoes garage vinden. En als klap op de vuurpijl zul je, voordat je de kentekenplaten weer verwisselt, met de Ford Fusion naar het stuwmeer Woodcliff Lake rijden, ervoor zorgen dat bewakingscamera's het kenteken vastleggen, en het moordwapen in het water gooien.

Dat zou meer dan genoeg moeten zijn voor de politie, maar in weerwil van wat je op tv te zien krijgt is de politie minder snugger dan je zou denken. Dus als dit allemaal nog niet genoeg is om de gezagsdragers te laten vermoeden dat Edward Pascoe de dader is, en er na een paar dagen nog niets is gebeurd, zul je er dan voor zorgen dat de politie een anonieme tip krijgt, een zetje in de goede richting. Eigenlijk hoop je dat het zover zal komen. Dan kun je nog weer een keer meedoen.

Daar houd je van.

Je sluit het portier van de auto niet af. Je loopt naar het raam. Je ziet Walter Stone achter zijn computer. Er brandt geen licht, maar het blauwe licht van de monitor tovert een grauw masker over zijn gelaat. Je zet de loop tegen het raam. Hij zit glimlachend te typen, een grotesk monster. Je tikt tegen het raam. Hij kijkt op.

Dat is het moment waarop hij sterft.

Voor Walter Stone is de verschrikking afgelopen.

Voor Edward Pascoe is de verschrikking zojuist begonnen.

13

Toen het vliegtuig van Win een hoogte van tienduizend voet had bereikt, werd de wifi weer ingeschakeld. Myron belde Chaz Landreaux, een voormalige cliënt, ondertussen gestopt met basketbal. Chaz nam niet op. Myron stuurde hem een sms'je met het verzoek terug te bellen als hij even tijd had. Daarna nam hij de binnengekomen appjes door.

Terese had hem hun standaardcode in emoji's gestuurd: een telefoon en een hartje. Je hoefde geen genie te zijn om te kunnen begrijpen wat die complexe code binnen hun huwelijk betekende. De telefoon zei: 'Wil je even praten?' en het hart zei: 'Ik hou van je.' Ze stuurden elkaar vaak deze emoji's voordat ze belden omdat 1) (de lichte kant van de medaille) de ander het misschien druk had, in een vergadering zat of om andere redenen niet alleen was en niet kon bellen, en 2) (de donkere kant van de medaille) ze allebei een leven leidden waarin van alles fout kon gaan en een onaangekondigd telefoongesprek aanleiding kon zijn tot onnodige zorgen.

Myron opende de lijst met favoriete telefooncontacten en tikte op de vierde naam in de lijst. Myrons vader stond op één, zijn moeder op twee en hun vaste lijn – yep, die hadden ze nog altijd – stond op drie. Win had op vier gestaan, Esperanza op vijf, maar die daalden allebei een plaats toen Myron en Terese elkaar eeuwige trouw hadden beloofd.

Terese nam op toen de telefoon twee keer was overgegaan. 'Hoe was het vandaag?'

'Goed,' zei Myron. 'Ik ben bijna een kleine teen kwijtgeraakt.'

'Links of rechts?'

'Links.'

'Jakkes. Dat is mijn favoriete teen. Wat is er gebeurd?'

'Een gemene boef probeerde hem eraf te knippen met een snoeischaar.'

'En wat is er met de gemene boef gebeurd?'

'Win heeft zich over hem ontfermd.'

'Is het goed als ik me daar verder geen zorgen om maak?'

'Dat is heel goed.'

'Myron?'

'Ja.'

'Ik hou het luchtig om de paniek op afstand te houden.'

'Ik weet het,' zei Myron. 'Ik ook. Maar het komt goed.'

'Wil je me vertellen wat er aan de hand is?'

'Misschien later. Op dit moment wil ik alleen je stem horen.'

'Is dat geheimtaal voor telefoonseks?' vroeg ze.

'Ik zit in Wins vliegtuig.'

'Dat klinkt als ja.'

Myron glimlachte en voelde hoe een warme gloed zich door zijn lichaam verspreidde. 'Ik hou van je.'

'En ik van jou. Ben jij dinsdag vrij?'

'Ik kan me vrijmaken.'

'Dan ben ik in de stad om de officier van justitie van Manhattan te interviewen.'

'O, wow, fantastisch.'

De telefoon klikte. Myron keek op het scherm en zag dat het Chaz was die hem terugbelde. Terese had de klik ook gehoord. 'Tweede gesprek?'

'Ja. Kan ik je straks terugbellen?'

‘Ik slaap al half. We praten morgen verder, goed?’

Van alle mensen die Myron kende kon Terese het beste voor zichzelf zorgen, veel beter dan Myron, die veel meer steun nodig had, maar hij zei oké, ze zeiden allebei nog een keer ik hou van je en daarna schakelde Myron over naar het andere gesprek. Mee bracht hem een Yoo-Hoo, reeds geschud en in een glas geschonken. Myron hoopte maar dat ze er geen absint doorheen had gegooid.

‘Myron!’ zei Chaz met dat oprechte enthousiasme dat hem zo’n populaire sporter, sportverslaggever en nu coach had gemaakt. ‘Wel heb ik ooit.’

‘Bedankt dat je me zo snel terugbelt.’

‘Voor jou doe ik alles.’

Er was jaren geleden een tijd geweest dat Chaz Landreaux, een zogenaamd ‘straatjochie’ (destijds een veel te vaak gebruikt eufemisme) uit het zuiden van de stad, zich in de nesten had gewerkt door contacten met lieden die aan de maffia gelieerd waren. Myron en Win hielpen hem daaruit te komen en Chaz werd vervolgens een van Myrons eerste cliënten. Toen Myron ervoor koos om MB Reps op te heffen had Chaz gekozen voor een ander agentschap dat voor jong zwart talent werkte. Toen Myron terugkeerde kwam Chaz niet terug. Chaz was loyaal. Hij zou Myron nooit op eigen initiatief hebben verlaten, maar Myron had ervoor gekozen te stoppen, dus had Chaz vervanging gezocht voor Myron en dat nieuwe agentschap had zijn belangen goed vertegenwoordigd. Het zou niet eerlijk zijn, legde Chaz uit, om ze de rug toe te keren. Myron begreep het.

‘Gefeliciteerd met je nieuwe baan,’ zei Myron.

Chaz was net begonnen als de nieuwe hoofdcoach van het mannenteam van de University of Kentucky.

‘Bedankt,’ zei Chaz. ‘Maar daar had je me al mee gefeliciteerd.’

‘Ja, weet ik.’

‘Je hebt zelfs een cadeaumand met lekkere dingen gestuurd.’

‘Was het echt lekker?’

‘Cadeaumanden met lekkere dingen zijn nooit echt lekker.’

‘Dat is waar,’ zei Myron. ‘Chaz, je moet me een dienst bewijzen.’

‘Oké.’

‘Ik hoop dat je er uiteindelijk zelf ook beter van zult worden.’

‘O, man, wat een pitch,’ zei Chaz. ‘Jij weet ze wel te verkopen, zeg.’

Grappenmaker.

‘Ik hoorde dat je op zoek bent naar een assistent-coach.’

‘Ah, moet je een cliënt van je kwijt?’

‘Geen cliënt,’ zei Myron. ‘Maar zou je Spark Konners willen uitnodigen voor een gesprek?’

‘Dat is grappig.’

‘Wat?’

‘Ik heb zijn cv hier op mijn bureau liggen. Dat is natuurlijk geen wonder, want er liggen er een paar honderd. Maar hoe ken jij hem? O, wacht, Greg Downing?’

‘Ja, zo ongeveer.’

‘Zo ongeveer?’

‘Greg mocht hem graag. Dat is een ding dat zeker is. Voor het overige kan ik niet zo veel over zijn kwaliteiten vertellen.’

‘Oké,’ zei Chaz.

Myron nam een slokje van zijn Yoo-Hoo. Hij dacht dat hij al jaren geleden over de smaak ervan heen gegroeid was. Maar nu – misschien was het nostalgie, misschien was het de angst om oud te worden, misschien kwam het omdat hij bijna Terese’s favoriete kleine teen was kwijtgeraakt – ervoer hij de oude godendrank als troostrijk.

‘Dus je weet niet of hij een goede coach is?’ ging Chaz door.

‘Nee, dat weet ik niet.’

‘Waarom bel je me dan?’

‘Dat ben ik hem schuldig,’ zei Myron.

‘Je moet hem een dienst bewijzen?’

‘Het is erger, ik heb hem kwaad berokkend.’

‘Hoe dan?’

'Lang verhaal, maar dat kan ik je niet vertellen. Laten we het er maar gewoon op houden dat ik hem kwaad heb berokkend.'

'En nu probeer je dat weer goed te maken?'

'Dat zal me op deze manier niet lukken, maar iets is beter dan niets.'

Chaz bleef even stil. Toen zei hij: 'Ik ken jou, Myron, jij berokkent niemand kwaad zonder goede reden.'

'Die reden was er zeker, maar dat heeft niets met Spark te maken. Die staat er helemaal buiten.'

'Oké,' zei Chaz. 'Zijn cv ziet er trouwens uitstekend uit. Ik zal hem uitnodigen.'

'Bedankt.'

'En dat zal ik ook openbaar maken. Zelfs als hij de baan niet krijgt, zal hem dit geen windeieren leggen.'

Myron zei tegen Chaz dat hij het op prijs stelde. Ze verbraken de verbinding. Myron zakte onderuit.

Het vliegtuig zette de landing in. Myron keek uit het raam. Montana. Heel veel prachtig niets. Dat was geen oordeel. Als je aan de oostkust woonde, was het gewoon anders. Montana was twintig keer zo groot als New Jersey, de staat waar Myron geboren en getogen was. Twintig keer zo groot. In Montana woonden ongeveer een miljoen mensen, in New Jersey ongeveer negen miljoen. Dat betekende dat er in New Jersey zo'n driehonderdnegenentachtig mensen op een vierkante kilometer woonden en in Montana nog geen drie.

Het was anders.

Myron keek wat de app aangaf. De telefoon waar de tracker op afgesteld stond – Myron ging er nog steeds van uit dat het de telefoon van Bo/Brian was – bevond zich nog altijd in de Budget Inn. Op het vliegveld stond een huurauto klaar voor Myron. Myron gaf de Budget Inn op als bestemming in Google Maps. Maps vertelde hem dat het een rit van negen minuten zou worden.

Van een etablissement dat Budget Inn heet verwacht je niet veel. Het stelde inderdaad ook niet zo veel voor. Op de zijgevel van het motel, begane grond en één verdieping, was nog net niet met grote letters VLOOIENKAST gespoten, maar die kwalificatie had het waarschijnlijk wel verdiend. Myron parkeerde en liep in de richting van de receptie. Er viel hem meteen iets vreemds op. Er stonden wel twintig auto's geparkeerd, terwijl hij maar acht motelkamers telde, vier op de begane grond en vier op de verdieping. In geen enkele kamer brandde licht. De receptie was gesloten. Het glas in de deur was gebarsten. Er hing een bordje achter met de tekst PERMANENT GESLOTEN.

Myron keek op zijn telefoon. Net als de meeste trackers gaf deze de locatie alleen maar bij benadering aan. Nu hij er weer naar keek leek de telefoon zich ergens in een hoek van de parkeerplaats te bevinden. Toen Myron weer naar de parkeerplaats terugliep zag hij daar een rode schuur. Op een geel bord prijkte de tekst THE SHANTY LOUNGE.

In betere tijden was The Shanty waarschijnlijk niet meer dan de kroeg van het motel geweest, maar nu was het motel gesloten, terwijl de kroeg er nog altijd was. Twee mannen struikelden, overduidelijk beschonken, naar buiten. De ene klom moeizaam in een monster-SUV, liet de motor brullen en reed half in de berm weg. De ander kotste eerst zijn maag leeg op een Ford Taunus en liep toen wankelend weg. Myron keek opnieuw wat de locatieapp aangaf. Het was nu zo klaar als een klontje.

Degene die Spark had gebeld was op dit moment in The Shanty Lounge.

Myron ging op weg naar de ingang. Hij had geen vastomlijnd idee hoe hij het aan zou pakken en hij wist ook niet wat hem binnen te wachten zou staan. Had Spark misschien Greg Downing gebeld? Was Greg hier in deze bar? En wat dan? Als hij er Bo aantrof in plaats van Greg, hoe moest hij het dan spelen? Moest hij hem uithoren? Hem in de gaten houden en volgen naar waar hij woonde?

Hij stond voor de deur. Aan het geluid te horen was het binnen een levendige boel. Ze draaiden het oude nummer 'Sailing' van Christopher Cross. Misschien op een jukebox, misschien was het karaoke. Een aantal gasten zong luidkeels dat de zeiltocht hen naar de plek voerde waar *het* volgens iedereen zou zijn. Oké. Myron aarzelde. Veronderstel dat Greg – als hij daarbinnen was – Myron zou herkennen. Wat zou Greg dan doen? Zou hij op de vlucht slaan? Ach, er viel geen touw aan vast te knopen. Veronderstel dat Greg hier inderdaad was. Veronderstel dat Greg en zijn vriendje Bo voor Joey the Toe op de vlucht waren geslagen en zich nu schuilhielden in Montana.

Waarom dan vervolgens naar New York reizen om er een voormalig model te vermoorden dat hij amper kende?

Onbegrijpelijk.

Myron zag iets over het hoofd. Dat was niet ongebruikelijk. Bij situaties zoals deze ging het altijd om dingen die je over het hoofd zag. Normaal gesproken bleef hij dan de grote doos waar alles in zat maar schudden en hopen dat er meer stukjes van de puzzel uit zouden vallen. Maar in dit geval had hij het gevoel dat hij de verkeerde doos stond te schudden.

Dus duwde Myron de deur open en liep naar binnen. Spark had iemand gebeld. Misschien Greg, misschien Bo. Wie het dan ook was, hij zou op zijn hoede zijn. Misschien had Spark gewaarschuwd dat ze werden gezocht. Misschien waren ze voorbereid op bezoek.

Hij kon maar beter alert blijven.

Toen hij over de drempel stapte, verwachtte hij eigenlijk dat iedereen in de bar zou stilvallen en dat alle hoofden, net als in oude westerns, naar hem toegekeerd zouden worden. Niets van dat alles gebeurde. The Shanty was een klassiek trefpunt voor de plattelandsbevolking. Dat was een compliment. Overal aan de wanden van donker hout hingen neon bierreclames. Vooral veel Coors Light, maar Budweiser kon behoorlijk meekomen. Waar geen bierreclame de wand sierde, hingen hertengeweien. De wand achter de bar was één grote spiegel. De specials waren op een whiteboard genoteerd. The Shanty was klein, maar levendig. Vier kerels met een cowboyhoed vermaakten zich met darts. Twee met een petje van het soort dat door vrachtwagenchauffeurs gedragen wordt, inspecteerden een toren van op elkaar gestapelde houtblokken. Een lange vrouw stond tegen de jukebox in de hoek geleund en zong de tekst van Christopher Cross dat haar fantasie met haar op de loop ging. Drie mannen vormden het achtergrondkoortje toen ze bij het deel kwam waarin ze bekende dat zeilen dit altijd bij haar opriep. Shanty Lounge and the Pips. Boven de broeksriem werd van alles gedragen – T-shirts, hemdjes, polo's – maar onder de broeksriem had iedereen een spijkerbroek aan. Myron telde in de gauwigheid drie honden – twee golden retrievers die als haardkleedjes op de grond lagen en een Franse buldog, die op een barkruk zat.

De jukebox in de hoek was klaar met Christopher Cross en begon aan een oud deuntje van de Doobie Brothers. Het duurde niet lang voordat Michael McDonald en de lange vrouw iedereen aanmoedigden om de straat op te gaan om te protesteren. Het had er alle schijn van dat niemand in de bar daar enige behoefte toe voelde. Iedereen leek binnen meer dan tevreden met drank, darts en de pooltafel.

Myron keek de bar rond. Geen Greg, geen Bo/Brian.

Wacht. Niet weglopen.

Een van de mannen achter de bar tapte bier van Carter's Brewing in een glas van Miller Lite.

Myron kneep zijn ogen tot spleetjes. De lange blonde lokken hadden plaatsgemaakt voor een in deze streken meer passende crewcut. De zorgvuldig verwaarloosde gezichtsbeharing was vervangen door een gladgeschoren kin. Hij droeg nu een bril met stalen montuur en de flamboyante, kleurrijke kleren van zijn Instagram-pagina waren vervangen door een zwart T-shirt en een blauwe spijkerbroek.

Het was een vermomming en bepaald geen slechte. Heel subtiel. Als je niet naar hem op zoek was en heel erg je best deed hem te vinden, zou je hem nooit tegen het lijf lopen en verrast zeggen: 'Hé, ben jij niet Bo Storm?'

Maar hij was het wel. Geen twijfel mogelijk.

Myron vroeg zich nog maar eens af hoe hij het moest aanpakken. Moest hij wachten? Observeren? Een directe confrontatie leek hem uiteindelijk toch het beste. Hij wilde niet dat Win Spark met allerlei vertragingstactieken aan het lijntje hield. Ze hadden Spark al genoeg aangedaan.

Naast de Franse buldog was een barkruk vrij. Myron installeerde zich. Hij was de enige in de kroeg die geen spijkerbroek aanhad. Hij droeg een keurige broek en een keurig shirt. Het leek niemand iets te kunnen schelen wat hij aanhad, al bekeek de Franse buldog, aan wiens halsband een hondenpenning hing waarop FIREBALL ROBERTS stond, hem neerbuigend. Myron knikte naar de hond en glimlachte. De hond draaide zich in de richting van de bar.

Je kunt het niet iedereen naar de zin maken.

Barman Bo liep naar Myron en glimlachte hem toe. Die glimlach deed afbreuk aan de vermomming. Zijn gebit straalde nog steeds met de glanzende witte facings van Las Vegas. De doorsnee bezoeker van The Shanty Lounge liep rond met een ander soort gebit.

'Wat kan ik voor je inschenken?' vroeg Bo.

'Wat voor lekkers heb je op de tap?'

'Ik drink zelf graag de Carter's.'

'Oké,' zei Myron. 'Maar kun je me eerst een dienst bewijzen?'

'En dat is?'

'Raak niet in paniek. Sla niet op de vlucht. Reageer niet eens. Mijn mannen staan voor en achter de kroeg. Hierbinnen ben je veilig. Dat verzeker ik je. Ik kom je niets aandoen. Je kunt een hele hoop heisa maken en proberen op de loop te gaan, maar daarmee zul je alleen maar aandacht trekken en dan krijgt Joey the Toe het te horen. Dat zal je slecht bekomen. Ik wil je niets aandoen. Hij wel.'

Even stond Bo hem roerloos aan te staren. Myron kon de raderen in zijn hersens horen knarsen. Hij bleef Bo strak aankijken. Strak, maar kalm, overtuigd van zijn eigen kracht. Bo zou om hulp kunnen roepen. Hij was per slot van rekening een local. Al die mensen hier zouden hem te hulp schieten, daar twijfelde Myron niet aan.

'Hé, Stevie?'

Iemand aan het andere uiteinde van de bar. 'Momentje,' zei Bo.

Bo zag er verslagen uit.

'Tap dat biertje nu maar voor me, Stevie,' zei Myron.

Bo knikte en liep naar de tap. Myron keek naar rechts. Fireball Roberts keek hem vuil aan. Myron voelde een sterke aandrang om te zeggen dat Fireball zich met zijn eigen zaken moest bemoeien, maar Fireball had als eerste aan de bar gezeten en had dus de oudste rechten, en Myron had geen zin in ruzie met een Franse buldog.

Op het bier lag precies de juiste laag schuim. Bo zette het glas voor Myron neer en vroeg: 'Werk jij voor die lui die Spark hebben lastiggevallen?'

'Ik ben de man die Spark heeft lastiggevallen.'

'Ga weg. Je zou nooit…'

'Privévliegtuig, Bo. Dit is menens. Ik denk dat je beter naar me kunt luisteren.'

'Ik heb het hier naar mijn zin.'

'Daar twijfel ik niet aan.'

'Ik ben gestopt met de drugs. Ik ben al vier jaar clean. Ik hou van mijn baan. Ik heb vrienden. Mensen.'

'En dat wil ik allemaal niet kapotmaken.'

'Wat wil je dan wel?'

'Ik wil met Greg praten.'

Bo zweeg.

‘Hé, Stevie,’ klonk het opnieuw van het andere uiteinde van de bar. ‘Ben je doof geworden?’

‘We hebben dorst, Stevie. De mens is geen kameel, weet je?’

‘Even geduld, Darren,’ riep Bo/Brian/Stevie. ‘Ik ben zo terug,’ zei hij tegen Myron.

Er stond nog iemand achter de bar, een vrouw van in de vijftig met een woeste haardos die zowel haar gespierde onderarmen als haar ruime decolleté blootgaf. Ze stond aan het andere uiteinde van de bar en deed zo overduidelijk haar best om Myron niet te zien dat Myron wist dat ze zich zorgen maakte. Myron waagde het een nieuwe blik in de richting van Fireball te werpen. Yep, vuile blik.

‘Ik kom hem niets aandoen,’ zei Myron tegen de hond.

De hond gaf geen sjoege.

Myron bleef de barvrouw observeren. Die staarde zo intens naar een biljartende cowboy dat die het gevoeld moest hebben. Met de keu nog in de aanslag keerde de cowboy zich om en keek haar vragend aan. De barvrouw keek de cowboy aan, verplaatste haar blik naar Myron, waarop ook de cowboy naar Myron keek en vervolgens naar een tweede cowboy met een baard die zo lang was dat hij hem in bedwang hield met haarelastiekjes, waarop beide cowboys zich in beweging zetten en op Myron af liepen.

O, shit.

De eerste cowboy posteerde zich rechts van Myron. De haarelastiekjes-cowboy ging links van hem staan. Fireball Roberts keerde zich af alsof hij niets te maken wilde hebben met wat er stond te gebeuren. Bo kwam achter de bar terug en vroeg: ‘Oké, en wat wil je nou precies?’

‘Wil je dat ik ga praten waar je vrienden bij zijn?’

De cowboy zei met een diepe volle bariton: ‘Ik ben meer dan een vriend.’

Myron keek de cowboy aan. ‘O.’

‘We hebben geen geheimen voor elkaar,’ voegde Bo eraan toe.

‘O,’ zei Myron nog maar eens.

'Dus wat wil je?'

'Dat heb ik al gezegd. Ik wil Greg spreken. Als hij zich daarna wil blijven verstoppen, moet hij dat zelf weten. Prima. Maar ik moet weten of alles in orde is. Zeg tegen Greg dat Myron naar hem vraagt. Hij kent mij. Ik ben zijn zaakwaarnemer. Hij kan je vertellen dat ik een man van mijn woord ben.'

'Jij heet Myron,' zei Bo.

'Ja, Myron Bolitar.'

'Myron, ik heb geen flauw idee waar je het over hebt.'

Myron zuchtte, keek naar de cowboy en de haarelastiekjes-cowboy en zei: 'Ik weet alles over jou en Greg Downing.'

Bo zette grote ogen op. 'Greg Downing?'

'Ja.'

'Je houdt me voor de gek. Greg Downing? Heb je het over die Greg?'

'Luister Bo, ik heb de berichten gezien.'

'Berichten?'

'De romantische dm's op je oude Instagram-account.'

Toen deed Bo iets wat Myron niet had verwacht. Hij begon te lachen.

'Wacht... Jij denkt dat Greg en ik...' Bo lachte nog even en schudde zijn hoofd. Hij glimlachte naar de cowboy. 'Wow, man, deze kerel moet wel de slechtste gaydar op de hele wereld hebben.'

'Iemand heeft je dm's gezien...' zei Myron.

'Greg communiceerde niet met mij.'

Myron slikte de rest van zijn zin in. 'Pardon?'

'Dat was mijn moeder,' zei Bo. 'Greg appte met mijn moeder.'

Myron zat met zijn ogen te knipperen. In gedachten zag hij de puzzelstukjes. Toen zag hij zichzelf alle puzzelstukjes met een forse zwiep van de tafel op de vloer vegen. Hij hoorde zijn eigen stem van ver komen. 'Maar het was jouw Instagram-account.'

'Ja, duh... Mijn moeder deed al mijn social media – Instagram, OnlyFans, alles. Toen de Bucks bij ons een wedstrijd speelden, nodigde Spark ons uit. Mijn moeder… Nou ja, het klinkt misschien gek als een zoon het zegt, is een lekker ding. Een echte spetter. Spark stelde Greg na de wedstrijd aan mijn moeder voor…'

'Die wedstrijd,' viel Myron hem in de rede toen hij zich de wulpse blonde vrouw herinnerde die op de foto naast Bo zat, 'was dat in Phoenix?'

'Ja, tegen de Suns. Daar komen wij vandaan. Spark en ik zijn opgegroeid in Scottsdale.'

'Dus jij en Greg zijn niet…'

'Ben je gek?' Bo richtte zich tot de cowboy. 'Het is oké, Cal. Ik roep je als ik je nodig heb.' Tegen Myron zei hij: 'Neem een slok bier. Dan voel je je vast een stuk beter.'

Myron nam een slok en probeerde alle nieuwe feiten op een rijtje te zetten.

'Mag ik je wat vragen?' zei Bo.

Myron knikte.

'Is het werkelijk veilig als ik hier blijf? Cal en ik zoeken een andere plek als het niet veilig is.'

'Ik vertel niemand iets.'

'En Joey kan ons op geen enkele manier opsporen?'

'Ik zou niet weten hoe,' zei Myron. 'Heb jij Jordan Kravat vermoord?'

'Zo! Je windt er geen doekjes om. Denk je dat ik het je zou vertellen als ik dat had gedaan?'

'Het zou ons tijd besparen.'

'Nee, ik heb Jordan niet vermoord. Ik hield van hem.'

'Jordans moeder denkt dat jij er iets mee te maken hebt.'

'Donna? Nee, dat denkt ze niet. Misschien heeft ze dat tegen jou gezegd, maar dat komt omdat ze de waarheid niet onder ogen wil zien.'

'De waarheid?'

'Zij heeft Joey in ons leven geïntroduceerd, hem letterlijk uitgenodigd. Donna verdiende niet genoeg aan de nachtclub. Dus vormde ze een team met Joey. Hij begon druk op ons uit te oefenen. Hij wilde steeds meer geld. Het liep uit de hand. Jordan probeerde er een einde aan te maken en dat heeft hem zijn leven gekost.'

'Donna zei dat het tussen jou en haar zoon op zijn eind liep.'

Bo dacht even na. 'Dat klopt, denk ik. Maar ik bedoel, we waren jong. Alles was eigenlijk in beweging. We dachten geen van beiden dat het iets voor de eeuwigheid was.'

'Heb jij hem vermoord?'

'Nee.'

'En Greg?'

'Wat is er met Greg?'

'Ik zit te denken aan de volgorde waarin alles gebeurde,' zei Myron. 'Greg begon te dm'en met jouw moeder. Hij verkast naar Vegas. Dan wordt Jordan vermoord en verdwijnt Greg.'

'Greg is niet verdwenen,' zei Bo. 'Ma en hij waren stapel op elkaar. Ze besloten dat ze een reis rond de wereld wilden maken. Toen hij overleed, was ze er kapot van.'

'Ik geloof niet dat Greg dood is.'

'Natuurlijk is hij dood. Je zei dat jij Gregs manager was of zo?'

'Zijn zaakwaarnemer. We kenden elkaar al van jongs af aan.'

'Nou, dan waren jullie niet heel erg close,' zei Bo.

'Hoe kom je daarbij?'

Bo begon de bar op te wrijven met een doek. 'Waarom denk je dat Greg eigenlijk zijn baan opgaf en ertussenuit kneep?'

'Hij zei dat hij niet langer wilde meedraaien in de mallemolen.'

Bo schudde zijn hoofd. 'Nee, man. Greg was ziek.'

Myron zei niets.

'De diagnose was slecht. Kanker. Daarom hield Greg op met coachen. Daarom knepen ma en hij ertussenuit. Omdat hij niet meer zo veel tijd had.'

14

De volgende stap lag voor de hand. Bo's moeder zoeken.

Dat was geen probleem. Ze hadden haar in een mum van tijd gevonden.

Een dag later al was Myron in Pine Bush in de staat New York. Win had aangeboden mee te gaan, maar Myron besloot het zelf voor zijn rekening te nemen. Pine Bush stond op de kaart als een gehucht, niet als een dorp of een stad, en hoewel die definitie verwarrend was, betekende het eigenlijk niet meer dan 'verdomd klein'.

Bo/Brian had met veel overtuiging zijn verhaal gebracht, maar iets in dat alles bleef Myron een ongemakkelijk gevoel geven. Bo loog. Niet over alles, maar toen Myron besefte dat hij op een of andere manier voor de gek werd gehouden, was hij gestopt met informatie inwinnen. Hij liet Bo zijn hele verhaal doen. Hij knikte alsof hij alles voor zoete koek slikte en daarna bood hij Bo zijn excuses aan voor de fout. Hij vertelde Bo niet waarom hij op zoek was naar Greg. Hij vroeg niet – al popelde hij om het wel te doen – waar Bo's moeder uithing nu Greg dood was. Hij ging ervan uit dat Bo zou liegen of haar zou inseinen, maar waarschijnlijk allebei zou doen.

Hij wilde onverwacht bij Bo's moeder op de stoep staan.

Met z'n drieën – Win, Esperanza en Myron – vonden ze snel de nodige aanwijzingen. De moeder van Bo en Spark heette Konners.

Vijf jaar geleden, ongeveer rond de tijd dat zij en Greg naar het buitenland vertrokken, veranderde ze haar achternaam in Conte. Ze hield de voornaam Grace aan. Dat is niet ongebruikelijk. Het valt niet mee om te wennen aan een nieuwe voornaam en niet te reageren als je iemand je oude voornaam hoort roepen, maar wel als iemand een naam roept die eigenlijk niet de jouwe is. Dat kan je verraden.

Toen Grace eenmaal haar achternaam had veranderd, was ze in één klap van de aardbodem verdwenen. Geen creditcards. Geen hypotheken. Geen arbeidsverleden. Geen socialmedia-accounts. Alle activiteiten die Grace Konners had ontplooid, hielden op en daar kwam niets van Grace Conte voor in de plaats.

Dat paste in het beeld.

Maar minder lang geleden, waarschijnlijk omdat er nu meerdere jaren voorbij waren gegaan en ze zich veilig waande, had Grace Conte haar social security-nummer gebruikt om een betaalrekening te openen bij de Bank of America. Ze opereerde nog steeds heel voorzichtig. De rekening was online geopend en het bijbehorende adres was een postbusnummer in Charlotte in North Carolina, vlak bij het hoofdkantoor van de bank. Dat was duidelijk bedoeld om haar verblijfplaats geheim te houden als iemand de rekening mocht ontdekken.

Ze moesten nog wat dieper graven, uitzoeken waar gebeurtenissen uit het verleden zich precies hadden afgespeeld. Je mobiele telefoon registreert tegenwoordig alles wat je doet. Dat beseffen de meeste mensen tegenwoordig. Dat is niet schokkend. Maar misschien beseffen we nog niet hoe diep die technologie in ons leven verankerd ligt. Telecombedrijven weten alles, elke stap die we zetten wordt bij hen geregistreerd. Bo gebruikte wegwerptoestellen en liep dus iets minder in de kijker. Dat was logisch. Jongens als Joey the Toe zochten hem. Zijn broer Spark was meer een open boek. Hij reisde veel, maar al die reizen pasten bijna voor honderd procent in het wedstrijdschema van het basketbalteam van Amherst College. Als ze tegen Bowdoin speelden, liet zijn telefoon zien dat hij in

Brunswick in Maine was. Als ze tegen Middlebury speelden, was Spark in Vermont.

Er was alleen geen enkele duidelijke reden waarom Spark drie keer in Pine Bush in New York was geweest.

Alles viel op zijn plaats. Grace Conte schreef nooit cheques uit. Ze gebruikte de creditcard die bij haar rekening hoorde nooit. Ze deed echter wel stortingen bij verschillende bankfilialen in Newburgh en Poughkeepsie, twee grotere steden in de buurt van Pine Bush. Grace Conte had bovendien een verzekering voor een blauwe Acura RDX. Daarvoor had ze weliswaar het adres in North Carolina gebruikt, maar nu ze wisten dat ze in Pine Bush moesten zijn, was het slechts een kwestie van tijd.

Ze hadden nog geen exact adres, maar afgaande op Sparks telefoon woonde ze op een groot stuk grond op het platteland, ergens langs Route 302. Myron was erlangs gereden en had twee opritten gezien die misschien naar een huis voerden dat overeenkwam met de coördinaten. De ene oprit was afgesloten met een hekwerk, maar de tweede niet. Myron waagde het erop. Bij het huis zag hij vier auto's – geen van de vier was de blauwe Acura RDX – en hij begon zich af te vragen of dit wel het juiste adres was als er zo veel auto's en mensen waren, maar niet de Acura. Van een afstand bekeek hij nog een tweede keer de met een hek afgesloten oprit. Aan een boom hing een bewakingscamera.

Hm.

Hij appte het adres naar Esperanza. Ze stuurde een appje terug.

Geef me een uur.

Er was geen enkele reden om hier te blijven wachten en achterdocht te wekken. Myron reed terug naar het gehucht om iets te gaan eten. Hij koos Larry's Chinese Restaurant and Bar omdat meer dan vierhonderd mensen Larry een beoordeling op Google hadden gegeven, wat resulteerde in vierenhalve ster, maar ook omdat – met de woorden van Elton John over Levon – de naam hem wel aanstond.

Myron zocht een plekje aan de bar. Larry's deed hem denken aan The Shanty in Havre. Het zag er anders uit, zonder alle bierreclames, maar Amerikaanse kroegen hebben allemaal dezelfde sfeer. Het is er prettig voor de stamgasten en ze proberen vreemdelingen het gevoel te geven dat ze welkom zijn. Myron voelde zich een toerist, maar dat was oké. Het menu was vanzelfsprekend Chinees, maar om de klandizie tegemoet te komen stonden er ook meer klassieke Ierse-pubgerechten als buffalo wings en burgers op.

Chinees eten in een Ierse pub. Je kon moeilijk beweren dat Myron geen lef had.

Een grote, zwaargebouwde man achter de bar stelde zich voor als 'je gastheer en barman Rick Legrand'. De naam voluit. Vreemd. Myron vroeg Rick wat hij hem kon aanbevelen. Grote Rick noemde een Chinees gerecht dat Charlie's Angels heette. Myron vroeg wat erin zat. Rick Legrand trok een grimas en zei: 'Wil je horen wat je moet eten of moet ik het hele menu voorlezen?' Daar zat wat in, dacht Myron. Hij bestelde Charlie's Angels en bier van de tap. Koud. 'Hé,' zei Rick vermoeid, 'dacht je dat we hier ook warm bier op de tap hadden?' De man schudde zijn hoofd en vroeg Myron of dit de eerste keer was dat hij in een kroeg kwam.

Heel grappig.

Myron draaide zijn kruk een halve slag om eens te kijken wie er zoal in de kroeg zaten. Misschien had hij mazzel en zat Grace Conte er. Hij liet zijn ogen door de zaak dwalen. Hij hoorde het spetteren van olie in een wok. Het rook naar ve-tsin. Myron voelde gewoon hoe zijn aderen verkalkten. Hij bestudeerde alle gezichten.

Nee, geen mazzel.

Maar toen de buitendeur van de kroeg openzwaaide en er heel even zonlicht naar binnen viel en een stukje straat zichtbaar werd, was het lot hem gunstig gezind.

Hij zag een blauwe Acura RDX.

'Rick Legrand?' vroeg Myron.

Rick keerde zich naar Myron toe. 'Zeg het eens.'

'Ik annuleer mijn bestelling,' zei Myron.

'Het is bijna klaar.'

Myron legde twee briefjes van tien op de bar. 'Geef het maar aan iemand die het waard is.'

Rick haalde zijn schouders op. 'Mijn dienst zit er bijna op.'

'Dan acht ik jou waardig, mijn beste man.'

Myron haastte zich naar de deur, duwde hem open en knipperde tegen het zonlicht. De blauwe Acura RDX stond aan de overkant geparkeerd voor een zaak die volgens het uithangbord The Blush Boutique heette. Het was zo'n winkel waar ze, in de woorden van Myrons moeder, 'schattige dingetjes' verkochten.

En nu?

Myron haastte zich terug naar zijn huurauto. De rit van Manhattan naar hier had iets minder dan twee uur gekost. Win had ervoor gezorgd dat Myron niet met lege handen was vertrokken. Dat betekende een afgesloten kevlarzak met een pistool (in de loop der tijd waren pistolen handiger gebleken dan Myron bereid was toe te geven), kabelbinders als boeien (niet handig) en een magnetische tracker (eigenlijk wel een beetje handig). Myron bedacht dat hij Grace' Acura op veilige afstand zou kunnen volgen als hij de tracker erop kon vastzetten.

Hij gleed achter het stuur van de huurauto en pakte de kevlarzak. Hij was net aan het prutsen met het cijferslot toen er een vrouw uit de Blush Boutique naar buiten stapte. Myron stopte met prutsen. Op alle foto's met Grace Konners die Myron had gezien, stond een vrouw met lang witblond haar. Deze vrouw had een kastanjebruin pagekapsel. Op al die foto's had Grace Konners een luchtige witte zomerse outfit gedragen die uitstraalde dat ze maar wat graag liet zien hoe welgevormd ze was. Deze vrouw droeg een spijkerbroek met een hoge taille en een ruimvallend groen sweatshirt met een grappige kameel erop.

Net als met Bo zou je haar niet herkennen als je niet je best deed om goed te kijken, maar Myron twijfelde niet. Dit was Grace Konners, nu Grace Conte of zo.

De moeder van Spark en Bo/Brian/Stevie.

Grace stapte vastberaden naar de Acura. Myron had geen schijn van kans om haar aan te spreken voordat ze wegreed. Wilde hij dat eigenlijk wel?

Misschien kon hij haar beter gewoon volgen.

Ze startte de auto, reed door Main Street en sloeg af naar Route 302. Myron volgde haar in zijn auto. Als de coördinaten die ze met Sparks telefoon hadden gevonden juist waren, zou het een kort ritje worden. Drie minuten later draaide de blauwe Acura RDX de oprit met het hek op. Het hek schoof open. Grace Conte reed door. Het hek begon weer dicht te schuiven. Myron probeerde achter Grace aan de oprit op te rijden, maar het hek was al te ver dicht. Hij stopte, zette de motor uit, haastte zich uit de auto en schoof door de resterende opening, nog net voordat het hek weer helemaal gesloten was.

En nu?

Het had geen zin om zich nog langer verborgen te houden. Ze zou hem toch zien. Hij begon de oprit op te lopen. Zonder het pistool. Win zou hem dat kwalijk hebben genomen. Win was altijd gewapend. Altijd. Meestal met meerdere pistolen. Hij had Myron bij ettelijke gelegenheden bezworen ook altijd een wapen mee te nemen, juist voor situaties als deze. Maar Myron hield niet van wapens. Ze waren zwaar en ze schuurden.

Jammer dan, daar was nu niets meer aan te doen.

Hij liep over de oprit, eigenlijk een onverharde landweg. Hij had geen idee hoe ver het was naar het huis. Ook dom. Dat had hij waarschijnlijk kunnen opzoeken op Google Maps. Al lopend kromde hij zijn hand als een megafoon voor zijn mond en begon hij te roepen.

'Hallo? Grace? Mevrouw Conte? Ik wil alleen maar met u praten, oké?'

Na een bocht in de landweg, zo'n honderd meter achter het hek, zag hij het huis. Hij had iets landelijks verwacht met een beetje achterstallig onderhoud om het een charmant uiterlijk te geven, maar het A-frame-huis dat hij te zien kreeg, was indrukwekkend. Het was smetteloos wit en had enorme ramen. Het had iets eigenaardigs. De zandweg ging over in een keurig gelegd klinkerstraatje. De tuin was opzettelijk slordig aangelegd, alsof de struiken en planten er zomaar spontaan waren opgeschoten. Het was een gastvrij huis. Het kostte geen enkele moeite er jezelf te zien wonen. Je kon er relaxen, ontspannen. 's Morgens met een kop koffie op het terras de zon zien opkomen. Dat soort dingen.

'Je bent in overtreding.'

Ze stond naast de Honda tegen het geopende portier geleund alsof ze er elk moment met de auto vandoor wilde kunnen gaan. Ze liet hem een telefoon zien. 'Ik ga de politie bellen.'

'Ik kom je niets doen, Grace.'

'Ken ik jou?'

'Ik heet Myron Bolitar. Ik was – ik ben – Gregs zaakwaarnemer.'

'Ik weet niet waarover je het hebt.'

Myron zuchtte ietwat theatraal. 'Moeten we dit spelletje echt spelen? Bel de politie maar. Laat iedereen, ook Joey the Toe, weten waar je bent.'

Grace verroerde geen vin.

'Ik wil jouw familie niet in moeilijkheden brengen. En als ik familie zeg, bedoel ik je zoon Brian, alias Bo, alias barman Stevie in Montana.'

Grace slikte en liet de telefoon zakken. 'Hoe heb je mij gevonden?'

'Dat maakt niet uit. Niemand anders weet waar je bent. Nog niet.'

'Wat wil je van me?'

‘Ik wil Greg spreken.’

‘Greg is dood.’

‘Nou, nee dus,’ zei Myron.

‘Wat?’

‘Hij is niet dood.’ Myron begon naar het huis te lopen. ‘Is hij hier?’

‘Nee, natuurlijk niet. Hij is dood. Jij bent zijn vriend. Jij weet dat.’

Ah, dus nu weet ze ineens wie Myron is.

‘Dit huis is wel heel erg groot voor één persoon,’ zei Myron.

‘Greg heeft het voor me gekocht voordat hij overleed.’

‘Wanneer?’

‘Dat gaat jou…’

‘Ik kan de belastinggegevens opvragen.’

‘Ik heb nu een nieuwe vriend.’

‘O. Hoe is Greg doodgegaan?’

‘Hij had kanker.’

‘Wat voor kanker?’

Een heel kleine aarzeling. ‘Zijn nieren.’

‘Pijnlijk,’ zei Myron. ‘Dus hij heeft in het ziekenhuis gelegen? Een privékliniek? Palliatieve zorg? Waar is hij precies overleden?’

‘Ik hoef jouw vragen niet te beantwoorden.’

‘Ik heb zijn arts gesproken. Dat is een vriend van ons beiden. Ze heet Ellen Nakhnikian. Ze beweerde dat Greg kerngezond was.’

‘Artsen kunnen niet alles zeggen. Beroepsgeheim…’

‘Misschien. Maar Greg is dood, dus dokter Nakhnikian hoefde zich nergens aan te houden.’

Ze stak strijdvaardig haar kin naar voren. ‘Greg is naar een andere arts geweest.’

‘Je meent het.’

‘Hij wilde niet dat iemand het zou weten.’

‘Heel nobel,’ zei Myron. ‘Maar zo is het niet gegaan. Dokter Nakhnikian heeft jullie beiden twee maanden voordat jullie de benen namen nog gesproken. Ze verklaarde Greg toen kerngezond.’

Myron schakelde naar een hogere versnelling, in de hoop dat een plotseling geïntroduceerd ander onderwerp haar van haar stuk zou brengen. 'Weet je wie Cecelia Callister is?'

'Nee... Wacht, de naam komt me bekend voor.'

'Ze was een bekend fotomodel. Ze is onlangs vermoord, samen met haar zoon Clay.'

'O, oké, dat heb ik gelezen. Maar wat heeft dat te maken met...'

'De politie denkt dat Greg het heeft gedaan. Daarom ben ik hier. Ze willen hem verhoren.'

'Dat slaat nergens op. Greg is dood.'

'Tuurlijk, Grace, maar dat houdt geen stand. Ik blijf zoeken. En wat veel erger is, de politie blijft ook zoeken. Shit, zelfs Joey the Toe blijft zoeken. Ik heb de race hiernaartoe gewonnen, maar zij zullen je ook vinden. Gewoon een kwestie van tijd.'

'Ik zeg je...'

'Laat maar, schat,' klonk plots een voor Myron zeer vertrouwde stem achter hem. 'Verdomme, Bolitar, je bent nog altijd dezelfde stijfkop. Je houdt nooit op.'

Myron keerde zich om. Hij had nu een volle baard om zijn babyface. Zijn krullende haardos was het werk van een vakkundig gezet permanentje. Maar er was geen twijfel mogelijk.

Daar stond Greg Downing.

15

'Kijk, ik heb niet tegen je gelogen. Ik was van plan de benen te nemen, precies zoals ik je had verteld.'

Greg en Myron zaten aan de essenhouten keukentafel. De keuken was wit onder een plafond met zware ruwhouten balken. De koelkast en de vriezer hadden een glazen deur. Grace bediende een glanzende espressomachine.

'Ik moest stoppen met coachen. Basketbal... Ik bedoel, jij weet beter dan wie ook hoe het is, Myron. Het vreet je op. Het eist alles op wat je in je hebt. Ik had mijn hele leven tot dan toe aan basketbal opgeofferd en het vuur was domweg gedoofd.'

Grace zette een kop koffie voor Myron op tafel. Myron glimlachte dankbaar naar haar.

'O, mijn excuses,' zei Greg.

'Hè?'

'Al dat geklets van mij dat ik het basketbal zat ben,' zei Greg. 'Dat klonk niet erg invoelend. Ik snap hoeveel geluk ik heb gehad. Een lange carrière. En... daar heb ik jou van beroofd. Dat spijt me, man. Dat weet je.'

Myron wist niet zo goed hoe hij daarop moest reageren. 'Er is geen reden om nu oude koeien uit de sloot te halen,' zei hij maar.

'Ja, ja, je zult wel gelijk hebben. Hoe heb je ons trouwens gevonden? Of is dat een staatsgeheim?'

Het aroma van topkwaliteit koffiebonen verspreidde zich door de keuken.

Myron negeerde de vraag. 'Je hebt geen kanker, hè?'

'Nee, ik ben gezond.'

'Wat is er dan gebeurd, Greg?'

'Heel veel.'

'Zoals?'

'Zoals stoppen met basketbal. Zoals opnieuw willen beginnen.'

'Dat had ik al afgevinkt.'

'Zoals Grace leren kennen.' Hij keek naar haar op en glimlachte. Ze legde haar hand op zijn schouder en glimlachte terug. Terwijl hij haar bleef aankijken zei hij: 'Is het te cliché om haar mijn maatje te noemen? Maakt niet uit. Dat is ze wel.'

'Zo voel ik dat ook,' zei Grace.

'Ze heeft mijn hele leven veranderd.'

Ze bleven elkaar zo lang als twee verliefde tortelduifjes aankijken dat Myron op het punt stond ze te vertellen dat ze zich wel even terug mochten trekken, maar dat zou van zijn kant pas echt een clichématige voortzetting van het gesprek zijn geweest.

'Dus dat is de belangrijkste reden waarom ik opnieuw wilde beginnen,' zei Greg. 'Ik werd verliefd.'

'Heel veel mensen worden verliefd,' zei Myron.

'Ja, dat weet ik en ik ben geneigd om te zeggen "niet zoals wij", maar dat zegt ook iedereen.' Hij ging verzitten. 'Kijk, het is heel eenvoudig. Grace en ik kwamen elkaar tegen op een moment dat we allebei toe waren aan verandering. We zijn heel hard voor elkaar gevallen. Ik was helemaal klaar met basketbal. Ik was opgebrand. Dus besloten we ertussenuit te knijpen en een tijdje te gaan reizen. Een jaar, twee jaar reizen en daarna zouden we wel weer verder zien.'

'Je ging eerst naar Vegas,' zei Myron.

'Ja, daar woonde de zoon van Grace.'

'Brian.'

'Hij laat zich het liefst Bo noemen,' zei Greg. 'Bo had problemen.'

'Wat voor soort problemen?' vroeg Myron.

'Jij en ik, Myron, zijn in een heel andere tijd opgegroeid.'

Myron wachtte.

'Zijn vriend misbruikte hem,' zei Grace.

'Je hebt het over Jordan Kravat.'

'Ja.'

'Als je zegt misbruikte...'

'Fysiek, emotioneel, op alle mogelijke manieren,' zei Grace.

'De vriend was een paar foute mensen geld schuldig,' legde Greg uit. 'En hij liet Bo voor zich werken om dat terug te betalen.'

'Het was afschuwelijk,' zei Grace.

'Hoe dan ook, Grace en ik wilden helpen, dus vlogen we naar Vegas. Ik dacht dat ik misschien die schulden kon inlossen en dat hij dan Bo met rust zou laten. Dat was ons plan. Ervoor zorgen dat Bo veilig was. En daarna zouden we verdwijnen.'

'Wat we oorspronkelijk van plan waren,' voegde Grace eraan toe.

Ze ging op de stoel naast die van Greg zitten.

'En wat gebeurde er toen?'

'Ik probeerde Jordan een beetje gezond verstand bij te brengen, maar hij wilde niet luisteren.'

'De maffia heeft hem in zijn greep,' zei Grace. 'Hem en zijn moeder.' Haar gezicht begon rood aan te lopen. 'Zijn moeder is de echte crimineel.'

'Ja, toen ging het echt de verkeerde kant op,' zei Greg. 'De moeder van Jordan. Ik ben even kwijt hoe ze heette.'

'Donna,' zei Myron.

Ze keken hem aan. Toen keken ze even steels elkaar aan.

'Ken je haar?' vroeg Grace.

'We hebben elkaar ontmoet. Toen ik op zoek was naar Bo.'

'Ze is eigenaar van zo'n maffiatent, wist je dat?'

'Dat was ze,' zei Myron met nadruk op was. 'Ja, dat weet ik.'

'Ze spande samen met zo'n vreselijke maffiabaas.'

'Joey the Toe,' zei Myron.

'Wow,' zei Greg. 'Je hebt niet stilgezeten.'

Hun ogen vonden elkaar en heel even was het net als vroeger op de basketbalvloer, Greg dribbelend, Myron laag in een defensieve stand waarmee hij probeerde Greg naar rechts te dwingen. Dat was Gregs zwakke kant. Hij was een fantastische basketballer en ook al was hij rechtshandig, hij ging het liefst door het midden met de linkerhand. De flashback duurde maar een fractie van een seconde, maar hij was echt en Myron voelde dat Greg hetzelfde ervoer.

Hij boog zich naar voren en richtte al zijn aandacht op Greg. 'Waarom ben je niet naar mij toe gekomen?'

Greg zweeg.

'Je kent me. Je kent Win. Je weet wat wij in onze mars hebben.'

Greg knikte. 'Ik heb eraan gedacht.' Hij keek even opzij. 'Wíj hebben eraan gedacht. Maar uiteindelijk leek het Grace geen goed idee.'

'Geweld is nooit het goede antwoord,' zei Grace.

Myron zei niets. Greg zei niets.

Grace schudde haar hoofd. 'Mannen.'

'Nee, nee, je hebt gelijk,' zei Myron. 'Wat hebben jullie toen wel gedaan?'

'Grace heeft haar zoon overgehaald om kroongetuige te worden. Met afluisterapparatuur en zo.'

Klinkt voor de hand liggend, dacht Myron. 'En toen?'

'Op de een of andere manier kreeg Joey the Toe er lucht van. Hij brak in en vermoordde Jordan.'

'Waarom?' vroeg Myron.

'Wat?'

'Je zei dat Jordan deelnam aan zijn activiteiten. Bo was degene die een bedreiging vormde. Dus waarom vermoordde hij Jordan?'

'Dat hebben wij ons ook afgevraagd,' zei Grace.

'Wil je horen wat wij denken?' vroeg Greg.

Myron knikte hem toe.

'Het was een foutje.'

'Een foutje?'

'Turant was van plan om Bo te vermoorden. Bo en Jordan woonden samen. Het was donker.'

'Bo was thuis toen het gebeurde,' voegde Grace eraan toe. 'Hij hoorde de consternatie en sloeg op de vlucht.'

'De rest is bekend. Joey the Toe wordt gearresteerd. Bo getuigt tegen hem. Plotseling moeten we allemaal op de vlucht voor de maffia. Grace en ik zorgen voor een nieuwe identiteit voor Bo en daarna...' Greg keerde zich naar Grace, 'hebben we ons oorspronkelijke plan uitgevoerd.'

Myron knikte bedachtzaam. 'Het in scène zetten van je eigen overlijden.'

Stilte.

'Waarom?'

'Dat is niet echt jouw zaak, Myron.' Greg ging verzitten, ineens gespannen. 'Waarom ben je hier eigenlijk? Waarom kun je ons niet gewoon met rust laten?'

'Omdat de feds bij mij op bezoek kwamen – op zoek naar jou. Ken je Cecelia Callister?'

'Die is toch vermoord?'

'Kende je haar?'

'Amper, lang geleden. Ze was bevriend met Emily. We zijn een paar keer met z'n vieren uit geweest.'

'Maar verder?'

'Hoe bedoel je, maar verder?'

'Gewoon, verder. Ben je bijvoorbeeld met haar naar bed geweest?

Wanneer heb je haar bijvoorbeeld voor het laatst gezien?'

'Ik heb niets met haar gehad en ik heb haar al jaren niet meer gesproken.'

'Want jouw DNA is op de plaats delict aangetroffen.'

Greg verstijfde. 'Meen je dat?'

'Nee, ik maak een grapje. Ik heb je opgespoord en ik heb al die moeite gedaan om even grappig te kunnen zijn.'

'Ik snap het niet,' zei Greg. 'Hoe kunnen ze mijn DNA hebben gevonden op de plaats delict?'

'Dat mag jij mij vertellen.'

'Het moet een vergissing zijn.'

'Ze vonden je DNA onder de vingernagels van het slachtoffer.'

'Mijn DNA? Gelul. Ik bedoel, dat is echt volstrekt gelul. Ze liegen tegen je.'

'Wie? De feds? Waarom zouden die liegen?'

Stilte.

'En waarom heb je net gedaan of je dood was? Je liet iedereen die iets om je geeft geloven dat je dood was.'

Greg giechelde. 'Wie geeft er om mij?'

'Wat?'

'Wie geeft er om mij? Kom op, zeg. Je hebt een dag of twee om me gerouwd en daarna ben je weer verder gegaan met je leven. Emily? Ha! Mijn moeder is dood en mijn vader heeft alzheimer in een vergevorderd stadium.'

'En Jeremy?'

'Ah, nu zijn we waar we willen zijn. Je bedoelt onze zoon?'

Myron hapte niet. Niet direct in ieder geval. Hij zweeg. Win kon heel goed zwijgen. Hij kon het zwijgen heel lang volhouden. Myron daarentegen kon niet zo goed overweg met langdurig zwijgen, dus uiteindelijk zei hij: 'Ja, precies, onze zoon. Hoe kun je hem zo voor de gek houden?'

Greg grijnsde. 'Wie zegt dat hij van niets wist?'

Dat was het moment waarop ze, terwijl Myron probeerde te verwerken wat hij zojuist te horen had gekregen, buiten het geluid van een megafoon hoorden. Myron, Grace en Greg keken uit het raam. Er stonden minstens tien gewapende politiemannen in de achtertuin.

'O, shit,' zei Greg.

Midden in de achtertuin stond special agent Monica Hawes van de FBI met een megafoon in haar hand. Naast haar stond special agent Beloega.

'O, shit,' mompelde Greg voor de tweede keer toen de megafoon begon te knetteren.

'Greg Downing,' klonk de stem van Monica Hawes door de megafoon. 'Ik ben special agent Monica Hawes van de FBI. Je bent omsingeld. Kom naar buiten met je handen omhoog.'

16

Nog altijd aan de keukentafel gezeten keek Greg met woeste hoofdbewegingen om zich heen alsof hij een uitweg zocht. Maar dat duurde niet langer dan een paar seconden. Grace legde een hand op zijn arm om hem te kalmeren en schudde haar hoofd. Greg zakte in elkaar en knikte. Myron begon te roepen dat ze zich zonder verzet overgaven. Terwijl de politiemacht naar binnen stormde waarschuwde Myron Greg te zwijgen. Hij zou achter Greg aan komen en ervoor zorgen dat hij de beste verdediging kreeg die je je maar zou kunnen wensen. Tegen de tijd dat Hawes en Beloega de keuken in stapten lag Greg geboeid op zijn buik op de keukenvloer.

'Jullie mogen hem niet verhoren voordat zijn verdediging aanwezig is,' zei Myron.

Beloega deed alsof hij verveeld gaapte.

Drie agenten hesen de verbijsterde Greg weer op zijn voeten. Ze voerden hem mee naar buiten. Myron riep hem achterna vooral niets te zeggen. Greg was zo verbijsterd dat hij het niet eens kon opbrengen om instemmend te knikken. Grace maakte aanstalten achter de stoet aan naar buiten te lopen, maar een vierde agent hield haar tegen.

Grace keek over haar schouder naar Myron. 'Jij hebt ze hiernaartoe gebracht.'

Myron deed zijn mond open om zich te verdedigen, maar Grace duwde de agent opzij en rende naar buiten.

Beloega sloeg Myron op de schouder. 'Heel jammer, maat.'

'Volgden jullie mij?' vroeg Myron.

'Wij doen geen mededelingen over de methoden die we toepassen,' zei Beloega. Een zelfgenoegzame glimlach lag op zijn gladde, bleke gezicht gepleisterd. 'Ik kan dus bevestigen noch ontkennen dat we al je bewegingen, eerst naar Nevada, toen naar Montana en uiteindelijk naar hier, hebben geregistreerd.'

Myron slikte een vinnige reactie in en vroeg: 'Wie heeft daar toestemming voor gegeven?'

'Ik geloof dat het...' Beloega keek omhoog alsof hij in gedachten verzonken was en tikte nadenkend met zijn wijsvinger tegen zijn kin, '... special agent Kusmnkloten was. Maar dat is toch volstrekt onbelangrijk? Je stond immers op het punt om ons te bellen? Zo'n rechtschapen kerel als jij, Bolitar, zou toch zeker nooit iemand die gezocht wordt op verdenking van moord een schuilplaats bieden?'

De paar uren, zelfs dagen die volgden gingen in een vloek en een zucht voorbij.

Borgtocht werd Greg geweigerd. De officier trapte af met 'als hij arm was, of een dakloze of zo, zou hij nooit en te nimmer op borgtocht vrijkomen', een standaardargument dat wellicht heel waarheidsgetrouw was, maar de rechter leek niettemin veel meer overtuigd door het feit dat Greg Downing vijf jaar ondergedoken had gezeten en zelfs had gedaan of hij dood was om maar niet gevonden te worden. Het was ten enenmale onmogelijk een geloofwaardig betoog te houden ter onderbouwing van de stelling dat Greg niet vluchtgevaarlijk was. Misschien dat iemand als Hester Crimstein, de beroemde strafpleiter en presentator van het tv-programma *Crimstein en criminelen*, hem uit de bak had kunnen houden, maar Hester, die een studiegenoot was geweest van Myrons moeder, wilde de zaak niet voor haar rekening nemen.

Zij was de eerste geweest die Myron had gebeld.

'Hij heeft een goede advocaat nodig,' had Myron gezegd. 'De beste die er is.'

'O, jeetje, je hebt me de beste genoemd. Ik ben nu als een bolletje was in jouw handen. Je kunt het oude omaatje nu alle kanten op kneden die je maar wilt na die vleierij.'

'Betekent dat dat je de zaak aanneemt?'

'Nee, sorry, dit is geen zaak voor mij.'

'Het wordt een geweldig verhaal. Het komt over de hele wereld op de voorpagina's.'

'Hé, nu ben ik plotseling zo'n afgrijselijk mens dat alles doet om op de beeldbuis te komen?'

Diep stilzwijgen.

'Oké, oké, ja, misschien is dat ook wel zo. Maar deze keer niet.'

'Waarom niet?'

'Ik ben op vakantie in Miami. Heeft je moeder je verteld dat we donderdag gaan lunchen?'

'Je kunt hiernaartoe vliegen als hij wordt voorgeleid en daarna weer terug. Win stuurt zonder meer zijn vliegtuig.'

'Komt niets van in. Daar ben ik te oud voor.' Vervolgens aarzelde Hester, iets wat zelden of nooit gebeurde. 'Ik wil het ook niet.'

'Waarom niet?'

'Ik mag hem niet. Oké? Zo, ik heb het gezegd.'

'Je hebt hem nog nooit ontmoet.'

'Maar ik weet wat hij jou heeft aangedaan.'

'Dat is verschrikkelijk lang geleden,' zei Myron. 'Ik heb ergere dingen gedaan.'

'Nee, dat heb je niet.'

'Ik heb het hem vergeven.'

'Maar ik niet,' zei Hester. 'Jij bent mijn vriend, hij niet. En mag ik je nog een advies geven?'

'Ik denk dat ik wel weet wat je gaat zeggen.'

'Ik zeg het toch. Jouw relatie met die man is wat de jongelui vandaag de dag giftig noemen, toxisch. Oké, laten we dat verder allemaal maar vergeten, want ik heb een vraag voor je.'

'En dat is?'

'Ik wil de waarheid horen,' zei Hester. 'Hoe gaat het met je moeder?'

Myron slikte. Hij deed zijn mond open en weer dicht. 'Ik weet het niet.'

Hester hoorde de kikker in zijn keel. 'Het is goed,' zei ze zacht.

'Ze vertellen me niet alles.'

'Ze willen niet dat je je zorgen maakt.'

'Dat doe ik liever wel.'

'Maar dat willen zij niet. Je moeder en je vader. Dat is het recht van ouders. Dat moet je respecteren. Je weet dat ik van je moeder hou alsof ze mijn zuster is.'

'Dat weet ik.'

'En ik hou van jou alsof je een neefje bent. Maar die toestand met Greg Downing? Dat is gewoon niet ons gevecht. Ik zal je bellen als ik met je ouders heb geluncht.'

Uiteindelijk maakte het niet uit dat Hester de zaak niet had willen aannemen. Toen Myron probeerde met Greg in contact te komen, wilde die hem niet spreken. De aandacht van de media voor de zaak was overweldigend, zoals te verwachten viel. Niet alleen had een voormalige topbasketballer zijn eigen dood in scène gezet – hij werd nu ook nog eens verdacht van de moord op een voormalig topmodel dat ooit op de omslag van *Vogue* en *Cosmo* had gestaan. Dat leverde sappige krantenkoppen op en wilde insinuaties op social media. Het verhaal dook overal op. Niemand wist iets van de details, maar dat weerhield niemand ervan om online uit volle overtuiging beweringen over schuld en onschuld te doen.

Myron logeerde bij Win in diens appartement aan Central Park West. Tegen de tijd dat hij daar arriveerde was het bijna middernacht. Win wachtte hem op in de salon. De salon, zo veel was Myron duidelijk geworden, was wat gewone mensen de huiskamer noemden.

'Cognac?' vroeg Win.

'Ach, waarom ook niet?'

'Nou ja, om maar iets te noemen, je drinkt nooit cognac.'

'Iets nieuws voor mij,' zei Myron. Dat deed hem denken aan het laatste telefoongesprek met zijn ouders. 'Heb je toevallig ook nog edibles in huis?'

'Is dat een grapje?'

'Mijn ouders kunnen er niet van afblijven.'

'Jouw ouders hebben zelden ongelijk,' zei Win. 'Ik kan iets bestellen.'

'Neu, cognac is prima.'

'Goed zo.'

Wins gezicht was al aardig rood aangelopen door de drank. Het was Myron opgevallen dat Win meer dronk dan vroeger, maar misschien vergiste hij zich en was het alleen meer te zien op zijn gezicht. Met het glas cognac in de hand zaten ze in leunstoelen van bordeauxrood leer. Een negentiende-eeuws tapijt van pashminawol lag tussen hen in op de vloer. Het tapijt had een dieprode kleur met gouden sterren en azuurblauwe lotusbloemen als accenten.

'Ik heb PT gesproken,' zei Win.

Jaren geleden, toen Win en Myron de FBI 'diensten hadden bewezen', was PT hun contactpersoon geweest. Het grote publiek kende hem niet, maar elke president en elke directeur van de FBI sinds de tijd van Ronald Reagan beschouwde hem als iemand die van de hoed en de rand wist.

'Wat zegt PT?'

'Greg heeft het gedaan. Het DNA is overweldigend.'

'Misschien wel te overweldigend.'

Win haalde zijn schouders op. 'Soms de eenvoudigste oplossing.'

'Maar soms ook niet. Wat zei PT nog meer?'

'Hij wist niet dat jij door de feds werd gevolgd.'

'Zou hij me hebben gewaarschuwd als hij het had geweten?'

'Ik zou niet weten waarom. Jij knapte al het vuile werk voor ze op.' Win zette zijn glas weg en plaatste zijn vingertoppen tegen elkaar. 'Er is nog een kreukel.'

'O?'

'PT staat erop dat het vertrouwelijk blijft.'

'Oké.' Myron nam een slok van zijn cognac. Hij wilde voor geen goud weten wat de prijs per slok was. 'Wat is de kreukel?'

'De moord op Jordan Kravat.'

'Wat is daarmee?'

'Dat is de reden waarom de FBI zich ermee bemoeit.'

Myron knikte. Zo veel had hij zelf al op een rijtje gekregen. 'Twee moorden in twee verschillende staten.'

'En dus de FBI,' zei Win. 'Correct.'

'Laat me raden,' zei Myron. Hij nam nog een slok van de cognac en merkte dat de drank al invloed had. Het ging snel met de cognac van Win. Misschien hadden de rijken zelfs geheime processen waarmee ze de effecten van alcohol konden versnellen. 'Ook al is Joey the Toe veroordeeld voor de moord op Jordan Kravat, ze zijn er niet van overtuigd dat hij het heeft gedaan.'

'Je zou vaker cognac moeten drinken,' zei Win. 'Je gaat er veel scherper door denken.'

'Maar wat denken ze dan? Dat Greg hen allebei heeft vermoord?'

'Zoiets.'

'Hebben ze een motief?'

'Helemaal niets.'

'Enig verband tussen de slachtoffers?'

'Helemaal niets,' zei Win opnieuw.

'Behalve Greg.'

'Behalve Greg, ja.'

'En ze willen die, eh, noemde je dat "kreukel"?'

'Zo noemde ik dat.'

'En ze willen die kreukel onder de pet houden, want als het bekend wordt dat de veroordeling van Joey the Toe niet geheel gerechtvaardigd is...'

'Zou dat leiden tot uitbundig veel schaamrood op de kaken.'

Even zaten ze zwijgend tegenover elkaar.

'Wat gaan we nu doen?'

'Niets,' zei Win. 'Greg wil niet dat wij er ons nog langer mee bemoeien.'

'Hij heeft nooit gewild dat we ons ermee bemoeiden.'

'Dat is waar, maar we hebben niettemin gedaan wat we konden doen.'

'Wat we hebben gedaan,' zei Myron, 'is de arrestatie van onze cliënt bewerkstelligen.'

Win spreidde zijn handen. 'Ik zei alleen "we" uit beleefdheid.'

Waarmee hij terecht bedoelde dat Myron schuldig was. 'Waarom zou Greg Cecelia Callister vermoorden, Win?'

'Geen idee, maar het is niet onze zaak. Jij hebt hulp aangeboden. Die heeft hij geweigerd. Kortom: het is voorbij. Voor ons. We zijn klaar.'

Win had gelijk. Myron wilde nog een slok nemen, maar zijn glas bleek leeg. Hij reikte naar de kristallen karaf en schonk voor zichzelf een tweede glas in. Hij liet zijn gedachten de vrije loop, maar hij voelde dat zijn hersens het moeilijk kregen door vermoeidheid en de drank. Myron gaf zich zelden over aan de drank, want ondanks zijn lengte zou je hem rustig een lichtgewicht mogen noemen. Twee glazen drank en je kon hem opdweilen.

Hij keek naar Win. Wins ogen waren dicht en er klonk een zacht snurken. Dat gebeurde vroeger nooit. Met z'n tweeën bleven ze hele nachten op om te praten of, als ze moe waren, te genieten van een ongedwongen samenzijn in stilte. Steeds vaker viel een van hen beiden tegenwoordig in slaap. Het stond Myron niet aan.

Hij voelde zijn telefoon trillen. Het was ruim na middernacht. Hij keek op het scherm en zag dat er een appje was binnengekomen van Emily Downing.

Het bericht luidde: *Wakker?*

Hij liet de lucht uit zijn longen ontsnappen en appte terug: *Ja.*

Boven in het scherm verscheen *Aan het typen…*

Ik ben in de Hamptons. Misschien wil je hiernaartoe komen?

Myron fronste zijn wenkbrauwen en typte: *Waarom?*

Jeremy komt. Hij wil je zien.

17

Het eerste wat Emily zei toen ze de deur voor Myron opentrok, was: 'Ik wist dat Greg niet gay was.'

Ze droeg een heel erg witte nachtjapon in haar heel erg witte zomerhuis in de zo smaakvolle (heel erg witte?) omgeving van de Hamptons. Zij en Greg hadden het huis gekocht voor achttien miljoen dollar. Dat wist Myron omdat Win had geholpen bij de financiering.

'Waar is Jeremy?' vroeg Myron.

'Waar is jouw auto?'

'Ik heb me laten brengen. Waar is Jeremy?'

'Zijn vliegtuig is een half uur geleden geland. Hij kan hier elk moment zijn.'

'Waar komt hij vandaan?'

'Het enige wat hij wilde zeggen was dat het ergens in het buitenland was. Zo zijn de regels nu eenmaal.' Ze deed een stap achteruit om Myron binnen te laten. 'En wat is er gebeurd?'

'Ik heb naar Greg gezocht.'

'Juist, dat dacht ik al.'

'De politie volgde me. Toen ik hem gevonden had, hadden zij hem ook.'

'En hij was met een vrouw?'

'Ja.'

'Dus mijn echtgenoot is ervandoor gegaan met een andere vrouw.'

Myron keek Emily aan. 'Ik dacht dat jullie alleen in naam getrouwd waren?'

'Dat was ook zo, maar ik was – ben? – nog steeds zijn vrouw. Waarom heeft hij me niet verteld dat hij iemand anders had? Ik zou er geen moeite mee hebben gehad. Waarom er zo stiekem vandoor gaan?'

'Dat weet ik niet. Hij zei iets over vluchten en ontsnappen.'

'Denk je dat hij Cecelia heeft vermoord?'

Myron negeerde de vraag. 'Ik wil dat je even goed nadenkt, Emily.'

'Waarover?'

'Wat nu precies de relatie was tussen Greg en Cecelia.'

'Dat vroeg je me al over de telefoon. Ik heb me suf geprakkiseerd.'

'En?'

'Ik denk niet dat hij met haar naar bed ging.'

'Oké.'

'Maar dat heeft hij ooit misschien wel gedaan.'

'Dat schiet lekker op,' zei Myron.

'Hé, wat wil je van me? Ik weet het gewoon niet.'

'Als het wat uitmaakt, Greg zei van niet.'

'Ja, wat moet hij anders zeggen? Maar…' Emily aarzelde. 'Waarschijnlijk is het helemaal niets.'

'Maar?'

'Maar iedereen blijft maar zeggen dat supermodel Cecelia is vermoord.'

'Ja?'

'Ik dacht: en haar zoon Clay dan? Die is toch ook vermoord?'

'De theorie is dat hij werd gedood toen hij probeerde haar te verdedigen.'

'Dat weet ik, en daarom denk ik ook dat dit niets voorstelt.'

'Maar?'

'Maar ik probeer alle puzzelstukjes op hun plaats te leggen,' zei Emily. Ze dacht even na en zei toen: 'Niet op hun plaats. Ik zie niet waar ze moeten liggen. Ik probeer alleen alle stukjes te zien.'

'Maar?' zei Myron.

'Cecelia was getrouwd met Ben Staples. Greg en ik zijn een paar keer met hen uit geweest. Dat heb ik je verteld.'

'Yep. En je zei dat Greg hem wel mocht.'

'Ja. Kijk, jij wilt iets horen, toch? Iets, wat dan ook?'

'Toe maar.'

'Cecelia en ik hebben een paar keer geluncht bij de Palm Court. Ik heb het nu over, eh, vijfentwintig jaar geleden, denk ik. Ze vertelde me dat ze was verkracht, al gebruikte ze het woord niet. Ik bedoel, als je supermodel was in die tijd... Alles wat mannen met je uitvraten. Alles wat je maar te slikken had.'

'Wie heeft haar verkracht?'

'Dat wilde ze niet zeggen.'

'Heb je ernaar gevraagd?'

'Natuurlijk,' snauwde Emily. 'Maar alles was toen anders. Cecelia probeerde een voet tussen de deur te krijgen als actrice. Een producent nodigde haar uit in zijn hotelkamer. Daar weten we nu alles van. Maar toen? MeToo was nog een schip ver achter de horizon. Cecelia probeerde er een beetje om te lachen. Alsof het niet zo veel om het lijf had. Ik herinner me dat ik haar hand pakte en zei dat we iemand moesten zoeken die haar kon helpen. Maar ze wilde niet. Ze toverde een glimlach op dat mooie gezicht en zei dat ze nergens last van had. Maar dat had ze wel. Ze trok zich terug. Ik heb haar een paar keer gebeld, maar ze wilde niet meer met me praten. En vervolgens hoorde ik dat ze zwanger was en van Ben ging scheiden.'

'Dus je denkt...?'

'Ik denk helemaal niets,' zei Emily. 'Maar ik moest mijn hersens pijnigen en dus ben ik gaan nadenken. Ik had meer voor haar moeten doen. Waarom nam ze mij in vertrouwen, Myron? Zo close waren we niet. Dat betekent toch dat ze hulp zocht? Ik had met haar naar de politie moeten gaan, maar het is een feit dat niemand zich er druk om zou hebben gemaakt. Het zou voor haar het einde betekend hebben. Dat dacht ik toen ook: als ze haar mond opendoet... ik bedoel, ze zouden gezegd hebben dat ze vrijwillig naar de hotelkamer van een man was gegaan, wat had ze dan verwacht?'

Emily sloeg haar armen om zich heen en stond daar in haar heel erg witte nachtjapon naar Myron op te kijken met iets in haar ogen wat hij niet kon thuisbrengen. Hij wist niet precies wat hij daarmee aan moest en stelde dus maar de voor de hand liggende neutrale vraag.

'Heb je het aan Greg verteld?'

'Dat Cecelia verkracht was?'

'Ja.'

'Nee, ik heb het er met geen woord over gehad. Ze vertelde het mij in vertrouwen. Maar toen Ben en Cecelia gingen scheiden, had Greg met Ben te doen. We kozen zijn kant, zoals ze dat noemen. Ben kon niet geloven dat Cecelia hem zoiets kon aandoen – van hem scheiden terwijl ze zwanger van hem was.'

Myron zei niets.

'Hoe dan ook, Greg was kwaad.'

'Maar niet zo kwaad dat hij, eh, meer dan twintig jaar lang een wrok zou koesteren om haar daarna alsnog te vermoorden?'

'Eh, nee, alleen puzzelstukjes, zei ik. Niet waar ze moeten liggen.'

Myron knikte. 'Bedankt. Ik waardeer het dat je me dit vertelt.'

'Tuurlijk.'

'Heb je enig idee waar Ben Staples tegenwoordig woont?'

'Ergens in de stad, geloof ik.'

Ze zagen allebei de koplampen van een auto die de oprit op reed. Ze liepen samen naar de voordeur. Emily trok hem open en deed een stap naar buiten. Myron volgde haar. Ze stonden naast elkaar toen het achterportier van de auto openging en hun zoon uitstapte. Jeremy droeg een blauw pak. De chauffeur liet het deksel van de kofferbak openspringen. Jeremy liep om de auto heen om zijn plunjezak uit de kofferbak te halen. Terwijl hij dat deed tikte Emily, met haar ogen strak op haar zoon, haar enige zoon, gericht, tegen Myrons hand. Myron keek naar haar. Er stonden tranen in haar ogen. Hij had zelf tranen in de ogen. Hij wist wat ze dacht want hij dacht hetzelfde. Ze hadden er een puinhoop van gemaakt. Ze hadden een paar verschrikkelijke fouten gemaakt in hun leven. Maar als ze dat niet hadden gedaan, als ze toen niet precies het goede hadden gedaan, zou deze jongen, deze fantastische jongen hier nu niet zijn.

Jeremy bedankte de chauffeur en liep de oprit verder op. Toen hij zijn biologische ouders naast elkaar in de tuin voor het huis zag staan, hield hij stil. Hij keek eerst naar Myron en toen naar Emily.

'Ooooké,' zei hij, het woord lang uitrekkend. 'Dit is maf.'

Toen brak er een brede grijns door op zijn gezicht. Een grijns die het beste van zijn beide ouders liet zien.

'Maak je geen zorgen, mensen, dit is maf van het betere soort.'

Myron en Emily zaten aan beide uiteinden op de bank en wachtten zwijgend terwijl Jeremy even onder de douche ging en een spijkerbroek en een T-shirt aantrok. Toen hij daarmee klaar was kwam hij lichtvoetig de trap af. Myron observeerde hem. Omdat zijn haar was gemillimeterd tot een crewcut vielen zijn iets afstaande oren op. Myron had ook iets afstaande oren. Staand op de laatste trede van de trap richtte Jeremy zich tot zijn moeder.

'Ma, vind je het erg als ik even alleen met Myron praat?'

'O,' zei Emily. 'Nee, natuurlijk niet.'

'Heel even maar.'

'Oké, haast je niet. Gaan jullie maar even praten.'

Emily kwam overeind. Ze kuste haar zoon in het voorbijgaan op zijn wang. Jeremy sloeg zijn armen om haar heen en drukte haar even tegen zich aan.

'Ik hou van je,' zei ze.

'Ik hou ook van jou, ma.'

'Ik ben blij dat je weer thuis bent.'

'Ik ook.'

Ze liep de trap op. Jeremy keek haar na tot hij de slaapkamerdeur hoorde dichtgaan. Toen keerde hij zich naar Myron en keek hem aan met de bruine ogen die hij geërfd had van Al Bolitar, zijn grootvader van vaderskant. Myron probeerde het te onderdrukken, die neiging om steeds maar weer te zoeken naar genetische echo's. Hij had zijn biologische zoon drie jaar niet gezien. De omgangsregels waren vastgelegd toen Jeremy op de kwetsbare leeftijd van dertien jaar de waarheid te horen had gekregen:

'Je bent niet mijn vader. Ik bedoel, misschien ben je wel mijn vader, maar je bent niet mijn vader. Begrijp je wat ik bedoel?'

Myron was erin geslaagd te knikken.

'Maar... misschien kun je er nog wel zijn.'

'Er zijn?'

'Ja...' En toen die hartverwarmende grijns. *'Gewoon. Je weet wel.'*

Dertien, met de wijsheid van een oude man.

In het hier en nu zei Jeremy: 'Myron?'

'Ja?'

'Je doet het weer.'

'Wat?'

'Je zit me aan te staren.'

'Ah, sorry.'

'Ik snap het. Je kunt er niets aan doen. Het is eigenlijk wel lief. Maar we moeten even snel zijn.' Hij ging in de stoel tegenover Myron zitten en leunde naar voren met beide ellebogen op de knieën, net als...

'Je ziet er goed uit,' bracht Myron met moeite uit.

'Jij ook,' zei Jeremy. 'Hoe gaat het met Terese?'

'Goed. Ze heeft het druk.'

Jeremy knikte. Toen nam hij, zoals gewoonlijk, het heft in handen. 'Vertel me alles.'

Dat deed Myron. Jeremy was een ziekelijk kind geweest. Hij leed aan anemie van Fanconi. Het enige wat hem kon redden was een beenmergtransplantatie. De zoektocht naar een geschikte donor was de reden dat Emily uiteindelijk gedwongen was geweest te bekennen wie de werkelijke vader van Jeremy was. De eerste dertien jaar van zijn leven had Emily het geheim bewaard. Ze had Myron niet verteld dat hij een zoon had en Greg niet dat hij een kind opvoedde dat biologisch niet het zijne was. Dat was niet zozeer een geheim als een leugen, maar de schok was dat Greg de diepere waarheid bleek te kennen:

'Herinner je je mijn vader nog?' had Greg Myron gevraagd. *'Dat hij als een idioot langs de lijn stond te schreeuwen?'*

'Ja.'

'Ik stond er uiteindelijk net zo bij als hij. Sprekend mijn vader. Ik stond te schreeuwen alsof hij bloed van mijn bloed was. Bloedlijnen zijn nooit een ding voor mij geweest.'

Myron was geschokt geweest. Misschien was dat wel het moment geweest waarop de vreemde band tussen beide mannen was ontstaan. Gregs huwelijk viel uit elkaar, maar zijn rol als Jeremy's vader verloor hij niet.

Hoewel anemie van Fanconi ogenschijnlijk een halt toegeroepen was, sluimerde de aandoening nog steeds. Jeremy's huid bleef hier en daar bleke vlekken vertonen. Hij werd regelmatig getest op nieuwe vormen van kanker en Jeremy's wijsheid en grote inzicht hadden ongetwijfeld te maken met dit leven onder een zwaard van Damocles. Daaraan twijfelde Myron niet. Tot nu toe waren ernstige nieuwe complicaties uitgebleven, maar dat was geen enkele garantie voor de toekomst. Niemand kon daar een zinnig woord over zeggen.

Toen Myron uitgesproken was, stelde Jeremy vragen, vooral over een aantal van de meer idiote details. Nadat Myron de vragen had beantwoord, zei Jeremy: 'En wat doen we nu?'

'Niets, want Greg wil me niet spreken.'

'Vergeet dat maar. Hij krijgt óns te spreken.' Hij riep naar boven. 'Ma?'

Emily verscheen boven aan de trap. 'Alles in orde?'

'Kan Myron vannacht in de logeerkamer slapen?'

'Ik denk het wel. Ja, natuurlijk.'

'Fantastisch. Je kunt kleren van mij lenen. Morgen gaan we pa opzoeken.'

In plaats van een eenvoudige logeerkamer was er in het huis van Emily een hele vleugel ingericht als gastenverblijf. Op dat moment was het buiten te donker om de oceaan te kunnen zien – de maan was niet meer dan een dun streepje, maar Myron hoorde de golven breken in de branding. Hij lag op zijn rug, de ogen gesloten. Na een paar minuten hoorde hij zacht op de deur kloppen en voordat hij 'Kom binnen' kon zeggen deed Emily de deur open. Het licht in de gang achter haar brandde nog en lichtte haar silhouet uit in de deuropening.

'Hé,' fluisterde ze.

'Hé.'

'Hoe voel je je?'

'Moe.'

Emily liep de kamer in en ging op de rand van het bed zitten. 'Het is hier eenzaam,' zei ze. 'In dit grote huis.'

'Ik kan me voorstellen dat je heel veel gasten ontvangt.'

'O, ik heb genoeg vrienden en ik ga ook vaak genoeg uit, maar het is lang geleden dat ik iets van een band met iemand heb gevoeld.'

Ze droeg nog steeds die heel erg witte nachtjapon. Ze keek naar hem omlaag.

'Emily,' zei Myron.

'Ik weet het.' Ze glimlachte. 'Maar het zou geen overspel zijn.'

'Jawel, dat zou het wel zijn.'

'Alleen iets tussen jou en mij.'

'Ik weet niet zo goed of Terese er ook zo over zou denken.'

'Misschien wel. We hebben samen iets. Buiten haar om. Dat weet je.'

'Nee, dat weet ik niet.'

'Ik heb jou pijn gedaan.'

'Dat is lang geleden.'

'Ik hield van je. Ik geloof niet dat ik ooit zo veel van iemand heb gehouden als van jou.'

'We studeerden en het is lang geleden.'

'Voelt het voor jou zo? Dat het lang geleden is?'

Myron zei niets.

'Dat is zo grappig, hè? Ik heb ooit eens ergens gelezen: "Je bent altijd zeventien en wacht gespannen tot het leven begint." Zo is het, denk je ook niet?'

'In sommige opzichten.'

'Jij was gewoon zo...' Emily keek op en knipperde het vocht in haar ogen weg. 'Destijds was jij zo overtuigd van wat je wilde. Alsof je het allemaal al had uitgedacht. Ik was je eerste vriendin. We zouden gaan trouwen. We zouden een huis in een van de voorsteden kopen en twee komma zes kinderen krijgen en een barbecue in de achtertuin zetten en een basketbalring aan de garagedeur hangen. Allemaal net als bij jou thuis. Je had het allemaal al helemaal op een rijtje, maar voor mij voelde dat...'

'Claustrofobisch,' zei Myron die wist hoe waar haar woorden waren. 'Verstikkend.'

'Deels,' zei ze. 'Maar het was meer of ik de auditie had gewonnen om een rol in jouw leven te mogen spelen.'

Myron schudde zijn hoofd.

'Jij vindt van niet,' zei ze.

'Ik hield van je, Em. Misschien was ik nog heel jong. In romantisch opzicht was ik misschien nog onvolwassen. Maar ik hield van je.'

Ze slikte en keek weg. 'Kun je je de laatste keer nog herinneren dat we seks hadden?'

De nacht voor haar huwelijk. De nacht waarin ze Jeremy hadden verwekt. 'Het zou niet meevallen om dat te vergeten.'

'Dat heeft alles anders gemaakt, hè? Voel je schaamte?'

'Ik voel van alles.'

'Ik vraag me vaak af hoe mijn leven geworden zou zijn als ik ja tegen jou had gezegd. Ik zou veel te veel drama in jouw leven hebben gebracht, maar je zou me nooit in de steek hebben gelaten. Zo zit je niet in elkaar. Zal ik je eens iets vertellen?'

'Kan ik nee zeggen?'

Ze glimlachte en ging naast Myron op het bed liggen. Ze had haar rug naar hem toegekeerd. Hij kon haar gezicht niet zien. Ze trok haar knieën op.

'Als ik terug kon gaan naar dat moment van jouw aanzoek, zou ik nog steeds nee zeggen.'

Myron bleef op zijn rug liggen en staarde naar het plafond. Hij voelde de warmte die haar lichaam uitstraalde.

'Want als ik ja had gezegd, zouden we de nacht voor mijn huwelijk niet met elkaar naar bed zijn geweest. Dan zouden we Jeremy nu niet hebben. O, ik ben ervan overtuigd dat we samen een stel fantastische kinderen zouden hebben gekregen. Ondertussen geweldige volwassen kinderen. We zouden hartstikke trots op ze zijn, maar Jeremy zou er niet zijn. Denk daar eens aan.'

Myron sloot zijn ogen. Emily rolde zich om en legde haar hand op zijn borst. Myron bleef stil liggen. Ze boog zich naar hem toe en kuste hem op zijn wang. Toen rolde ze zich opnieuw om zodat ze weer met haar rug naar hem toe lag.

'Is het goed als ik gewoon hier blijf om te slapen? Ik zal je niet...'

'Ja,' zei Myron met een brok in zijn keel. 'Je mag blijven.'

18

De volgende ochtend vroeg togen Myron en Jeremy in de auto van Emily naar New York.

'Dus,' zei Jeremy, 'over gisteravond...'

Myron greep met beide handen het stuur steviger vast.

'Ma dacht waarschijnlijk dat ze muisstil was toen ze op haar tenen terugkwam uit de gastenvleugel. Ze vergeet dat ik in het leger zit.'

'Er is niets gebeurd.'

'Ja, ja.'

'Ze is gewoon in slaap gevallen.'

'Als je denkt dat ik van streek ben omdat...'

'Het maakt niet uit wat ik denk. Ze heeft naast me liggen slapen. Meer niet.'

'Oké.'

'Er zal altijd een band tussen ons zijn,' zei Myron.

'Mag ik raden? Vanwege mij?'

'Dat is een goede reden voor een band.'

'De beste reden. Maar zij heeft iemand nodig.'

'Maar die iemand ben ik niet.'

'Is er niet iemand in jouw vriendenkring die goed voor haar zou zijn?'

Myron dacht na. 'Niemand. Ik ken heel veel vrouwen zonder relatie die net zo oud zijn als jouw moeder. Ik ken niet één man van mijn leeftijd die haar waardig is.'

'Tragisch maar waar,' zei Jeremy. 'Goed, over mijn vader.'

Mijn vader, herhaalde Myron in gedachten. 'Wat is er met hem?'

'Bezoekuur is om elf uur.'

'We zijn tegen negen uur in de stad.'

'Waar is jouw kantoor ook alweer?'

'Op de hoek van Park en 47th Street.'

'Een maat van me uit het leger werkt in het MetLife-gebouw ernaast. Is het goed als ik eerst even bij hem langsga?'

'Natuurlijk.'

Jeremy haalde een paar AirPods uit zijn zak en propte die in zijn oren. 'Ik heb nog steeds last van een jetlag. Vind je het erg als ik even mijn ogen dichtdoe?'

'Nee,' zei Myron, zijn teleurstelling verbergend. 'Natuurlijk niet.'

Myron parkeerde in de garage onder Wins toren. Toen ze naar buiten kwamen op Park, ging Jeremy naar links, naar MetLife. Myron keek hem na voordat hij de Lock-Horne Building in liep waar hij de lift naar de bovenste verdieping nam.

Big Cyndi begroette hem in een Batgirl-outfit van lycra, op maat gemaakt naar het ontwerp van het 'originele' Batgirl-kostuum – de 'echte Batgirl' – uit de tv-serie *Batman* uit de jaren zestig. Jaren geleden, toen Big Cyndi in het professionele worstelcircuit actief was als Big Chief Mama, was ze bevriend geraakt met de iconische actrice Yvonne Craig, die oorspronkelijk de rol van Batgirl/Barbara Gordon speelde – maar ook 'Marta the green Orion girl' in *Star Trek*. Yvonne had Big Cyndi het Batgirl-kostuum dat ze nog in haar bezit had uitgeleend, zodat Big Cyndi haar eigen versie kon ontwerpen. Toen Yvonne in 2015 was overleden, had Big Cyndi een versie in het zwart gemaakt die ze drie maanden lang iedere dag droeg om te rouwen.

Je zou kunnen zeggen: als Big Cyndi ergens voor gaat, dan gaat ze er ook voor.

Ze draaide een rondje om haar as toen Myron binnenkwam. Dat deed ze altijd om een begin aan de dag te maken. 'Leuk?'

'Zeker,' zei Myron. 'Je ziet eruit alsof je er helemaal klaar voor bent om Gotham te redden.'

'Weet u wat Batgirls motto is?'

'Geen idee.'

Big Cyndi's stem was normaal gesproken een hoge falsetto, maar voor de gelegenheid schroefde ze de toonhoogte omlaag tot onder die van een basso profundo in het concertgebouw. 'Ik ben Batgirl.'

Ze keek Myron aan. Myron zei niets.

'Ik heb het opgezocht,' zei Big Cyndi. 'Dat was haar motto.'

Omdat hij niet zo goed wist wat hij moest zeggen, zei Myron: 'Dat is gemakkelijk te onthouden.'

'Toch?' Big Cyndi hield haar hoofd schuin en grijnsde. 'Hoe dan ook, er is nog een uitspraak van Batgirl die ik met u wil delen, meneer Bolitar.'

Ze sprak hem altijd aan als meneer Bolitar, nooit als Myron, en ze stond erop dat hij haar aansprak met Big Cyndi, niet Cyndi of, eh, Big.

'Iets wat Batgirl ooit tegen Batman heeft gezegd.'

'Ik luister,' zei Myron.

'Je hebt niet het alleenrecht op het bieden van hulp.'

Myron was een meter drieënnegentig. Big Cyndi was vijf centimeter langer, terwijl ze er met de Batgirl-laarzen nog eens vijf centimeter bij kreeg. Big Cyndi probeerde nooit kleiner te lijken dan ze was. Ze deed zich nooit minder voor dan ze was. Veel mensen zullen tegen je zeggen dat het ze niet kan schelen wat anderen van ze vinden – per definitie gelul: als je tegen mij zegt dat het je niet kan schelen wat anderen van je vinden, wil je dat ik geloof dat jij zo iemand bent die het niet kan schelen wat anderen van hem vinden en dus vind je het belangrijk wat ik van je vind – maar Big Cyndi kon het werkelijk niets schelen. Ze leefde luidruchtig en ze was de oprechtste, integerste persoon die Myron ooit had ontmoet.

'Mag ik je een knuffel geven?'

'Alleen als ik u eerst een knuffel geef.'

Ze deed een stap naar hem toe en sloeg haar kolossale armen om hem heen.

'Ik heb jouw hulp altijd nodig,' zei Myron.

'Ik weet het,' zei Big Cyndi. 'Dat is waar.'

Dat maakte Myron aan het lachen. Zijn telefoon zoemde om hem erop opmerkzaam te maken dat hij een inkomend videogesprek had. Hij deed een stap achteruit en keek op het scherm.

'Mijn ouders,' zei hij.

'Doe ze de groeten van me.'

'Zal ik doen.'

Myron drukte op de knop om het gesprek aan te nemen. Een bibberig videobeeld verscheen. Myron zag oogverblindend zonlicht en het zwembad bij het appartement van zijn ouders. Het beeld bewoog schokkerig en nu zag Myron het gezicht van zijn moeder. Ze droeg een enorme zonnebril die eruitzag alsof iemand twee putdeksels aan elkaar had gelijmd.

'Myron?' zei zijn moeder. 'Het is je moeder.'

'Ja, ma, dat staat op mijn scherm als je belt en ik zie je gezicht.'

'Ik ben buiten bij het zwembad.'

'Dat kan ik ook zien, ma. Dit is een videogesprek, hè?'

'Niet zo brutaal tegen je moeder, jongen.'

'Sorry.' Myron liep zijn kantoor in en trok de deur achter zich dicht. 'Hoe gaat het?'

'Goed. Laat me je gezicht eens zien.'

'Oké.'

'Jeetje ik kan bijna niets zien op dit scherm.'

'Dan moet je je zonnebril afzetten,' zei Myron.

'Wat?'

Hij herhaalde wat hij had gezegd en voegde eraan toe dat ze beter de schaduw kon opzoeken. Dat deed ze.

'O, dat is beter,' zei ze.

'Waar is pa?'

'Hoe bedoel je, waar is pa?' Dat was zijn vader. 'Ik ben gewoon hier.'

De camera bleef op ma gericht zodat Myron zijn vader niet kon zien.

'Hé, pa.'

'De reden waarom we je bellen,' zei ma, 'is dat je vader een nieuwe vriend heeft.'

'Ellen, hou op.'

'Hij heet ook Allen. En dat spel je net zo als de naam van je vader. Allen Castner. Ze kwamen elkaar tegen bij het ontbijtbuffet bij het zwembad en je raadt het nooit. Allen Castner wil Allen Bolitar leren hoe je pickleball moet spelen. Kun je het je voorstellen?'

Buiten beeld zei pa: 'Is dat een probleem?'

'Je krijgt ongelukken, dat is het probleem. Je bent een oude man. En wat is dat nou helemaal voor een naam voor een sport, pickleball? Wie heeft dat bedacht? Myron, weet jij wie dat heeft bedacht?'

'Nee, ma.'

'Pickleball,' zei ma nogmaals. 'Een volwassen man die een sport speelt die zo heet. En je vader is bepaald geen atleet, dat kan ik je wel vertellen.'

'Dank je hartelijk voor het vertrouwen, Ellen.'

'Wat? Ik zeg het toch gewoon zoals het is? Jij, Myron. Jij hebt mijn genen. Ik stam af van een lange lijn van atleten. Shira heeft ze ook. Maar je broer veel minder.'

'Heeft dit gesprek ook een bedoeling, ma?'

'Je moet me niet opjagen, ik zeg het echt wel. Dus je vader heeft een vriend.'

'Allen Castner,' zei Myron.

'Precies. Allen Castner. Ze gaan samen pickleball spelen en – luister goed, Myron – ze houden allebei zo veel van nutteloze feitjes dat ze vanavond samen als team meedoen met de quiz hier in het JCC.'

'Dat klinkt als een heleboel plezier,' zei Myron.

'Dat is het niet, maar dat geeft niet. Raad eens hoe ze zich noemen.'

'Allen en Allen?'

'Bijna goed,' zei ma.

Pa pakte de telefoon. 'Allen Kwadraat,' zei hij. 'Best wel vet, toch?'

'Een soort van,' zei Myron.

Pa trok een grimas en gaf de telefoon terug aan ma. Of misschien graaide ze hem weer uit zijn hand. Het voortdurende schokkerige videobeeld maakte Myron duizelig.

'Nou, maar in ieder geval,' zei ma, 'is de nieuwe vriend van pa een enorme basketbalfan. Wil je horen wat ik denk?' Ze liet haar stem dalen tot een samenzweerderige fluistertoon, wat in het geval van ma betekende dat ze haar niet meer voorbij Fort Lauderdale konden horen. 'Ik denk dat die andere Allen vrienden met je vader wil zijn vanwege jou. Hoe dan ook, je vader was een en al bescheidenheid, maar de reden waarom ik je bel is dat Allen jou graag wil spreken.'

'Allen de vriend,' zei pa grinnikend op de achtergrond. 'Niet Allen de vader.'

'Dat is een goeie, Al,' zei ma met een stem waar het sarcasme vanaf droop – ook zoiets wat Myron van haar had geërfd. 'Hoe dan ook, hier is hij.'

Ze draaide de telefoon nu zo dat Myron zijn vader kon zien, samen met een kale man die achter in de zeventig, begin tachtig leek. Beide Allens stonden breed te grijnzen en droegen net als ma een allesomvattende zonnebril. Grote zonnebrillen leken de haute couture van het moment voor pensionado's in Florida.

'Ik vind het heel leuk je een keer te spreken, Myron. Ik ben een grote fan van je.'

'Aangenaam kennis te maken, meneer Castner.'

'Meneer Castner,' herhaalde de man. 'Wat ben ik wel niet? Je vader of zo?'

Daar moest iedereen om lachen. Myron begreep het niet. Wie zegt er nu meneer tegen zijn vader?

'Zeg maar Allen. Luister, Myron, ik wil je niet ophouden. Je zou het niet zeggen als je mij nu zo ziet, maar in mijn tijd heb ik aardig aan de weg getimmerd. Ik heb zelfs nog een tijdje gescout voor de Celtics. Ik ben bevriend geweest met Clip Arnstein.'

Clip Arnstein was de basketbalmanager van naam die destijds Myron in de eerste ronde van de spelersselecties had geclaimd. Het was een van de weinige keren geweest dat de man in zijn lange, met superlatieven overladen carrière een keuze had gemaakt die verkeerd had uitgepakt.

'Maar goed,' zei Allen Castner, 'ik weet dat het lang geleden is, maar je was een geweldige basketballer. Toen je voor Duke speelde, heb ik elke wedstrijd gezien. Ik weet dat je carrière maar heel even heeft geduurd, maar sinds wanneer is dat de doorslaggevende factor bij het bepalen hoe goed iemand is? Het was een genoegen om naar je te kijken. Daar wil ik je voor bedanken.'

Iedereen viel stil. Zelfs Myrons ouders. Pa's ogen begonnen vochtig te glanzen. Uit de muziekinstallatie bij het zwembad klonk een nummer van The Moody Blues. Myron hoorde Justin Hayward zingen dat ze niet begrepen wat hij doormaakte. Op de achtergrond hoorde hij het vrolijke gegil van kinderen bij het zwembad, waarschijnlijk iemands kleinkinderen.

'Dat is heel aardig van u, meneer...'

'Ahum.'

'... Allen,' zei Myron, zichzelf corrigerend. 'Luister, ik heb een tweede gesprek op een andere lijn.'

'Toe maar,' zei Allen Castner. 'Ik heb al een veel te grote aanslag op je tijd gepleegd. Maar echt, ik vond het een eer met je te mogen spreken. Hier Ellen, neem nog maar even afscheid van je zoon.'

Hij gaf de telefoon terug aan ma. Ze richtte de camera recht in de zon. 'Ik ga deze week met Hester lunchen.'

'Dat heeft ze me verteld,' zei Myron. 'Maak er maar een feestje van.'

'Wat? Denk je dat Hester en ik een paar jonge mannen zullen schaken voor een avontuurtje?'

Buiten beeld hoorde Myron zijn vader roepen: 'Ik zou willen dat het waar was.'

'Heel leuk.'

'Ik maak maar een grapje,' zei pa. 'Als ma er met een jonge kerel vandoor zou gaan, zou ik me geen raad weten... In het begin.'

Beide Allens lagen in een deuk.

'Het is net alsof Rodney Dangerfield er nog is. Begrijp je waar ik mee moet leven, Myron?'

'Ik moet ophangen, ma.'

Ze namen afscheid. Myron verbrak de verbinding, zakte onderuit en vroeg zich af wat er niet in de haak was geweest bij dat telefoongesprek.

19

Twee uur later zaten Myron en Jeremy in een bezoekersruimte op Greg te wachten.

'Mag ik je iets vragen?' zei Myron.

'Ik zal de standaardgrap "Dat heb je net gedaan" overslaan,' zei Jeremy.

'Bedankt. Wist jij dat Greg nog in leven was?'

'Eerst niet,' zei Jeremy. 'Hij heeft het me pas later verteld.'

'Wanneer? Hoe?'

'Hij kwam me opzoeken toen ik in Camp Arifjan in Koeweit gelegerd was.'

'Kwam hij daar gewoon ineens opdagen?'

Jeremy knikte. 'Nadat Grace me erover had gebeld.'

'Wist je van het bestaan van Grace?'

'Niet voor dat telefoongesprek.'

'Dus je hebt hem in Koeweit gezien.'

'Ja.'

'Waarom heeft hij het gedaan?'

'Net doen of hij dood was?'

'Ja,' zei Myron. 'Om te beginnen.'

'Ik denk dat het een combinatie van dingen was.'

'Zoals?'

‘Zoals dat hij van alles verlost wilde zijn.’

Myron fronste zijn wenkbrauwen. ‘Dat had hij toch al bereikt door de benen te nemen?’

‘Dat dacht ik ook. Maar hij heeft me niets verteld over de moord in Vegas. Waarschijnlijk heeft dat hem ook ertoe gedreven.’

Myron stond op het punt door te vragen toen de deur openging. Greg kwam binnen. Myron had verwacht dat hij geboeid zou zijn, maar dat was hij niet. Hij droeg een beige overal. Jeremy sprong overeind en riep: ‘Pa?’ Myron probeerde de speer te ontwijken die bij het horen van die kreet zijn hart doorboorde. Greg en Jeremy omhelsden elkaar. Myron zag tijdens die omhelzing Gregs gezicht over Jeremy’s schouder. Hij had zijn ogen stijf dichtgeknepen. Jeremy klampte zich aan Greg vast terwijl Greg hem met zachte stem verzekerde dat alles goed zou komen. Myron vroeg zich af of hij zich ooit eerder zo zeer het vijfde wiel aan de wagen had gevoeld.

Terwijl ze zich langzaam van elkaar losmaakten zochten de beide mannen een stoel. Beiden hadden tranen in de ogen. Myron wachtte. Hij wilde niet de eerste zijn die de stilte zou doorbreken. Toen ze eenmaal goed en wel gezeten waren, nam Greg het woord. Hij keek Myron aan met woede in zijn ogen en zei: ‘Je bent hier alleen omdat Jeremy wilde dat ik met je zou praten.’

‘Hé, je bent mij niets verschuldigd.’ Myron ging staan. ‘Ik ga wel weer weg.’

‘Jongens,’ zei Jeremy.

Greg bleef Myron woest aanstaren. ‘Heb jij mij erin geluisd?’

‘Meen je dat?’

‘Heb je de feds meegenomen?’ vroeg Greg. ‘Of ben je gewoon een onnozele idioot?’

‘Ik probeerde je te helpen,’ zei Myron.

‘Jongens,’ zei Jeremy opnieuw.

‘Dat is je heel goed gelukt, hè?’

'Het heeft me bijna een teen gekost,' zei Myron.

'Je kléíne teen. Stel je niet aan.'

'Jongens,' zei Jeremy voor de derde keer, maar deze keer was er iets van staal in zijn stem. Op dat moment was hij even niet hun zoon, maar de militaire commandant. Greg en Myron vielen stil.

Jeremy knikte alsof dat hem tevredenstelde. 'Ik laat jullie tweeën nu alleen.'

'Wat?' zei Greg.

'Hé, wacht, waarom?' zei Myron.

'Omdat,' zei Jeremy. Hij legde opnieuw dat gezag in zijn stem dat geen ruimte liet voor protest. 'Omdat Myron advocaat is. Alles wat jij tegen hem zegt valt onder zijn beroepsgeheim. Als ik erbij ben geldt dat niet voor mij.' Jeremy ging staan en richtte zich tot Myron. 'Geef me een seintje als ik weer binnen kan komen.' Hij klopte op de deur die daarop door een bewaker werd geopend. Jeremy glipte naar buiten.

Greg staarde naar de gesloten deur. 'Wat een jongen,' zei hij.

'Ja, ik weet het.'

'Hij maakt een heleboel goed van alles wat er fout is gegaan,' zei Greg. Hij keek Myron aan. 'Maakt het ook makkelijker om te vergeven.'

'Voor mij of voor jou?' vroeg Myron. 'We gaan geen oud zeer oprakelen, toch?'

'Ook geen nieuw zeer, wat mij betreft,' zei Greg. 'Dus aan de slag, oké?'

Hij voegde er niet aan toe 'omwille van Jeremy'. Dat was ook niet nodig.

'Emily zei dat jij Cecelia Callister kende,' begon Myron.

'Dat heb ik je verteld,' zei Greg. 'Lang geleden.'

'Emily zei dat jij van streek was toen zij en Ben gingen scheiden.'

'Van streek is wel erg sterk uitgedrukt.'

'Hoe zou jij het dan noemen?'

'Ik vond het van haar nogal laag om haar man in de steek te laten toen ze zwanger was en om hem niet te vertellen wiens kind het was.'

De echo van hun gemeenschappelijke verleden daverde door de bezoekersruimte. Myron negeerde het.

'Ben jij ooit met haar naar bed geweest?'

'Met Cecelia Callister?'

'Ja.'

Greg glimlachte. 'Hé, je denkt toch niet...'

'Ik ben alleen op zoek naar verbanden.'

'Nee, ik ben nooit met haar naar bed geweest.'

'Dus het is uitgesloten dat haar zoon Clay...'

'... mijn kind was?' Greg schudde zijn hoofd. 'Wow. Er hangt hier wel het een en ander in de lucht, vind je ook niet? Nee, Myron, het is uitgesloten dat Clay een zoon van mij was.'

Myron zakte iets onderuit. 'Ze hebben jouw DNA aangetroffen op de plaats delict.'

'Dat zeggen ze.'

'Jij gelooft het niet?'

'Ik ben daar niet geweest. Ik heb haar niet vermoord. Ik heb Cecelia Callister in geen dertig jaar gesproken. Dus toen mijn advocaat zei dat ze mijn DNA hadden gevonden onder haar vingernagels of zo, ben ik ervan uitgegaan dat het een vergissing moet zijn. Ik weet dat de wetenschap niet liegt. Maar soms doen mensen dat wel. En soms maken ze in laboratoria een foutje. Er moet iets fout zijn gegaan. Dat is wat ik dacht.'

'Dacht,' herhaalde Myron. 'Verleden tijd.'

'Ja.'

'Dus nu denk je...?'

'Mijn advocaat heeft de DNA-test opnieuw laten doen door een onafhankelijke expert. Die heeft mijn DNA afgenomen en vergeleken met het monster van het laboratorium. Het is domweg mijn

DNA onder haar vingernagels. Het is te gek voor woorden. Wil je weten wat ik begon te denken?'

Myron knikte.

'Ik vroeg me af of ik misschien een tweelingbroer had of zo. En toen vroeg ik me af of ik misschien een keer ergens bloed gegeven had. Jaren geleden bijvoorbeeld. Dat ik een keer bloed had gegeven voor het Rode Kruis en dat iemand dat gestolen had.'

'Tweelingen hebben niet hetzelfde DNA-profiel en opgeslagen bloed kun je niet gebruiken...'

'Ja, dat weet ik nu ook allemaal. Ik geloofde er ook niet echt in, maar ik probeer je alleen te laten zien welke gekkigheid ik begon te bedenken om een verklaring te vinden.'

'Oké, en daarna?'

'Heeft het idee me niet meer losgelaten dat iemand probeert Emily erin te luizen.'

'Wie?'

'Cecelia Callister is op 14 september vermoord.'

'Oké,' zei Myron.

'Goed, luister. Ik heb me heel lang verstopt. De baard. Het kapsel. Allemaal vermomming. Ik ben heel voorzichtig geweest. Maar er zijn dingen die ik nog steeds mis. Dingen uit mijn oude leven.' Greg schoof een beetje dichter naar Myron toe. 'Vertel me je mooiste basketbalherinnering eens. Niet een geweldig shot, niet een fantastisch kampioenschap. Vertel me eens wanneer je het meest plezier had in het spelen.'

Myron was geneigd die ene keer te noemen dat hij in het tenue van de Boston Celtics een oefenwedstrijd speelde, zijn enige wedstrijd ooit in dat tenue, de wedstrijd waarin Big Burt Wesson, betaald door Greg Downing die de ontrouw van zijn vrouw wilde wreken, Myron ramde en een vroegtijdig einde aan zijn carrière maakte. Maar daar was het nu niet het juiste moment voor. Het was niet zozeer een kwestie van gedane zaken nemen geen keer, maar eerder dat dit niet het moment was om die keer te nemen.

Toen Myron bleef zwijgen, zei Greg: 'Wat ik me het beste kan herinneren, het mooiste basketbal, waren de pick-upgames buiten het seizoen. Weet je nog?'

'In het JCC,' zei Myron.

'Precies. Tegenwoordig spelen ze het hele jaar door competitie. AAU. Al die verschillende competities, wedstrijdroosters. Een prachtig verdienmodel voor iemand met veel geld, maar het komt het spel niet ten goede. En de spelers al helemaal niet. Wat ik het mooiste vond van basketbal? Wat ik het meest heb gemist? De ouderwetse pick-upgames. Een gymzaal die naar zweetvoeten stinkt. Zelf teams samenstellen. Shirtjes tegen blote basten. Zelf op de vloer de score bijhouden.'

'Ja, Greg, ik weet wat pick-upbasketbal is.'

Maar het was moeilijk om het niet met Greg eens te zijn. Myron was dol op pick-up. Hij deed er zo nu en dan nog altijd aan mee, als zijn knie de belasting aankon.

'Oké,' zei Myron. 'Dus je ging meedoen aan pick-upgames.'

'Ik heb heel erg mijn best gedaan om niet op te vallen. Steeds een ander pleintje, een andere zaal. De ene keer iets wat georganiseerd werd door een kerk, een andere keer een buurtvereniging. Ik speelde opzettelijk onder mijn kunnen om te voorkomen dat ik het spel zou overheersen.'

Dat was geen opscheppen. Myron deed het net zo. Allerlei jongens denken dat ze goed zijn in basketbal, maar profs zijn van een heel ander kaliber.

'Soms speelde ik zelfs links,' zei Greg.

'Ja, ja. Maar je dribbelde altijd met links.'

Greg glimlachte. 'Daar legde jij altijd veel te veel nadruk op.'

'De rechtshandige die over links gaat, een zeldzaamheid,' zei Myron. 'Het is heel aangenaam om dit soort zaken op te rakelen, maar Jeremy wacht. Waar wil je naartoe?'

'Ik heb begin september een keer gespeeld.'

'Oké.'

'Dat was zo'n wedstrijdje waarbij de jongens niet meer te houden waren. Je weet wel, te veel testosteron.'

Myron wist precies waar Greg het over had. 'Het werd fysiek?'

'Heel erg. Een van de jongens gaf me een elleboogstoot op mijn neus. Ik kreeg een bloedneus. Een ander krabde me. Op een gegeven moment sloeg er een me op het achterhoofd. Ik ging onderuit. Misschien ben ik wel even van de wereld geweest. Dat weet ik niet. Ik kan me er niet zo veel meer van herinneren.'

'Wanneer was dat precies?'

'Dat weet ik niet, maar ik ben er vrij zeker van dat het begin september was.'

'Dus je wilt beweren...'

'Misschien is het onzin, maar als ze mijn DNA hebben gevonden op de plaats delict, vezels of bloed onder Cecelia's nagels... Ik bedoel, ik heb die avond behoorlijk lopen bloeden. Ik denk dat mijn neus misschien zelfs wel gebroken was.'

'Ben je naar een dokter geweest? Spoedeisende hulp?'

'Nee, natuurlijk niet. Kom zeg, je weet hoe het was. Je schudt een keer met je hoofd. Zo zijn we grootgebracht.'

Ook dat was helemaal waar. Als je nog naar huis kon lopen, klaagde je niet. Stom, maar zo was het nu eenmaal.

'Maar nu zit ik daaraan te denken. Een van die jongens gaf me een handdoek om mijn bloedneus te stelpen. Ik heb geen idee waar die handdoek nu is. En de sporen van dat krabben. Die waren behoorlijk diep. Vraag Grace er maar naar. Dus als ik erin word geluisd, als iemand mijn DNA heeft achtergelaten op de plaats delict...'

'Die pick-upgame,' zei Myron. 'Waar was dat?'

'Er is een openluchtspeelveld in Wallkill. Ik weet niet meer hoe het heet.'

Myron knikte. 'Goed, daar ga ik naar kijken. Anders nog iets?'

'Ik heb het niet gedaan, Myron.'

'Toch is het vreemd,' zei Myron. 'Jordan Kravat, Cecelia Callister, jij kende ze allebei.'

'Oppervlakkig,' wierp Greg tegen. 'Hoeveel moordslachtoffers heb jij oppervlakkig gekend?'

Touché.

'Ik weet dat je me niets verschuldigd bent...'

'Je bent nog altijd mijn cliënt,' zei Myron. 'Dus ik zal doen wat ik kan.'

20

Je richt het geweer op zijn borst.

Ronald Prine staart je aan. Je ziet de vragende blik in zijn ogen ontstaan. Hij weet niet wie jij bent. Hij heeft je nog nooit gezien. Hij vraagt zich af wie je bent en wat je wilt en welke van zijn briljante oneliners hem hier van dienst kan zijn.

Want het leven is hem altijd goedgezind geweest.

Je glimlacht. Je bent dol op wat er nu gebeurt.

'Neem mijn horloge,' zegt hij tegen je. Hij is geschrokken, maar toch minder dan zou moeten. Hij vertoont nog altijd de valse bravoure van een man die nooit echt iets heeft meegemaakt. Dit is gewoon een klein probleempje, denkt hij, want al zijn problemen zijn tot nu toe kleine problemen geweest die niets te betekenen hadden. Hij lost het wel op, daarvan is hij overtuigd. Dat is altijd zo geweest. Voor mannen van zijn soort verloopt het leven als een achtbaan. Ze leven in een illusie dat ze deel uitmaken van een meritocratie. Ze denken dat ze beschikken over abnormaal veel charisma, charme en aangeboren talent dat hen verheft boven de armzalige schepsels van het gewone klootjesvolk.

'Het is een klokje van Vacheron Constantin,' zegt hij. 'Mijn vader heeft het in 1974 gekocht. Weet je hoeveel je er nu voor neer moet tellen?'

Je zou hier minder van moeten genieten. 'Zeg het eens,' antwoord je.

'Waarschijnlijk vijfenzeventig mille.'

Je fluit zacht, bewonderend. 'Daar ben ik niet voor gekomen,' zeg je dan.

'Waarom ben je hier dan?'

'Ik ben hier,' zeg je, 'voor Jackie Newton.'

Je wacht gespannen op zijn reactie. Nu wordt het echt leuk, dat weet je. Hij stelt je niet teleur. Verbijstering tekent zich af op zijn gezicht. Dat is geen toneel en dat maakt het beter of minder goed, dat hangt er maar van af hoe je ertegen aankijkt. 'Wie?'

Hij weet echt niet wie dat is.

Moet je hem dat vertellen?

Toen Jackie Newton acht was, ging haar moeder ervandoor met Gus Deloy, een collega bij het filiaal van Circuit City aan Bustleton Avenue in Philadelphia waar ze werkte. Jackie herinnerde zich dat haar moeder op een koffer zat om die dicht te krijgen, een vlekje lippenstift op haar tanden, en tegen haar dochter zei: 'Zo is het het beste, ik ben een moeder van niets.' Vervolgens sleepte ze die koffer, samen met de oude plunjezak van Jackies vader uit diens tijd in het leger, over het gebarsten beton van de stoep en dumpte ze de lading moeizaam achter in Gus' Jeep.

Ze keek niet om toen ze wegreden. Gus wel, hij groette Jackie halfhartig en het leek wel of er iets van verontschuldiging op zijn gezicht te lezen viel. Misschien zou Jackies moeder er op den duur anders over zijn gaan denken, misschien zou ze er ooit spijt van hebben gekregen dat ze haar dochter in de steek had gelaten. Misschien was ze ooit weer teruggekomen en zou ze hebben gevraagd of ze haar dochter weer mocht zien. Maar drie jaar lang liet ze niets van zich horen.

Toen werd Ed Newton, Jackies vader, gebeld met de mededeling dat mama was omgekomen bij een auto-ongeluk in Pasadena.

Geen woord over het lot van de zich ietwat verontschuldigende Gus.

Het ging niet echt heel slecht met Jackie. Ed Newton voedde haar naar beste vermogen op. Hij was een man met een goede inborst, verrassend zachtaardig en geduldig als het om Jackie ging. Zij betekende alles voor hem. Dat was aan hem te zien, elke keer als hij na afloop van zijn dienst over de drempel stapte. Zijn gezicht klaarde op als hij Jackie zag. De hele wereld kon naar de verdommenis gaan, wat Ed betrof. Dat was geen haat, het kon hem domweg niets schelen. Zijn dochter betekende alles voor hem, en hoe goed hij als vader was bleek uit het feit dat hij haar die toewijding kon laten voelen zonder verstikkend te zijn.

Ed Newton maakte lange dagen als parketteur voor TST Construction, veelal in de woningbouwprojecten rondom Philadelphia. Hij vond hard werken geen probleem. Hij was graag in de weer met gereedschap en hield ervan om dingen te maken met zijn handen, maar zijn bazen waren gierige geldwolven die het niet zo nauw namen en de mensen die voor hen werkten uitknepen.

'Voor een baas werken is waardeloos,' zei Ed Newton regelmatig tussen twee happen door tegen zijn dochter als ze aan de formicatafel in de keuken zaten te eten. 'Je moet eigen baas worden, Jackie.'

Dat was de droom.

Toen Jackie tien was, kocht Ed Newton voor haar een leren gereedschapsriem. Het was het mooiste wat Jackie ooit had bezeten. Hij rook naar grenenhout en zaagsel. Drie keer per week zette ze de riem in de olie. Ze droeg hem van de vroege ochtend tot de late avond. Zelfs nu. Zelfs meer dan een kwarteeuw nadat hij haar de riem had gegeven. Toen ze elf was, kocht Ed een stukje grond bij de Pocono's. Elk weekend gingen vader en dochter daarnaartoe om te bouwen aan de vis- en jachthut, Eds grote droom. Jackie droeg altijd de gereedschapsriem. Ed was een geduldige leermeester en Jackie leerde snel. Ze werkten meestal zwijgend. Het werk was voor beiden zen.

Ze hadden ook samen plannen voor de toekomst. Op een dag, zei Ed, zouden ze samen hun eigen bouwbedrijf opzetten. Met z'n tweeën. Ze zouden voor eigen rekening gaan werken. Ze zouden eigen baas zijn.

Toen ze achttien was, kreeg Jackie een beurs voor het Community College van Montgomery County. Ze verdiepte zich in financiële zaken, daartoe aangemoedigd door haar vader, omdat ze zo ook grip kregen op de financiële kant van het runnen van een bedrijf. Jackie werkte na haar opleiding voor verschillende bouwprojecten om met alle aspecten van het werk in contact te komen. Vader en dochter hoopten door zuinig te leven en veel te sparen binnen drie tot vijf jaar voor zichzelf te kunnen beginnen.

Het duurde langer dan ze hadden gedacht.

Ed nam een tweede hypotheek op het huis in Philadelphia en verkocht, ondanks Jackies protesten, de droomhut die ze bij de Pocono's hadden gebouwd. Tegen de tijd dat ze genoeg kapitaal vergaard hadden om de financiering bij een bank rond te krijgen was Jackie vijfendertig en Ed tweeënzestig, maar uitstel werd in dit geval geen afstel. Hun eigen bedrijf werd werkelijkheid.

Op een dag stormde Ed door de voordeur het huis binnen met een stapel visitekaartjes.

NEWTON EN DOCHTER AANNEMERS, LLP

ED NEWTON

JACKIE NEWTON

AANNEMERSWERK, RENOVATIE, VLOEREN

Het logo in de rechterbovenhoek was een huisje met ogen als ramen en een brede glimlach als deur. Jackie had haar vader nog nooit zo gelukkig gezien en de eerste zes maanden verliepen de zaken uiterst voorspoedig. De gebroeders Nesbitt hadden hulp nodig om de deadline te halen bij een woningbouwproject in Bryn Mawr. Newton en Dochter werkten zich een slag in de rondte om de opleverdatum te halen. De klus leverde hun goede referenties op. Er kwam meer werk. Ed en Jackie namen drie man aan en huurden kantoorruimte in een pakhuis aan Castor Avenue.

Newton en Dochter was nog altijd een bedrijfje in de marge maar het ging de goede kant op.

Na een jaar kwam hun goede werk en uitstekende reputatie onder de aandacht van Ronald Prine, een van de grote vastgoedkoningen van Philadelphia. Ed werd gevraagd een offerte te maken voor de hardhouten vloeren in de nieuwe, luxe Prinetoren aan Arch Street. Het was een enorme klus, eigenlijk veel te groot voor Newton en Dochter, maar het was een prestigeproject en het zou hun bedrijf echt op de kaart zetten.

Het kostte Ed en Jackie twee weken om de cijfers op een rijtje te krijgen en een mooie powerpointpresentatie voor het Prine-conglomeraat te maken, maar hun aanvankelijke prijs lag nog te hoog. Ed Newton ging een tweede keer aan zijn bureau zitten. Hij sleep zijn potlood, rekende en verlaagde het bedrag. Bij Prine hielden ze nog altijd de boot af.

Het zijn slimme zakenlui, legde Newton uit aan zijn dochter. Dat maakte conglomeraten als dat van Prine zo succesvol. Ze wisten overal geld uit te slepen. Jackie was niet echt overtuigd. De klus was te groot en te log en bij het verlaagde bod waren de marges veel te klein. Ze mocht de mensen van Prine niet en ze vertrouwde hen niet. Ze had verhalen gehoord over andere kleine aannemers die voor Prine hadden gewerkt en nooit betaald hadden gekregen.

Maar Ed wilde niet luisteren. Een grote opdracht als deze zou geweldige publiciteit voor hen betekenen. Hij zou Newton en Dochter een naam geven die met geen geld te koop was. Als ze er financieel maar uit konden springen, of zelfs als ze er een dollar of twee op verloren, zou de uiteindelijke winst toch vele malen groter zijn.

Toen Newton en Dochter nogmaals hun prijs verlaagden, kregen ze de opdracht.

De klus was alomvattend, een monster dat alles opvrat, maar ze deden nu mee met de grote jongens. Ed vond het prachtig. Hij liep O'Malley's Pub in met een iets rechtere rug en een iets bredere glimlach. Mannen die vroeger collega's waren geweest, sloegen hem waarderend op de schouder. Ze boden hem rondjes aan.

Zoals zo vaak ging het goed totdat het fout ging.

Om te beginnen kwam de aanbetaling niet binnen. Het geld kwam eraan, werd hun meerdere malen verzekerd. Het was een standaardprocedure voor het internationaal opererende conglomeraat, zo werd hun verzekerd. Begin maar vast met het werk. Dat deden ze. Ed leende opnieuw geld om het hout te kopen bij zijn favoriete houtzagerij in Hazlehurst in Georgia. Daar was het hout iets duurder, maar ook mooier. Ed en Jackie sloegen andere, grote opdrachten af om zich helemaal te kunnen concentreren op de Prine-toren. Het was zwaar werk met veel gedoe, vertraging, late opleveringen en geldkwesties.

Ze zouden er geld op toeleggen, maar de vloeren waren van de beste kwaliteit, onberispelijk. Ed en Jackie waren geweldig trots op hun prestatie. Ze hadden met de rug tegen de muur gestaan, maar ze hadden laten zien dat ze met de grote jongens mee konden doen.

De rest laat zich raden.

Prine belazerde hen. Niet een heel klein beetje, maar goed. Hij betaalde domweg niet. Toen ze klaar waren met het werk en de uiteindelijke rekening presenteerden, negeerde Prine die. Hij deed niet eens moeite om te liegen en te zeggen dat het geld onderweg was, dat het nog een weekje kon duren. Hij probeerde hen zelfs niet af te schepen met de vreselijke dooddoener dat ze de cheque op de post hadden gedaan. Ed stuurde er een herinnering achteraan. En nog een. Er gingen weken voorbij. Maanden. Ed en Jackie belden, maar kregen nooit iemand aan de lijn die iets te betekenen had binnen de organisatie. Ze meldden zich persoonlijk bij de Prine-toren, maar de beveiliging liet hen niet binnen. Toen hun niets anders overbleef, namen Ed en Jackie een advocaat in de arm, Richard Fee. Prine negeerde de advocaat eveneens. Er gingen maanden voorbij. Uiteindelijk moesten ze wel naar de rechter stappen en de Prine-organisatie aanklagen. Het was niet David tegen Goliath, het was David tegen duizend Goliaths. De advocaten van Prine, een heel leger, tuimelden over hen heen en deden hen naar adem happen. Ze overstelpten Ed en Jackie met papierwerk. Ze deden het ene na het andere volstrekt onacceptabele voorstel, vroegen de absurdste bewijsstukken op. De kosten begonnen hoog op te lopen voor Ed en Jackie. Richard Fee trok zich terug toen het geld opraakte. Toen Ed en Jackie probeerden de hakken in het zand te zetten, startten Prines mensen een lastercampagne. Ze verspreidden ronduit leugenachtige praatjes over slecht uitgevoerd werk en de noodzaak van herstelwerk. Van de reputatie van Newton en Dochter bleef niets heel. Prine bood uiteindelijk aan om te schikken met twintig cent voor elke geëiste dollar. Ed weigerde.

Opnieuw laat de rest zich raden.

Ze raakten de zaak kwijt. Ze raakten hun huis kwijt. In allerlaatste instantie dwong een dreigend faillissement hen akkoord te gaan met veertien cent per dollar. Een deel van de uiteindelijke regeling bestond uit het ondertekenen van een geheimhoudingsverklaring, zodat ze niemand konden vertellen wat Prine en zijn organisatie hun hadden aangedaan.

Afgelopen april werd Ed Newton getroffen door een zware beroerte. Misschien was het de leeftijd, misschien een leven lang verkeerde dingen eten. Misschien had het helemaal niets te maken met de rechtszaken of alle schulden. Maar Jackie geloofde dat niet. Het was Prine. Het was wat hij haar vader had aangedaan. Wat hij hun had aangedaan.

Ze fantaseerde over wraak, waar natuurlijk nooit iets van terecht zou komen.

Ze verhuisden naar een huurhuis voor mensen met een smalle beurs. Jackie vond uiteindelijk werk bij Eds oude baas TST Construction – tegen een gereduceerd uurloon.

Ze hadden niets meer. Bijna niets. Eén ding had Jackie bewaard: het jachtgeweer van haar vader.

Jij hebt het verhaal over Jackie en haar vader gehoord en zag mogelijkheden – jij houdt dat geweer nu in je handen.

Je richt het op Prines borst.

'Wie ben jij?' vraagt Prine. 'Wat wil je?'

Je had deze missie aanvankelijk volkomen anders in je hoofd. Jackie doodschieten en Prine ervoor op laten draaien, maar dat zou vreselijk moeilijk zijn geworden. Prine had de vrouw wier leven hij had verwoest nooit gekend. Hij wist niet eens hoe Jackie heette.

Er zou geen motief zijn.

'Luister,' zegt Prine. 'Wie je dan ook bent, we kunnen dit oplossen. Ik heb veel geld.'

Je haalt de trekker over.

Je verwacht een zware terugslag en die komt er ook. De kogel slaat een gigantisch gat in de borst van de rijke man. Geld doet veel voor je, maar het houdt geen kogel tegen. Prine is dood voordat hij op de grond ligt. Je rijdt terug naar de buurt met goedkope huurhuizen. Je hebt een sleutel van het huis van de Newtons. Toen Jackie een keer haar sleutel op haar werk liet liggen, heb je er een kopie van laten maken en het origineel weer teruggelegd. Jackie weet van niets. Je kunt nu naar believen naar binnen en weer vertrekken.

En zoals altijd heb je alles gepland.

Zo heb je vanochtend het geweer van Ed opgehaald. Zo kreeg je toegang tot de oude computer van Jackie waarmee je e-mails verstuurde naar de Prine-organisatie waarin je dreigde met geweld als wraak voor wat ze Jackie en haar vader hadden aangedaan.

Je gebruikt nu de sleutel weer. De tv staat aan, zoals altijd overdag. Je loopt op je tenen langs de slaapkamer waar Ed Newton de laatste dagen van zijn leven waarschijnlijk zal doorbrengen.

Je hebt het ongeladen geweer in een kast achter in het huis gevonden. Daar berg je het nu ook weer op.

Deze keer heb je er geen DNA-spoor bij gedaan. Het geweer, de dreigmails en berichten moeten voldoende zijn. Misschien heeft Jackie een alibi – je kunt nu eenmaal niet alles regelen als er haast bij is, zoals deze keer – maar je weet dat het onwaarschijnlijk is dat iemand daarvoor zal zwichten.

Het is schrijnend: als Jackie Newton rijk was, als zij Prines geld had, zou het niet genoeg zijn. Dan zou ze waarschijnlijk de dans ontspringen. Ze zou een team topadvocaten in de arm nemen dat zou aanschuren tegen de juiste rechters, politiefunctionarissen en politici en de kans zou groot zijn dat het niet eens een rechtszaak werd.

Maar toch, misschien heeft Jackie mazzel. Misschien heeft ze een waterdicht alibi. Misschien krijgt ze een advocaat toegewezen die zich om de zaak bekommert. Misschien brengt ze niet de rest van haar leven door in de gevangenis.

Kort samengevat: je geeft Jackie een kans.

En dat is iets wat je nog nooit iemand hebt gegeven.

21

De begraafplaats keek uit op het schoolplein.

Myron kon het eigenlijk niet geloven dat hij hier na al die jaren terug was. Hij haalde een paar keer diep adem voordat hij uitstapte. Ben Staples, de ex van Cecelia Callister, wilde hier graag afspreken want, zo had zijn assistent over de telefoon uitgelegd, het was nu de laatste rustplaats van Cecelia en haar zoon Clay. Die redenering leek niet helemaal te sporen, maar goed, Myron was er.

Hij zag Ben Staples verderop bij een gedeelte waar gras groeide en nog weinig graven waren. Myron had het niet zo gepland, hij wilde het eigenlijk niet eens, maar hij dwaalde toch in de richting van de oudere graven, alsof hij geleid werd door een hogere macht. Hij was al jaren niet meer op deze begraafplaats geweest, maar hij wist nog precies waar hij moest zijn. Hij begon onder het lopen te trillen en had zijn bestemming al snel bereikt. BRENDA SLAUGHTER, luidde de naam op de grafsteen. Myron las de geboortedatum en liet zijn ogen toen naar de sterfdatum dwalen. Zo jong. Zo verschrikkelijk, afschuwelijk en tragisch jong. De pijn kwam ineens terug, als een dolkstoot, en Myron voelde zijn knieën knikken.

Hij stond een tijdje bij het graf en liet alle slechte herinneringen over zich heen gaan. Had hij van Brenda gehouden? Nee. Daar was het te pril voor geweest. Maar na haar dood was hem iets overkomen wat heel erg op een zenuwinzinking leek. Hij dronk te veel, keerde zich af van iedereen en kwam in contact met een vreemde vrouw die ook veel pijn leed. Het verdriet was wat hen bond en dus waren ze ervandoor gegaan naar een eiland in particulier bezit waar ze elkaar kortstondig therapeutisch hadden liefgehad. Een soort terugkeer. Een vorm van heling.

De naam van die vrouw was Terese Collins. Zij en Myron waren nu getrouwd.

De mens maakt plannen en God lacht.

Het was het natuurlijk niet waard. Als hij terug kon gaan, zou hij liever Brenda hebben gered en zijn huidige vrouw nooit hebben ontmoet, hoe vreselijk dat ook klinkt. Maar dat zou hij zeker doen. En het beste daarvan was dat Terese het zou begrijpen. Dat was een van de redenen waarom hij zo zielsveel van Terese was gaan houden.

We zijn de fouten die we maken. Soms zijn die het beste van wat we zijn.

Ben Staples had keurig verzorgd, grijs doorschoten haar. Onder zijn overjas droeg hij een zwarte coltrui. Voor iemand die ooit getrouwd was geweest met een vrouw die op alle lijsten met de mooiste vrouwen van de wereld had gestaan, had hij een bijzonder onopvallend uiterlijk. Als een politietekenaar je zou vragen hem te beschrijven, zou je snel uitgepraat zijn. Doorsnee neus. Doorsnee kin, misschien een beetje zwakjes. Ovaal gezicht. Doorsnee lengte. Nu hield hij een plant met beide handen voor zich alsof het een offerande was. Hij staarde naar de twee hopen aarde. Er stonden nog geen grafstenen op. Het was nog te vroeg.

'Dank je dat je hier wilde komen,' zei Ben Staples.

Myron ging naast hem staan zodat ze schouder aan schouder naar de aarden heuvels keken.

'Cecelia ligt links, Clay rechts. Maandag stonden hier nog naambordjes, maar nu...' Ben Staples schudde mistroostig het hoofd alsof die ontbrekende naambordjes een verklaring voor alles waren. 'Ik heb het de man in dat kapelletje daar verteld.' Ben gebaarde met zijn kin. 'Maar hij zegt dat ze waarschijnlijk door een stelletje jongelui als souvenir zijn meegenomen.' Opnieuw even schudden met het hoofd. 'Souvenirs.'

'Gecondoleerd,' zei Myron.

'Dank je.' Ben Staples keek omlaag naar de plant in zijn handen alsof die daar plotseling uit het niets was terechtgekomen. Het leek een soort cactus. 'Ze hield niet van bloemen, Cecelia. Ik bedoel, ze hield wel van bloemen, maar ze vond ze een verspilling. Ze gaan zo snel weer dood. Ze hield van dingen die de tijd trotseerden, dus had ze het liefst dat ik haar vetplanten stuurde. Zoals deze. Daarom heb ik deze nu gekocht.'

'Mooi,' zei Myron, die niets beters wist te zeggen.

'Ik hield nog altijd van haar.'

'Ik geloof je meteen.'

'Wist je dat Joe DiMaggio nog twintig jaar rozen op het graf van Marilyn Monroe heeft laten leggen?'

'Ik geloof dat ik dat eens ergens heb gelezen.'

'Hij voelde zich schuldig toen ze overleed. Zijn laatste woorden zouden zijn geweest: "Nu krijg ik eindelijk Marilyn weer te zien", ook al waren ze toen al veertig jaar gescheiden.'

'Voel jij je schuldig?' vroeg Myron.

'Ik weet het niet. Ik denk het. Maar ik kon Cecelia niet van zichzelf redden.'

'Wat bedoel je?'

Hij schudde zijn hoofd. 'Jij neemt de zaken waar voor Greg Downing.'

'Ja.'

'Die heb ik al jaren niet meer gezien. Ik heb zelfs al heel lang niet meer aan hem gedacht. En nu zit hij in de gevangenis voor de moord op de liefde van mijn leven.'

Myron had de neiging om te zeggen dat het niet meer was dan voorarrest en dat het vooralsnog om een verdenking ging, maar dat leek hem niet de juiste voortzetting van het gesprek. 'Je kende Greg, hè?'

'Ja, heel lang geleden.'

'Denk je dat hij Cecelia vermoord heeft?'

Ben haalde met weinig overtuiging zijn schouders op. 'De politie zegt dat ze keiharde bewijzen hebben.'

'Ik wil horen wat jij denkt.'

'Ik weet het niet. Ik vind het moeilijk te geloven. Ik bedoel, wat zou zijn motief zijn?'

'Denk jij aan iemand anders?'

Ben knikte vastbesloten. 'Lou.'

'Lou Himble, Cecelia's echtgenoot?'

'Ze leefden gescheiden. Cecelia haatte hem. Je weet wat hij heeft gedaan, toch?'

'Een soort ponzifraude?'

'Net als Madoff, maar kleiner. Lou is een minder grote speler, maar hij heeft van een heleboel mensen geld gestolen. De feds wilden dat Cecelia tegen hem zou getuigen. Daar heeft ze meteen mee ingestemd. Ze heeft niet eens om immuniteit gevraagd omdat ze wist dat zij er niets mee te maken had. Ze wilde gewoon doen wat je moet doen. En nu, plotseling, poef, is Cecelia dood.' Hij haalde zijn schouders op. 'Zeg het maar.'

'Het klinkt alsof je nog regelmatig contact had met Cecelia.'

'We hadden nog een nauwe band. Ben jij getrouwd?'

Myron verplaatste zijn gewicht van zijn ene naar zijn andere voet. 'Ja.'

'Al lang?'

'Nee,' zei Myron. 'Het is nog pril.'

'Ze is vast een knappe vrouw.'

'Dat is ze.'

‘Maar ik hoop dat ze geen,’ Ben Staples klauwde aanhalingstekens in de lucht, ‘“supermodel” is. Zo noemden ze mijn vrouw. Niet een gewoon fotomodel, maar een supermodel. Alsof ze meespeelde in *De Wrekers*.’ Hij glimlachte. ‘Hoe dan ook, zo’n vrouw moet je niet trouwen. Dat is in allerlei opzichten een puinhoop. Als zij ergens naar binnen loopt, weet ze dat iedereen naar haar kijkt. Haar beoordeelt. Hoopt dat het teleurstellend is wat ze te zien krijgen, zodat ze kunnen zeggen: “Ik snap niet wat iedereen zo bijzonder aan haar vindt.” Supermodellen maken zich voortdurend zorgen over hun uiterlijk, over ouder worden. Iedereen probeert ze te versieren, zelfs je beste vrienden.’

‘Greg ook?’

‘Waarschijnlijk. Ik weet het niet. Iedereen wilde mijn vrouw naaien. Ik zou liegen als ik niet zou zeggen dat dat ook een kick was. Ik had wat alle anderen wilden hebben. Begrijp je wat ik bedoel?’

Myron knikte fijntjes.

‘Maar ik was zo naïef, veel te goed van vertrouwen.’

‘Op wat voor manier?’

‘Als je zo’n vrouw hebt, kun je niemand vertrouwen, zelfs je vrienden niet. Dat deed ik wel. Meer dan Cecelia kon je je niet wensen. Ik hield van haar. Echt. Maar genoot ik van al die jaloerse blikken van andere kerels? Wie zou daar niet van genoten hebben? Ik dacht dat het onbelangrijk was. Ik dacht dat ze nooit aan zoiets zou toegeven. Maar nu, na wat ons overkomen is, ik was zo dom. Nu lijkt het allemaal…’

Ben Staples keek naar de hoop aarde rechts. ‘Clay was niet mijn zoon, weet je? Dat bekende Cecelia meteen. Ze heeft geen moment de schijn opgehouden. Dat was de ergste dag van mijn leven. We zijn getrouwd, ik ben een naïeve sul, ze komt binnen, zegt dat ik moet gaan zitten, ze pakt mijn hand, vertelt me dat ze zwanger is, maar niet van mij. Gewoon zo.’

Ben Staples slikte en keek weg. Een kraai begon te krassen. Uit een auto die met open ramen voorbijreed, klonk keiharde muziek waar een Latijns-Amerikaanse beat onder zat.

'Dat moet vreselijk zijn geweest,' zei Myron in de wetenschap dat die woorden ontoereikend waren, maar nogmaals, wat moet je anders zeggen? Zo behoedzaam als hij kon vroeg hij vervolgens: 'Heeft Cecelia je verteld wie de vader was?'

'Nee.'

'Nooit?'

Hij schudde zijn hoofd. 'En ik heb nooit iemand laten weten dat Clay niet mijn zoon was. Hij was een prima jongen. We konden goed met elkaar opschieten. Niet als vader en zoon, natuurlijk. Maar ik was ook niet gewoon zijn moeders ex.'

'Wist Clay wie zijn vader was?'

'Pas jaren later. Het is ingewikkeld.'

Myron wachtte.

'Ik weet niet waarom ik je dit allemaal vertel,' zei Ben Staples.

'Ze zijn vermoord. Ik wil erachter komen wie het heeft gedaan.'

'Je bent geen politieman.'

'Nee.'

'Maar ik heb een paar vrienden naar je gevraagd,' zei Staples. 'Ze zeiden dat je hier goed in bent – dat je aan de goede kant staat.'

'Dat probeer ik,' zei Myron. 'Je zei iets over Clay die te weten kwam wie zijn vader was…'

'Cecelia wilde niet dat hij het zou weten. Ze zei dat het er niet toe deed. Maar toen Clay oud genoeg was, heeft hij zijn DNA in een paar van die databases gestopt.'

'En vond hij een match met zijn vader?'

'Zo eenvoudig was het niet. Ik ken de details niet, maar Clay vond een volle neef. Daar heeft hij mee gepraat. Hij zocht naar verwanten in de kring van die neef. Een proces van eliminatie. Misschien heeft Cecelia het hem ook wel verteld toen Clay dicht bij de waarheid kwam. Ze wilde niet dat hij contact zou opnemen met de man.'

'Heeft Clay dat gedaan?'

'Dat weet ik niet. Ik geloof dat Clay het heeft gelaten voor wat het was toen hij eenmaal op de hoogte was. Maar dat weet ik allemaal niet.'

'Zijn Cecelia en jij op een goede manier gescheiden?'

Staples keek Myron aan. 'Denk je dat ik...'

'Nee, nee, absoluut niet. Het gaat om Greg. Ik heb gehoord dat Greg van streek was door de scheiding. Heb je daar iets van gemerkt?'

Staples dacht na. 'Nu je het zegt, ja. Greg sprak denigrerend over Cecelia. Maar hij was niet de enige. Voor het oog van de wereld was ze zwanger geworden van een andere man en had ze mij laten vallen. Dat was wat iedereen zag. Shit, dat is ook wat er was gebeurd, als je er goed over nadenkt.'

'Ben?'

'Ja?'

'Ik weet niet hoe ik deze vragen kan stellen zonder je te kwetsen, dus ik spring maar pardoes in het diepe, oké?'

Hij knikte. 'Dat is een deel van de reden waarom ik je wel te woord wilde staan.'

'Dat begrijp ik niet.'

'Ik vermoed dat je hier bent omdat je meer weet dan je zegt,' legde Ben uit. 'Dus dit is mijn voorstel: jij wilt dingen van mij horen en ik wil dingen van jou horen. Dus ga je gang. Houd je niet in.'

Daar valt weinig tegen in te brengen, dacht Myron. 'Gedroeg je vrouw zich anders dan anders voor de scheiding?'

'Ja.'

'Hoe?'

'Ze was humeurig, ze trok zich terug. Gedeprimeerd eigenlijk. Ik vond dat ze hulp moest zoeken. Dat wilde ze niet. Ik denk dat ze pillen slikte die ze van een vriendin had gekregen.'

'Wanneer was dit precies?

'Een maand, misschien twee maanden voordat ze me vertelde dat ze zwanger was. Ik kan het me niet goed herinneren. Ze zeggen wel dat een affaire een vrouw levenslustiger maakt, maar dat was in dit geval niet zo. Ze leek eraan onderdoor te gaan.'

Myron wist niet hoe hij het voorzichtig moest brengen, dus wond hij er geen doekjes om: 'Heeft Cecelia je ooit verteld dat ze verkracht is?'

Bens hoofd schokte alsof iemand hem tegen zijn kaak had gestompt. Een paar lange tellen zei hij niets. Hij staarde Myron aan. Tranen welden op in zijn ogen. Toen hij uiteindelijk woorden vond om iets te zeggen, sprak hij heel zacht.

'Is ze verkracht?'

'Dat heeft ze tegen een vriendin gezegd.'

'O, mijn god.' Hij sloot zijn ogen en legde zijn hoofd in zijn nek. 'Welke vriendin?'

'Emily Downing.'

'Gregs vrouw.'

'Ja.'

Ben Staples stond wezenloos naar het graf te staren. 'Weet zij wie...?'

'Nee,' zei Myron.

Het duurde even voordat Ben over de eerste schok heen was. Myron gunde hem de tijd.

'Waarom wilde Cecelia mij dat niet vertellen?' vroeg hij uiteindelijk.

Myron vermoedde dat Ben dat meer aan zichzelf vroeg dan aan hem, maar hij antwoordde niettemin. 'Ik weet het niet.'

'En Emily heeft jou dit verteld?'

'Ja.'

'Wat heeft ze je nog meer verteld?'

Myron praatte hem bij zo goed en zo kwaad als dat ging. Bens gelaatsuitdrukking veranderde van gepijnigd in woedend. Achter dat gezicht werd een rekening opgemaakt, dacht Myron, of op zijn minst begon er iets te dagen. Toen Myron alles had verteld wat hij wist, gaf hij Ben Staples geen tijd om na te denken.

'Jij weet wie het heeft gedaan,' zei hij.

'Ik denk het wel.'

Myron wachtte.

'Hij maakte haar het hoofd gek met verhalen over een hoofdrol in een nieuw stuk op Broadway. Ik wist dat het een versiertruc was. Ik bedoel, dat wist zij ook. Alle producenten, al die mannen, hadden plotseling de rol die haar op het lijf geschreven was voor een carrière als actrice. Maar een hoofdrol in een stuk op Broadway? Cecelia kon niet acteren. Dat heb ik ook een keer tegen haar gezegd. "Je snapt toch wel wat er hier aan de hand is, hè?" Dat had ik niet moeten zeggen. Ook al was het waar. Ik had haar meer steun moeten geven.'

'Wie heeft haar verkracht, Ben?'

'Ik weet niet of ik dat moet zeggen.'

'Waarom niet?'

'Omdat het duidelijk is dat zij niet wilde dat het bekend werd. Ik weet niet of haar dood daar iets aan verandert.'

'Die man, die verkrachter, zou met de moord op haar te maken kunnen hebben.'

'Nee.'

'Hoe weet je...'

'Omdat hij dood is. Het was Howard Mostring. Ze had laat op de avond een,' weer die sarcastisch aanhalingstekens klauwende vingers, '"auditie" met hem. Een paar maanden voor onze scheiding. Ik heb zelfs gedacht, ik bedoel, het is even bij me opgekomen – dat was voordat al die vreselijke verhalen over hem loskwamen – dat hij misschien Clays vader was. Dat ze bijvoorbeeld zo graag die rol wilde.'

Howard Mostring was een beroemde Broadway-producent die als een roofdier tekeer was gegaan. Tegen de tijd dat hij over de drempel van de rechtszaal stapte, waren er meer dan vijftig aanklachten wegens aanranding en verkrachting tegen hem ingebracht. Zijn advocaten kregen hem op borgtocht vrij, op voorwaarde dat hij een enkelband zou dragen. Howard ging naar huis, een chic penthouse aan Park Avenue, schoof de glazen deur naar zijn terras open en sprong. Dat had een perfect einde van de zaak kunnen zijn, ware het niet dat mensen met een destructieve inborst meestal tot het bittere einde destructief blijven. Hij landde boven op een jonge vrouw die net was verloofd, en nam haar mee de dood in.

HET LAATSTE SLACHTOFFER VAN HOWARD MOSTRING, schreven de kranten over de vrouw die zo tragisch aan haar einde kwam.

'Ik begrijp het nog steeds niet,' zei Ben Staples.

'Wat begrijp je niet?'

'Hoe kan het dat Greg Downing hiervoor op moet draaien?'

22

Toen Myron weer terugkwam bij het Dakota snelde Terese naar hem toe. De kus die ze hem gaf zou het op het witte doek geweldig hebben gedaan.

'Wow,' zei Myron naar lucht happend. 'Dat was... Ik bedoel... wow.'

'Jij bent zo'n gladde prater,' zei Terese.

'Ja, hè?'

'Ik ben heel blij je weer te zien.'

'Ik ook.'

'God, hou op met die vleierij.'

'Ik kan er niets aan doen,' zei Myron. 'Ik dacht dat je pas vanavond met het vliegtuig zou komen?'

'Ik heb een eerdere vlucht genomen. Ben je blij?'

Hij glimlachte. 'In de wolken.'

Ze kwam dichter bij hem staan en trok een wenkbrauw op. 'Win is vannacht niet thuis.'

'Heeft hij dat tegen jou gezegd?'

'Dat heeft hij tegen mij gezegd.'

'Win is een beste, brave kerel.'

'Niet echt,' zei ze. 'Maar wel in dit geval.'

'Zal ik je mee uit eten nemen?' vroeg hij.

Terese raakte met haar lippen zijn oor aan. Myron voelde de schok. Ze fluisterde: 'Ik heb niet echt honger, jij wel?'

'Eh, niet als het om, eh... eten gaat.'

'Alweer die gladde praat,' zei ze.

'Ik kan me niet inhouden.'

'En straks helemaal niet meer.'

Struikelend arriveerden ze in de slaapkamer. Veel later bestelden ze bij de Shake Shack hamburgers en friet die ze in bed verorberden. De uren gingen voorbij. De rest van de wereld leek niet meer te bestaan. Op een bepaald moment, toen ze allebei op hun rug naar het plafond lagen te staren, zei Terese: 'Ik moet morgen weer weg. Ze hebben besloten dat ik de moord op Prine moet doen.'

'O,' zei Myron. Dat was geen verrassing. Hij had er iets over gehoord in het nieuws van die ochtend. Vastgoedmagnaat Ronald Prine was in Philadelphia neergeknald. Terese en Myron lagen nog een tijdje naast elkaar op hun rug. Langzamerhand begon hun ademhaling synchroon te lopen.

'Ik moet je iets vertellen,' zei Myron.

Terese reageerde niet.

'Maar voordat ik iets zeg, er is niets gebeurd.'

'Myron?'

'Ja?'

'Dat is bepaald niet zo geruststellend als je het bedoelt.'

'Ik ben gisternacht bij Emily blijven slapen,' zei hij.

'In haar appartement in de Upper East Side?'

'Nee, haar huis in de Hamptons.'

'Hm.'

'Ze heeft een paar uur in hetzelfde bed geslapen als ik. Er is niets gebeurd. Jeremy kwam thuis, dus ik was daar om hem te begroeten en omdat hij en ik vanochtend naar Greg zouden, ben ik daar blijven slapen in de logeerkamer. Emily kwam naar me toe toen ik in bed lag. We hebben liggen praten. Ze kwam min of meer gewoon naast me liggen en vroeg of ze mocht blijven.'

'Toen zei jij ja.'

'Het was... Alle emoties van die dag, alle opschudding. Ik denk dat ze eenzaam was.'

Terese bleef naar het plafond staren. 'Jullie tweeën hebben een speciale band.'

'Ja, maar niet op die manier.'

'Jullie hebben een zoon.'

'Ja.'

'En een verleden. Je hebt haar ooit een aanzoek gedaan.'

'Toen was ik tweeëntwintig.'

'Betekent dat dat je het niet meende?'

'Het zou de grootste fout van mijn leven zijn geweest. Ik voel niets voor haar.'

'Dat is grappig,' zei Terese. 'Weet je wat ik dacht voordat je dat zei?'

'Zeg het eens.'

'Hoe geweldig wij samen zijn.'

'Dat is zo.'

'Twee beschadigde zielen die elkaar helen als ze met elkaar in contact komen.' Ze ging rechtop zitten. 'Jij en Emily zijn precies het tegenovergestelde: twee beschadigde zielen die elkaar kapotmaken als ze met elkaar in contact komen.'

'Lang geleden, Terese.'

'Alle wonden zijn genezen? Geen littekens?'

'Ze betekent helemaal niets voor me.'

'Toch wilde je haar troosten. Toen ze er was. In die slaapkamer.'

'Niet op die manier.'

'Waarom vertel je het me dan?'

Dat vroeg hij zichzelf ook af. 'Het voelde als iets wat jij moest weten.'

'Ik hoefde het niet te weten.'

'O.'

'Er wordt veel te veel waarde gehecht aan alles weten,' zei ze.

'Zijn er dingen die jij mij niet vertelt?' vroeg Myron.

Ze zuchtte. 'Het krijgt er de schijn van dat of ik wraak wil nemen.'

'Toch wil ik het graag horen.'

Ze rolde op haar zij en ondersteunde haar hoofd met haar hand. 'Toen ik vorige maand in Rome was heb ik wat gedronken met Charles.'

Myron was niet blij met wat hij voelde. 'Ugh,' zei hij.

Terese zei niets.

'Probeerde hij je te versieren?'

'Natuurlijk probeerde hij me te versieren.'

'Maar je was niet van plan het me te vertellen.'

'Nee,' zei ze.

'Waarom niet?'

'Omdat het niet belangrijk was.'

'Ik snap het niet.' Myron ging rechtop zitten. 'Je weet hoe Charles is.'

'Dat weet ik.'

'Dus hoe kom je erbij om überhaupt iets met hem te gaan drinken?'

'Die toon is grappig bedoeld, hoop ik?'

Nu was het Myrons beurt om te zwijgen.

'Gisternacht heb je in hetzelfde bed geslapen als een ex met wie je een zoon hebt – een ex die je ooit ten huwelijk hebt gevraagd. Waarom ben je niet gewoon terug naar huis gereden?'

'Omdat ik vanochtend een afspraak met Jeremy had.'

'Dat had ook gewoon vanuit de stad gekund,' zei Terese. 'Maar je koos ervoor om in het huis van Emily bij het strand te blijven.'

'Zij had iemand nodig.'

'En veronderstel eens dat ik zou zeggen dat Charles ook iemand nodig had?'

'O, alsjeblieft, dat is niet hetzelfde. Dat weet je.'

Terese glimlachte. Myron kon het zien in het maanlicht dat door het raam naar binnen viel. Zo zag ze er prachtig uit. Hij vroeg zich af of hij ooit iemand had gezien die zo mooi was.

'Waarom glimlach je?' vroeg hij.

'Ik weet wel dat het fout is, maar het is wel een soort van grappig als jij jaloers bent.'

Hij kon er niets aan doen. Hij moest ook glimlachen. Hij sneed een ander onderwerp aan. 'Ik heb vandaag ook gesproken met de ex van Cecelia Callister.'

'Nationale ontmoet-je-ex-dag?'

'Hij vertelde me hoe zwaar het was om getrouwd te zijn met een supermodel. Iedereen probeerde haar altijd te versieren. Ik begrijp heel goed wat hij bedoelt.'

'Vergelijk je mij met een supermodel?'

'Nee,' zei Myron. 'Die kunnen niet tippen aan jou.'

'Heel gladjes,' zei ze. 'En deze keer echt.'

'Ik moest de hele tijd denken aan het lied "When You're in Love with a Beautiful Woman".'

'Van wie was dat?'

'Dr. Hook, geloof ik.'

'Juist. Dr. Hook and the Medicine Show. "Sylvia's Mother" was ook van hen.'

'Begrijp je nu waarom ik zo verliefd op je ben geworden?'

'Wat heeft de ex van Cecelia met dat lied te maken?'

'Die ex bleef maar doorzagen over hoe naïef hij was geweest – dat hij dacht dat het wel cool was en dat hij er een kick van kreeg dat iedereen zijn vrouw probeerde te versieren.'

'En voor jou is dat geen kick.'

'Nee. En toen op een dag kreeg die ex – hij heet trouwens Ben Staples – als een donderslag bij heldere hemel van zijn vrouw te horen dat ze zwanger was van iemand anders en wilde scheiden.'

'Nou ja, we weten allebei dat je daar met mij niet bang voor hoeft te zijn.'

Myron sloot zijn ogen en vervloekte zichzelf in stilte. 'Terese.'

'Niet doen.'

'Het spijt me. Het was niet mijn bedoeling…'

'Ik weet het. Het is oké. Echt.'

'Ik hou van je.'

'Dat weet ik,' zei ze. Toen keerde ze zich naar hem toe. 'Maar is dat genoeg voor jou?'

'Ja.'

'Ik ben niet wat je wilde.'

'Je bent beter.'

'Je hebt altijd een vrouw gewild, met kinderen, een tuinhekje, barbecueën in de achtertuin, de kinderen op de sportclub…'

'Terese.'

'Dat mis je allemaal met mij.'

'Dat weet ik.'

'Dit heb je niet gepland.'

'Moet ik het echt zeggen?' vroeg Myron.

'Ugh,' zei Terese, waarbij ze Myron zo goed als ze maar kon nadeed. 'Nee, alsjeblieft niet.'

'*Der Mensch tracht, un Gott lacht.*'

Terese verzorgde de vertaling. 'De mens plant en God lacht erom.'

'Het is niet wat ik als mijn toekomst had gepland. Maar het is beter. Ik hou van je, Terese. Dit wil ik. Ik wil jou. Oké?'

'Oké.' Hij was er niet van overtuigd dat ze hem geloofde. 'Myron?'

'Ja?'

'Ga niet met Emily naar bed.'

'Ik ben niet geïnteresseerd.'

'Jawel, zeker wel. Daarom zei je iets en daarom zei ik niets. Je voelt nog steeds iets voor haar. Zo zit jij in elkaar. Als jij iemand je hart schenkt, houdt die daar altijd een klein stukje van.'

'En dat gevoel heb jij niet bij Charles?'

'Zelfs niet een heel klein beetje.'

Daar dacht Myron over na. 'Kan ik hem nog steeds een knal voor zijn kop verkopen?'

'Nee,' zei ze. 'Maar ik ben blij dat je dat wel zou willen doen.'

23

Myron glipte om vijf uur die ochtend uit bed.

Hij overnachtte heel vaak in de grote logeerkamer van Wins appartement. Dat was de logeerkamer met uitzicht op Central Park bij 72nd Street. Er hing een tweeënhalve meter hoge Chagall – inderdaad, een echte – aan de muur tussen twee ramen met dat prachtige uitzicht. Vanuit het antieke hemelbed uit de tijd van George III, uitgevoerd in Jamaicaans mahonie, was Myrons uitzicht: Central Park, Chagall, Central Park.

Er waren mindere oorden denkbaar om de nacht door te brengen.

Win was al wakker en aangekleed, en las de krant – een echte krant uit het echte leven, gedrukt op papier – in de salon. Hij dronk earl grey uit een kopje van fijn Chinees porselein waar het familiewapen op stond. Myron zette zich in de leunstoel met bordeauxrode leren bekleding naast Win.

'Hoe was het vannacht?' vroeg Win.

'Behoorlijk geweldig. Ik heb je niet thuis horen komen.'

'Waarschijnlijk omdat jij bezig was met – wat waren ook alweer de woorden waarin je dat zo treffend vervatte? – iets "behoorlijk geweldigs".'

Win was een nachtbraker. Hij maakte wandelingen in de kleine uurtjes. Hij dronk een beetje te veel en zat achter de vrouwen aan, als men dat tenminste nog steeds zo noemde, op elk moment van de dag dat ze maar in het zicht waren, maar op een of andere manier slaagde hij er telkens weer in om bij het krieken van de dag op te staan en er fris uit te zien, helemaal klaar voor een nieuwe dag. Of daar slaagde hij in het verleden in. Iemand die hem niet goed kende, zou het niet opvallen, maar Myron kon zien dat de jaren langzamerhand grip begonnen te krijgen op het uiterlijk van zijn vriend. De oogleden waren wat zwaarder. De hand waarmee het kopje thee naar de lippen werd gebracht, was iets minder vast. Misschien was het Myrons verbeelding. Misschien was het projectie – Myron werd er zelf ook niet jonger op – maar hij dacht het niet.

'Heb jij, eh... iets met je app gedaan vannacht?' vroeg Myron.

'Ja, dat heb ik,' zei Win.

Win had een superexclusieve, superanonieme, super-de-luxe app, alleen beschikbaar voor extreem rijke lieden, voor het maken van seksdates. Een soort Tinder voor rijke stinkerds. Myron wist er niet alles van – hij wilde alle details ook niet weten – maar het kwam erop neer dat twee van die afgrijselijk rijke mensen een afspraak maakten om elkaar te ontmoeten in een clandestien penthouse ergens midden op Manhattan om daar, nou ja, het dansje op de lakens te doen.

'Vraag niet naar bijzonderheden,' zei Win.

'Dat zal ik niet doen.'

'Iedereen die van de app gebruikmaakt, legt een verplichte geheimhoudingseed af.'

'Geweldig.'

'Ik bedoel, ik zou je er van alles over kunnen vertellen zonder namen te noemen. Een soort hypothetisch verhaal.'

'Jammer, maar ik moet toch passen.'

'Waarom vroeg je er eigenlijk naar?'

'Dat vroeg ik me ook net af.'

Win glimlachte, sloeg een pagina van de krant om en vouwde hem weer dubbel. Hij deed dat met uiterste precisie, alsof hij een wiskundige was die met geometrische vormen aan het werken was, of alsof hij Myrons tante Selma was die de rekening van de lunch over de aanwezigen verdeelde.

'Esperanza wil je vanochtend spreken,' zei Win. 'In haar kantoor. Ze zitten nu op je te wachten.'

Myron wierp een blik op de fraaie Louis de Zoveelste-klok op de marmeren schoorsteenmantel. 'Beetje vroeg.'

'Ja.'

'Je zei dat ze zitten te wachten,' zei Myron.

'Heel goed opgelet.'

'Ze, als in meervoud.'

'Inderdaad. Het is mij nog niet ter ore gekomen dat "ze" net als allerlei andere persoonlijke voornaamwoorden al door enige gendersoort is geclaimd. Voorlopig dus gewoon meervoud.'

'En toevallig weet ik dat Esperanza enkelvoudig is. Waarmee ik maar wil zeggen dat zij niet de ze is aan wie jij refereert.'

Win glimlachte en knikte goedkeurend. 'De ze, mijn beste jongen, verwijst naar Esperanza en Sadie Fisher.'

Sadie Fisher was een van de twee vrouwen die het advocatenkantoor FFD hadden opgericht – de eerste F, zou je kunnen zeggen, van de naam waarin de D verwees naar Esperanza.

'Dus Sadie wil met me praten,' zei Myron.

Win zei niets.

'Waarom heeft Esperanza me niet gewoon een appje gestuurd?'

'Omdat ze jou en Terese niet wilde storen in flagrante delicto.'

Myron schudde zijn hoofd. 'Hoe oud ben jij?'

'Ze gaf er de voorkeur aan dat ik het bericht persoonlijk aan je zou doorgeven.'

'Enig idee wat er aan de hand is?'

'Zo ongeveer,' zei Win. 'Maar ik zou moeten gissen.'

Een uur later reed de limo van Win de particuliere ingang onder de Lock-Horne Building in. Ze stapten in de privélift. Myron stapte in zijn eentje uit op de verdieping van zijn voormalige kantoor. In de tijd dat MB Reps hier de lakens uitdeelde, was deze hal geschilderd in de neutrale kleuren grijs en beige die moesten uitstralen dat er serieuze professionals aan het werk waren. Toen Fisher, Friedman en Diaz er hun intrek namen, schilderden ze de muren in een rauwe rode kleur, die geïnspireerd leek door de kleur van de lippenstift die zowel Sadie als Esperanza tegenwoordig gebruikte.

De receptionist van de firma was een jongeman die Taft Buckington III heette en die er precies zo uitzag als zijn naam deed vermoeden. De vader van Taft, Taft Buckington II, was evenals Win lid van de uiterst exclusieve golfclub op Main Line die bekendstond als Merion – iets wat niemand zal verbazen bij het horen van die naam. Toen Win, die had geïnvesteerd in FFD, suggereerde dat Sadie voor de vorm een advocaat van het mannelijke geslacht in dienst moest nemen, had ze heel bot gereageerd met: 'Shit, nee.' In plaats daarvan huurde ze de jonge Taft in, als receptionist en als juridisch assistent. Het leek te werken.

'Hé Taft,' zei Myron.

'Goedemorgen, meneer Bolitar. Ik zal Sadie en Esperanza laten weten dat u bent gearriveerd.'

'Hoeft niet.'

Het was Sadie. Zij en Esperanza schreden zij aan zij op Myron af. Het hoofd hoog geheven, de schouders recht, alsof ze op een catwalk liepen, dacht Myron, ongetwijfeld een foute seksistische gedachte, maar ja, hou je gedachten maar eens tegen.

Esperanza groette Myron met een kus op zijn wang. Myron kende Sadie niet heel erg goed, maar zij kuste hem eveneens op zijn wang. Ze liepen Myrons oude kantoor in. Het was nu het kantoor van Sadie. Ze had zijn oude bureau aangehouden, maar dat was het dan ook wel. De minikoelkast waarin Myron zijn Yoo-hoo's koel hield, was vervangen door een tafel met een printer. Alle posters van Broadway-musicals waren verdwenen, evenals alle kunst met sport als thema en de souvenirs van zijn tijd als basketballer. Er hing helemaal niets aan de muren. Er lag niets op het bureau.

'Dat voelt gek, hè?' zei Sadie.

'Een beetje.'

'Ik hou er niet van om hier persoonlijke dingen tentoon te stellen,' legde ze uit. 'Ik probeer geen indruk te maken. Ik wil niet dat ze denken dat ik een privéleven heb of een leven buiten dit kantoor. Ik wil niet dat een cliënt in dit kantoor door ook maar iets wordt afgeleid. Ik wil dat ze denken dat ik alleen besta om hen te helpen.'

Sadie ging op Myrons oude stoel achter het bureau zitten. Myron zat tegenover haar. Het was vreemd, dit beeld. Esperanza bleef staan. Ze ijsbeerde en eigenlijk hinkte ze zowel figuurlijk als letterlijk op twee gedachten. Sadie zette haar bibliothecaressenbril recht en zei: 'Onze firma neemt nu de verdediging van Greg Downing voor haar rekening.'

Dat verraste Myron. 'O.' Hij liet het even bezinken. 'Wie in het bijzonder heeft Greg ingehuurd?'

'Mij,' zei Sadie. 'Maar iedereen zit in het team, met inbegrip van jou, vanaf dit moment. Je bent beëdigd advocaat en gerechtigd in New York op te treden?'

'Dat klopt.'

'Dus alles wat wij tegen elkaar zeggen valt onder de geheimhoudingsplicht. Is dat duidelijk?'

'Volstrekt duidelijk.'

'Dat is de reden waarom Win niet is uitgenodigd om mee te doen. Dit ter opheldering. Ik zou hem op geen enkele andere grond buitensluiten.'

Myron keek naar Esperanza en toen terug naar Sadie. 'Ik weet dat jullie geweldig goed werk hebben gedaan bij het beschermen van jullie cliënten tegen verkrachters en stalkers, maar hebben jullie veel ervaring als strafpleiter?'

'Veel? Nee. Een beetje? Ja.' Sadie zette haar bril af en stopte een oortje in een oor. 'En om je volgende vraag alvast te beantwoorden: niemand bij de firma heeft ooit een moordzaak gedaan. Dat heb ik aan Greg uitgelegd.'

'Maar als je me niet kwalijk neemt dat ik het vraag...'

'Waarom wij?' vroeg Sadie.

Myron knikte. 'Ik bedoel het niet verkeerd. Alle respect.'

'Begrepen. Dat zou ook mijn eerste vraag zijn als ik jou was. Ik heb de vraag ook aan Greg gesteld. Om er geen doekjes om te winden, Greg kent mij, hij mag mij en hij vertrouwt mij. Hij weet dat ik goed ben in mijn werk en dat ik alles voor hem uit de kast zal halen en ook al heb ik dan nog nooit een moordzaak gedaan, hij weet dat ik de juiste mensen zal inschakelen om me te helpen.'

'Greg kent mij, hij mag mij en hij vertrouwt mij,' herhaalde Myron.

'Je wilt weten waarvan,' zei Sadie. 'Begrijpelijk. Jij bent bekend met Gregs ex, Emily.'

Myron keek Esperanza aan. Die haalde haar schouders op.

'Ja.'

'Natuurlijk ben je met haar bekend. Dat was een fout grapje van mij. Greg heeft me het hele verachtelijke verhaal over jullie verleden verteld. Herinner je je Emily's jongere zus nog?'

'Judy.'

'Nu is het Judy Becker. Ik deelde tijdens mijn studie een kamer met Judy. We zijn heel close. Een beetje zoals Win en jij op Duke, denk ik. Zo heb ik Greg leren kennen. Ik doe al jarenlang licht juridisch werk voor hem en Emily. In feite heeft Greg mij een paar jaar geleden aan Win voorgesteld. Daarom dacht ik aan hem toen ik kantoorruimte zocht.'

Myron liet dat even in alle rust tot zich doordringen. Hij keek opnieuw Esperanza aan.

'Waarom kijk je steeds naar Esperanza?' vroeg Sadie.

'We zijn goede vrienden.'

'Dat weet ik. Wat denk je dat ik je niet vertel?'

'Niets.'

'Hou er dan mee op, het leidt af.'

'Sorry. Het is een oude gewoonte. Ik neem aan dat je met je cliënt hebt gesproken.'

'Ja.'

'En?'

'En Greg zegt – schokkend nieuws! – dat hij het niet heeft gedaan.'

'Geloof je hem?'

'Is dit het moment waarop ik zeg dat het er niet toe doet of dat het me niet kan schelen of zoiets? Daar wil ik het nu even niet over hebben, goed?' Sadie keek op haar horloge. 'Ik doe er veel te lang over om dit eruit te krijgen. Dus laat me er maar gewoon mee voor de draad komen. Er is iets vreemds aan de zaak. Op dit moment probeert de FBI het allemaal heel stil te houden, maar er doet een opmerkelijk gerucht de ronde.'

'Een gerucht...?'

'Ze denken dat dit niet de eerste keer is dat Greg iemand heeft vermoord.'

Myron stond op het punt zich weer naar Esperanza te keren en haar aan te kijken, maar bedacht zich toen hij zich herinnerde hoe Sadie daarop had gereageerd. 'Wie zou hij volgens hen nog meer hebben vermoord?'

'Weet ik niet.'

'Weet je van de moord op Jordan Kravat in Las Vegas?'

Sadie knikte. 'Esperanza heeft me bijgepraat.'

'Waarschijnlijk heeft dat gerucht betrekking op die moord, of niet?'

'Ik denk,' zei Sadie langzaam terwijl ze op een poot van haar bril kauwde, 'dat er misschien wel meer aan de hand is.'

'Wat bedoel je?'

'Die FBI-agenten die jou in je kantoor kwamen opzoeken.'

'Wat is daarmee?'

'De FBI houdt zich gewoonlijk niet bezig met moordzaken.'

'Dat is een beetje een cliché uit tv-series,' zei Myron. 'Dat hele gedoe met staatsgrenzen. Ze springen vaak bij. Bovendien was Greg een bekend persoon en geloofde iedereen dat hij dood was. Ik dacht dat het daarom ook op hun bordje paste.'

'Heb je special agent Monica Hawes nagetrokken?'

'Nee.'

'Haar expertise ligt op het terrein van profilering,' zei Sadie. 'Profilering van seriemoordenaars dus.'

Myron knipperde met zijn ogen. 'Denken ze dat Greg een seriemoordenaar is?'

'Ik weet het niet, maar ik krijg hier een gevoel bij. Geen goed gevoel.' Sadie zette haar handen plat op het bureau en boog zich naar voren. 'Daarom ben jij hier. Ik hoop dat jij ons kunt helpen.'

'Hoe?'

'Ik weet dat Win en jij een verleden hebben met de FBI, en ja, ik heb dat van Esperanza, dus nu kun je een keer haar kant opkijken voor bevestiging. Jullie hebben een contactpersoon bij de FBI. Iemand in de hogere rangen, als ik het goed heb.'

Myron dacht onmiddellijk aan zijn oude baas, PT. 'Misschien.'

'Je bent heel grappig als je zo bescheiden doet, maar niet heus. Maakt niet uit, bel je contactpersoon eens op. We moeten weten waar we tegen op moeten boksen. En rapporteer vervolgens alsjeblieft aan ons wat hij je vertelt.'

Myron praatte Win bij over het gesprek met Sadie en Esperanza. Hij begreep waarom Sadie voorzichtig moest zijn met de geheimhoudingsplicht, maar uiteindelijk was er niets in dat kantoor gezegd wat niet met anderen gedeeld mocht worden. Bovendien zou Win nooit praten. Ze zouden iemand als Win met alles wat die tot zijn beschikking had nooit in een getuigenbankje krijgen. Maar zelfs al zou ze dat wel lukken, uiteindelijk wilde Sadie alleen te weten komen wat de FBI tegen haar cliënt had. Daar was niets verdachts aan.

'Ik weet dat je al met PT hebt gesproken,' zei Myron.

'En hij liet er geen twijfel over bestaan dat hij meer weet,' zei Win. 'Het kan geen kwaad hem nog eens te polsen.'

Win zette zijn telefoon op luidspreker en koos PT's nummer. Hij zwaaide zijn voeten op het bureau bij de eerste keer overgaan. Myron zat tegenover Win en wachtte. Toen de telefoon drie keer was overgegaan, klonk de bekende korzelige stem.

'Is Myron daar bij jou?' viel PT met de deur in huis.

'Ik ben er,' zei Myron.

'Lunch bij Le Bernardin. Alleen wij drieën.'

Hij verbrak de verbinding.

'Het leek wel of hij dat telefoontje verwachtte,' zei Myron.

'Inderdaad.'

'Wat vind jij daarvan?'

Win dacht even na. 'Ik denk dat ze bij de FBI niet moeilijk doen over declaraties als hij ons uitnodigt bij Le Bernardin.'

24

PT was zo'n oude man die alleen maar sterker leek te worden met het klimmen der jaren. Hij was groot, kaal en intimiderend. Zijn handen leken honkbalhandschoenen. Zijn vingers waren dikke worstjes. Wins hand verdween volledig in de honkbalhandschoen toen ze elkaar de hand schudden. Daarna was Myrons hand aan de beurt.

'Het is te lang geleden dat we elkaar hebben gesproken,' zei PT tegen Myron.

Dat was een vreemde opmerking. Myron had PT bijna twintig jaar niet gesproken. Zelfs destijds was PT vooral een stem aan de andere kant van een telefoonlijn geweest. Er zijn mensen die in de schaduwen van de overheid opereren. PT wás die schaduw. Myron wist niet eens hoe de man echt heette.

'Inderdaad, te lang,' zei Myron.

'Je ziet er goed uit, Myron.'

'Jij ook.'

'Ik heb gehoord dat je getrouwd bent.'

'We hebben je uitgenodigd voor het huwelijk.'

'Ja, ik weet het.'

PT zei niet waarom hij er niet bij had kunnen zijn. Maar aan de andere kant had Myron ook niet verwacht dat hij zou komen. Dat zou je vreemd kunnen vinden, maar de omgang met PT was verre van normaal.

Ze bevonden zich in een privéruimte boven de grote zaal van Le Bernardin. Een wand werd in beslag genomen door een schilderij van de oceaan van de hand van Ran Ortner. Het werk van Ortner had meer weg van mariene fotografie dan van schilderen. Het was in grote lijnen minimalistisch en teruggebracht tot de kern, en Myron vond het hypnotiserend, betoverend. Hij nam even de tijd om ernaar te kijken. Die schilderijen hadden iets wat Myrons hart trager deed kloppen in een poging het ritme van de golven over te nemen.

PT legde een hand op Myrons schouder. 'Mooi, hè?'

Myron knikte.

'Je moet altijd even de tijd nemen om kunst op je in te laten werken,' zei PT. 'Ons leven is al chaotisch genoeg. Kunst herinnert ons eraan waarom we doen wat we doen.'

Myron glimlachte. 'In een filosofische bui vandaag?'

'Dat is de leeftijd. Ben je gelukkig, Myron?'

Gekke vraag, dacht Myron. 'Zeker.'

'Win?'

Win spreidde zijn handen. 'Het is goed om mij te zijn,' zei hij.

PT glimlachte. 'Ware woorden.'

'Waarom vraag je dat?' vroeg Win.

'Omdat ik jullie levensloop heb veranderd,' zei PT.

Myron had daar nooit over nagedacht, maar het was waar. PT had hen toen ze jong waren gerekruteerd voor een kortdurende, clandestiene klus bij een subgroep van het Federal Bureau of Investigation, onder de codenaam Adiona. Er waren redenen waarom PT hen had aangenomen, getraind en de wereld in gestuurd, maar dat was lang geleden. Toch had PT gelijk. Dat was waar het voor Win en Myron was begonnen. Het had hen gevormd, had hun de overtuiging gegeven dat ze dit konden. Ze hadden velen gered, maar er ook een paar verloren. Even ging het beeld van de grafsteen met de naam Brenda Slaughter door Myrons gedachten. Hij knipperde een keer met de ogen en verdrong het beeld. De beste spelers beschikten over die eigenschap. Een keer met de ogen knipperen en weer verdergaan. Je kunt alleen de beste worden in een sport als je beschikt over de reflexen, de fysieke gesteldheid, de mentale kracht en een onwrikbare wedstrijdmentaliteit, maar je moet ook die eenvoudige vaardigheid van het vergeten slijpen. Een save verprutst? Vergeten. Een puttje van dertig centimeter gemist? Vergeten. Een geweldige misstap tijdens de sprint? Niet over nadenken en doorgaan.

De allergrootsten weten hoe je moet vergeten.

'Ga zitten,' zei PT.

In het midden van het zaaltje stond een ronde tafel waaraan minstens tien personen konden plaatsnemen, maar hij was nu voor slechts drie man gedekt.

'Ik heb de vrijheid genomen om Eric te vragen voor ons te bestellen,' zei PT.

Met Eric bedoelde PT Eric Ripert, dacht Myron, mede-eigenaar en chef-kok. Myron kende hem niet. Win wel. En, dacht Myron, kennelijk PT dus ook. Een ober schonk witte wijn in. Myron hield er niet van om overdag wijn te drinken. Hij werd er slaperig van. Maar als PT wijn had besteld bij Le Bernardin, was het waarschijnlijk de moeite waard om te proeven.

'Wat brengt jou naar Manhattan?' informeerde Myron.

Het enige wat ze wisten over PT was dat hij in Washington DC woonde, zodat hij in no time zijn opwachting kon maken bij het Witte Huis.

'Werk.'

'Ik dacht dat je met pensioen was,' zei Myron.

'Ik ga vaak met pensioen,' zei PT. 'Maar mijn hulp is hier geboden.'

'Gebeurt dat vaak?'

'Bijna nooit,' zei PT. Hij nipte van de wijn. 'Alleen wanneer een belangrijke zaak met de uiterste zorgvuldigheid moet worden aangepakt.'

'En de zaak-Greg Downing ligt zo gevoelig?' vroeg Myron.

'Inderdaad,' zei PT.

'Het is een moordzaak,' zei Myron. 'Een dubbele moord. Dat zou voor jou geen reden mogen zijn je pensioen op te schorten.'

'Een dubbele moord zou inderdaad niet genoeg zijn.'

'Dan is het geen dubbele moord?'

'Voordat we het daarover hebben...' zei PT. 'Ik neem aan dat jullie mij wilden spreken omdat Greg Downing je cliënt is.'

'Dat klopt,' bevestigde Myron.

'Dus we weten allemaal waar we staan. Jullie proberen zijn verdediging te versterken. Jullie staan aan zijn kant.'

'Dat denk ik,' zei Myron. 'Aan welke kant sta jij?'

PT grijnsde. 'Ik heb geen kant in dit gevecht. Ik wil alleen de waarheid weten. Als dat betekent dat Greg Downings kop eraf gaat, dan gaat die eraf. Als het betekent dat hij onschuldig wordt bevonden, dan zal ik daar mijn goedkeuring aan verbinden.' De ober kwam binnen en serveerde de eerste gang. 'Ik worstel dus met een dilemma.'

'En dat is?'

'Er zijn dingen die jullie moeten weten. Hou dat vast. Er zijn zaken die ik jullie wil vertellen, ook al zal onze nieuwe directeur het afkeuren dat ik jullie in vertrouwen neem.'

'Mag je de nieuwe directeur?' vroeg Win.

'Nee,' zei PT. 'Maar ik respecteer zijn functie. Dus ik zal duidelijk zijn: als jullie hier zijn als advocaten voor Greg Downing...'

'Dat zijn we,' zei Myron.

'... dan moeten we gewoon genieten van de lunch.'

PT pakte zijn vork.

'Ik ben niemands advocaat,' zei Win.

'Win.'

Win keerde zich naar Myron. 'Ik ben hier niet om Greg in bescherming te nemen,' zei hij. 'Hij heeft een einde gemaakt aan jouw carrière. Hij heeft zijn eigen dood in scène gezet. Als hij Cecelia Callister en haar zoon Clay heeft vermoord, wil ik niet meewerken aan pogingen hem op vrije voeten te houden. Dat wil jij ook niet, denk ik?'

'Nee, natuurlijk niet, maar...'

'Jij bent bovendien níét zijn advocaat in deze zaak. Greg heeft Sadie ingehuurd, niet jou.'

'Zij heeft mij toegevoegd aan het team.'

'Dan zou je daaruit moeten stappen,' zei Win. 'Ik ben hier niet om Greg Downing te helpen wegkomen met moord.'

PT nam een hap, sloot zijn ogen, mompelde iets over goden en ambrozijn.

'Ik ook niet,' zei Myron. Hij keerde zich naar PT. 'Je kent onze situatie.'

'Zeker,' zei PT.

'Die kende je ook toen je deze afspraak met ons maakte.'

'Dat is waar.'

'Dus wordt het tijd om te stoppen met woordspelletjes,' zei Myron. 'Je kent mij. Ik zal het recht niet verkwanselen om een moordenaar op vrije voeten te houden.'

PT keek Win aan en trok een wenkbrauw op. 'Verkwanselen.'

'Ik heb hem voor zijn verjaardag een taalscheurkalender gegeven ter vergroting van zijn woordenschat,' zei Win.

PT legde zijn vork neer en depte zijn mondhoeken met zijn servet.

Niets in het zaaltje leek veranderd, maar het was er stiller, rustiger. Dat was een van die dingen met PT. Er ging een bijna bovennatuurlijk magnetisme van hem uit, een charisma dat ervoor zorgde dat je overeind ging zitten om naar hem te luisteren, hoe onbeduidend zijn woorden ook mochten zijn. Als hij op het punt stond het woord te nemen – zoals nu het geval was – leek het alsof alles om hem heen stilstond.

'Toen we in Quantico voor het eerst serieus werk maakten van het bestuderen van seriemoordenaars – ik heb het over de jaren zeventig, tachtig – waren er in de Verenigde Staten naar schatting een paar honderd, misschien duizend actief. Nu? De schatting blijft nu steken bij vijf, hooguit tien. Dat komt niet doordat er minder psychopaten zijn of doordat de mens als soort vriendelijker is geworden. Het komt doordat het moeilijker is geworden om vandaag de dag een seriemoordenaar te zijn. Er is zo veel technologie, er zijn bewakingscamera's die alles vastleggen, er zijn middelen om iemands spoor te volgen, de methodiek van observeren is doorontwikkeld – honderden keren per dag word je gezien door de overheid of door een private onderneming. Big Brother slaapt nooit. Daarnaast is de burger – het slachtoffer op wie de seriemoordenaar aast – voorzichtiger geworden. Hij is opgevoed door de tv en de film. Burgers laten zich niet meer zo gemakkelijk verschalken. Niemand staat tegenwoordig bijvoorbeeld nog te liften. Sekswerkers opereren veel minder clandestien en dus veel minder in het geniep dan vroeger. Vrienden of collega's weten waar ze zijn. Ze hebben smartphones bij zich die als tracker fungeren. Onze computers kunnen alle aanwijzingen analyseren, het DNA, de vingerafdrukken, de resultaten van observatie, bergen informatief materiaal – allemaal in luttele seconden. Kort samengevat, de moderne tijd heeft ervoor gezorgd dat de seriemoordenaar bijna is uitgestorven.'

Myron en Win wachtten.

'Maar ik heb het gevoel dat er nu een aan het werk is.'

De deur ging open. De ober verscheen, maar PT wuifde hem weg. Hij glipte weer naar buiten en sloot de deur achter zich.

'Jij denkt dat Greg Downing een seriemoordenaar is?' vroeg Myron.

'Voordat ik doordraaf, eerst dit: de meesten van mijn collega's bij de FBI denken dat dit inderdaad een normale moordzaak is. Er ontbreekt nog een krachtig motief, maar Greg Downing kende Cecelia Callister, zij het oppervlakkig. Voor de meesten is dat genoeg. We houden ons aan wat we weten. We volgen het spoor van de bewijzen en als we dat doen, houden we ons aan protocollen en procedures. Wat we tegen Greg Downing hebben, is overweldigend. Dat gaat hem de kop kosten.'

'En je andere collega's?' vroeg Myron.

'Anderen geloven dat Greg Downing een seriemoordenaar is en dat de Callisters slechts twee van zijn slachtoffers...'

'Ik begrijp niet hoe...'

'... terwijl nog weer anderen – een klein, maar wijs groepje mensen – geloven dat Greg Downing een slachtoffer is.'

'Een slachtoffer?' herhaalde Myron. 'Van een seriemoordenaar?'

PT nipte van zijn wijn.

'Hoe kan Greg een slachtoffer zijn?'

'Dat is het punt waarop ik jullie expertise nodig heb.' PT duwde zijn bord opzij. 'Ik weet dat jullie goed hebben gekeken naar de moord op Jordan Kravat in Las Vegas.'

Myron knikte. 'Je zei tegen Win dat Greg er misschien iets mee te maken had?'

'O, hij heeft er zeker mee te maken. Dat wil niet zeggen dat hij het heeft gedaan. Laten we eens veronderstellen dat er een seriemoordenaar actief is. We zijn nog steeds de sporen aan het natrekken, maar voorlopig hebben we zeven zaken waarvoor hij volgens ons verantwoordelijk is.'

'Je zei "hij",' zei Myron. 'Is de seriemoordenaar een man?'

PT zuchtte. 'Ik zei "hij" omdat ik een oude man ben en ik wil dit niet gecompliceerder maken dan het al is door iedere keer "hij of zij" te zeggen, of aan te geven dat ik met "hen" enkelvoud of meervoud bedoel. Bovendien is negentig procent van de seriemoordenaars mannelijk. Dus om het eenvoudig te houden blijf ik voorlopig “hij” zeggen, oké?’

PT bukte zich en pakte een ouderwetse aktetas. Hij zette hem op tafel, schoof de sloten met zijn duim open en nam er een map uit. Hij haalde zijn leesbril uit de zak van zijn colbertje en zette die op zijn neus.

‘Jullie weten al van de moord op Jordan Kravat en jullie weten over de Callisters. Hou dat in gedachten als we met deze lijst bezig gaan. In Marshfield in Massachusetts is een vrouw vermoord die Tracy Keating heette. Ze hield zich schuil in een gehuurd appartement voor een gewelddadige vriend die Robert Lestrano heet. Hij vond haar en vermoordde haar. De rechtszaak was een eitje. Dan is er het geval van een rijke ondernemer in Austin, Texas die door zijn eigen zoon is vermoord vanwege een geldkwestie. Er was een man die vanuit New Jersey online een vrouw lastigviel, die werd vermoord door de broer van de vrouw. Een boer is door twee arbeidsmigranten vermoord op zijn sojaboerderij in de buurt van Lincoln in Nebraska.’

‘Wat is het verband tussen al die zaken?’ vroeg Myron.

‘Dat mag je mij vertellen,’ zei PT. ‘Wat valt je op bij alles wat ik je zonet heb verteld?’

Myron knikte. Het begon hem te dagen. ‘Alle zaken opgelost.’

‘Goed,’ zei PT als een tevreden mentor. ‘Ga door.’

‘De daders zijn gepakt. Ze zijn berecht en veroordeeld.’

‘In een paar zaken is nog geen uitspraak gedaan,’ zei PT ter verduidelijking, ‘maar in principe is dat juist.’

Myron schudde zijn hoofd. ‘Mijn god.’

PT kon een glimlach niet onderdrukken.

‘Leg uit,’ zei Win.

‘Snap je het niet?’ zei Myron. ‘Zo komt een seriemoordenaar er vandaag de dag mee weg.’

‘Verklaar je nader,’ zei Win.

'Het zijn geen open zaken. Integendeel. Ze zijn vanaf het begin gesloten. Dan is het onmogelijk om een patroon te zien.' Myron boog zich naar voren. 'Als een seriemoordenaar mensen vermoordt of laat verdwijnen, blijft de zaak onopgelost. Uiteindelijk ga je dan een patroon zien. Of een modus operandi. Of een reeks onopgeloste moorden. Dan ga je zoeken naar verbanden tussen de slachtoffers. Maar in dit geval, als ik het goed begrijp, vermoordt de dader niet alleen iemand, hij luist ook iemand erin die er uiteindelijk voor veroordeeld wordt. Dat heeft hij in Las Vegas gedaan, in Texas, in New York, overal. Daarna zijn de zaken "opgelost".' Myron klauwde met zijn vingers aanhalingstekens in de lucht. 'In het geval van Jordan Kravat hebben ze het dankzij DNA Joey Turant in de schoenen geschoven. Joey draait ervoor op. Zaak gesloten. Bij de Callisters wijst het DNA naar Greg Downing. Greg Downing draait ervoor op.'

'Zaak gesloten,' zei Win die het nu ook doorkreeg.

Myron keerde zich naar PT. 'Ik neem dat hetzelfde is gebeurd in die andere zaken die je noemde – die van de sojaboer, de vader en de zoon in Austin?'

'Ja.'

Myron zakte onderuit. 'Dus iemand probeert Greg Downing erin te luizen.'

'Niet zo snel,' zei PT.

'Ligt dat dan niet voor de hand?'

'Nee, Myron, dat is het standpunt dat het beste past in jouw visie.' PT verplaatste het zwaartepunt van zijn massieve gestalte op zijn stoel. 'Een andere invalshoek is dat de FBI kosten noch moeite heeft gespaard om de samenhang tussen de verschillende zaken te vinden. Ze zijn eindeloos met de stofkam door al het bewijsmateriaal gegaan om overlappingen op te sporen. De moorden zijn in verschillende staten gepleegd. De slachtoffers hebben allemaal een andere achtergrond, ze verschillen qua geslacht. Er is niets wat hen verbindt – helemaal niets – maar nu hebben we iets gevonden wat de moord op Jordan Kravat en de moord op de Callisters verbindt. En dat is...?'

PT zweeg en wachtte.

'Greg Downing,' zei Myron.

'Bingo, Myron. Denk jij dat het domweg een soort pech is dat Greg Downing het enige verband is dat we tussen een paar slachtoffers vinden?'

'Dat zou kunnen,' zei Myron.

'Maar geloof je dat ook?'

'Nee,' zei Myron. 'Ik geloof er niets van.'

'Dus wat weten we daardoor heel zeker?' vroeg PT. 'Wat er dan ook gaande is, wie of wat dan ook verantwoordelijk is voor al die moorden – het heeft direct te maken met de man die ooit jouw lot bezegelde: Greg Downing.'

25

Je staat onder de rode luifel van het Michelangelo Hotel in 51st Street, in de buurt van 7th Avenue. Er valt een zo fijne motregen dat het meer op mist lijkt. De wind waait onder de luifel. Even sluit je je ogen en geniet je van die wind die je gezicht streelt. Het voert je terug naar je jeugd. Je weet niet precies waarom. Je hebt altijd van de zee gehouden. Je herinnert je dat je op de gitzwarte rotsen zat, dat de golven tegen de rotsen te pletter sloegen, dat je je ogen dichtdeed en het schuim op je wangen voelde spatten. Je deed je mond open en stak je tong uit om het zout te proeven.

Je doet je ogen open en wacht. Je bent geduldig. Dat is iets wat je jezelf hebt aangeleerd. Van nature ben je niet geduldig, maar je zou jezelf nu kunnen omschrijven als detailgericht, overdreven behoedzaam, volhardend misschien wel. Maar je weet dat één fout het einde kan betekenen. Dat is nog nooit zo duidelijk geweest als nu.

En die fout heb je gemaakt.

Er gaat een half uur voorbij. Je bent van deze luifel door 51st Street gelopen en over 7th Avenue tot de winkel met merchandise van Major League Baseball op 6th Avenue. Er staat een rij bij de honkbalwinkel. Dat vind je helemaal niks. Volwassen mannen die honkbalshirtjes kopen voor tweehonderd dollar. Niet kinderen. Volwassen mannen. Die shirtjes van hun 'helden' dragen ze dan in het openbaar.

Je schudt je hoofd over dat kinderachtige gedoe.

Het gaat automatisch even door je hoofd dat je het maar al te fijn zou vinden om een van die kerels door zijn kop te schieten. Gewoon voor de lol.

En je hebt je pistool bij je.

Zo dacht je vroeger niet. Of wacht, misschien ook wel. Misschien denken we allemaal wel zo. Heel even, een fractie van een seconde. Kijk naar die loser in dat honkbalshirtje, zeggen we tegen onszelf. Het zou misschien leuk zijn... En dan stoppen we natuurlijk. We glimlachen om onszelf. Het is maar een lolletje. We willen niet echt iemand pijn doen. We staan onszelf niet toe die deur open te trekken, want als we dat één keer hebben gedaan, krijgen we hem misschien nooit meer dicht.

Dat hoor je over de verslavende werking van bijvoorbeeld heroïne. Je komt in de verleiding om het een keer te proberen, maar als je dat doet, als je maar één keer die roes ondergaat, kom je er nooit meer vanaf, zeggen ze. Misschien is het waar, misschien niet. Je weet het niet.

Voor jou gold dat voor moord.

Op dat moment zie je, als je in de richting van 7th Avenue kijkt, Myron en Win uit Le Bernardin naar buiten komen.

Je draait je naar de honkbalwinkel en doet net of je de etalage bekijkt. Er staan volledig aangeklede etalagepoppen, zelfs met de schoenen met noppen en die belachelijke *stirrups* die ze over hun gewone sokken aanhebben. Je vraagt je af of er losers zijn die echt de hele outfit van hun favoriete speler kopen. Je herinnert je dat je ooit een keer naar het US Open in Queens bent geweest en dat je daar toeschouwers zag die van top tot teen in een tennisoutfit waren gestoken – shirt met een kraagje, korte broek, zweetbandjes – alsof een van de profs ze halverwege een set kon uitnodigen om mee te doen op het centercourt.

Meelijwekkend.

Stop, zeg je tegen jezelf, je raakt afgeleid.

Je gaat dichter bij de etalage staan. Je hebt je kraag omhooggezet. Je hebt je heel licht vermomd, omdat je slim genoeg bent om je altijd licht te vermommen. Niets buitensporigs. Toch zou niemand die je kent je herkennen. Het zou voor getuigen moeilijk zijn om je precies te beschrijven.

Myron en Win steken 6th Avenue over. Ze praten niet. Dat lijkt niet nodig. Ze lopen gewoon naast elkaar.

Je hebt het pistool bij je.

Je kijkt vooral naar Myron Bolitar. Je zou willen dat je meer tijd had. Je bent aan het haasten en dat is nooit goed. Maar je hebt nu geen keuze meer. Alles gaat heel snel. Je twijfelt.

Schiet hem nu neer, zegt een innerlijke stem.

Het is druk op straat. Het pistoolschot zou paniek veroorzaken. Je zou zelfs nog een stuk of twee mensen dood kunnen schieten om een soort massale run naar veiligheid op gang te brengen. Dat zou voor de nodige afleiding zorgen. Dan zou je zelf kunnen ontsnappen.

Soms is het slim een spelletje te spelen. Soms is het slim om domweg in actie te komen.

Misschien is het nu de tijd om actief te worden.

Je draagt een lange jas. Je pakt in je jaszak je pistool vast. Dat ziet natuurlijk niemand. Als ook maar iemand de moeite zou nemen om naar je te kijken, zou hij een voorbijganger als alle andere zien, met de handen in de zakken.

Zodra je hand het pistool voelt, glijdt hij soepel om de greep en zoekt je vinger moeiteloos de trekker. Op dat moment voel je de adrenaline. Die slaat door je heen als een bliksemflits. Je voelt de kracht door je heen stromen. De macht over leven en dood. Iedereen die een pistool bezit, iedereen die ooit eens een pistool in handen heeft gehad, heeft dit ervaren. Misschien als iets kleins, misschien als iets heel sterks. Een pistool vasthouden geeft een kick. Laat je niet voor de gek houden door iedereen die beweert dat het niet zo is.

Myron en Win lopen verder in oostelijke richting door 51st Street.

Je weet waarnaartoe ze op weg zijn. De Lock-Horne Building op de hoek van 47th Street en Park Avenue. Gaan ze binnendoor, door het Rockefeller Center? Misschien. Je haast je en kiest positie dichter bij hun uiteindelijke bestemming. Je wacht. Je richt. Je vuurt. De Lock-Horne Building is dicht bij Grand Central Station. Je zou kunnen schieten, paniek veroorzaken en in de richting van het station kunnen verdwijnen.

Je komt in beweging, je blik op beide mannen gericht.

Dan blijft Win staan. Hij draait zich om.

Je bent veilig. Je bent vermomd. De afstand is te groot.

Maar toch keer je je naar een etalage zodat je niet zult worden betrapt. Je hart bonkt in je keel.

Niet nu, zegt een andere innerlijke stem. Het is te riskant. Te veel voetgangers. Te veel bewakingscamera's. En Win is er. Zelfs nu. Zelfs als hij weer begint te lopen met die nonchalante tred van hem... Je kunt zijn ogen niet zien achter zijn zonnebril. Hij lijkt alles in de omgeving op hetzelfde moment in de gaten te houden. Hij heeft de ogen die je ook wel ziet op zo'n renaissanceportret, die je altijd aankijken, vanuit welke hoek je ook naar het portret kijkt.

Je kent Wins reputatie. Je weet wat hij in Las Vegas heeft gedaan.

Te riskant.

Hou je aan het plan.

Voor Myron zal de verschrikking binnenkort tot een einde komen.

Voor Win zal de nachtmerrie dan pas beginnen.

26

Het was vanaf Le Bernardin een kwartiertje lopen terug naar de Lock-Horne Building. Win zette een stoere zonnebril met spiegelglazen op die Myron aan zijn ouders deed denken, maar dan qua mode precies het tegenovergestelde. De eerste paar minuten zeiden Myron en Win niets. Op 51st Street sloegen ze rechts af.

Uiteindelijk zei Win: 'Interessant.'

'Wat is interessant?'

'Jij vertrouwt PT niet.'

Myron wist waar Win naartoe wilde. 'Je vraagt je af waarom ik niets heb gezegd over die keer dat Greg in elkaar is geslagen bij dat partijtje basketbal.'

'Het zou kunnen verklaren hoe zijn DNA op de plaats delict terecht is gekomen.'

'Ik denk dat het een schending zou zijn van het advocaat-cliënt-privilege om dat te vertellen,' zei Myron.

'En je wilt de informatie nog even achterhouden,' zei Win.

'Ja. Ik kan er altijd later nog iets over zeggen.'

'Bij wijze van verrassing in de rechtszaal.'

'Dat is misschien wat al te dramatisch,' zei Myron, 'maar ik weet niet hoe de FBI hierin staat, jij wel?'

'Nee, geen idee.'

'En ik zou niet weten waarom we ze op weg zouden moeten helpen.'

'Zelfs niet als het Greg zou vrijpleiten.'

'Als dat zo is,' zei Myron, 'dan kunnen wij beter degenen zijn die erachter komen en de touwtjes in handen houden.'

Win knikte. 'Daar zit wat in.'

Ze vervolgden hun weg door 51st Street.

'Er zijn te veel verborgen belangen in het spel,' zei Myron.

'Zoals?'

'Zoals, als de FBI gelooft dat er een seriemoordenaar rondloopt, waarom houden ze dat dan geheim?'

'Om paniek te voorkomen.'

'Het publiek hoort zoiets te weten,' zei Myron. 'En Sadie Fisher, als Gregs advocaat, zou het ook moeten weten.'

'Wij weten allebei waarom,' zei Win. 'We hebben het hier al eerder over gehad – bij de veroordeling van Joey the Toe.'

'Precies,' zei Myron. 'Dat bedoel ik met die verborgen belangen. De FBI is bang dat als dit bekend wordt, al die veroordelingen – met name die van Joey the Toe – nietig zullen worden verklaard.'

'Daarom,' zei Win, 'is het raadzaam voor ze om te wachten.'

'Maar is dat wel zo? Waarom? Om te voorkomen dat ze een stel overijverige officieren van justitie in verlegenheid brengen? Misschien zitten er wel onschuldige mensen lange celstraffen uit voor misdrijven – moorden nota bene – die ze niet hebben gepleegd. Kun je je een grotere nachtmerrie voorstellen?'

'Als de FBI er nu mee naar buiten komt veroorzaken ze een groot probleem. Als ze het voor zich houden, nou ja, idem dito.' Win dacht even na. 'Als je het goed bekijkt zijn beide opties onwenselijk.'

'Dan zou ik toch voor openheid kiezen.'

'En paniek veroorzaken door mensen te vertellen dat de kans bestaat dat er een seriemoordenaar vrij rondloopt?'

'Je onderschat de gewone man.'

'Jij overschat hem,' zei Win.

'Ben Franklin zei dat er beter honderd schuldigen op vrije voeten kunnen zijn dan dat één onschuldige gevangenzit.'

Win knikte. 'De ratio van Blackstone.'

'Ja.'

'En daar ben jij het mee eens?'

'Eigenlijk had Blackstone het over tien schuldigen, geen honderd,' zei Myron. 'Maar, ja, als de feds ook maar de geringste twijfel koesteren omtrent de schuld van deze mensen, dan vind ik dat ze nu hun mond open moeten doen.'

Toen ze St. Patrick's Cathedral op Fifth Avenue bereikten, werd het steeds drukker met voetgangers en hoorden ze overal om zich heen gesprekken in talloze talen.

'Ik vertrouw PT,' zei Win.

'Ik ook.'

'Voorlopig houden we ons er dus aan. We kunnen niets zeggen.'

'Waarom denk je dat hij ons op de hoogte heeft gebracht?' vroeg Myron.

'Dat weet je zelf ook wel.'

'Omdat hij alles wat wij nu zeggen zelf ook al heeft bedacht,' opperde Myron. 'Over het vertellen van de waarheid aan het publiek.'

'Inderdaad.'

'En deze kwestie snel oplossen is voor hem de enige uitweg uit dit dilemma.'

Win bleef staan, draaide zich langzaam om en keek om zich heen.

'Iets vergeten?'

Win fronste. 'Ik vergeet nooit iets.'

'Ik heb je wel eens paraplu's zien vergeten tijdens stortbuien.'

'Die vergeet ik niet. Die laat ik achter voor anderen.'

'Wat ben je toch een mensenmens.'

Win haalde zijn telefoon tevoorschijn en bekeek zijn berichten. Fronsend begon hij een antwoord te typen.

'Probleem?' vroeg Myron.

'Nee, een familieaangelegenheid. Ik neem de helikopter naar Philadelphia. Als 't goed is ben ik binnen een paar uur terug.'

Binnen een paar tellen was Wins limo ter plaatse. De chauffeur hield het portier voor hem open. Win liep ernaartoe, bleef toen staan en draaide zich om naar Myron. 'Is het verkeerd van me dat ik graag wil dat het een seriemoordenaar is en dat die seriemoordenaar dan Greg Downing is?'

Myron glimlachte. 'Jij vergeeft niet makkelijk.'

Win zei niets.

'En toch heb je met hem gewerkt,' zei Myron. 'Je hebt hem geholpen met zijn financiën.'

'Het was niet aan mij om te vergeven of een wrok te blijven koesteren.'

'Nee, dat was aan mij.'

'Ja.'

'Ik weet niet wat goed of verkeerd is,' zei Myron. 'Maar ik denk wel dat het de makkelijkste manier zou zijn.'

'Wij doen nooit aan makkelijk.'

'Nooit,' was Myron het met hem eens.

Win verdween in de wagen.

Toen Myron zijn kantoor weer binnenkwam, stond Big Cyndi hem al bij de lift op te wachten. Ze praatte zacht.

'Er zit iemand op u te wachten, meneer Bolitar.'

'Wie?'

'Ellen.'

'Ellen wie?'

Nu fluisterde Big Cyndi. 'Ze wilde haar achternaam niet zeggen.'

Myron liep de wachtruimte naast het bureau van Big Cyndi binnen. Daar stond een oudere dame – Myron schatte haar ongeveer even oud als zijn moeder – met haar handtasje in beide handen. Ze was klein, gerimpeld en ze had kort haar en droeg een dichtgeknoopt vestje in bijpassende tinten grijs. Ze droeg parels en oorknopjes met cameeën. Om haar hals droeg ze een wit sjaaltje, dat op zijn plaats werd gehouden door een koperen broche in de vorm van een vlinder.

'Kan ik iets voor u doen?' vroeg Myron.

'Ja, heel graag,' zei de vrouw. 'Kan ik u onder vier ogen spreken?'

'Ken ik u?'

Ze glimlachte zo breed dat hij bijna een stap achteruitdeinsde. 'Noem mij maar Ellen.'

'Zo heet mijn moeder ook.'

'Hemeltje, wat toevallig,' zei ze met iets te veel enthousiasme. Toen liet ze haar stem zakken en zei: 'Ik heb maar een minuutje nodig. Het is belangrijk. Het gaat om mijn kleinzoon. Hij is onlangs ingelijfd bij de Dodgers, maar...' Ze keek langs Myron heen op naar Big Cyndi. 'Alstublieft,' zei ze smekend. 'Heel even maar.'

Myron knikte en ging haar voor naar zijn kamer. De oude vrouw liep langzaam naar het grote raam dat uitzicht bood over de stad. 'Wat een prachtig uitzicht,' zei ze.

'Ja, ik ben een geluksvogel.'

'Uitzichten maken niet gelukkig,' zei ze. 'Je raakt eraan gewend. Dat is het probleem met uitzichten. Ze zijn fijn wanneer je ze net hebt, maar vervolgens wennen we eraan en vinden we ze heel gewoon. Datzelfde geldt natuurlijk voor heel veel dingen. Toen ik jong was, hadden mijn ouders een werkelijk schitterend huis. Het was in Queen Anne-stijl, gebouwd aan het begin van de twintigste eeuw. Wij woonden in Florala, Alabama. Hebt u daar wel eens van gehoord?'

'Helaas niet, nee.'

'Hoe dan ook, ik weet nog toen we er voor het eerst naartoe reden. Ik was acht en het was het grootste en deftigste huis dat je je kunt voorstellen. Zestien kamers. Lambrisering van dennenhout met een prachtig golvend nerfpatroon. Een heerlijke veranda om het hele huis heen. Alle kamers op de eerste verdieping hadden balkons, de mijne ook. Ik vond het geweldig en dat duurde, wat zal ik zeggen, een maand. Hooguit twee. Tegen die tijd was ik eraan gewend. Net als de rest van de familie. Het wordt gewoon de plek waar je woont. Daarom ontving vader graag bezoek. Hij genoot ervan om de uitdrukking te zien op het gezicht van iemand die voor het eerst bij ons binnenkwam en dat was niet omdat hij graag indruk op hen wilde maken. Nou ja, misschien ook wel een beetje. Mensen houden er nu eenmaal van om met hun veren te pronken, nietwaar? Maar waar het vooral om ging was dat wanneer we de reactie van anderen op het huis zagen, ons dat terugvoerde naar onze eigen eerste reactie. Af en toe hebben we dat allemaal wel eens nodig, vindt u ook niet?'

'Dat zal best, mevrouw...'

'Zoals ik al zei, noem mij maar Ellen.'

Myron ging achter zijn bureau zitten. Ellen nam plaats op de stoel ervoor. Ze zette haar tas op haar schoot en legde haar beide handen erop.

'U zei dat uw kleinzoon was ingelijfd bij de Dodgers.'

'Dat heb ik inderdaad gezegd, ja, maar dat is niet waar. Dat zei ik alleen omdat uw receptioniste erbij stond.'

Myron wist niet wat hij hiervan moest denken. 'Wat kan ik voor u doen?'

Ze schonk hem een glimlach, een brede glimlach, het soort glimlach – Myron probeerde niet bevooroordeeld te zijn door haar leeftijd – dat hem koude rillingen bezorgde. Toen vroeg ze: 'Waar is Bo Storm?'

Myron zei niets.

'Ellen is niet mijn echte naam. Ik werk voor een paar mensen die nauwe banden hebben met ene Joseph Turant. Weet u wie dat is?'

Joey the Toe. Myron zei nog steeds niets.

'Ik begrijp dat u onlangs in Las Vegas een aanvaring hebt gehad met collega's van meneer Turant. Om die heidense plek weer heelhuids te mogen verlaten, hebt u toegezegd de huidige verblijfplaats te achterhalen van Bo Storm, een jongeman die meneer Turant ernstig heeft benadeeld. Die informatie kom ik hier namens hem bij u halen.'

Myron staarde haar alleen maar aan.

'Mag ik, voordat u iets zegt,' vervolgde de oude vrouw, 'misschien een bescheiden suggestie doen?'

'En dat is?'

'Uiteindelijk gaat u mij vertellen wat ik wil weten.' Haar ogen boorden zich in de zijne. 'Het zou voor ons allemaal het prettigst zijn als u het nu meteen doet.'

'Ik weet niet waar hij is,' zei Myron.

Ze trok een overdreven pruilmondje. 'Echt niet?'

'Ik ben nog steeds op zoek naar Bo.'

'Meneer Bolitar?'

Myron zei bijna: *Meneer Bolitar? Ben ik je vader of zo?*, maar daar leek dit niet het geschikte moment voor.

'Ja.'

'U liegt.'

'Nee, dat doe ik niet. Als u verder niets...'

'Routes van privévliegtuigen kunnen gemakkelijk worden gevolgd, zoals u en meneer Lockwood vast en zeker weten. Wij weten dat u in zijn vliegtuig van Las Vegas naar Montana bent gevlogen. Vanwaar die tussenlanding op Havre Airport?'

Myron deed zijn mond al open om te antwoorden, maar Ellen stak een vinger op om hem de mond te snoeren.

'Ik heb u gevraagd om dit gemakkelijker te maken,' zei ze met de stem van een schooljuf die teleurgesteld is in een van haar favoriete leerlingen. 'Dat is alles. Eén klein dingetje maar.' Ze slaakte een theatrale zucht. 'Ik vermoedde al dat u niet zou luisteren Maar ik heb het u wel gevraagd, waar of niet?'

Myron ging ervan uit dat het een retorische vraag was, dus zei hij niets. Zij bleef hem aankijken. Uiteindelijk verbrak hij de impasse.

'Hoor eens, hoe u dan ook mag heten, ik heb geen idee wat u van mij wilt.'

'Ben ik niet duidelijk genoeg geweest?'

'Ik weet niet waar Bo Storm is.'

'Dat is dan jammer.' Ze schudde haar hoofd en maakte haar tasje open. Myron verwachtte bijna dat ze er een pistool uit zou halen – zo'n soort dag was het gewoon – maar in plaats daarvan haalde ze er een smartphone uit en zei: 'Allen, heb je dat allemaal gehoord?'

Uit de telefoon klonk een stem die hij nog niet zo lang kende. 'Elk woord, Ellen.'

Myron bevroor.

De oude vrouw draaide het schermpje naar hem toe, zodat Myron mee kon kijken. Daar, op FaceTime of welke video-app ze ook gebruikte, zag hij pa's nieuwe pickleball/quizmaatje, Allen Castner.

'Hé, Myron!'

Myron zat als versteend toe te kijken. Zijn oren suisden.

Allen Castner bracht zijn gezicht heel dicht bij het scherm. Hij had AirPods in zijn oren. 'Je vader heeft me na het pickleball uitgenodigd voor een potje kaarten. Hij is even naar het toilet om te pissen. Hij mankeert iets aan zijn prostaat. Dit is al de vierde keer dat hij nodig moest.'

Myron slikte moeizaam. 'Wat is hier verdomme aan de hand?'

'O, ik denk dat je dat wel weet, Myron.'

Het scherm versprong alsof Allen Castner de mobiele telefoon had laten vallen. Toen hij weer in beeld kwam, had hij een Beretta M9A3 met geluiddemper in zijn hand.

'Vertel op, Myron.'

Het was Ellen die dit zei. Hij begreep, natuurlijk, dat het niet haar echte naam was. En dat die vent niet echt Allen heette. Ze gebruikten de voornamen van zijn ouders om hem in de war te brengen. Alsof hij dat nodig had.

'Trouwens,' zei de oude vrouw, 'Allen draagt een koptelefoon.'

'Oortjes,' verbeterde Allen haar.

'Je hebt gelijk, oortjes, dank je. Het punt is dat Allen jou dus wel kan horen, maar je vader niet.'

En toen hoorde Myron de stem van zijn vader. 'Met wie zit jij te praten?'

Allen Castner zei: 'Kom erbij zitten, Al.'

'Wat krijgen we nou? Is dat een pistool?'

'Pa!'

'Niet schreeuwen,' zei Ellen. 'Anders hoort je receptioniste het en dat zou een probleem zijn. Waar is Bo Storm?'

Myron kon alleen maar naar het scherm kijken, naar zijn vader. 'Dat heb ik al gezegd. Ik weet niet...'

En toen, op het scherm, zag Myron hoe Allen Castner zijn vader met het pistool hard in het gezicht sloeg. Zijn vader gromde van pijn en viel achterover.

'Pa!'

'Ik heb je toch gezegd,' zei de oude vrouw op kalme, bijna sussende toon, 'dat hij je niet kan horen?'

Myrons vader zakte op de grond en sloeg zijn handen voor zijn gezicht. Er sijpelde bloed tussen zijn vingers door. Myron keek de oude vrouw aan. Zij glimlachte slechts.

'Ik heb het je gevraagd, waar of niet? Ik heb het je heel vriendelijk gevraagd.'

Myron sprong bijna over het bureau heen om haar ter plekke te wurgen. Ook al was ze een oude vrouw en ondanks de consequenties.

Maar zij schudde alleen maar even haar hoofd.

'Dat zou pappies doodvonnis betekenen.'

Op het scherm hoorde Myron zijn vader kreunen.

'Vertel ons waar Bo Storm is,' gebood de oude vrouw.

'In Montana.'

Myron hoorde de paniek in zijn eigen stem.

'Dat wisten we zelf ook al. Waar in Montana? Ik wil het heel precies weten.'

Door de telefoon hoorde Myron zijn vader koppig schreeuwen: 'Vuile klootzak! Je hebt mijn neus gebroken!'

Ellen keek Myron recht in de ogen. Myron probeerde wat terrein terug te winnen of alles op z'n minst wat te vertragen, iedereen even een kans te geven om adem te halen. 'Laten we het hier even rustig over hebben.'

Ellen zuchtte en boog zich wat dichter naar de telefoon toe. 'Allen?'

'Ja, Ellen.'

'Schiet hem een kogel door zijn hoofd en wacht tot de moeder thuiskomt.'

'Nee!' gilde Myron.

'Doe het, Allen.'

Toen zei Allen Castner: 'Ellen, zet de video uit.'

De oude vrouw aarzelde even alvorens haar hand terug te trekken over het bureau, de luidspreker uit te zetten, één oorbel uit te doen en de telefoon tegen dat oor te houden zodat Myron niet kon meeluisteren. Ze luisterde even, knikte toen en zei: 'Begrepen.'

Toen verbrak ze de verbinding.

'Wat is er gebeurd?' vroeg Myron.

Hij hoorde nog steeds de paniek in zijn eigen stem.

'Nu blijven we hier zitten wachten.'

'Hoelang?'

'Niet lang.'

Ze kon hem nog meer vertellen. Myron pakte zijn eigen telefoon.

'Leg neer,' zei ze. 'Als je iemand belt...' De oude vrouw schudde haar hoofd. 'Moet ik het dreigement werkelijk uitspreken? Ik had gedacht dat je slimmer was.'

Myrons been begon te trillen. 'Ik weet niet wie je bent,' zei hij, 'maar als mijn vader iets overkomt...'

'Wacht, laat me raden.' Ze streek over haar kin. 'Dan achtervolg je me tot het einde van de wereld om het me betaald te zetten. Doe me een lol, zeg. Kijk me eens aan, Myron. Denk je dat dit de eerste keer is dat ik dit doe? Denk je nu echt dat ik me niet aan alle kanten heb ingedekt?'

Myron had zich in zijn hele leven nog nooit zo machteloos gevoeld. 'Wat gaat er nu dan gebeuren?'

'Nu wachten we af.'

'Hoelang?'

'Zo lang als het duurt.'

'Doe hem geen pijn. Alsjeblieft. Ik zal alles...'

Ze legde haar wijsvinger op haar lippen. 'Sst.'

Zo bleven ze zitten. Myron had nooit gedacht dat de tijd zó langzaam kon verstrijken.

'Het was zo veel gemakkelijker geweest als je gewoon had meegewerkt.'

'Wat bedoel je daarmee? Wat gebeurt er nu?'

Eindelijk ging haar mobiele telefoon over. Ze pakte hem op. 'Hallo?' Ze luisterde even en zei toen: 'Oké.' Ze hing op en stopte de telefoon weer in haar tas. De oude vrouw had haar beide handen nodig om zich omhoog te duwen van haar stoel.

'Ik ga nu weg.'

'Wat gebeurt er? Is alles goed met mijn vader?'

'Als ik niet binnen nu en tien minuten bij mijn auto ben, wordt het alleen maar erger voor jullie. Veel erger. Blijf zitten waar je zit. Verroer je niet. Bel niemand. Tien minuten.'

En toen was ze verdwenen.

27

Myron raakte volledig in paniek.

Hij belde zijn vaders telefoon. Er werd niet opgenomen. Hij belde die van zijn moeder. Er werd niet opgenomen.

Hij overwoog de lobby van de Lock-Horne Building te bellen en de beveiliging opdracht te geven de oude vrouw te volgen en haar kenteken te noteren, of iets dergelijks, maar wat had zijn vader daaraan? Niets. Misschien zou het later voor gerechtigheid zorgen, maar op dit moment was dat iets waar zijn brein nog niet aan wilde denken.

Dus wat moest hij nu doen?

De politie van Florida bellen? Iemand bellen die in de seniorengemeenschap van zijn ouders werkte?

Het voelde allemaal zo zinloos. Myron voelde zich machteloos en bang en kwetsbaar en man o man, dat voelde helemaal niet goed.

Hij rende de wachtruimte binnen. Big Cyndi was daar niet. Hij voelde dat zijn paniek een nieuw niveau bereikte.

Achter hem zei Big Cyndi: 'Meneer Bolitar?'

'Waar was je?'

'Even naar het toilet,' zei ze. 'Een plasje doen.'

Hij wilde haar net vertellen wat er was gebeurd toen zijn telefoon zoemde.

Op het display las hij: MAM.

Met de snelheid van een revolverheld in een oude western nam hij op. 'Hallo?'

'Drie keer raden welke sukkel zijn neus heeft gebroken met pickleball?'

Toen hoorde hij zijn vaders stem: 'O, hou toch op, Ellen. Niks aan de hand.'

Myron voelde de opluchting door zijn aderen stromen.

'Jij wilde zelf dat ik hem meteen zou bellen, Al.'

'Ik wilde niet dat hij zich zorgen zou maken.'

'Waarom zou hij zich zorgen maken? Hij wist niet eens dat je je had bezeerd.'

'Mam,' zei Myron, die zijn best moest doen om rustig te klinken, 'vertel nu maar gewoon wat er is gebeurd.'

'Neef Norman, je weet wel, de zoon van Moira. Je herinnert je je neef Norman toch nog wel? We zijn naar hem gaan kijken toen hij in de brugklas in *Where's Charley* speelde?'

'Mam.'

'Hoe dan ook, je neef Norman rijdt ons nu naar de spoedeisende hulp, maar verder is alles in orde met je vader. Serieus, Myron, wie breekt er nou zijn neus met pickleball? Weet je dat nieuwe kleed in onze woonkamer? Dat kleed dat we hebben gekocht bij... Al, hoe heet die zaak ook weer?'

'Geen idee. Wat maakt dat nou uit?'

'Dat maakt mij wat uit. Het was die meubelzaak aan Central Avenue. Je weet wel welke ik bedoel, Myron. Naast die diner waar jij ons in februari mee naartoe hebt genomen om te lunchen.'

'Ellen.'

'Het begint met een D. Demarco? Deangelo? Maar goed, dat kleed dus. Dat zit nu onder het bloed. Onze woonkamer doet denken aan die douchescène in *Psycho*. Wie komt er nou thuis terwijl hij nog bloedt en gaat dan een dutje doen op de grond?'

'Ik wist niet dat ik nog bloedde,' zei zijn vader.

'Hoe kan je dat nou niet weten? Maar goed, hij was dus aan het pickleballen en toen smashte iemand – je vader wil me niet vertellen wie...'

'Omdat dat niet belangrijk is!'

'... de bal naar je vader. En je vader, als de onvervalste sportman die hij is, gebruikte zijn neus in plaats van een paddle.'

Myron zei: 'Mam?'

'Ja?'

'Ik kom met de eerstvolgende vlucht jullie kant op.'

'Helemaal niet.'

Dat was zijn vader.

'Ik mankeer niks,' zei pap. 'Jij hebt het druk met je werk.'

'O, dat is waar ook,' zei mam. 'We lazen dat Greg Downing is gearresteerd. Heeft hij echt die mooie vrouw en haar zoon vermoord?'

'Dat moet je hem niet vragen, Ellen. Je bent nota bene advocaat. Je weet toch wel beter?'

'Wat, het is toch gewoon een vraag van moeder tot zoon?'

'Myron,' zei pap, 'ik wil niet dat je komt.'

De stem liet geen enkele ruimte voor tegenwerpingen. Myron begreep het. Pap wilde mam niet ongerust maken. Als Myron op het vliegtuig zou stappen, zou mam weten dat er iets heel erg mis was.

'Met wie speelde je, pap?'

Mam beantwoordde zijn vraag. 'Hij speelde met zijn nieuwe vriend Allen. Weet je nog wel, Myron? Die grote fan van jou.'

'Ik weet het nog.'

'Hij is nu weg,' zei pap.

'O, Myron?' Mam weer. 'We zijn nu bij de spoedeisende hulp. Ik bel je nog wel.'

Toen mam ophing, realiseerde Myron zich dat zijn hele lichaam trilde. Hij belde Win en vertelde hem wat er was gebeurd.

'Dus opeens vertrokken ze,' besloot Myron zijn verhaal. 'Ik snap het niet.'

'Ik wel.'

'Wat bedoel je?'

'Ik regel wat mensen om je ouders in de gaten te houden. Ik ben over een kwartiertje op kantoor.'

'Ik dacht dat je naar Philadelphia zou vliegen.'

'Dat heb ik afgezegd.'

'Waarom?'

'Een kwartier, Myron.'

Win hing op. Myron bleef een ogenblik naar zijn telefoon zitten staren alsof hij verwachtte dat die opnieuw zou overgaan.

Wat nu?

Hij belde Terese. Ze nam bij de derde keer overgaan op. 'Hé, knapperd.'

'Hé.'

'Alles kits?'

'Ik wilde alleen je stem even horen,' zei hij.

'Shit, wat is er gebeurd?'

Het duurde even voordat hij antwoord gaf.

'Zo erg?'

'Vertel eens over het verhaal waar je aan werkt.'

'Ik wil eigenlijk zeggen: jij eerst, maar volgens mij heb je nog even nodig.'

Myron moest onwillekeurig glimlachen. 'Ik hou van je, dat weet je wel, hè?'

'Ja, dat weet ik. Ronald Prine is vermoord door een aannemer die hij had opgelicht. Jacqueline Newton heet ze. Bewijs in overvloed. Zij zweert dat ze onschuldig is. Het enige probleem voor de politie is dat haar zieke vader de moord bekent.'

'Hij probeert de schuld op zich te nemen?'

'Ja,' zei Terese.

'Bestaat er een mogelijkheid dat hij het echt heeft gedaan?'

'Dat denk ik niet, nee.' Toen zei Terese: 'Klaar met tijdrekken?'

'Ze zijn naar mijn ouders gegaan.'

Hij vertelde haar alles – over de ontmoeting met PT, zijn theorie dat Greg er misschien was in geluisd door een seriemoordenaar, de aanval op zijn vader, het hele verhaal.

Toen hij klaar was, vroeg Terese: 'Wil je dat ik naar huis kom?'

Ja. 'Nee,' zei hij.

'Ik kan deze moordzaak wel door iemand anders laten verslaan.'

'Blijf maar daar. Ik red me wel.'

'Hmm,' zei ze.

'Wat?'

Myrons telefoon zoemde, ten teken dat er een ander gesprek binnenkwam.

'Terese, mijn vader belt me.'

'Neem maar gauw op dan.'

Hij deed wat ze zei. 'Pap?'

'Niks aan de hand. Ik zit te wachten tot ik bij een arts terecht kan, maar het is alleen een gebroken neus. Komt wel weer goed. Luister, ik verzwijg niets voor je, maar het is ook niet zo dat ik je alles vertel.'

'Over?'

'Over je moeder.'

'Wat is er met haar?'

'Meestal niks. En ze is op haar best wanneer ze haar kinderen aan de telefoon heeft. Ze heeft last van angsten. Ze is vaak bang, Myron. Ik wil niet dat ze bang is, oké?'

Myron slikte. 'Oké, pap.'

'Voorlopig blijft dit tussen ons, begrepen?'

'Begrepen.'

'En ik wil niet dat je hiernaartoe komt, Myron. Voor je moeder ben je een open boek. Dat is altijd zo geweest. Daarom kon je als kind al nergens mee wegkomen. Ik neem aan dat dit allemaal te maken heeft met iets waar jij en Win aan werken?'

'Klopt.'

'Dus bescherm je moeder en zet er wat vaart achter. Laat je niet afleiden.'

'Komt voor elkaar,' zei Myron. 'Wat gebeurde er nadat ze ophingen?'

'Allen, die vuile rat – even terzijde, ik heb ervaring met vechten. Ik ben opgegroeid in een ruige buurt. Ik heb de fabriek gehad in Newark. Hoe dan ook, ik zag dat pistool aankomen. Ik heb mijn gezicht afgewend en heb me opzij laten vallen. Dus het valt allemaal wel mee, oké? Echt waar, geloof me. Het is alleen mijn neus. Ik ben niet duizelig geweest of zo.'

'Oké, dat is goed om te horen.'

'Hoe dan ook, toen Allen had opgehangen, bleef hij me onder schot houden. Hij wachtte tot er iets zou gebeuren.'

Zo was het ook gegaan met de oude vrouw die zich Ellen noemde.

'Enig idee waar ze op zaten te wachten?'

'Hij werd door iemand gebeld. Allen mompelde iets over dat ze hem moesten laten weten als ze hem vonden en toen zei hij iets over een shanty.'

Myron voelde dat zijn nekharen overeind gingen staan. 'Een shanty?'

'Ja, ik snapte het ook niet.'

Maar Myron snapte het wel. Shanty. De bar in Montana waar Bo/Brian/Stevie werkte. Myron knikte. Nu begreep hij het. Turants mensen wisten dat Myron naar Montana was gevlogen. Ze hadden er mensen naartoe gestuurd die hadden uitgezocht waar Myron naartoe was gegaan. Misschien hadden ze hier en daar wat vragen gesteld, misschien had er een tracker op Myrons huurauto gezeten, wat dan ook. Op de een of andere manier waren ze er op het moment dat ze Myrons vader bedreigden achter gekomen waar Bo was. Dus hielden ze op met wat ze deden, hielden Myrons vader onder schot en wachtten tot…

Joeys mensen moesten Bo hebben gevonden.

'Ik heb mijn zoon aan de lijn, dokter. Oké, ik hang al op. Myron, ik bel je nog. Maak je over mij maar geen zorgen.'

Klik.

Snel googelde Myron de Shanty Lounge in Havre, Montana. Hij belde het nummer en hoorde de telefoon overgaan. Na drie keer nam er iemand op die vroeg: 'Met wie spreek ik?'

'Ik ben op zoek naar jullie barman, Stevie.'

'En ik vroeg met wie ik spreek.'

Myron gaf niet onmiddellijk antwoord.

'Wij zien je telefoonnummer op nummerweergave. Waarom worden wij gebeld door iemand met een nummer uit New Jersey?'

De stem was een zware, warme bariton.

Zoals die van Cal de Cowboy.

'Jij bent toch Cal? Mijn naam is Myron Bolitar. Ik was onlangs bij jullie in de zaak.'

'Je hebt ons verzekerd dat we veilig waren.'

Myron kneep wat harder in de telefoon.

'Hij heeft het je zelfs nog op de man af gevraagd,' vervolgde Cal.

'Is het werkelijk veilig als ik hier blijf? Cal en ik zoeken een andere plek als het niet veilig is.'

'Ik vertel niemand iets.'

Myron slikte. 'Wat is er gebeurd?'

'Je hebt ons verraden, dat is er gebeurd.'

'Cal, waar is Bo?'

'Ze hebben hem meegenomen, klootzak. Ze kwamen hier binnen met vuurwapens en toen hebben ze hem meegenomen.'

Toen Win arriveerde, gingen ze naar Myrons kamer. Myron deed de deur dicht.

'Turants mensen hebben Bo,' zei Myron.

'Ik heb uit voorzorg mensen bij het huis van je ouders neergezet,' zei Win. 'Maar nu ze Bo hebben, hoeven we ons om je ouders geen zorgen meer te maken.'

'Wat doen we voor Bo?'

'Niks. Dat is niet ons probleem.'

'Door ons zijn ze erachter gekomen waar hij was.'

'Dat maakt hem nog niet tot onze verantwoordelijkheid. Datzelfde geldt trouwens voor Greg. Als wij een taak hebben in dit alles – en ik ben er nog niet zo zeker van dat dat dat het geval is – is het om PT te helpen een seriemoordenaar te vinden en te arresteren.'

'Dus wij, wat, trekken onze handen er gewoon van af?'

'Wat Bo aangaat? Ja.'

'We brengen niet eens de autoriteiten op de hoogte?'

'Hij heeft familie. Hij heeft vrienden en mensen die van hem houden. Als zij denken dat hij in gevaar is, zullen zij de politie wel bellen. We moeten alles even heel goed op een rijtje zetten. Een uur geleden heeft PT ons verteld dat er wellicht een seriemoordenaar rondloopt.'

'Oké.'

'Hij heeft ons ook verteld dat die seriemoordenaar zijn sporen heeft gewist door iemand anders – een soort zondebok, zeg maar – de schuld in de schoenen te schuiven. Het enige verband dat ze tot nu toe hebben gevonden...' Hij wachtte.

'Is Greg Downing,' maakte Myron de zin voor hem af.

'Precies. Hij linkt de Callisters aan Jordan Kravat,' vervolgde Win. 'Ergo, als Kravat een slachtoffer is van dezelfde moordenaar als die van de Callisters, wie is dan de onschuldige die vastzit voor die moord?'

'Joey the Toe.'

'En wie was de getuige die heeft geholpen om Joey achter de tralies te krijgen?'

'Wil je beweren dat Bo Storm onder ede heeft gelogen?'

'Bo heeft tegen jou gelogen. Hij heeft gelogen dat Greg kanker had en dat Greg stervende was.'

'En het andere bewijs dat op de plaats van de moord op Jordan Kravat is gevonden,' zei Myron. 'Dat DNA. Dat past in de MO van een seriemoordenaar.'

'Al met al slaat de officiële uitleg van de moord eigenlijk nergens op. Het is Joseph Turant, die in feite aan het hoofd staat van een belangrijke misdaadfamilie, tientallen jaren gelukt om aan arrestatie te ontkomen door heel voorzichtig te zijn. Lijkt het dan logisch dat hij plotseling zo stom is om die stripper schuine streep sekswerker of zijn pooier – laten we het beestje maar gewoon bij de naam noemen; als de slachtoffers vrouwen waren geweest, hadden ze die etiketjes ook opgeplakt gekregen – te vermoorden en een getuige als Bo Storm en al die aanwijzingen achter te laten?'

'Dat lijkt me niet, nee,' zei Myron.

'En dan nog iets: Joey the Toe is keihard achter ons aan gekomen. Hij heeft vijf jaar lang hemel en aarde bewogen om Bo Storm te vinden. Als een getuige de waarheid over hem had verteld, zelfs al is Joey daardoor achter de tralies beland, denk je dan werkelijk dat hij al die moeite had gedaan alleen om wraak te nemen?'

'Misschien, maar daarvoor is het wel wat veel. Die moordenaars inhuren om mijn ouders te bedreigen. Zijn mannen naar Montana sturen. Het hele gebied uitkammen. Ik weet niet eens hoe de Turants Bo uiteindelijk hebben gevonden.'

'Ze hebben hem niet gevonden,' zei Win.

'Wat bedoel je?'

'Joeys mensen hebben Bo Storm niet gevonden. Ik heb ze verteld waar hij was.'

Myron keek hem alleen maar aan.

'Het was de enige manier,' zei Win.

'Je hebt hem opgeofferd?'

'Wij zijn niet kogelbestendig.'

'Dat weet ik.'

'We hebben Turants mannen vermoord.'

'Om mijn hachje te redden.'

'En jij denkt dat hij dat verschil begrijpt?' vroeg Win. 'Toen we in Vegas waren heb ik een afspraak gemaakt met Turant. Hij liet ons gaan in ruil voor informatie. En toen ik zag dat hij jouw vader had...'

'Was jij ook bij dat gesprek?'

Win knikte. 'Ze waren van plan hem te vermoorden. En je moeder ook. Daarna zouden ze achter ons aan zijn gekomen. Om kort te gaan: dat is Bo Storm niet waard. Dus ja, ik heb hem opgeofferd.'

'Daarom lieten ze mijn vader plotseling met rust,' zei Myron.

'Ja.'

'En vervolgens bleven ze net zo lang bij hem tot ze mensen naar de Shanty hadden gestuurd om te controleren of jij de waarheid had verteld.'

'Ja.' Win wreef met een hand over zijn gezicht, een gebaar dat Myron hem nooit eerder had zien maken. 'Ik heb iets stoms gedaan,' zei hij. Woorden waarvan Myron niet dacht dat hij Win ze ooit eerder had horen uitspreken. 'Ik had moeten beseffen dat ze mijn vliegtuig waarschijnlijk zouden tracken. Ik heb Turants wanhoop verkeerd ingeschat en dat begreep ik pas toen ik zag hoe dat pistool op je vader werd gericht.'

'En Bo opofferen was je enige optie?'

Win legde zijn handen op Myrons schouders. 'Wij zijn goed, Myron... maar niemand is zó goed. Ik had geen keus. Het is nu voorbij.'

'En Bo Storm?'

'In een oorlog vallen nu eenmaal slachtoffers.'

'Ik weet niet of ik me daar wel in kan vinden.'

'Het doet er niet toe of je dat kunt of niet. Je begrijpt wat er op het spel staat. Misschien helpt het je als je bedenkt dat Turant er geen baat bij heeft om Bo te vermoorden. Hij heeft Bo nodig om de waarheid te vertellen zonder dat het lijkt alsof iemand hem daartoe heeft gedwongen.'

'Nee, dat helpt niet.'

'Dat dacht ik al.'

'Maar jij voelt je hier dus wel goed bij?'

'Het gaat niet om mijn persoonlijke gemoedsrust. Ik heb de keus gemaakt en die keus was niet moeilijk.'

'Stel dat Bo de waarheid vertelde. Stel dat Bo die avond echt heeft gezien dat Joey the Toe Jordan Kravat vermoordde.'

Win glimlachte. 'Jij bent echt dol op morele dilemma's, hè?'

'Ik wil gewoon weten of je er dan helemaal geen moeite mee hebt. Ik wil weten of je 's nachts nog wel goed kunt slapen.'

'Ik heb er geen enkele moeite mee,' zei Win. Toen voegde hij eraan toe: 'En ik slaap 's nachts nooit goed.'

Myron schudde zijn hoofd. 'Jij bent echt een geval apart.'

'Ik geef niet om Bo Storm. Ik geef om jouw ouders. Zo werkt dat bij iedereen. Om het lot van onbekenden geven wij alleen in theoretische zin. We hebben er onze mond wel van vol, maar de praktijk is anders.'

'Jij hebt die beslissing genomen zodat ik het niet hoefde te doen.'

'Voor mij was het een gemakkelijke keus. Ik zou wel honderd Bo Storms opofferen om jouw ouders te redden. En ook al geef je het niet graag toe, dat zou jij ook doen.'

Het was een ongemakkelijke waarheid. 'Een gevaarlijke gedachte,' zei Myron.

'Dan wil je waarschijnlijk niet weten hoeveel levens ik zou opofferen om jou te redden,' zei Win. 'Of misschien ook wel.'

28

Een paar minuten later belde Jeremy. ‘Waar zit jij?’

‘Ik ben op kantoor,’ zei Myron. ‘En jij?’

‘Ik ben bij mam,’ zei zijn zoon. ‘Kun je hiernaartoe komen?’

‘Tuurlijk, wat is er aan de hand?’

‘Grace is hier.’

Myron probeerde zich een beeld te vormen: Gregs huidige zielsverwant in de flat van Gregs ex-vrouw Emily. ‘Is Grace bij je moeder thuis?’

‘Ze is er net. Ze is behoorlijk over haar toeren. Ze zegt dat ze jou dringend moet spreken.’

Dit ging ongetwijfeld over haar zoon Bo. ‘Ik kom eraan.’

Onderweg belde hij het mobiele nummer van zijn vader. Die nam niet op. Hij kwam even in de verleiding om zijn moeder te bellen, maar pap was er heel duidelijk over geweest dat hij dat niet wilde. Hij vond het geen fijn idee de waarheid voor haar te verzwijgen. Toen hij nog thuis woonde, had mam altijd de sterkste van de twee geleken, een vrouw om rekening mee te houden, degene die de strijd aanging en voor je opkwam en zich door niemand iets liet vertellen. Maar Myron begreep ook wat zijn vader bedoelde. Ze had een bepaalde kwetsbaarheid gekregen, die aan de ene kant het gevolg was van haar Parkinson en aan de andere kant van iets anders, iets vaags, iets wat te maken had met ouder worden en angst en misschien het onder ogen zien van haar eigen sterfelijkheid. Hoe dan ook, Myron was niet van plan tegen zijn vaders wensen in te gaan.

Toen hij aankwam bij de flat, deed Emily open. Myron wachtte op haar gebruikelijke kwinkslag, maar ze keek hem aan met een bezorgde blik op haar gezicht. 'Alles in orde?'

'Ja, alles prima, hoezo?'

Ze legde een hand op zijn arm. 'Vertel me wat er is gebeurd.'

Blijkbaar was zijn moeder niet de enige voor wie hij een open boek was. 'Daar is nu geen tijd voor, maar alles is oké.' Hij zag Jeremy achter haar staan en liep langs haar heen naar binnen. Zijn zoon stak hem zijn hand toe. Myron schudde hem de hand. Hij verzette zich tegen het verlangen hem dicht tegen zich aan te trekken en nam genoegen met een onhandige klap op zijn schouder.

Grace Konners hield haar smartphone tegen haar oor gedrukt. Ze keerde hun de rug toe en sprak heel zacht. Myron wierp Jeremy een vragende blik toe.

'Ze logeert onder een valse naam in een hotel een eindje verderop,' zei Jeremy.

'En jij had haar al eerder ontmoet?'

'Ja. Dat heb ik je verteld. Ze zijn me komen opzoeken toen ik in Koeweit zat.'

Myron keek naar Emily. Hij dacht eraan hoe bezorgd Emily was geweest, hoe ze Jeremy geen hoop had willen geven voordat ze met zekerheid wisten dat Greg nog leefde. Maar hij had het al geweten. Jeremy wist het al jaren. Emily keek Myron aan en haalde lichtjes haar schouders op.

Grace hing op, stond op en kwam naar Myron toe. 'Laten we even een eindje gaan lopen.'

'Doe geen moeite,' zei Emily, met haar hand al op de deurknop. 'Ik ga wel een eindje lopen. Blijven jullie maar hier.'

Ze wachtte niet op een reactie. Ze liep naar buiten en trok de deur achter zich dicht.

'Leugenachtige ellendeling,' zei Grace. 'Je hebt mijn zoon verraden.'

'Zo is het niet gegaan, maar over de schuldvraag kunnen we het later nog wel eens hebben. Eerst moeten we contact opnemen met Joe Turants mensen.'

'Ik werd net gebeld door Bo,' zei ze.

Daar keek Myron van op. 'Is alles in orde met hem?'

'Ze hebben hem niets gedaan, als je dat bedoelt.'

'Waar is hij?'

'Ze nemen hem mee terug naar Vegas.'

'Maar hij mocht jou wel bellen?'

Grace knikte. 'Ze wilden voorkomen dat ik de politie zou bellen.'

Daar zat wat in, dacht Myron.

'En ze wilden mij ervan verzekeren dat ze niet van plan waren Bo iets aan te doen.'

'Hoe klonk hij?'

'Wat denk je zelf?'

'Hoe kan ik helpen?' vroeg Myron.

Hier moest Grace bijna om grinniken. Ze keek Jeremy aan. 'Nu weet ik van wie jij het hebt.'

'Van wie ik wát heb?' vroeg Jeremy.

'Je heldencomplex. Het is genetisch bepaald. Je vader – en daarmee bedoel ik, dit is echt zo verwarrend als de pest, maar ik bedoel dus Greg – denkt alleen maar aan ons. Zo zijn de meeste mensen. Maar een handjevol, zoals jullie tweeën, willen zelfs helpen als ze er anderen mee schaden. Op het eerste gezicht lijken jullie dus beter dan de rest. Door jezelf op te offeren voor anderen en zo. Maar eigenlijk zijn jullie dat niet. Jullie willen de held spelen.' Ze wendde zich tot Myron. 'Je bent er dus achter gekomen dat Greg nog leeft?'

'Dat heeft de FBI me verteld.'

'En vervolgens ging je ervan uit dat Greg zijn eigen dood in scène had gezet?'

'Wat wil je nu eigenlijk zeggen?'

'Je realiseerde je dat Greg er bewust voor heeft gekozen jou en de rest van de wereld te laten denken dat hij dood was. En heb je die keuze gerespecteerd? Dacht je: o, Greg zal er zijn redenen voor hebben gehad, dus laat ik me er niet mee bemoeien? Nee. In plaats daarvan heb je zijn wereld op z'n kop gezet door te proberen hem te redden. En nu zit hij in de gevangenis en is mijn zoon in handen van een bende sadistische monsters – en allemaal omdat jij zo nodig moest "helpen", ongeacht de consequenties.'

Myron was het zat.

'Hé, Grace?' zei hij.

'Ja?'

'Er loopt iemand rond die mensen vermoordt. Op de een of andere manier hebben jij en Greg en Bo daar iets mee te maken. Dus als je nu probeert me een schuldgevoel aan te praten...'

'Dat probeer ik helemaal niet.'

'Zullen we in plaats daarvan dan maar eens gaan bedenken hoe we Bo weer veilig thuis kunnen krijgen?'

'Heb jij Turants mensen verteld waar Bo was?'

'Nee,' zei Myron. 'Dat kan ik je met de hand op mijn hart verzekeren.'

Het was geen leugen. Het was ook niet echt de volledige waarheid, maar het was geen leugen.

Jeremy deed ook een duit in het zakje. 'Misschien kunnen we helpen, Grace.'

Grace liep naar het raam en keek uit over Central Park. 'Je zei dat er iemand rondloopt die mensen vermoordt. Wat bedoelde je daarmee?'

'Je weet wat er met Jordan Kravat is gebeurd. En met Cecelia Callister en haar zoon Clay. Zij zijn niet de enigen.'

Grace draaide zich om van het raam. Jeremy keek Myron aan.

'Hoe bedoel je?' vroeg Jeremy.

Myron liep naar Grace. Hij wilde dat ze hem zou aankijken. 'Joey Turant heeft je zoon niet alleen ontvoerd om wraak te nemen omdat hij tegen hem heeft getuigd. Als dat zijn bedoeling was geweest, was je zoon al dood geweest. Hij wil dat Bo zijn verklaring aanpast.'

'En dan?'

'Wat is er werkelijk met Jordan Kravat gebeurd?' vroeg Myron. 'We moeten nu de waarheid weten. Wij zijn hier alleen, in deze kamer. Ik ben advocaat. Als je behoefte hebt aan die bescherming, kun je me inhuren. Jeremy kan de kamer verlaten...'

'Nee,' zei ze. 'Ik wil dat Jeremy hier blijft.'

'Wil je misschien wat water?' vroeg Jeremy.

'Nee, dank je, Jeremy.'

'Je kunt Myron vertrouwen,' zei Jeremy. 'Misschien had hij zich met zijn eigen zaken moeten bemoeien. Dat snap ik. Maar nu moet je ons vertellen wat er werkelijk is gebeurd.'

'Je vader,' zei ze. 'Hij wilde niet dat jij hierbij betrokken zou raken.'

'Dat weet ik,' zei Jeremy. 'Maar daar is het nu te laat voor. Je moet het ons vertellen.'

Grace ging zitten. Jeremy nam de stoel tegenover haar. Myron bleef staan en probeerde buiten haar blikveld te blijven. Het was wel duidelijk dat Grace Jeremy vertrouwde. Misschien werd ze openhartiger als Myron op de achtergrond bleef.

'Wat Greg en ik je in eerste instantie hebben verteld was helemaal waar,' begon ze. 'De club van Donna Kravat viel helemaal in handen van de maffia. Jordan speelde daar een grote rol in. Bo raakte erbij betrokken en slaagde er niet in een uitweg te vinden. Hun relatie leed eronder. Op een avond zei Jord dat hij een plan had om hen er allebei uit te krijgen. Hij zei dat hij nog steeds van Bo hield en dat ze, als deze laatste zet zou slagen, bevrijd zouden zijn van de maffia en weer gelukkig konden worden. Ik was hier destijds niet van op de hoogte. Als Bo mij alles had verteld, zou ik hebben gezegd dat hij die avond niet weg moest gaan. En ik denk dat Bo er zelf eigenlijk ook niet in geloofde. Hij had inmiddels al besloten met de politie samen te werken. Dat hebben we jou verteld. Bo zou informant worden. Dat was zijn uitweg.'

Nu keek Grace Myron aan. Myron knikte met een effen gezicht. Hij wilde dat ze door zou praten.

'Vergeet niet dat dit deels op giswerk van Bo berust. Zodra Bo die avond thuiskwam, voelde hij dat er iets niet in de haak was. Jord schonk voor hen allebei een bourbon in. Dat dronk Kravat altijd – Jord en Donna komen uit Louisville en zijn dol op bourbon. Ze dronken altijd Maker's Mark. Maar Bo... hij wist dat Jord op het werk wel eens mannen drogeerde om ze wat, eh, gewilliger te maken. Sommige klanten vonden dat geil. Jord maakte er vaak grapjes over, noemde het een Gay Cosby. Misselijk, hè?'

'Heel erg misselijk,' zei Jeremy. Hij leunde naar voren. Het voelde vreemd zijn zoon zo te zien, maar de jongen was natuurlijk wel een hoogopgeleide legerofficier. Myron bekeek het met ontzag en trots, maar ook met een pijnlijk gevoel van weemoed vanwege dat wat hij had gemist, en dat wat hij nooit terug zou krijgen of zou weten.

'Dus toen Jordan even niet keek,' vervolgde Grace, 'verwisselde Bo hun glazen. Zodat áls hij er iets in had gedaan...'

'Ik begrijp het.'

'En ja hoor, Jordan begon slaperig te worden. Hij zat in zichzelf te mompelen. Bo zei dat Jordan op een gegeven moment glimlachte, dat zijn hoofd naar achteren zakte en dat hij steeds lachend zei: "Bye, bye, teentje" en "Joey komt eraan".'

Ze leunde naar achteren in haar stoel en sloeg een hand voor haar gezicht. Ze knipperde tranen weg.

Jeremy's stem klonk zacht, zelfverzekerd, sussend. 'En wat gebeurde er toen, Grace?'

'Toen ging hij weg.'

'Toen verliet Bo het huis?'

Ze knikte. 'Toen Jordan eenmaal buiten westen was van het slaapmiddel, ging Bo weg.'

'Hoe laat was dat?' vroeg Jeremy.

'Dat weet ik niet. Rond middernacht misschien? Is dat belangrijk?'

'Nee. Ga verder.'

'Hij huurde al een tijdje een goedkope hotelkamer aan East Harmon Avenue.'

'Oké, en daar is hij toen naartoe gegaan?'

'Ja.'

'En daarna?'

'Hij keek wat tv. Hij probeerde te slapen. Op een gegeven moment belde hij mij en vertelde dat hij bang was. Ik stelde voor dat hij naar ons toe zou komen, maar hij zei dat het wel ging.'

'Waar waren jullie op dat moment?'

Het was Jeremy die alle vragen stelde. Myron hield zijn mond en probeerde onzichtbaar te zijn.

'Greg en ik logeerden in een suite in het Bellagio. Dat had ik je al verteld. Wij waren naar de stad gekomen in de hoop Bo nog voor ons vertrek naar het buitenland te kunnen helpen om van de maffia af te komen.'

'Juist, ja,' zei Jeremy. 'Natuurlijk. Ga verder.'

'Om vijf uur 's ochtends klopte de politie bij Bo aan. Ze vertelden hem dat Jordan Kravat was vermoord.'

'In de rechtszaal,' zei Jeremy, 'beweerde Bo dat hij Joe Turant het huis had zien verlaten.'

'Dat...' Ze zweeg en haalde diep adem. 'Dat was niet waar. Ze hebben hem gedwongen dat te zeggen.'

'Wie is ze?'

'De politie, de officier van justitie... ik weet het niet. Een van hen, of allemaal. Zodra de DNA-test binnen was die Joey Turant in verband bracht met de moord, werd de politie helemaal gek. Ze probeerden Joey al zo lang te pakken te krijgen en nu hadden ze bewijs. Maar het DNA was niet genoeg. Ze durfden kennelijk niet louter op de wetenschap te vertrouwen. Ze wilden honderd procent zekerheid. Dus gingen ze naar Bo. Ze wilden dat hij een verklaring zou afleggen dat hij Turant die avond het huis had zien verlaten. Toen Bo zei dat hij daar niets voor voelde, begonnen ze te dreigen. Ze zouden Turant vertellen dat hij meewerkte. Ze zouden Bo vervolgen voor de minder zware aanklachten die er al tegen hem lagen voordat dit alles begon.' Ze keek naar de beide mannen op. 'Zeg nou zelf: wat had mijn zoon anders kunnen doen?'

'Niets,' zei Jeremy. 'Je zoon had geen keus.'

'Hij wilde niet getuigen.'

'Dat begrijp ik.'

'En vergeet niet,' zei ze, 'dat Turant wel degelijk Jordan Kravat had vermoord. Daar was de politie heel duidelijk over. Het was niet zo dat hij meehielp een onschuldige man achter de tralies te krijgen. Ze hadden het bewijs. Er was niemand die aan zijn schuld twijfelde.'

Jeremy knikte. 'Oké, laten we het nu dan even hebben over een paar minuten geleden. Toen had je Bo aan de telefoon?'

'Ja.'

'En?'

'En hij is bij Joeys mensen. Ze willen dat hij de pers de waarheid vertelt. Dat hij de corruptie van de politie aantoont. En als hij dat doet, beloven ze hem ongemoeid te zullen laten. En ja, dat geloof ik. Als ze hem nu iets aandoen, kan de politie zeggen dat Joey the Toe hem heeft gedwongen zijn verhaal te veranderen.'

Myron wist niet of dit argument voortkwam uit hoop of uit rede. Het leek alsof ze zichzelf probeerde te overtuigen, wat volkomen logisch was. Net als het argument. Win had iets soortgelijks gezegd. Dat Bo zijn getuigenverklaring aanpaste had voor Joey Turant alleen maar zin als Bo gezond en wel was en niet onder druk leek te staan.

Er zoemde een telefoon. Jeremy pakte de zijne, keek op het display en fronste.

'Alles oké?' vroeg Myron.

'Jawel, maar ik moet dit gesprek even aannemen. Ik ben zo terug.'

Hij liep de andere kamer in, zodat Myron en Grace samen achterbleven.

Een ogenblik lang keken ze allebei een andere kant op. Myron voelde zich erg ongemakkelijk. Hij wist niet precies wat hij moest doen, dus bleef hij maar staan en zei niets.

'Hij is een goeie knul,' zei Grace. 'Jeremy, bedoel ik.'

Myron knikte.

'Toen ik hem had gebeld over zijn vader, heeft hij meteen het eerstvolgende vliegtuig genomen. Binnen drie uur was hij hier.'

Er volgde opnieuw een ongemakkelijk zwijgen.

Toen zei ze: 'Ik weet dat hij jouw biologische zoon is.'

Myron reageerde niet.

'Ik weet wat jij en Emily hebben gedaan,' zei Grace met iets in haar stem wat aan intense afkeer deed denken. 'Greg heeft het me een paar dagen geleden verteld.'

Myron zei niets.

'Hij was er kapot van. Greg heeft er heel lang over gedaan voordat hij weer iemand kon vertrouwen.'

Myron zweeg.

'Ik heb het over dat jij en Emily de nacht voor het huwelijk met elkaar naar bed zijn geweest.'

'Ja,' zei Myron, 'zoiets vermoedde ik al.'

'Ik zeg niet dat wat Greg daarna heeft gedaan niet verkeerd was...'

'Hé, Grace?' zei hij voor de tweede keer vandaag.

Ze zweeg.

'Ik ga met jou niet het hele verleden doornemen, oké?'

Myron liep bij haar vandaan en probeerde het nummer van zijn vader nog eens. Ditmaal werd de telefoon al bij de tweede keer overgaan opgenomen door zijn moeder.

'Je vader mankeert verder niets,' zei mam. 'Hij heeft alleen een gebroken neus.'

'Waar is hij?'

'Hij is nog bij de dokter. Maar alles is in orde. En die neus? Die zal wel een nieuwe bobbel hebben. Niet tegen hem zeggen hoor, maar ik vind het wel sexy.'

'Dat zal best,' zei Myron.

Het bleef even stil.

'Mam?'

'Wat is er gaande, Myron?'

'Hoe bedoel je?'

'Ik zeg tegen je dat ik het wel sexy vind en dan zeg jij meestal zoiets als: "Dit hoef ik niet te horen" of "Getver, mam, hou op".'

Allemachtig, pap had gelijk toen hij zei dat hij een open boek voor haar was.

'Hij heeft zijn neus gebroken,' zei Myron. 'Ik maak me zorgen om hem. Is hij gevallen? Heeft hij zijn hoofd gestoten? Let erop dat de dokter controleert of hij geen hersenschudding heeft. Hebben jullie daar iemand om jullie te helpen? Niet alleen neef Norman. Bel tante Tessie ook maar. En ik wil dat jullie een verpleegkundige inhuren.'

'Een wat?'

'Een verpleegkundige. Alleen voor de nacht.'

'Weet je wel wat dat kost?'

'Ik betaal.'

'Dank je wel, meneer de miljonair, maar ik wil geen vreemde in mijn huis.'

'Dat is dan toch geen vreemde...'

'O, moet ik ook nog gastvrouw gaan spelen?'

'Een verpleegkundige, mam, niet iemand die op visite komt.'

‘Het huis is trouwens een puinhoop. Je vader is zo’n sloddervos. Ik wil geen wildvreemde die in huis komt om…’

‘Oké, oké, dan niet. Ik bel tante Tessie wel en…’

‘Heb ik al gedaan. We hebben hulp genoeg. Te veel, eigenlijk. En als je het over de duvel hebt, Tessie komt net binnen. Ik bel je nog wel.’

29

Toen Grace weg was, zei Jeremy dat hij honger had, dus vroeg Myron op zo neutraal mogelijke toon of hij misschien zin had om een hapje te gaan eten. Jeremy antwoordde bevestigend en nu zaten ze aan een hoektafeltje bij Friedmans in 72nd Street, niet ver van het Dakota.

'Wat vond jij van wat Grace vertelde?' vroeg Jeremy.

'Ik weet het nog niet precies,' zei Myron. 'En jij?'

'Ik vond haar moeilijk te doorgronden. Ik ben getraind in het ondervragen van vijandelijke soldaten. Wanneer ze gevangen worden genomen, is er natuurlijk sprake van een hoog stressniveau. Ze zijn nerveus, bang, vaak jong. Daar houden we rekening mee. We oefenen niet vaak met het verhoren van een vrouw van middelbare leeftijd in een luxeappartement aan Fifth Avenue.'

'Maar?'

'Ik denk niet dat ze liegt, jij wel?'

Myron bewoog zijn hoofd heen en weer in een ja-nee gebaar. 'Er zat me iets niet lekker in haar verhaal.'

'Wat dan?'

'Dat detail over welk merk bourbon ze dronken.'

'Maakt dat het voor jou meer of juist minder waar?' vroeg Jeremy.

'Ik vind het zo'n eigenaardig detail. Maar dat gedeelte waar Bo de glazen verwisselde...'

'Zodat Jordan Kravat het drankje met het slaapmiddel kreeg?'

Myron knikte. 'Net als in een film. En dat hij toen "Bye, bye, teentje" mompelde.'

'Dus jij denkt dat ze liegt?'

'Of dat zij zelf is voorgelogen,' zei Myron.

Jeremy keek peinzend voor zich uit en toen hij dat deed, zag Myron iets van zichzelf in zijn gezichtsuitdrukking. Je ziet jezelf niet al te vaak, maar de man die hier voor hem zat had nog nooit méér als zijn eigen vlees en bloed gevoeld.

'Wat?' vroeg Myron.

'Als we geloven wat Bo tegen Grace heeft verteld, dan misbruikte Jordan Kravat hem en dwong hij hem tot criminele activiteiten.'

'Precies.'

'Tot Bo op een gegeven moment bereid was informant te worden om eronderuit te komen. Dat klopt toch?'

Myron probeerde zijn tranen te bedwingen. Dat gebeurde altijd wanneer hij emotioneel werd. Dan sprongen de tranen in zijn ogen. Hij zat hier een zaak te bespreken met zijn zoon. Hij zat met hem te praten zoals hij dat nog nooit eerder had gedaan en hij voelde zich van top tot teen overweldigd.

'Dat klopt,' wist hij uit te brengen.

'Dus misschien is het antwoord veel eenvoudiger,' zei Jeremy. 'Misschien heeft Bo Jordan Kravat vermoord. Misschien met voorbedachten rade, of misschien in een opwelling of zelfs uit zelfverdediging.'

Myron knikte. 'En vervolgens verzint Bo dat hele verhaal over het verwisselen van drankjes en dat hij daarna is weggegaan. Het zou ook verklaren waarom hij tegen Joey Turant heeft getuigd.'

'Eén probleempje,' zei Jeremy.

Myron trok een wenkbrauw op. 'Eentje maar?'

Jeremy glimlachte. 'Als Bo de moordenaar was, hoe is Joe Turants DNA dan op de plaats delict terechtgekomen?'

De ober kwam naar hun tafel om hun bestelling op te nemen. Ze kozen allebei voor de handgesneden pastramisandwich met een kom tomatensoep.

'Ik bedenk opeens nog iets,' zei Jeremy toen de ober weg was.

'En dat is?'

'Dat het lang geleden is dat we zo veel tijd met elkaar hebben doorgebracht.'

Zeg maar gerust nooit, wilde Myron eraan toevoegen, maar hij hield zijn mond. 'Dat denk ik ook, ja.'

'Myron?'

'Ja?'

'Niet emotioneel gaan doen waar ik bij ben.'

Myron wuifde een hand voor zijn gezicht. 'Wie, ik?'

Ze zaten even zwijgend tegenover elkaar. Jeremy verbrak de stilte.

'Ik wil graag weten,' begon Jeremy, 'wat jij hebt ontdekt over... vind je het oké als ik gewoon "mijn vader" zeg?'

Myron knikte. 'Natuurlijk.'

'Ik heb geen zin om daar moeilijk over te doen of zo.'

'Nee, ik snap het.'

'Maar ik noem hem nooit Greg of iets dergelijks.'

'Hij is je vader,' zei Myron, die opeens een droge mond had. 'Noem hem hoe je wilt.'

'Bedankt. Dat vind ik fijn.'

'Vanzelfsprekend,' zei Myron, die hoorde hoe hol zijn stem klonk. 'Voordat wij elkaar zagen, had ik een afspraak met een voormalig contactpersoon bij de FBI.'

Jeremy leunde naar voren, een en al oor.

'Om kort te gaan,' vervolgde Myron, 'de FBI denkt dat er een verband bestaat tussen de moord op Jordan Kravat en de Callister-moorden.'

Jeremy fronste. 'Maar hoe dan? Kravat is zo'n vijf jaar geleden in Vegas vermoord. De Callisters pakweg een maand geleden in New York. Zou de zoon de connectie kunnen zijn?'

'De zoon?'

'Cecelia Callisters zoon is vermoord,' zei Jeremy. 'Clay heette hij toch? Hoe oud was hij?'

'Een jaar of dertig, geloof ik.'

'Ik neem aan dat Jordan Kravat ongeveer even oud was.'

'Dat is niet de connectie,' zei Myron. 'Of eigenlijk weet ik het niet, maar misschien moet iemand zich daar eens over buigen.'

'Wat zou dan wel het verband zijn?'

'Het gaat niet alleen om die moorden.'

'Wat bedoel je?'

'Ze denken dat er sprake is van meerdere moorden.'

Myron praatte hem zo goed mogelijk bij. Hij probeerde niet te veel op details in te gaan, wat niet zo moeilijk was aangezien hij er zelf ook niet zo veel kende. Hij wist dat Esperanza zich uitgebreid met het hele idee van een seriemoordenaar zou gaan bezighouden. Ze moesten meer te weten komen over de andere slachtoffers, de andere zaken, maar Myron was zich ook bewust van de beperkingen. Bij de FBI waren ze ook niet gek. Hij beschouwde zichzelf niet als een betere detective dan de professionele wetshandhavers. Zij beschikten over de middelen en de contacten.

Toen Myron klaar was met zijn verhaal, zat Jeremy hem met grote ogen aan te kijken. 'Wow.'

'Ja.'

'Maar ik snap nog steeds niet waarom ze denken dat pa hierachter zit.'

'Ik weet ook niet of ze dat echt denken,' zei Myron. 'Maar op dit moment is hij hun enige link.'

'Terwijl ze hem toch maar met twee van de moorden in verband kunnen brengen?'

'Tot nu toe, ja.'

'We moeten dit verder uitzoeken.'

'Eens.'

De sandwiches en de soep werden geserveerd. Myron doopte de punt van zijn pastramisandwich in de tomatensoep alvorens de eerste hap te nemen. Wat had PT gemompeld in Le Bernardin? Iets over goden en ambrozijn.

'Logeer je bij Win in het Dakota?'

'Ja.'

'Waar is je vrouw?'

'Die was hier gisteravond. Ze is nu weg voor een opdracht.'

'Ze is heel goed op tv.'

'Ja, dank je.'

Jeremy had Terese nog niet ontmoet. Hij was niet bij het huwelijk geweest. Myron wilde zeggen dat hij hoopte dat ze elkaar zouden ontmoeten en elkaar beter zouden leren kennen, maar dat voelde niet goed.

Myron bleef even zitten kijken hoe Jeremy op zijn sandwich aanviel en zei toen: 'Mag ik je iets vragen?'

'Vraag maar raak,' zei Jeremy.

'Waar kwam je gisteravond vandaan?'

'Geheim,' zei hij.

'Kwam je uit het buitenland?'

Jeremy stopte halverwege een hap en keek Myron aan. 'Waarom vraag je dat?'

'Je moeder zei dat je uit het buitenland kwam.'

'En?'

'En Grace zei dat je binnen drie uur hier was.'

Er verscheen een flauw glimlachje op Jeremy's gezicht. 'Wat inhoudt dat ik niet in het buitenland kan zijn geweest,' zei hij hoofdschuddend. 'Eens een detective, altijd een detective, hè, Myron?'

'Ik wilde alleen... ik wilde alleen meer over je weten, denk ik. Ik wilde niet nieuwsgierig zijn.'

'Geeft niet. Ik heb het woord "buitenland" niet in mijn mond gehad tegen ma. Waarschijnlijk heeft ze haar eigen conclusies getrokken.'

'Oké.'

'Eerlijk gezegd ben ik momenteel in eigen land gestationeerd.'

'O. En je mag me niet vertellen waar.'

'En ik mag je niet vertellen waar,' echode Jeremy. 'En ik ben zojuist weer teruggeroepen. Ik ga morgen weer voor twee dagen weg. Maar ik kom terug, oké?'

'Oké.'

Jeremy legde zijn sandwich neer. 'Grappig eigenlijk.'

'Wat?'

'Toen ik klein was, had ik niet veel met sport.'

'Vanwege je ziekte,' zei Myron.

'Vooral daardoor, ja. De verwachting was dat ik zou sterven aan de gevolgen van de anemie van Fanconi. Dat weten wij allebei. Jij hebt mijn leven gered, Myron.'

Myron staarde omlaag naar zijn bord.

'Heb ik je daar eigenlijk wel eens voor bedankt?'

'Ja hoor,' wist Myron met gebogen hoofd uit te brengen. 'Volgens mij wel.'

'Hoe dan ook, toen ik eenmaal gezond was en in staat was me echt in te spannen, besefte ik dat ik, ik weet niet, iets van jouw sportieve genen moest hebben geërfd. En natuurlijk ook die van pa. Ik bedoel, hij is niet mijn biologische vader, maar ik ben wel opgevoed door een professionele basketballer. Dus wat aanleg voor sport betreft, heb ik jou aan de biologische kant en hem aan de opvoedkant. Snap je wat ik bedoel?'

'Ik snap het,' zei Myron, die zich afvroeg waar hij naartoe wilde.

'Daarom was ik dus een laatbloeier. Op mijn zeventiende realiseerde ik me dat ik het in me had om een topsporter te zijn, maar aangezien ik als kind nooit aan sport had gedaan, was mijn achterstand voor het ontwikkelen van die kwaliteiten te groot geworden om nog in te kunnen halen. Ik had dus die – zullen we het fysieke talenten noemen? – die ik nergens in kwijt kon. Ik denk dat ik er zo toe ben gekomen om die talenten in te zetten voor wat ik nu doe.'

'In het leger?'

'Ja.'

Myron knikte. 'Dat klinkt alsof je jouw "fysieke talenten" heel wat zinvoller gebruikt dan ik of… of je vader.'

Jeremy glimlachte. 'Je vader,' herhaalde hij. 'Die moest van heel ver komen, Myron.'

Myron haalde eveneens glimlachend zijn schouders op. 'Ik doe m'n best.'

'Dat stel ik op prijs.'

'Dus ik doe mijn best,' begon Myron.

Jeremy keek op.

'Maar we hebben het er nooit over gehad hoe het voor jou was,' zei Myron, 'om erachter te komen wie ik was.'

'Daar hebben we het wel over gehad.'

'Je bent niet mijn pa. Ik bedoel, je bent misschien wel mijn vader, maar je bent niet mijn pa.'

'Oké, die ene keer. Toen je het net wist. Maar toen was je dertien.'

'Daar is het nu een beetje laat voor.'

'Vind je?'

'Ik heb alles gezegd wat ik erover wil zeggen. Luister, Myron, je hebt niets verkeerds gedaan. Nou ja, wacht even, je hebt natuurlijk wél iets verkeerds gedaan, samen met ma, maar zoals zij me tot vervelens toe heeft verteld, uit die fout ben ik voortgekomen. Het is zo lang geleden. Kunnen we dat niet gewoon achter ons laten?'

'Ja, natuurlijk.' Toen besefte Myron dat hij niet terug kon. Nog niet. 'Maar ik wil je om een gunst vragen.'

Iets in Myrons stem deed Jeremy opkijken. Hij legde zijn sandwich neer. 'Oké.'

'Het is niet echt een gunst. Ik weet eigenlijk niet wat het is.'

'Je maakt me een beetje bang, Myron.'

'Het is niet eng. Het is het tegenovergestelde van eng.'

'Myron.'

'Jij wilde uit respect voor Greg niet wereldkundig maken dat ik je biologische vader ben. Dat begrijp ik en dat heb ik altijd gerespecteerd.'

'En nu?'

'Nu beginnen je grootouders – je biologische grootouders – op leeftijd te raken. Je grootmoeder is niet gezond. En vandaag is je grootvader...' Myron zweeg.

'Wat is er met mijn grootvader?'

Daar waren die ellendige tranen weer. Hij knipperde ze weg.

'Myron?'

'Ik wil het ze vertellen, Jeremy. Ik wil ze van jou vertellen. En ik wil ze aan je voorstellen.'

Het bleef even stil. Toen zei Jeremy: 'Je kiest wel een rotmoment uit om dit te vragen.'

'Ik weet het.'

'Nu mijn vader in de gevangenis zit.'

'Ik weet het. Ik was niet van plan het te vragen.'

Jeremy wendde zijn blik af. Myron liet hem. Nadat hij even had nagedacht, zei Jeremy: 'Kunnen we het hierover hebben wanneer ik terug ben?'

'Ja. Natuurlijk. Het heeft geen haast.'

30

Esperanza las vanaf de tablet op haar schoot.

'Dus de enige namen die PT daadwerkelijk noemde waren die van Tracy Keating en Robert Lestrano?'

Ze zaten in Wins zitkamer, alle drie genesteld in de bordeauxrode leren leunstoelen.

Esperanza keek op naar Myron en zuchtte. 'Wat?'

'Wanneer hebben we hier voor het laatst met z'n drieën zo gezeten?'

'Vorige maand,' zei Esperanza. 'Met Ema's verjaardag. Je neef was hier.'

'Ik bedoel niet voor een feestje. Ik bedoel, alleen wij drieën.' Myron gebaarde met zijn armen. 'Zoals nu.'

Esperanza schudde haar hoofd. 'Wat ben je toch een watje.' Ze wendde zich tot Win en hield haar cognacglas omhoog. 'Goed spul, zeg.'

'Remy Louis XIII Black Pearl Grande Champagne Cognac,' zei Win.

'Ik geloof het onmiddellijk.'

Win fronste. 'Myron?'

'Uh-hmm.'

'Het is tactloos om prijzen op te zoeken op je telefoon.'

Myron stopte met typen. 'Kost die fles meer dan een auto?'

Win dacht even na. 'Niet meer dan míjn auto.'

Touché.

'Kunnen we het nu weer even hierover hebben?' vroeg Esperanza. 'Vanavond komt Hector.'

'Waar is hij?'

'Bij zijn vader in Florida.'

Esperanza deelde de zorg voor haar zoon fiftyfifty met de vader van het kind.

'Hoe oud is Hector nu?' vroeg Win. 'Negen, tien?'

'Hij is vijftien, Win.'

Win zweeg een ogenblik. 'Niets maakt je sneller oud dan het kind van een ander.'

'Diep,' zei Esperanza met een tikkeltje sarcasme. Ze bedienden zich alle drie graag van een vleugje sarcasme, maar niemand wist de volledige potpourri van sarcastische kruiden en specerijen zo goed op te dienen als Esperanza. Zij was een natuurtalent op het gebied van sarcasme. 'Over zonen gesproken, hoe is het met Jeremy?'

'Het is wat het is,' zei Myron. 'Ik heb hem verteld dat ik hem aan mijn ouders wil voorstellen.'

'Goed zo,' zei Esperanza. 'Die hoort hij in zijn leven te hebben.'

'En hij is niet meer overzee gestationeerd.'

Win trok een wenkbrauw op. 'Sinds wanneer?'

'Dat weet ik niet.'

'Waar dan?'

'Dat is geheim.'

Dat vond Win maar niks. 'Maar ergens in de Verenigde Staten dus?'

'Dat is wat hij zei.'

'Kunnen we nu weer verder?' vroeg Esperanza. 'Zoals ik al zei, ik moet naar huis.'

'Natuurlijk.' Win zette het cognacglas neer en stond op. 'Heb je het grote scherm nodig?'

'Dat zou wel handig zijn.'

Win liep naar wat eruitzag als een bronzen buste van Shakespeare op de marmeren schoorsteenmantel, maar wat in werkelijkheid een decorstuk was dat was gebruikt in de Batman-serie uit de jaren zestig. Bruce Wayne (Batman) of Dick Grayson (Robin) duwden dan de kop van de Shakespeare-buste naar achteren, zodat er een geheime schakelaar tevoorschijn kwam. Wanneer ze die omzetten, gleed de boekenkast achter de gemaskerde helden open en onthulde twee palen (op de ene stond DICK en op de andere BRUCE, alsof ze anders zouden vergeten welke paal van wie was) en vervolgens riep Bruce Wayne, gespeeld door de briljante Adam West: 'Naar de Bat-palen!'

Net als de gemaskerde held dat ooit had gedaan, duwde Win de Shakespeare-kop naar achteren, zette de schakelaar om en voilà, daar gleed de boekenkast al open. In plaats van Bat-palen kwam er een grote flatscreen-tv tevoorschijn die daar aan de muur hing. Er gleden automatisch verduisteringsgordijnen voor de ramen, die Wins salon in een mancave-achtige bioscoopzaal veranderden – maar dan wel eentje waar Remy Louis XIII Black Pearl Grande Champagne Cognac werd geschonken.

Myron keek naar Win. Win trok glimlachend een wenkbrauw op. De man was dol op dit soort snufjes.

Esperanza verbond haar tablet snel met de tv, zodat iedereen de bestanden op het grote scherm kon zien.

'Oké, dit is een samenvatting van wat PT jullie heeft verteld,' begon ze. 'We weten al van Jordan Kravat in Las Vegas. En we hebben de Callisters in New York. Daar komt nog bij' – ze klikte op de iPad en er verscheen een nieuw beeld – 'wat PT jullie over Tracy Keating heeft verteld. Deze komt van haar LinkedIn-pagina.'

Er verscheen een foto van een vrouw met blonde krullen, een zonnebril en het soort glimlach waarbij haar hele gezicht meelachte, waardoor je het gevoel kreeg dat je terug wilde lachen.

'Tracy Keating werd vermoedelijk vermoord in Marshfield, Massachusetts, door een stalkende ex van haar, ene Robert Lestrano. Ze was bezig een straatverbod tegen hem aan te vragen. PT heeft jullie hier al het een en ander over verteld, maar ik heb behoorlijk uitgebreide dossiers weten samen te stellen over deze drie zaken – Kravat, Callister en Keating. Win, het zal je genoegen doen te horen dat de zoon van je vriend Taft Buckingham erg behulpzaam is geweest bij het verzamelen van deze informatie.'

'Ik ben dolblij,' zei Win. 'Wat zeg ik? Wildenthousiast.'

'Super. Vervolgens zijn we wat verder gaan graven om de andere zaken boven water te krijgen. PT had het over een internettrol die werd vermoord door een broer. Ik denk dat we die zaak gevonden hebben.' Esperanza tikte op de iPad en op het scherm verscheen het gezicht van een man. 'De naam van het slachtoffer was Walter Stone. Zevenenvijftig jaar oud, twee volwassen kinderen, getrouwd. Bracht zijn dagen grotendeels door met online provoceren en stalken, en had het met name voorzien op ene Amy Howell. Zij woont in Oregon.'

Myron nam het dossier door. 'Jezus, die vent was behoorlijk gestoord.'

'Je hebt geen idee wat we tegenkomen binnen de firma,' zei Esperanza. 'Mensen raken in een neerwaartse spiraal. Zo zouden ze zich in het echte leven nooit gedragen. Maar online? Ik wil er nu niet te diep op ingaan, maar op social media gaat het om aandacht. Zo is het gewoon. Punt uit. En de beste manier om die te krijgen? Mensen tegen elkaar opzetten. Maak ze kwaad. Verander ze in extremisten.'

'Net als kabelnieuws,' zei Myron.

'Precies. Angst en verdeeldheid zorgen voor interactie. Overeenstemming en gematigdheid niet. Hoe dan ook, dit zijn de bewijzen tegen Howells broer Edward Pascoe.'

Myron las het lijstje. 'Auto gezien, beveiligingsbeelden van de auto bij een waterreservoir, waar ook het moordwapen is gevonden… dat is nogal wat.'

'Ja. De politie beschouwt het als een uitgemaakte zaak. Er zijn echter twee dingen die in Pascoes voordeel pleiten. Ten eerste was zijn vrouw die avond thuis. Zij heeft verklaard dat haar man de woning niet heeft verlaten, maar ze gaf ook toe dat zij boven in de slaapkamer was, terwijl hij beneden televisie zat te kijken. De openbaar aanklager stelde dat – één – zij de echtgenote is en mogelijk liegt om haar man te beschermen en – twee – dat hij zonder haar medeweten het huis kan hebben verlaten. De vrouw verklaarde dat het tweede onmogelijk was, dat ze een alarm hebben dat elke keer wanneer de deur opengaat een geluid maakt, maar de aanklager zal daar natuurlijk tegen inbrengen dat de man het alarm gemakkelijk kan hebben uitgeschakeld. Ik heb hier alle details van de zaak, maar laten we eerst even verdergaan.'

Ze tikte weer op de iPad.

'PT heeft jullie ook verteld over een vader-zoonmoord in Austin, Texas. Wat ik interessant vind, is dat het voor mij helemaal niet moeilijk was om aan de hand van wat hij jullie heeft verteld uit te zoeken om welke zaken het ging. Wij denken dat moorden heel vaak voorkomen, maar dit soort moorden is best zeldzaam. Ik hoefde alleen maar in te voeren "vader zoon technisch directeur vermoord in Austin" en ik had meteen de juiste zaak te pakken.'

Het scherm liep vol met foto's van de plaats delict en krantenartikelen.

'Voor zover we kunnen vaststellen was de vermoorde vader een rijke vent en zijn zoon een nietsnut. Een paar maanden voor de moord heeft de vader – Philip Barry – de zoon, Dan, verstoten. In reactie op wat de zoon beschouwde als een groot verraad, aldus de theorie van de politie, vermoordde Dan Barry zijn vader met een mes. De politie kreeg een anoniem telefoontje, naar verluidt van een buurman, over een man die gilde in doodsnood. Ze gingen naar het huis. De voordeur stond open. Ze vonden de dode vader in de keuken, met een doorgesneden keel. De zoon troffen ze boven aan, waar hij lag te slapen. Onder zijn bed lag een bebloed mes. Er zaten ook bloedsporen op de kleren en lakens, op de trap en op de route van de keuken naar de kamer van de zoon. DNA toonde later aan dat al het bloed afkomstig was van het slachtoffer. Op het mes werd maar één stel vingerafdrukken gevonden – jullie raden het al, van de zoon.'

'De domste moordenaar in de geschiedenis,' zei Win.

'Hij had flink wat verdovende middelen gebruikt. De theorie van de politie was het oude liedje – hij had aan de coke gezeten, herinnerde zich hoe hij was onterfd en vermoordde zijn pa, waarschijnlijk zonder zelfs maar te beseffen wat hij deed.'

'Maar toch,' zei Myron. 'Een makkelijke veroordeling.'

'Ik moet er wel bij zeggen dat de advocaat van de zoon een alternatieve theorie had – iemand had ingebroken terwijl de zoon boven lag te slapen, vermoordde de vader, legde het mes onder het bed van de zoon en belde vervolgens anoniem de politie. Hij wees erop dat geen van de buren vertelde de politie te hebben gebeld en dat niemand gegil had gehoord. De politie heeft niet kunnen traceren waar het gesprek vandaan kwam.'

'Dus misschien heeft de moordenaar zelf gebeld,' zei Myron.

'Ja.'

'Maar daar geloofde de rechter niet in?' vroeg Win.

'Niet genoeg. Dan Barry was niet bepaald een innemende getuige. Hij had een strafblad, onder andere voor dood door schuld als gevolg van rijden onder invloed.'

'Heeft de politie daar ook naar gekeken?' vroeg Myron.

'Hoe bedoel je?'

'Nou ja, dat de familie van degene die hij heeft doodgereden misschien op wraak uit was?'

'Dat weet ik niet, maar het brengt ons wel bij een belangrijk punt.'

'Wat bedoel je?'

'Het motief. In al deze zaken had degene die voor het misdrijf is veroordeeld een motief, dus toen ze beweerden dat ze er op een bizarre manier waren in geluisd...'

'Was dat heel gemakkelijk te weerleggen,' zei Myron.

'Precies. Denk je eens in, zoals in deze zaak, hoeveel tijd en voorbereiding het zou kosten om in te breken in Barry's woning, de zoon te drogeren en alles wat er verder bij kwam kijken – wie zou in vredesnaam geloven dat iemand al die moeite zou doen? Wat zou het motief van de moordenaar dan kunnen zijn?'

'Tenzij,' zei Win, 'er geen motief was.'

'Zoals in het geval van een seriemoordenaar,' voegde Myron eraan toe. 'Het lijkt allemaal akelig plausibel. Heb je verder nog iets?'

'Niet veel. PT had het over een sojaboer die is vermoord door twee arbeidsmigranten die voor hem werkten. Hierover is niet veel in de media gekomen. Ik denk dat ze geen problemen wilden veroorzaken voor andere immigranten in die omgeving. Ik ben er nog mee bezig, maar ik weet in elk geval wel dat bloed van het slachtoffer is aangetroffen in de slaapbarak van de arbeiders.'

Myron en Win namen even de tijd om de informatie op het scherm te bestuderen.

'Het bewijsmateriaal,' zei Win. 'Overkill, veel te veel van het goede.'

'Klopt,' zei Esperanza.

'Moordenaars zijn natuurlijk vaker nonchalant,' vervolgde Win. 'En indien we deze zaken afzonderlijk van elkaar bekijken, ja, dan zijn de veroordelingen inderdaad terecht. Maar plaatsen we ze naast elkaar, dan kunnen we ons slechts verwonderen over de algehele stompzinnigheid. Wie in onze moderne wereld is er niet van op de hoogte dat de locatie van je telefoon traceerbaar is? Wie heeft nog nooit gehoord van beveiligingscamera's of E-ZPass of van DNA?'

'En dan het wapen dat in Robert Lestrano's schuur is gevonden,' zei Myron, terwijl hij opstond en naar de afbeelding op het scherm wees. 'Volgens het politierapport geeft hij zonder meer toe dat hij een wapen bezat. Hij zegt tegen de politie dat hij het in een afgesloten lade naast zijn bed bewaarde. Ze zien hem zelfs de lade openmaken om het te pakken en de agenten geven zelf toe dat hij oprecht leek te schrikken toen het er niet leek te liggen. Hoe dom moet je zijn om je eigen wapen te gebruiken, te zeggen dat het naast je bed ligt terwijl het in de schuur in je eigen tuin verstopt ligt?'

'Overkill,' zei Win nogmaals.

'Alleen zetten aanklagers daar nooit vraagtekens bij,' zei Esperanza.

'Omdat,' zei Myron, 'het inspeelt op het verhaal dat ze er voor zichzelf al van hebben gevormd.'

Win knikte. 'En eerlijk is eerlijk, als je een van deze zaken helemaal afzonderlijk zou bekijken, zou er geen enkele reden zijn om aan iemands schuld te twijfelen.'

Myron liep naar het scherm aan de muur. 'Er is nog iets wat me niet lekker zit.'

Win en Esperanza wachtten.

Myron liet zijn blik van de ene zaak naar de andere glijden. Toen vroeg hij: 'Hoe heeft de FBI deze zaken met elkaar in verband gebracht?'

Niemand zei iets.

'Ik bedoel, denk er eens over na. Deze zaken hebben niets met elkaar gemeen. Geen losse haren. Geen locaties. Geen bepaald type slachtoffer. Daar is de moordenaar heel zorgvuldig in geweest. Ingenieus zelfs. Dus wat heeft ze ertoe gebracht ze met elkaar in verband te brengen?'

'Greg Downing?' vroeg Esperanza. 'Om hem gaat het toch? Hij is de link.'

'Ja, maar slechts in twee gevallen en daar zit zo'n vijf jaar tussen. Hoe kom je dan op het idee dat het om een seriemoordenaar zou gaan? Chronologisch gezien was Kravat de eerste moord. Greg wordt met die moord in verband gebracht omdat de zoon van zijn vriendin een relatie had met het slachtoffer.'

'Vrij wankele link,' zei Win.

'En in de chronologische volgorde is de derde of vierde moord die op Cecelia Callister. Oké, daar hebben we wel een stevige link met dat DNA en zo. Maar hoe heeft de FBI die twee moorden in verband gebracht met Keating of Barry of Stone of... Ho, wacht eens even.'

Myron stopte, keek op, verroerde zich niet.

Win leunde naar Esperanza en zei zacht: 'Ik geloof dat onze jongen iets heeft bedacht. Ik zou willen dat hij "eureka" riep, dan wisten we het zeker.'

'Grappig.' Opeens haalde Myron zijn telefoon uit zijn zak en drukte op de vierde sneltoets. Terese nam meteen op.

'Hé,' zei ze.

'Je staat op luidspreker,' zei Myron. 'Ik zit hier met Win en Esperanza.'

Iedereen begroette elkaar snel even.

'Wat is er aan de hand?' vroeg Terese.

'Die moord op Ronald Prine.'

'Wat is daarmee?'

'Hij is, wat, twee dagen geleden vermoord?'

'Klopt.'

'En jij zei dat ze al iemand hebben gearresteerd?'

'Een vrouw, ene Jacqueline Newton,' antwoordde Terese. Toen zei ze: 'O, ik snap al waar je naartoe wilt. Ik begon me dat zelf eigenlijk ook al af te vragen.'

'Vertel.'

'Newton houdt vol dat ze er niets mee te maken heeft, maar het moordwapen is het jachtgeweer van haar vader.'

'Waar hebben ze dat geweer gevonden?'

'In haar kast. Precies waar ze zei dat het was. Newton beweerde dat er in geen jaren mee was geschoten, maar een snelle test in het lab toonde aan dat het onlangs nog was gebruikt.'

'Geen DNA dat haar in verband brengt met de moord?'

'Nog niet, maar dat kan nog komen. Prine is pas achtenveertig uur geleden vermoord.'

'Waar is Newton nu?' vroeg Myron.

'Die brengt een nacht in de cel door. Morgen is de hoorzitting voor een eventuele borgtocht.'

'Ken je haar advocaat?'

'Heel goed. Dat is Kelly Gallagher. Een fantastische strafpleiter. Hij zal zijn best voor haar doen.'

'Denk je dat je me binnen kunt krijgen om haar te spreken?'

'Jacqueline Newton, bedoel je?'

'Ja.'

Terese dacht even na. 'Ik bel Kelly wel even.'

'Ik hou van je, dat weet je,' zei Myron.

'Ik ook,' voegde Win eraan toe.

'Ik vind je gewoon heel erg knap,' riep Esperanza.

'Ik doe het ervoor,' zei Terese door de luidspreker. 'De eerstvolgende keer dat we bij elkaar zijn wil ik een groepsknuffel. Myron?'

'Ja.'

'Ik logeer in het Rittenhouse Hotel, kamer 817. Ik heb net mijn verkeersapp gecheckt. Je kunt binnen één uur en achtenveertig minuten hier zijn.'

'Start de tijd,' zei Myron.

Myron deed de rit in negentig minuten.

Terese had bij de balie een sleutel voor hem achtergelaten. Hij nam de lift naar de zevende verdieping. Toen hij de deur opendeed, stond Terese met een handdoek haar donkerblonde haar te drogen. Toen ze naar hem lachte, voelde Myron dat tot in zijn tenen en vergat hij onmiddellijk alles over dode lichamen en seriemoordenaars. In elk geval voor even. Ze droeg de badjas van het hotel. Myron dacht aan de eerste keer dat hij Terese in een badjas had gezien, toen ze elkaar hadden ontmoet in Hôtel d'Aubusson aan Rue Dauphine in Parijs.

'Hé, hallo,' zei Myron.

'Heerlijk, die vlotte openingszinnen van jou.'

'Het zit 'm in dat "hé" voor het "hallo".'

Vergeet de jarretels, de kanten beha's, de strings, de babydolls, de topjes, de bodysuits en meer van die dingen. Niets is sexyer dan de vrouw van wie je houdt die in een badstoffen hotelbadjas haar haar staat te drogen.

'Wil je iets zien waar je echt opgewonden van wordt?' vroeg ze.

Myron slaagde erin te knikken.

Ze deed een stap opzij. Op het bed lag een overvolle ordner.

'Zijn dat foto's van jou in een badstoffen badjas?'

'Bijna goed,' zei Terese. 'Het is een kopie van het moorddossier over Ronald Prine.'

'Ik wil het nu.'

'God, jij bent ook met een natte vinger te lijmen. Zullen we?'

Ze gingen op het bed zitten. Terese bladerde door het dossier en vertelde het verhaal. Myron luisterde aandachtig en verzette zich tegen de verleiding om de ceintuur van haar badjas los te maken. Toen ze waren aanbeland bij de e-mails die Jackie Newton naar Ronald Prine had gestuurd, begon Myron een patroon te zien. In het begin, toen de Prine Organization de betaling almaar uitstelde, waren Jackie Newtons e-mails professioneel maar resoluut. Allengs begon er op een volstrekt natuurlijke manier steeds meer frustratie en boosheid in door te klinken. Jackie Newton had voornamelijk contact met een onderdirecteur, Fran Shovlin, met een cc naar Ronald Prine.

De Newtons hadden het werk gedaan. Zij leverde de bewijzen

daarvan in de vorm van foto's en video's, facturen en salarisstrookjes. De Prines trokken zich nergens iets van aan.

'Hoe is het mogelijk dat bedrijven met dit soort dingen wegkomen?' vroeg Myron.

'Je bent zo schattig wanneer je naïef bent.'

'Ben ik dat?'

'Niet echt, nee,' zei Terese. 'Waren de Newtons maar naar mij gekomen. In mijn hoedanigheid van journalist, bedoel ik.'

'Wie is er nu naïef?'

Terese dacht even na en knikte toen. 'Je hebt gelijk.'

Toch voelde de verhaallijn van al die e-mails, die van geërgerd naar kwaad en uiteindelijk naar wanhopig gingen, heel natuurlijk. Ten slotte had Ronald Prine een week geleden, na maanden geen contact te hebben gehad, een e-mail ontvangen die volgens de politie verzonden was vanaf Jackie Newtons privécomputer. De tekst luidde heel eenvoudig:

Wij zijn niet vergeten wat je ons hebt aangedaan.

En toen, twee dagen voor de moord, een laatste e-mailbericht:

Je denkt dat je onze levens kunt verwoesten zonder daar een prijs voor te hoeven betalen. Bereid je voor.

'Overkill,' zei Myron.

'Pardon?'

Hij legde uit wat Win had gezegd. 'Heeft Jackie Newton een verklaring afgelegd?'

'Alleen dat ze pertinent onschuldig is.'

'En haar vader?'

'Hij heeft geprobeerd de schuld op zich te nemen, maar hij is fysiek niet meer in staat de moord te hebben gepleegd.'

‘Dat belooft niet veel goeds voor haar,’ zei Myron. ‘Dat de vader denkt dat hij de schuld op zich moet nemen. Daardoor lijkt ze juist schuldig.’

‘Precies. Gallagher heeft hem zijn verklaring weer laten intrekken.’

‘Dat is haar advocaat, nietwaar? Over haar advocaat gesproken, kan ik Jackie Newton morgen spreken?’

‘Als je je aanmeldt als lid van haar juridische team, heeft Gallagher gezegd, dan mag je Jackie spreken. Morgenochtend.’ Terese keek op haar horloge. ‘Het is al laat. Waarom neem je niet even een douche, dan kunnen we naar bed.’

‘Wat heb jij toch altijd goede ideeën.’

‘Er hangt nog zo’n badjas in de badkamer. Als je wilt kun je die aantrekken.’

‘En als ik dat niet wil?’

‘Dan niet. Ga nou maar.’

Dat hoefde ze Myron geen tweede keer te vertellen.

Een uur later, toen ze moe maar voldaan in het donker lagen, trok Myron Terese dicht tegen zich aan voor die perfecte lepeltje-lepeltjehouding om in slaap te vallen.

Terese fluisterde: ‘Waar denk je aan?’

‘Dat je lekker ruikt.’

Ze glimlachte. ‘En verder?’

Hij dacht even na. ‘Vind je dat niet genoeg voor vanavond?’

‘Trek me nog eens wat dichter tegen je aan.’

Zijn arm lag losjes om haar middel. Hij trok haar naar zich toe, sloot zijn ogen en voelde de warmte van haar huid.

‘Nog dichter,’ fluisterde ze.

‘Nog dichter en ik lig niet meer achter je, maar vóór je.’

‘Nu snap je wat ik bedoel.’

31

'Deze moet je tekenen.'

Kelly Gallagher, de pro-Deoadvocaat die aan Jackie Newton was toegewezen, liet de balpen klikken en gaf hem aan Myron. Gallagher was jonger dan Myron had verwacht, waarschijnlijk niet veel ouder dan dertig, en hij droeg een donkergrijs pak dat leek te rafelen waar hij bij stond. Hij droeg zijn stropdas zo los dat het ding tevens dienst kon doen als riem. Hij droeg een overhemd dat mogelijk een modieuze crèmetint had, maar het leek waarschijnlijker dat het ooit wit was geweest en een ongelukje had gehad in de was.

'Waar zet ik mijn handtekening onder?' vroeg Myron.

'Zoals ik Terese al heb verteld,' zei Gallagher, 'als je naar binnen wilt en Jackie wilt spreken, moet je deel uitmaken van het verdedigingsteam. Ik weet dat je beëdigd bent in New York, maar in Pennsylvania zijn je papieren ook geldig. Dus als je hier even wilt tekenen. En hier.'

Terwijl Myron de pen aanpakte liet hij zijn blik vluchtig over de tekst gaan.

'Dus jij bent met Terese Collins getrouwd,' zei Gallagher.

'Yep.'

'Als mijn cliënte niet in zo'n hachelijke situatie verkeerde, zou ik om die reden nu een hekel aan je hebben.'

Myron verborg zijn glimlach. 'Dat kan ik me voorstellen.' Hij tekende de papieren en gaf ze terug aan Gallagher.

'Wat hoop je hier eigenlijk te bereiken, Myron?' vroeg Gallagher.

'Hoe denk jij erover?'

'Over...?'

'Terese zegt dat je een geweldige strafpleiter bent.'

Hij schudde zijn hoofd. 'Alsof ze al niet de volmaakte vrouw was.'

'Ze zei ook dat je een cynicus bent.'

'Vindt ze dat aantrekkelijk? Als dat zo is, ja.'

'Welk percentage van je cliënten hebben volgens jou de misdrijven waarvan ze worden beschuldigd werkelijk gepleegd?'

'Drieënzeventig procent.'

'Dat is behoorlijk precies.'

'Als ik drie van de vier zeg, zou je denken dat ik het verzin. Drieënzeventig procent wekt de illusie van precisie en is dus geloofwaardiger.'

'Even tussen ons dan – en met dien verstande dat ik Jackie Newton hoe dan ook tot het uiterste zal verdedigen – denk jij dat ze Ronald Prine heeft vermoord?'

'Nee.'

'Dat was snel.'

'Je denkt toch niet dat ik daar nog niet over heb nagedacht? Luister, toen ik deze zaak kreeg toegewezen, geloofde ik dat ze schuldig was. Ik hield niet eens rekening met de mogelijkheid dat ze het niet had gedaan. En eigenlijk kon het me niet eens veel schelen. Want weet je, net als de meeste rationele, weldenkende mensen haatte ik Ronald Prine. Die vent was een harteloze klootzak die erop kickte om het leven van andere mensen te verwoesten. Voordat ik Jackie dus had ontmoet, maakte ik al plannen voor een Robin Hood-achtige verdediging in de zin van gerechtvaardigde doodslag of tijdelijke of verminderde ontoerekeningsvatbaarheid of iets dergelijks. Die lul heeft haar leven verwoest, ze heeft een zieke vader, er knapte iets bij haar. Je snapt wel wat ik bedoel, nietwaar?'

'Zeker.'

'Dat is dus wat ik dacht.'

'En waardoor ben je van gedachten veranderd?'

'Door Jackie. Let wel, ik sluit beslist niet uit dat een charmante cliënte me voor de gek zou kunnen houden, maar in dit geval? Er is in mijn ogen niet eens sprake van enige twijfel. Ze heeft het niet gedaan.'

'Hoe verklaar je dan het bewijsmateriaal?'

'Bedoel je daarmee het geweer en de dreigende e-mails die vanaf haar ISP zijn verzonden?'

'Ja.'

Kelly Gallagher glimlachte. 'Daarom ben jij hier.'

De bewaker gaf hun met een handgebaar een seintje.

'Het is zover,' zei Gallagher.

Hij stond als eerste op. Myron volgde zijn voorbeeld. Toen ze de kleine verhoorruimte binnengingen, zat Jackie Newton daar al. Ze keek naar hen op met ogen die hol leken van angst en slaapgebrek. Misschien zag Myron er te veel in, omdat hij nu eenmaal haar verhaal kende, maar hij leek ongeloof en verslagenheid in haar blik te zien. Ze kon niet bevatten waar ze was – en tegelijkertijd begreep ze dat het leven iemand zoals zij maar zelden goedgezind is. De wereld was grillig en willekeurig en wreed.

'Jackie, dit is Myron Bolitar. Hij is hier om mij te helpen met de zaak.'

Ze keek Myron aan. 'Waarom?'

'Waarom wat?'

'Waarom wil je helpen?'

'Omdat ik denk dat je onschuldig bent,' zei Myron.

Opeens vulden haar ogen zich met tranen, alsof dit haar verraste. Ze hield ze tegen, want ze wilde niet huilen. 'Dan vraag ik het nog een keer,' zei ze, met een stem die z'n best deed om niet te trillen. 'Waarom?'

'Ik ben je een uitleg schuldig, maar daar hebben we nu geen tijd voor,' zei Myron. 'Dus laat me hier eerst mee aan de slag gaan, oké?'

Ze keek even naar Kelly Gallagher. Hij gaf haar een kort hoofdknikje.

'Ga je gang,' zei Jackie.

'Heb je een alibi voor het tijdstip van de moord?'

'Ik was aan het werk.'

'Kan je werkgever dat bevestigen?'

'Je weet dat ik blut ben, hè? Ik bedoel, ik kan je niet betalen als...'

'Ik ben hier niet voor het geld,' verzekerde Myron haar.

Ze keek achterdochtig. Begrijpelijk. Mensen doen geen dingen vanuit de goedheid van hun hart. Dat had het leven haar geleerd.

'Ik heb niet echt een werkgever,' zei ze. 'Mijn vader is ziek. Ik verzorg hem, dus ik kan geen vast werk aannemen. Ik werk voornamelijk als klusser. Losse klussen via apps zoals TaskRabbit en dat soort dingen.'

'En zo ging het ook op de dag van de moord?'

Ze knikte. 'Ja, ik had een klus. Ik moest in iemands achtertuin een cederhouten set kinderspeeltoestellen in elkaar zetten voor veertig dollar per uur, met een maximum van drie uur om de klus te klaren. Dat was ik met de eigenaar overeengekomen.'

'En dat kan je opdrachtgever bevestigen?'

Jackie keek Kelly aan. Kelly zei: 'Gedeeltelijk. Ja, ene Leah Nowicki heeft bevestigd dat ze Jackie via de TaskRabbit-app heeft ingehuurd. Maar zodra Jackie daar aankwam en ze kennis hadden gemaakt, ging Nowicki naar haar werk en liet Jackie in haar eentje achter in de tuin om aan de slag te gaan.'

'Dus in theorie,' zei Myron tegen Jackie, 'had je weg kunnen gaan en weer terug kunnen komen.'

'Maar dat heb ik niet gedaan.'

‘We werken er nog aan,’ voegde Kelly Gallagher eraan toe. ‘Misschien was er ergens in de buurt een beveiligingscamera of zo die het alibi kan bevestigen.’

‘En verder?’ Myrons aandacht was nog steeds op Jackie Newton gevestigd. ‘Je hebt de klus afgemaakt en bent naar huis gegaan?’

‘Ja.’

‘Hoe laat was dat?’

‘Ik was om een uur of zeven thuis.’

‘Was daar verder nog iemand?’

‘Carol DeChant was vijf minuutjes langs geweest, maar zij was inmiddels alweer naar huis.’

‘Wie is dat?’

‘Een buurvrouw. Een weduwe. Ze komt wel eens langs om mijn vader gezelschap te houden en ze past op hem wanneer ik te lang achter elkaar weg ben. Alleen heeft pa altijd de pest in als er iemand op hem komt passen.’ Nu glimlachte Jackie Newton. ‘Daarom doet mevrouw DeChant net alsof ze een oogje op hem heeft. In seksuele zin. Dat doet ze alleen om te voorkomen dat hij boos wordt wanneer ze langskomt om hem in de gaten te houden.’

‘Goeie buurvrouw,’ zei Myron.

‘Er zijn nog wel een paar goede mensen op deze wereld, meneer Bolitar.’

‘Dat is waar,’ zei Myron. ‘Oké, en mevrouw DeChant was dus al weg toen jij thuiskwam?’

‘Ja.’

‘Hoelang was ze al weg?’

‘Ik belde haar een kwartier voordat ik thuis was. Toen zei ze dat ze net wegging en dat pa een dutje ging doen.’

‘Dus je kwam thuis. Wat gebeurde er toen?’

‘Ik begon aan het eten, voor wanneer pa wakker werd. Ik was misschien een half uur thuis toen er werd aangebeld. Het waren twee politieagenten. Ze zeiden dat er bij iemand in het gebouw een

Remington-geweer was gestolen. Ze vroegen of ik er zo een had. Ik zei ja. Ze vroegen of het dan misschien het mijne was. Ik zei ik zal eens kijken. Volgens mij verwachtten ze niet dat ik dat zou zeggen.'

'Ze dachten waarschijnlijk dat je onmiddellijk zou inhaken op dat verhaal over het gestolen geweer,' zei Myron. 'Ze dachten natuurlijk dat je je na de moord van het geweer had ontdaan – dat zouden de meeste moordenaars doen – en met een of ander onzinnig excuus zou komen dat hen zou helpen je schuld te bewijzen. Dus wat gebeurde er? Vroegen ze of ze binnen mochten komen?'

'Ja. Ik vertelde hun dat ik het geweer in mijn kast bewaarde.'

'En vervolgens liepen ze achter je aan naar die kast?'

Jackie Newton knikte. 'Ik deed de kast open en schoof de lange overjas achterin weg en ja hoor, daar stond het geweer, rechtop tegen de muur. Toen zei ik: "Nee, mijn geweer is niet gestolen", maar inmiddels werden ze al helemaal gek. Een van hen trok zijn pistool.'

'Wat dacht je dat er aan de hand was?'

'Ik had geen flauw idee. Ik zei: "Ho, ho, rustig maar, het geweer is niet eens geladen." Toen zag ik dat ze handschoenen aanhadden. De agent met het pistool vroeg om assistentie. De andere zei dat ik me niet mocht verroeren. Ik vroeg hem wat er aan de hand was. Hij vroeg of ik Ronald Prine kende. Op dat moment vermoedde ik dat het weer pesterij van Prine was – dat hij ze had gestuurd om mij dwars te zitten. Ik werd boos en zei: "Ja, die klootzak ken ik wel. Hoezo, werken jullie soms voor hem?" En toen vroeg de agent nog een keer, maar nu langzamer: "Ken je Ronald Prine?" en de manier waarop hij dat zei beviel me helemaal niet. Dus hield ik mijn mond en zei alleen nog dat ik een advocaat wilde.'

'Ze hebben het geweer getest,' zei Myron.

'Ja, dat weet ik.'

'Had je het onlangs nog gebruikt?'

'Nee. Niemand heeft dat geweer meer afgevuurd sinds pa er misschien vijf of zes jaar terug mee naar een schietbaan is geweest.'

'Je zei dat het geweer in de kast stond.'

'Ja.'

'Staat het daar goed zichtbaar?'

'Nee, het staat helemaal achterin, achter mijn vaders oude overjas.'

'Dus hoe vaak zie je het?'

'Wat bedoel je, het geweer?'

'Ja,' zei Myron. 'We weten dat je erin bent geluisd. We weten dat de moord met dat geweer is gepleegd. Dat betekent dat de moordenaar op enig moment in jullie huis is geweest en het geweer heeft meegenomen. Daarom wil ik van je weten wanneer je het geweer voor het laatst hebt gezien.'

'Dat weet ik niet zeker. Maanden geleden waarschijnlijk.'

'Oké, dus de moordenaar heeft het in de loop van de afgelopen paar maanden weggenomen. Dat moment kunnen we niet nauwkeuriger bepalen, maar we weten wel dat hij of zij het ergens tussen de moord en het moment waarop jij thuiskwam weer moet hebben teruggezet. Dat is een behoorlijk beperkt tijdsbestek. We kunnen er wel van uitgaan dat de moordenaar Prine heeft doodgeschoten en vervolgens regelrecht naar jouw huis is gereden om het geweer terug te zetten in de kast. Ik neem aan dat je vader veel alleen thuis is. Zou hij het horen als er iemand binnensluipt?'

'Hij slaapt veel,' zei Jackie. 'Meestal is hij in zijn kamer, met de deur dicht. Er kan iemand zijn binnengekomen als diegene, ik weet niet, bijvoorbeeld een sleutel had.'

Myron wendde zich tot Gallagher. 'Heeft het gebouw beveiligingscamera's?'

'Alleen op straat.'

'Dan moeten we al die beelden bekijken.'

'Het is een drukke straat,' zei Kelly Gallagher.

'Maar hoeveel mensen hebben een geweer bij zich?' vroeg Myron. 'Ik bedoel niet open en bloot. Het zal misschien in een gitaarkoffer hebben gezeten of zoiets. Het is te warm voor een lange jas om het onder te verbergen, maar ook daar kunnen we op letten.'

'Wacht eens, als we beelden kunnen vinden van Jackie waarop ze met het openbaar vervoer naar haar TaskRabbit-klus gaat en ze heeft geen geweer bij zich...'

'Hebben we niets aan,' zei Myron. 'Dan zullen ze zeggen dat ze dit zorgvuldig had voorbereid. Dat ze het geweer al dagen of weken eerder uit de kast had gehaald en ergens vlak bij de plek waar ze de moord ging plegen had neergelegd.'

'Sorry,' zei Jackie, 'maar dit hele scenario is te gek voor woorden. Waarom ik? Ik wil niet zeurderig klinken, maar wie ben ik nou helemaal? Ik bedoel, ik stel helemaal niks voor. Waarom zou iemand mij ervoor op willen laten draaien?'

Gallagher keek Myron aan. 'Dat is een goeie vraag. En ik vermoed dat jij een theorie hebt.'

'Die heb ik, maar laat me eerst even mijn gang gaan.' Myron richtte zich weer tot Jackie. 'Heb je vijanden?'

'Ronald Prine,' zei ze. 'Maar ik denk niet dat hij het heeft gedaan.'

'Geen anderen? Een ex misschien?'

'De laatste man met wie ik iets had was een apotheker uit Bryn Mawr. Hij heeft het uitgemaakt omdat ik te veel tijd aan mijn vader spendeerde. Meneer Bolitar?'

'Zeg maar Myron.'

'Wat verzwijg je voor me?'

'Ik probeer je te helpen, Jackie.'

'Waarom ben je er zo zeker van dat ik het niet heb gedaan?'

Op dat moment voelde Myron zijn telefoon zoemen. Hij had alle andere instellingen uitgezet. De zoemer kon alleen worden gebruikt door zijn vrouw, zijn ouders, Win of Esperanza en dan uitsluitend voor iets dringends. Hij haalde zijn telefoon tevoorschijn en keek. Het was een berichtje van Terese.

Kom nu naar buiten. Ik ben aan de overkant.

32

Win stond voor vier schilderijen van Vermeer.

'Wat denkt u?' vroeg Stan Ulanoff, de conservator.

Hij was in het oorspronkelijke Frick Museum, gevestigd in het woonhuis van Henry Clay Frick, aan Fifth Avenue, tussen 70th en 71st Street. Het huis, stammend uit de 'Gilded Age', was momenteel gesloten voor publiek vanwege een uitgebreide renovatie die eindelijk haar voltooiing naderde.

De meningen over hoeveel Vermeers er bestaan zijn verdeeld. Sommigen beweren dat het er vierendertig zijn. Anderen hebben het over vijfendertig of misschien zelfs zesendertig. Het Metropolitan Museum of Art, op een steenworp afstand van het Frick (als je een arm had waarmee je tien blokken ver kon werpen), heeft de meeste Vermeers ter wereld – vijf stuks. Het veel kleinere Frick bezit het indrukwekkende aantal van drie werken, die op dit moment alle drie aan de wand voor Win hangen.

'Vroeger hingen de Vermeers altijd in de West Gallery,' legde Stan uit, 'maar voor deze speciale tentoonstelling hebben we ze naar deze nieuwe plek verhuisd. Ons heropeningsgala wordt het evenement van het jaar en we hopen dat u onze eregast wilt zijn.'

'Nee, dank u,' zei Win.

'Pardon?'

'Nee, dank u.'

'U wilt niet onze eregast zijn?'

'Dat klopt.'

'Maar wij willen u graag eren voor uw vrijgevigheid...'

'Nee, dank u,' zei Win nogmaals. 'Maar gaat u vooral verder met uw presentatie.'

De glimlach haperde even, maar keerde toch weer terug. De man hief zijn arm, zoals conservators/gidsen dat deden, en vervolgde zijn verhaal. 'Van links naar rechts – en tevens in chronologische volgorde van oud naar nieuw – hebben we hier *De soldaat en het lachende meisje*, *Onderbreking van de muziek* en *Dame en dienstbode* en natuurlijk, als enige werk aan deze muur, om er de aandacht op te vestigen, wij kunnen u, meneer Lockwood, niet genoeg bedanken voor het feit dat wij het van u in bruikleen mogen...'

Zijn stem stierf weg terwijl hij naar de Vermeer keek die naast de eerdergenoemde drie aan zijn eigen muur hing. Het Met bezat er vijf, het Frick had er drie – en Windsor Horne Lockwood III, ook wel bekend als Win, bezat er één.

'... *Het meisje aan de piano*.'

Een stem naast Win fluisterde: 'Geweldige schilder, maar minder ingenieus met titels.'

Win keek om. Het was zijn persoonlijk assistent Kabir.

De conservator fronste. 'Vermeer zelf heeft zijn schilderijen geen titels gegeven. Dat hebben anderen later gedaan, gebaseerd op...'

'Ja, weet ik,' zei Kabir tegen hem. 'Het was een grapje.'

Kabir was onlangs dertig geworden. Hij had een lange baard en als Amerikaanse sikh droeg hij een donkerblauwe tulband. Omdat we nog steeds overhaaste conclusies trekken op basis van uiterlijk, verwachtten mensen vaak dat Kabir met een accent sprak of zo, maar Kabir was geboren in Fair Lawn, New Jersey, was afgestudeerd aan Rutgers, was gek op rap, feestte als, nou ja, als een dertigjarige die in Manhattan woonde, maar toch, om met Kabir te spreken, 'moet je altijd weer die tulband uitleggen'.

Stan bleef Kabir nog een ogenblik fronsend aankijken, alvorens zich met een hernieuwde glimlach tot Win te richten. 'Vindt u het mooi?'

Win zou eerlijk genoeg zijn om toe te geven dat *Het meisje aan de piano*, het pronkstuk van de tentoonstelling, het kleinste en minst indrukwekkende van de schilderijen was, maar daar stond tegenover dat Wins Vermeer het spraakmakendste werk was. Nadat het tientallen jaren geleden was gestolen, waren *Het meisje aan de piano* en het tragische mysterie achter de diefstal ervan pas recent ontdekt. Toen Win de Vermeer eindelijk weer in zijn bezit had, besloot hij het op tournee te sturen zodat de wereld ervan kon meegenieten. De eerste halte van het schilderij was het historische woonhuis-museum van Wins neef in Newport, Rhode Island geweest. Helaas was ook dat geëindigd in een enorme controverse, die had bijgedragen aan de mysterieuze en duistere aantrekkingskracht van het schilderij.

'Ik vind het mooi,' zei Win.

Dit deed de conservator genoegen.

'Als u ons nu even zou willen excuseren,' zei Win.

Hij en Kabir liepen de volgende ruimte binnen. Daar stonden ze voor een van de andere pronkjuwelen van het Frick. *La Promenade*, het meesterwerk van Renoir, voorstellende een moeder met haar twee dochtertjes. De dochtertjes hadden grote ogen en zagen er goed gevoed en welvarend uit in hun met bont afgezette jasjes. De moeder hield haar handen op de rug van de meisjes. Maakten ze een wandeling en hadden haar handen een beschermende functie of duwde zij de meisjes naar voren? Win wist het niet, maar toch leek er iets niet te kloppen aan de wandeling.

'Vertel,' zei Win tegen Kabir.

'Ten eerste, die pick-upgames waarbij iemand wellicht aan Greg

Downings bloed of iets dergelijks heeft kunnen komen,' zei Kabir. Hij las voor vanaf zijn telefoon. Die gebruikte hij voor zijn aantekeningen. Dat was natuurlijk iets wat veel jongelui deden, maar toch vond Win het er altijd vreemd uitzien. 'We hebben een van onze beste detectives naar Wallkill gestuurd. Er is daar maar één basketbalveld waar pick-upgames worden gespeeld en dat is vlak bij Wallkill High.'

'En?'

'Niets. Het wordt voornamelijk gebruikt door vaste spelers, ook al is het natuurlijk gangbaar dat iedereen langs kan komen om mee te doen. Er wordt heel wat over en weer gescholden en geruzied over punten, maar niemand herinnert zich dat er het afgelopen jaar bloed is gevloeid. En er is ook niemand die zich herinnert dat Greg Downing heeft meegespeeld.'

'Downing beweerde dat hij incognito speelde.'

'Ja, hoe dan? Met een nepsnor? Of een pruik?'

Win zei niets.

'Zelf heb ik ene Mike Grenley gesproken. Hij is een soort commissaris van de Wallkill pick-upgames – kent iedereen in de stad, selecteert de teams, neemt een bal mee, houdt de stand bij, van die dingen. Compleet basketbalgek. Hij is trouwens een enorme fan van Myron.'

'Ik zal het tegen Myron zeggen.'

'Maar goed, hij zegt dus dat hij Greg Downing zeker zou hebben herkend, zelfs al had Downing met twee handen op zijn rug gespeeld.'

'Misschien was meneer Grenley er die avond toevallig niet bij.'

'Hij zegt dat hij sinds 2008, toen hij zijn meniscus scheurde, geen wedstrijd meer heeft gemist.'

'Probeer pick-upgames in nabijgelegen plaatsen.'

'Wordt al aan gewerkt, baas.'

'En verder?'

'Je wilde dat ik uitgebreid onderzoek zou doen naar Greg Downings zoon Jeremy.'

Net als bijna iedereen buiten de directe vriendenkring had Kabir er geen idee van dat Jeremy Downing Myrons zoon was. Alleen biologisch natuurlijk. Win vond het belangrijk, ook voor zichzelf, om dat onderscheid te maken. Het zorgde er ook voor dat wat Win nu deed iets minder als verraad voelde.

'Wat zijn je bevindingen?'

'Dit is een samenvatting,' zei Kabir, terwijl hij hem een vel papier overhandigde. 'Ik heb het hele dossier naar je gemaild.'

Win begon de tekst door te nemen toen hij de discrepantie zag. Hij wilde net verder lezen toen Kabir een hand op zijn schouder legde en 'Ho even' zei.

Kabir stond met grote ogen op zijn telefoon te kijken.

'Wat?'

'Hier moeten we nu meteen naar kijken.'

Terese wachtte op Myron in het café aan de overkant van waar Jackie Newton werd vastgehouden. Ze had een laptop open voor zich staan en toen Myron binnenkwam, gaf ze hem een van haar AirPods en stopte de andere in haar eigen oor.

'Sadie staat op het punt om live te gaan,' zei ze.

'Maar je weet niet wat ze gaat zeggen?'

Terese schudde haar hoofd. 'Maar mijn tv-zender zou nooit live gaan als het niet gegarandeerd om iets heel groots gaat.' Terese schoof een kopje naar hem toe. 'Zwart. Heel donker gebrand.'

'Ik hou van je.'

'Jij bent zelf ook niet verkeerd.'

'Kelly Gallagher is een beetje verliefd op je.'

'Echt waar?'

Myron trok een gezicht. 'Alsof je dat niet wist.'

'Ik ben veel ouder dan Kelly Gallagher. Dat kan nooit wat worden.'

'Bovendien ben je getrouwd met een droomman.'

'O ja,' zei Terese. 'Ook dat.'

De presentator met een witte baard en bril met stalen montuur kondigde aan dat er belangrijk nieuws was. Myron rechtte zijn rug en leunde naar voren. De vrouw achter het spreekgestoelte was niemand minder dan de oprichter van Fisher, Friedman en Diaz, Sadie Fisher. Rechts van Sadie, nog geen halve meter achter haar, zat de recentelijk ontvoerde Bo Storm. Myron kon een gevoel van opluchting niet onderdrukken. De jongen zag er gezond uit.

Sadie, helemaal in haar element, keek strijdlustig het publiek in. De manier waarop Bo keek was precies het tegenovergestelde.

Onder aan het scherm gleed aan één stuk door de tekst LAATSTE NIEUWS: LIVE VANUIT LAS VEGAS voorbij.

'Bedankt voor jullie komst,' begon Sadie Fisher.

Ze droeg een modieuze bril en felgekleurde lipstick. Haar haar zat in een strakke knot, wat haar nog iets meer van een opwindende bibliothecaresse gaf. Haar witte blouse stak extra wit af tegen het getailleerde zwarte kostuum. Ze hield haar kin geheven.

'Ons rechtssysteem berust op bepaalde fundamentele beginselen, waarvan het vermoeden van onschuld het allergrootste is. In ons land ben je onschuldig zolang het tegendeel niet is bewezen. In onze maatschappij is dit uitgangspunt onaantastbaar. Geen enkele man en geen enkele vrouw mag ooit, óóit, de vrijheid worden ontnomen, tenzij en totdat de overheid iemands schuld zonder gerede twijfel kan bewijzen. Zonder uitzondering.'

Terese boog zich wat dichter naar Myron toe. 'Dit voelt alsof nu op de achtergrond het volkslied zou moeten klinken.'

'En natuurlijk,' vervolgde Sadie-op-het-scherm, 'zijn er maar weinig dingen die de fatsoenlijke burger erger vindt dan een onschuldige man of vrouw die een gevangenisstraf uitzit voor een misdaad die hij of zij niet heeft gepleegd. Indien een overijverige of, nog erger, overambitieuze openbaar aanklager iemand per ongeluk veroordeelt – de vrijheid ontneemt – is dat in mijn ogen nog steeds een misdaad. Het is misschien geen moord, maar toch zeker doodslag. Maar als we erachter komen dat aanklagers niet alleen iemand onterecht hebben veroordeeld, maar de persoon in kwestie in de cel laten wegkwijnen nadat – nádat – ze ontdekten dat de veroordeling op een vergissing berustte, is dat gewetenloos. Zet de fout recht – verdoezel hem niet. Neem je verantwoordelijkheid. Laat je slachtoffers geen dag langer achter de tralies zitten.'

Sadie zette haar handen aan weerszijden van het spreekgestoelte en greep het hout vast.

'Wij zijn hier bij elkaar gekomen om het te hebben over een ongehoorde schande en een gevaar voor de hele maatschappij.'

Terese fluisterde: 'Ze heeft talent voor het spreken in hyperbolen.'

'Ze is een advocaat,' antwoordde Myron.

Op het scherm knikte Sadie naar Bo. Hij schoof een eindje naar voren. Intussen gingen zijn ogen alle kanten op, behalve recht vooruit.

'Deze jongeman is door een overijverige aanklager gedwongen om een valse verklaring af te leggen in een moordzaak. Het Openbaar Ministerie van Clark County dreigde hem met vervolging, terwijl ze heel goed wisten dat ze van hem verlangden dat hij zou liegen. Maar de corruptie gaat verder dan één onbetrouwbare openbaar aanklager. Het OM heeft met andere wetshandhavingsautoriteiten samengespannen om onschuldige mensen gevangen te houden. Ze weten bijvoorbeeld dat ze niet alleen mijn cliënt een valse getuigenverklaring hebben laten afleggen, maar dat Joseph Turant, die al vier jaar gevangenzit voor de moord op Jordan Kravat, onschuldig is. Als ze dat ten tijde van zijn proces nog niet wisten, dan weten ze het nu zeker.'

Ze zweeg even, zette haar bril recht en keek weer in de camera.

'Er zijn landelijk op z'n minst nog zes andere moordzaken waarvoor onschuldige mensen op dit moment zitten weg te kwijnen in gevangenissen – en de FBI is daarvan op de hoogte. Bij de recentste zaak gaat het om de moord op Cecelia Callister en haar zoon Clay Staples, en de onschuldige persoon die daarvoor op dit moment aan het kruis wordt genageld is mijn cliënt Greg Downing. En ik zeg er nadrukkelijk bij: de FBI wéét dat hij het niet heeft gedaan.'

Er volgde een plotselinge uitbarsting van de verslaggevers die bij de persconferentie aanwezig waren. Zo ging het altijd. De meeste mensen zijn volgers, die zich gedeisd houden tot een van hen door de omheining breekt. En dan komen ze allemaal...

'Waar is uw bewijs?'

'Waarom zou de FBI dit doen?'

'Wilt u zeggen dat de FBI willens en wetens onschuldige mensen gevangen laat zitten? Waarom?'

Sadie Fisher stak haar hand op en wachtte tot iedereen stil was. Toen de rust enigszins was weergekeerd, ging ze verder. 'Ik ben ervan overtuigd dat de meeste van deze aanklagers deze zaken aanvankelijk naar eer en geweten hebben behandeld. Ze geloofden met de werkelijke daders te maken te hebben en dat de veroordelingen derhalve rechtmatig zouden zijn. Zo niet hier, in Clark County. Hier werden ze zo verblind door de gedachte een man te veroordelen van wie ze dachten dat hij nauwe banden onderhield met de georganiseerde misdaad, dat ze alle regels en ethiek aan hun laars lapten. Ze gebruikten Bo Storm om er zeker van te kunnen zijn dat de zaak niet op niets zou uitlopen.'

Sadie Fisher stak opnieuw haar hand op, om de volgende lawine van vragen voor te zijn.

'Maar inmiddels, op dit moment, weet de FBI dat degenen die voor deze moorden in detentie zitten onschuldig zijn. En ze doen er niets aan. Ze maken geen haast...'

'Waarom?' riep een verslaggever. 'Wij willen weten waarom.'

Er klonk instemmend gemompel van de pers. Sadie keek naar de zee van verslaggevers. Ze had ze lang genoeg aan het lijntje gehouden.

'Dat ze geen haast maken heeft twee redenen,' zei ze. 'Ten eerste' – ze stak haar wijsvinger op – 'zal het ongedaan maken van de veroordelingen en de erkenning dat er fouten zijn gemaakt mensen enorm in verlegenheid brengen en schade toebrengen aan carrières. Ja, dat vind ik weerzinwekkend en dat vinden jullie ook, en we weten allemaal dat het vaak de reden is voor het verdoezelen van juridische misstappen, maar...'

'Heeft u daar bewijs voor?'

'Ten tweede,' ging ze verder, terwijl haar vingers nu een vredesteken maakten, 'is de belangrijkste reden voor hun stilzwijgen...'

Sadie zweeg even tot ze zeker wist dat iedereen naar haar luisterde.

'Verdomme,' zei Terese tegen Myron, 'ze is echt heel goed.'

Myron knikte.

Toen Sadie klaar was, liet ze de bom vallen: '... het feit dat er een seriemoordenaar vrij rondloopt.'

Myron verwachtte een nieuwe uitbarsting van de pers, maar in plaats daarvan bleef het doodstil.

'De FBI weet nu dat een seriemoordenaar verantwoordelijk is voor de moorden op Jordan Kravat, Walter Stone, Tracy Keating, Cecelia Callister en Clay Staples – plus vermoedelijk een aantal die we nog niet kennen – en dat de mensen die in de gevangenis zitten of worden vastgehouden op verdenking van een van de moorden – Joseph Turant, Dan Barry, Robert Lestrano en Greg Downing – erin zijn geluisd.'

'Wow,' fluisterde Terese. 'Ze windt er geen doekjes om.'

Myrons telefoon zoemde. Het was een berichtje van Win: *Kijk je?*

Myron: *Ja.*

Win: *Hier zal PT niet blij mee zijn.*

Myron zette er een opgestoken duimpje bij.

Vervolgens zag hij een paar tellen lang een ballonnetje met dansende stipjes.

Win: *Wanneer je terug bent moeten we praten.*

Myron las het berichtje nog eens. Het beviel hem niet. Het was opnieuw niets voor Win om zo voorzichtig of terughoudend te zijn – of moet je, als je zoiets vaak genoeg zegt, gewoon accepteren dat hij dat misschien toch is? Voordat Myron een reactie kon bedenken, stootte Terese hem aan om hem te manen weer naar Sadie en de persconferentie te kijken.

'Het is zelfs zo,' vervolgde Sadie Fisher, 'dat wij denken dat vastgoedmagnaat Ronald Prine, die twee dagen geleden is vermoord, eveneens een slachtoffer is van de Valstrik-seriemoordenaar...'

'De Valstrik-seriemoordenaar?' herhaalde Terese.

'Veel te lang voor een bijnaam,' beaamde Myron.

'... en,' ging Sadie verder, 'dat de jonge vrouw die gisteravond is gearresteerd, Jacqueline Newton, de meest recente persoon is die erin is geluisd om op te draaien voor een moord die door de seriemoordenaar is gepleegd.'

'Volgens mij heeft ze ons zojuist ons werk uit handen genomen,' zei Myron.

Terese, die haar ogen niet van het scherm kon afhouden, knikte.

'Ten slotte,' zei Sadie, 'wil ik graag rechtstreeks iets zeggen tegen de FBI en zijn huidige directeur, Harry Borque.'

Sadie Fisher draaide zich om, keek recht in de camera, zette haar bril goed en zette in één keer haar laatste salvo in.

'Als jullie willen ontkennen wat ik hier heb gezegd, doe dat dan vooral. Jullie excuses zullen geen steek houden. Niet meer. Het publiek heeft het recht om te weten dat er in dit land een boosaardige seriemoordenaar aan het werk is die niet alleen mensen vermoordt, maar vervolgens ook anderen voor zijn misdaden laat opdraaien. Ik vermoed dat jullie zullen aanvoeren dat het bestaan van de seriemoordenaar is verzwegen om grootschalige paniek te voorkomen of om de aanhouding van de dader op de een of andere manier te bespoedigen. Dat is nonsens.'

Ze werd steeds kwader.

'Ik zou misschien begrip hebben kunnen opbrengen voor zo'n nepverhaal, ware het niet dat jullie geheel bewust onschuldige mensen achter de tralies laten zitten om de schande van juridische missers te beperken. Sorry, maar dat is misdadig en daarom weiger ik hierover te zwijgen. Ik wil niet dat onschuldige mensen nog maar een ogenblik langer achter slot en grendel moeten blijven. Laat ze vrij. Nu meteen. En schaam jullie. Schaam jullie dat jullie dit hebben laten gebeuren. Jullie zijn medeplichtigen van de seriemoordenaar en ik zal niet rusten voordat de waarheid aan het licht komt en alle daadwerkelijke schuldigen voor het gerecht zijn gebracht.'

Met die woorden stormde Sadie het beeld uit.

'Wow.' Terese leunde naar achteren. 'Ik geloof dat ik een sigaret nodig heb.'

De aanwezige verslaggevers begonnen vragen te schreeuwen. Aanvankelijk verroerde Bo zich niet. Hij leek op het klassieke 'hert in de koplampen' alvorens weg te rennen, om in de metafoor te blijven, als een hert dat eindelijk doorheeft dat die koplampen betekenen dat er een auto regelrecht op hem af rijdt.

'Denk je dat dit veel gevolgen zal hebben?' vroeg Terese.

'Voor mij?'

'Ja.'

Myron haalde zijn schouders op. 'Geen idee. Het doet er niet toe.'

'Ze spreekt de waarheid, hè?'

'Voor zover wij die kennen.'

'Wat wilde Sadie hiermee bereiken?' vroeg Terese.

'Dat haar cliënt vrijkomt.'

'Greg Downing?'

'Ja.'

'En toch,' zei Terese, 'heeft ze geen ongelijk.'

'Nee,' zei Myron, 'dat vind ik ook.'

'Greg zal wel vrijkomen,' zei Terese.

'Waarschijnlijk wel.'

'En Jackie Newton ook.'

'Dat hoop ik, ja.'

'En dan is het toch voorbij?'

Myron zei niets.

'Jij hebt je hierin gemengd om Greg te helpen.'

'Ja.'

'Missie volbracht.'

'Klopt.'

'Dus zeg ik nogmaals: dan is het toch voorbij?'

Myron dacht even na. 'Klinkt het erg eigenwijs als ik zeg: er loopt nog steeds een seriemoordenaar rond?'

'Ja,' zei Terese. 'De hele FBI werkt er nu aan. Iedereen is alert. Het is niet jouw taak om die vent te pakken te krijgen.'

'Dat is waar.'

'Je hebt niet de middelen waarover zij beschikken.'

'Dat is waar.'

'En het zou gevaarlijk zijn.'

'Ook waar.'

Terese keek hem aan. 'Voor jou is het nog niet voorbij, hè?'

'Dat denk ik niet, nee.'

33

Myron kuste Terese. 'Ik moet weer terug,' zei hij.

'En ik heb nota bene een late check-out in het hotel.'

'Of ik kan iets langer blijven.'

'Nee, dat kan je niet.'

'Nee, dat kan ik niet.'

'Je moet terug naar New York om, weet ik veel, een seriemoordenaar te vangen of zo.'

'Ook al ben jij daar niet blij mee.'

Terese sloeg haar armen om zijn nek. 'Je vecht tegen windmolens, lieverd. Daar kan ik over meepraten. Het is een van de redenen waarom ik van je hou.'

'Die andere reden is zeker dat ik zo goed ben in bed?'

'Of je neiging tot zelfoverschatting.'

'Au.'

Ze kuste hem. 'Jij bent het beste wat mij ooit is overkomen.'

'Idem.'

'Kijk alsjeblieft uit.'

'Doe ik.'

Myron stapte in zijn auto en reed via de Ben Franklin Bridge New Jersey in. Voor mensen van buitenaf is New Jersey een mysterie, voor mensen die er wonen, is New Jersey een raadsel. Eigenlijk is

New Jersey een soort ingewikkelde, dichtbevolkte legpuzzel, een afgebakende en tegelijkertijd niet afgebakende massa, ingeklemd tussen twee grote steden. De bovenste helft – noordoostelijk New Jersey – bestaat uit de voorsteden van New York. De onderste helft – zuidwestelijk New Jersey – bestaat uit de voorsteden van Philadelphia. Natuurlijk zijn er ook kustplaatsen en bewijzen dat New Jersey ondanks de industriële, postmoderne afzichtelijkheid van de wirwar van oude, half ingestorte fabrieken en verwaarloosde pakhuizen nog steeds de bijnaam 'The Garden State' verdient. Het is er allemaal. Maar de meeste reizigers zijn alleen op doorreis en zeg nou zelf, wat zet je langs je belangrijkste snelwegen – lelijke olieraffinaderijen of lieflijke landerijen?

Myron toetste een nummer in dat hij bijna nooit gebruikte. Bij de derde keer overgaan nam PT op.

'Bel je om je te verontschuldigen voor die persconferentie?' vroeg PT.

'Niet echt, nee. Ik realiseerde me opeens iets.'

'Een soort openbaring?'

'Precies dat.'

'En je bent tot de conclusie gekomen dat je die openbaring met mij wilt delen?'

'En alleen met jou. Vooralsnog.'

'Vertel me dan maar wat het is.'

'Jij hebt dit georganiseerd,' zei Myron.

'Is dat je openbaring?'

'Ja.'

'Wil je dat misschien toelichten?'

'Zeker,' zei Myron. 'De FBI kwam erachter dat er een seriemoordenaar aan het werk was, maar iemand – waarschijnlijk die nieuwe directeur die jij niet mag – wilde het stilhouden. Hij wist dat er een enorme commotie zou ontstaan, met al die onschuldige, onterecht veroordeelde mensen die gevangenisstraffen uitzitten.'

'Gebruikte je nu net het woord "commotie"?' vroeg PT.

'Als je lang genoeg met Win omgaat...' antwoordde Myron. 'Hoe dan ook, jij hebt het Win en mij verteld. Je hebt ons geen geheimhouding laten beloven. Je hebt ons genoeg informatie gegeven om een paar van de andere zaken zelf uit te vogelen. Je wist dat we actie zouden ondernemen en dat het in de openbaarheid zou komen, precies zoals nu is gebeurd.'

Stilte. Toen: 'Geen commentaar.'

'Ik ben geen verslaggever,' zei Myron. 'Ik vraag je niet om commentaar.'

'Ik vind dat mijn rol zich altijd in het verborgene hoort af te spelen, maar dat het Bureau zelf transparant hoort te zijn,' zei PT. 'Ben ik dan hypocriet, Myron?'

'Dan ben je een man met principes, die er niet van houdt om onschuldige mensen in de gevangenis te zien wegkwijnen alleen maar omdat dat beter overkomt bij het publiek.'

Myron passeerde Port Elizabeth, dat een van die olieraffinaderijen had die waarschijnlijk de inspiratie was geweest voor de set van de film *The Terminator*, en vervolgens Newark Airport. Een paar kilometer verder kwam de skyline van Manhattan in zicht.

'Trouwens,' zei PT, 'ik wist niet dat er ook een verband was met de moord op Ronald Prine.'

'Er was nog niemand gearresteerd.'

'Maar toch,' zei PT. 'Goed werk.'

'Dank je.'

'Blijven jij en Win hieraan werken?'

'Ik kan niet voor Win spreken.'

'Jawel.'

'Ik heb een vraag voor je.'

'Ik ben een en al oor.'

'We hebben deze zaken gisteren eens goed bekeken,' zei Myron.

'Wanneer je het hebt over "we"...'

'Win, Esperanza en ondergetekende.'

'Ga verder.'

'We zien natuurlijk een patroon, maar wat we niet zien zijn de verbanden.'

PT zei: 'Ah.'

'Wat, ah?'

'De – hoe noemde Sadie Fisher hem? – de Valstrik-moordenaar?'

'De Valstrik-seriemoordenaar.'

'Vreselijke naam.'

'Dat zei ik ook al.'

'Hopelijk bedenken de media een betere,' zei PT. 'Hoor eens, ik vind het stuitend om seriemoordenaars boosaardige genieën te noemen, maar laten we wel wezen – deze vent komt er dicht bij in de buurt. Hij is voorzichtig geweest. Hij is slim geweest. Hij heeft er de tijd voor genomen, niet alleen voor het selecteren van het moordslachtoffer, maar nog meer voor het zetten van de val voor – zullen we ze tweede slachtoffers noemen?'

'Twee verwoeste levens voor de prijs van één,' zei Myron.

'Ja. Genieten van het vermoorden van mensen is één ding. Dat is een ziekte waarmee we bij de Behavioral Analysis Unit van de FBI wel enigszins bekend zijn. Maar om er ook nog op te kicken iemand die onschuldig is achter de tralies te werken? Dat is echt een dubbele dosis psychotisch gedrag.'

'Tenzij het hem niet te doen was om de kick,' zei Myron.

'Wat bedoel je?'

'Tenzij hij het alleen maar deed om zijn sporen te wissen,' zei Myron.

'Lijkt dat je waarschijnlijk?'

'Dat niet, nee,' zei Myron. 'Ik denk dat de moordenaar ook erg geniet van dat gedeelte. Het gaat vaak om macht. Een moord is snel en intens, een volledige adrenalinekick. Een onschuldige laten opsluiten gaat langzaam. Een dubbelslag. Maar dat is niet mijn punt.'

'Wat is je punt dan wel?' vroeg PT.

De wagen passeerde met hoge snelheid het Lautenberg Rail Station in Secaucus. Myron herinnerde zich hoe hij niet lang na 11 september deze zelfde route had gereden. In gedachten had hij de Twin Towers nog steeds zien staan. Zo was dat nog jarenlang gegaan – dan reed hij dit stuk van de New Jersey Turnpike en dan keek hij naar rechts, naar de exacte plek waar de torens hadden gestaan. Tot hij ze op een dag in gedachten niet meer voor zich zag. Toen hij hier een maand later weer een keer langsreed, wist hij niet eens meer waar de torens precies hadden gestaan. Dat had hem kwaad gemaakt.

'Mijn punt is,' zei Myron, 'dat we geen verbanden tussen de zaken hebben kunnen vinden.'

'Oké.'

'Dus hoe is de FBI op het idee gekomen dat dit het werk van een seriemoordenaar was?'

'Dat idee kregen ze pas,' zei PT, 'toen Greg Downing was opgepakt.'

'Ja, maar dat zorgde alleen voor een link tussen de zaak-Kravat en de zaak-Callister.'

'Dat is waar.'

'Dus?'

'Dus moet een anonieme bron voldoende hints hebben gegeven.'

Myron dacht even na. 'Dus iemand heeft het naar de FBI gelekt?'

'Dat zal de nieuwe directeur niet toegeven. Hij beweert dat het te danken is aan hun intelligente recherchewerk. Maar inderdaad.'

'Wie zou zoiets doen?'

'Misschien de moordenaar zelf, om op te scheppen. Misschien de moordenaar zelf, omdat hij aandacht wil. Misschien de moordenaar zelf, omdat hij gepakt wil worden. Mogelijkheden genoeg.'

Bij de Lincoln Tunnel koos Myron de E-ZPass-baan. Het verkeer hield hem op. Hij keek naar de tunnelingang, een mond die steeds wijder openging om de auto in zijn geheel op te slokken.

'Zo te horen laat je de zaak nog niet los,' zei PT.

'Mijn vrouw vindt dat ik ermee moet stoppen. Ik ben eraan begonnen voor Greg, zei ze. De FBI beschikt over de middelen. Ik niet.'

'Daar heeft ze beslist een punt,' zei PT. 'Maar?'

'Maar het voelt op de een of andere manier niet af.'

'Dat gevoel heb ik ook,' zei PT. 'Myron?'

'Wat?'

'Greg Downing heeft een link met twee van deze zaken.'

'Ik weet het.'

'Dan weet je ook dat dat geen toeval is.'

Toen Myron terug was bij de Lock-Horne Building, nam hij de lift naar de derde verdieping – zijn oude verdieping, waar nu de advocatenfirma van Fisher, Friedman en Diaz gevestigd was. Taft Buckingham de Zoveelste begroette hem in een blauwe blazer, een kaki broek, roze stropdas, bootschoenen. Myron verwachtte bijna dat hij een witte kapiteinspet zou opzetten om een feestje te geven op een jacht.

'Esperanza verwacht u,' zei Taft, de zoon van een volwassen man die door Win Taffy werd genoemd.

Taft liep voor Myron uit de vergaderruimte binnen. Esperanza stond bij het raam naar buiten te kijken. 'Had ik je voor Sadies persconferentie moeten waarschuwen?'

Myron haalde zijn schouders op. 'Maakt niet uit.'

'Sadie wilde het zo doen.'

'Ik snap het.'

'Ze heeft wel gelijk, weet je.'

'Ik weet het.'

'Ze is nu op de terugweg. Ze wil erbij zijn wanneer Greg wordt vrijgelaten.'

'Ze weet hoe ze haar gezicht op de televisie moet krijgen.'

'Met goede redenen,' zei Esperanza.

‘Dat weet ik en ik ben het ermee eens.’

‘Wij doen hier goed werk.’

‘Dat weet ik ook.’

‘Maar ik weet niet zeker of het wel mijn ding is.’

Myron knikte langzaam. Eindelijk draaide Esperanza zich om, om zijn reactie te peilen. Myron probeerde neutraal te blijven kijken.

‘Hoe gaan de zaken boven?’ vroeg Esperanza.

‘Beroerd,’ zei Myron.

‘Maar je wilt mij nog steeds terug?’

‘Zeker weten. Dan kunnen we samen verhongeren.’

Esperanza glimlachte. Ze liep de kamer door en kuste Myron zachtjes op zijn wang. ‘Ik mis het om elke dag bij jou in de buurt te zijn.’

‘Idem dito.’

‘En we kunnen Big Cyndi niet vergeten.’

‘Hoe hard we dat ook proberen,’ zei Myron. ‘Wanneer wil je beginnen?’

‘Daar hebben we het nog wel over,’ zei ze. ‘Wat is er gaande?’

‘Die seriemoordenaar, er klopt iets niet,’ zei Myron.

‘Ik dacht dat Sadie alles behoorlijk duidelijk had uitgelegd.’

‘Dat is ook zo. Maar niemand kan me uitleggen waarom Greg in twee van de zaken de enige link is.’

‘Heb je een theorie?’

‘Alleen een heel eenvoudige: de moordenaar heeft een link met hem.’

‘Of heeft het op hem voorzien.’

‘Of is iemand uit zijn naaste omgeving,’ zei Myron.

‘Dus wat wil je nu doen?’

‘Toen Greg ondergedoken zat, heb jij Grace’ geheime bankrekening in Charlotte gevonden,’ zei Myron. ‘Ik denk dat we verder moeten graven.’

Hij legde uit wat hij wilde dat zij zou doen. Ze luisterde zwijgend. Toen hij klaar was, zei Esperanza: ‘Ik ga aan de slag.’

‘Heb jij Win nog gesproken?’ vroeg Myron.

‘Nee, hoezo?’

‘Ik kreeg een cryptisch berichtje van hem.’

‘Stuurt hij wel eens andere?’

‘Ik heb Kabir gebeld,’ zei Myron. ‘Hij zei dat Win beneden in de kelder aan het trainen is.’

Ze keek op haar horloge. ‘Yep. Vaste prik. Als jij met hem gaat praten, dan begin ik hiermee.’

34

De enige manier om Wins geheime ruimte te bereiken was via de privélift. Er was geen knop om de lift te laten komen. Je kon er alleen in met een sleutel. Eenmaal in de lift was er ook geen knop om je naar de kelder te brengen – je moest de juiste code invoeren op het toetsenpaneel. Myron typte de code altijd heel langzaam in, uit angst dat hij zich in een cijfer zou vergissen en dat de lift zichzelf zou vernietigen of dat de wanden langzaam naar binnen zouden schuiven, net als bij de Trash Compactor-scène in *Star Wars*.

Win was dol op technische snufjes.

Myron bereikte de kelder. De liftdeur gleed open. Myron wist nooit hoe hij deze ruimte moest noemen. Wins sportschool? Oefenzaal? Trainingsruimte? Fitnessstudio? Het leek allemaal ontoereikend. Je vond er alles wat je in een klassieke fitnessruimte zou verwachten – gewichten, halters, pulldown-apparaten, legpresses, een stootzak, een Wing Chun-dummy, en meer van zulke dingen. Het licht was gedempt, zodat je een beetje het gevoel had in een grot te zijn. Win was, op blote voeten en met ontbloot bovenlijf, bezig een serie traditionele kata's af te werken. Win trainde elke dag. Zijn verhaal was niet zo dramatisch als dat van Batman (vermoorde ouders) of Spiderman (insectenbeet in combinatie met de moord op zijn oom), maar Win had zich toen hij jong was onveilig en angstig gevoeld – de details komen een andere keer wel – en had op een gegeven moment besloten dat hij zich nooit meer zo wilde voelen. Dat betekende onafgebroken leren en trainen. Hij was in de leer gegaan bij meesters in de gevechtskunsten en de allerbeste wapenexperts ter wereld. Hij bezat een bijna bovennatuurlijke kennis van zo ongeveer elke vechtsport, Myron kende niemand die beter met diverse steekwapens uit de voeten kon, hij was een scherpschutter met handvuurwapens en meer dan handig met geweren. Win was altijd gewapend, alleen nu misschien niet, aangezien hij alleen maar een soort zwembroekachtige korte broek droeg. De temperatuur in de ruimte stond op tweeëndertig graden.

'Ogenblikje,' zei Win, terwijl hij verder ging met de kata, een vloeiende dans van trap-, stoot- en afweerbewegingen, die op een of andere manier zowel agressief als meditatief oogde, 'tenzij je mee wilt doen.'

In de loop der jaren had Myron vaak met Win getraind, vooral in taekwondo en straatvechten. Er bestond geen competitie tussen hen, maar het viel niet te voorspellen wie van de twee in een echt gevecht als overwinnaar uit de strijd zou komen. Win was slimmer, had meer kennis, was beter getraind en was meedogenlozer. Myron was groter, sterker en had de reflexen van een topatleet.

'Nu even niet,' zei Myron.

'Een partijtje sparren. Een snelle work-out. Een hete douche. Daar knap je van op.'

Ongetwijfeld. 'Je zei dat je me wilde spreken.'

Win sloot de kata met een sierlijke beweging af, waarbij hij met zowel zijn handen als zijn voeten bliksemsnelle bewegingen maakte.

Toen hij klaar was, boog hij voor een spiegel (niet zo gek, want Wins trainingsruimte hing vol met spiegels), greep een handdoek en een fles water op kamertemperatuur. Win geloofde niet in het drinken van koud water tijdens het trainen.

'Kabir is nog steeds bezig Gregs potje basketbal in Wallkill te achterhalen,' zei Win, 'maar tot dusver herinnert niemand zich met hem te hebben gespeeld.'

Win vertelde Myron wat Kabir hem in het Frick had verteld. Myron luisterde. Het beviel hem helemaal niet. Myron had zijn hele leven pick-upgames gespeeld. Pick-upgames waren hemels, magisch, nirvana, een plek waar iedereen met een schone lei begint, waar je rijkdom of status geen enkele betekenis hebben, waar je spel het enige is wat betekenis heeft, alléén je spel, waarin je zomaar opeens een band en zelfs een vriendschap kunt vormen met mensen die je nooit eerder hebt ontmoet. Je wist niet wat je medespelers voor de kost deden. Je wist niet of ze getrouwd waren of kinderen hadden. Je wist eigenlijk helemaal niets van ze, alleen misschien dat ze niet konden dribbelen met hun zwakke hand of dat ze te laks verdedigden of aanvielen, en of ze hoog konden springen voor een rebound. Ze heetten Ronnie of Ace of TJ, of als er twee mannen met dezelfde naam waren Big Jim en Little Jim, en meestal, zelfs als je al jaren met ze speelde, wist je niet eens hun achternaam. Omdat het niet belangrijk was. Het enige wat belangrijk was, was het spel. Het was kinderachtig en warm en competitief en een bubbel. Je had de muffe lucht van een kleine sportzaal, het dribbelen van de bal, het gepiep van sneakers op de houten vloer. Je riep naar elkaar om je tegenstander te blokken, je gaf elkaar high fives en je ruziede over persoonlijke fouten en meestal zei je dan, ah, laat maar, en nam je bij het volgende potje wraak.

Maar zelfs als Myron zich inhield, zelfs wanneer hij zag dat de tegenstanders niet goed genoeg waren om zich voor meer dan twintig of dertig procent in te zetten, wisten de andere spelers toch: deze knaap kon spelen. Deze knaap was geweldig. Dat kon Myron nooit verbergen.

En iemand als Greg kon dat ook niet.

Dat maakte het ongetwijfeld lastig, maar toen Win klaar was, zei Myron: 'Je wilde me niet spreken over Gregs basketbalspel.'

'Nee, dat klopt.'

'Dus?'

'Jeremy Downing is geen militair.'

Myron had een paar tellen nodig om tot zich door te laten dringen wat Win zei. 'Wacht even, wát zeg je?'

'Nadat je me had verteld dat Jeremy niet uit het buitenland kwam, ben ik een uitgebreid antecedentenonderzoek naar hem begonnen.'

'Naar hem,' herhaalde Myron.

'Ja.'

'Naar mijn zoon. Je hebt een uitgebreid antecedentenonderzoek gedaan naar mijn zoon.'

Win trok een zwart shirt met lange mouwen over zijn hoofd. 'O, gaan we het zo spelen?'

Myron zei niets.

'Jij zegt dat hij je zoon is, ik herinner je eraan dat hij dat alleen in biologische zin is, dat je hem amper kent, jij zegt dat dat er niet toe doet, dat ik jou eerst om toestemming had moeten vragen voordat ik zoiets deed, ik zeg dat een antecedentenonderzoek geen kwaad kan, dat je het, als ik niets had gevonden, helemaal niet had hoeven weten, jij zegt ja, maar toch had je dat moeten doen, ik val je in de rede en herinner je eraan dat er niemand op deze wereld rondloopt om wie ik meer geef dan om jou, dat ik nooit iets zou doen om jou te kwetsen en dat ik het allemaal alleen maar doe om jou te beschermen omdat ik van je hou. Moeten we het echt zo gaan spelen?'

Myron schudde zijn hoofd. 'Jij bent echt een geval apart.'

'Klopt. Kunnen we dat nu dus allemaal overslaan?'

Myron knikte. 'Dat is goed. Maar eerst even iets anders.'

'Ga door.'

'Je hebt Bo opgegeven zonder mij dat te vertellen. Vervolgens heb je een achtergrondonderzoek naar Jeremy uitgevoerd zonder mij dat te vertellen. Dat je steeds dingen voor me achterhoudt... dat moet ophouden.'

Win dacht even na. 'Je hebt gelijk. Ik zal ermee stoppen.'

Win die redelijk was – veel gekker moest het niet worden. 'Vertel me nu dan maar wat je hebt ontdekt,' zei Myron.

'Jeremy heeft inderdaad in het leger gezeten, in verschillende elite- en geheime eenheden. Maar drie jaar geleden is hij uit dienst getreden.'

'Vrijwillig?'

'Dat weet ik nog niet. We hebben het hier over het hoogste echelon van onze krijgsmacht. In al die dossiers is sprake van opzettelijke misleiding en verwarring.'

'Misschien werkt hij er dan nog gewoon,' zei Myron. 'Misschien zeggen ze het alleen maar om iets anders te verdoezelen.'

'Dat zou kunnen,' zei Win.

'Maar je gelooft het niet.'

'Zijn ontslag is niet bekendgemaakt. Ik moest heel diep graven om het te vinden.'

Win pakte dumbbells op en begon Zottman-curls te doen. De opwaartse beweging is een standaard curl voor de biceps, maar dan draai je je pols zodat de neergaande beweging, langzaam en beheerst, de onderarmen traint.

'Jeremy werkt ook in New Orleans onder het pseudoniem Paul Simpson. "Paul" zit in de IT en werkt voor een warenhuis, een Dillard's in het nabijgelegen Gretna.'

'Nogmaals: kan een dekmantel zijn,' zei Myron.

'Nogmaals: dat zou kunnen. Ik trek geen conclusies. Wij brengen verslag uit, u beslist.'

Myron fronste. 'Dat heb ik je niet horen zeggen.'

'Bij nader inzien had ik het inderdaad liever niet gezegd. Hoe dan ook, Kabir blijft graven, tenzij jij zegt dat ik hem moet terugfluiten.'

Myron dacht even na. 'Waarschijnlijk heeft het allemaal niets te betekenen.'

'Dan is er geen reden om niet verder te gaan,' zei Win. Zijn horloge trilde. Hij wierp er een blik op. 'Sadie is zojuist geland.'

'Heb je haar je vliegtuig uitgeleend?'

'Niet uitgeleend. Ze heeft het gecharterd. Ik stuur haar een rekening en die brengt zij op haar beurt weer in rekening bij Greg Downing.'

'Klinkt logisch. Hoe is zij bij Bo Storm terechtgekomen?'

'Dit zal je interesseren,' zei Win. 'Ze kreeg een telefoontje van onze forsgebouwde vriend Spark Konners.'

'Bo's broer.'

'Daar zat je mee in je maag, hè?'

'Dat je Spark onder het voorwendsel van een vacature hebt laten komen en hem vervolgens tegen zijn wil vast hebt gehouden?' vroeg Myron. 'Ja, een beetje.'

'En daarom heb jij hem aanbevolen bij Chaz.'

'Ik heb Chaz gevraagd hem een kans te geven. Heb je daar moeite mee?'

'Ik niet, nee. Toen Bo door de mannen van Joey the Toe werd vrijgelaten, is Spark kennelijk naar Vegas gevlogen om te helpen.'

'Hoe?'

'Dat weet ik niet. Door hem te ondersteunen als broer. Misschien kun je het hem zelf vragen. Hij en Bo zijn zojuist samen met Sadie geland. O, en nog iets. Het OM in Vegas heeft toegezegd Joeys veroordeling heel zorgvuldig te gaan bestuderen, maar ze ontkennen Bo onder druk te hebben gezet om te liegen.'

'Dat verbaast me niets,' zei Myron. 'Dat gaan ze natuurlijk niet zomaar toegeven.'

'Klopt, maar ze beweren over geluidsopnames te beschikken die bewijzen dat Bo Storm liegt. Sterker nog – en hier wordt het echt interessant – de enige reden waarom ze zich op Joseph Turant zijn gaan concentreren, zeggen ze, was het feit dat Bo beweerde dat hij Joey die avond had gezien.'

Myron dacht even na. 'Dat zijn heel veel losse eindjes.'

'Ja.'

Myrons telefoon ging over. Hij keek op het display, zag wie het was en keek Win aan.

Win spreidde zijn handen. 'Nou?'

'Het is Jeremy.'

Myron nam op. 'Jeremy?'

'Ik neem aan dat je Sadies persconferentie hebt gezien.'

Jeremy klonk opgewekt.

'Ja, die heb ik gezien.'

'Ik had haar net aan de telefoon. Ze gaan pa over een paar uur vrijlaten.'

Pa.

'Ja, dat is geweldig.'

'Ik kom terug.'

'Naar New York?'

'Ja.'

Myron nam zijn telefoon in zijn andere hand. Win was naar een hoek gelopen om Myron wat ruimte te geven. Hij deed push-ups op gebalde vuisten en zijn lichaam vormde een perfecte plank.

'Maar je bent toch net weer thuis?'

'Ja, maar ik had niet verwacht dat dit zo snel zou gebeuren. Ik wil er voor hem zijn.'

'Ik begrijp het,' zei Myron.

'Ik wil je bedanken. Voor het feit dat je hem geholpen hebt en zo.'

'Graag gedaan,' zei Myron.

Het bleef even stil.

'Is er iets, Myron?'

Win deed nog steeds push-ups. Zijn bovenlichaam bewoog met machinale precisie op en neer. Hij deed drie sets van honderd, twee keer per week. 'Als je nog meer doet,' had Win uitgelegd, 'beschadig je je schoudergewricht.'

'Waar kom je vandaan?' vroeg Myron.

'Ik heb je al eerder verteld...'

'Geheim, ja, dat herinner ik me.' En toen: 'Zit je nog steeds in het leger?'

Stilte. Een lange stilte.

'Of ben je drie jaar geleden ontslagen?'

Nog meer stilte.

'Zit je nog in het leger,' vervolgde Myron, 'of werk je als IT'er bij Dillard's?'

Nog steeds stilte. Myron klemde zijn telefoon steviger vast.

Uiteindelijk zei Jeremy: 'Je bent er maar druk mee geweest.'

'Wil je het een en ander uitleggen?'

'Telefonisch? Nee, ik dacht 't niet.'

'Wanneer je aankomt?'

'Best,' zei Jeremy. En toen: 'Myron?'

'Ja?'

'Je verwacht nu waarschijnlijk dat ik verontwaardigd en boos ga doen, zo van: "Hoe haal je het in je hoofd om mijn verleden uit te pluizen" of "Ik kan gewoon niet geloven dat je je eigen zoon niet vertrouwt" of iets dergelijks.'

Myron knikte. Dat kon Jeremy natuurlijk niet zien, dus deed hij het meer voor zichzelf. Maar dat was inderdaad precies wat hij had verwacht.

'Ik ben niet boos. Ik begrijp waarom je het hebt gedaan. We hebben het er verder wel over wanneer we elkaar zien, oké?'

'Oké.'

'Dus maak je geen zorgen,' zei Jeremy. 'Het zit wel goed.'

35

Het Metropolitan Correctional Center is een gebouw van twaalf verdiepingen in het Civic Center van Manhattan, in de buurt van Chinatown, Tribeca en het Financial District. Hier had John Gotti gevangengezeten. En Sammy the Bull. En Bernie Madoff en El Chapo. Jeffrey Epstein had hier gezeten en had hier, naar verluidt, zelfmoord gepleegd.

En nu, met een volledig opgetuigd mediacircus rond het gebouw, werd Greg Downing hier vrijgelaten.

Myron en Win stonden aan de overkant van de straat te kijken.

'Greg zou ook van binnenuit ongezien kunnen vertrekken,' zei Myron.

'Dat zou kunnen.'

'Het is een gevangenis. Er zijn meer in- en uitgangen dan de voordeur.'

'Dat is waar,' zei Win. 'Maar wij weten allebei dat Sadie dat niet zal laten gebeuren.'

'Je mag haar graag, hè?'

Win knikte. 'Ze komt bijzonder efficiënt op voor de belangen van de getergden en de mishandelden.'

'Kijk eens aan,' zei Myron. 'Je weet nog waarom ook.'

'En het is ook nog lucratief. Onzekere, gewelddadige narcisten vormen een groeimarkt.'

‘Helaas wel, ja.’

‘Bovendien is Sadie een bizar lekker ding.’

Win.

Op het trottoir was een katheder neergezet. Aan de rechterkant, net ver genoeg om geen deel uit te maken van het geheel, stonden de Konnersen – Grace, Spark en Brian/Bo. Grace leek zich te verbergen achter haar kleerkast van een oudste zoon, Spark. Toen Spark omkeek, zag hij Myron staan. Hun ogen ontmoetten elkaar. Die van Spark vernauwden zich tot spleetjes. Hij zei iets tegen zijn moeder en kwam naar hen toe.

‘Hmm,’ zei Win.

Spark liep in één rechte lijn op Myron af. ‘Chaz Landreaux,’ zei hij.

Myron zei niets.

‘Jij hebt hem voor mij gebeld, nietwaar?’

‘Het kan zijn dat ik hem heb verteld dat hij jouw cv eens moest bekijken,’ zei Myron.

‘Denk je dat je daarmee kunt goedmaken wat je hebt gedaan?’

Win gaf antwoord. ‘Hij heeft jou niets gedaan,’ zei hij. ‘Dat was ik.’

‘Win,’ zei Myron.

Win stak een hand op ten teken dat hij dit wel zou afhandelen. Hij ging tussen Myron en Spark staan, met zijn kin ter hoogte van Sparks brede borstkas, en daagde Spark daarmee uit de eerste zet te doen. ‘Je hebt ons voorgelogen, Sparkles. Je wist dat Greg nog leefde. Je wist dat je broer meineed had gepleegd in de getuigenbank.’

‘Ik zou maar een stapje naar achteren doen als ik jou was,’ zei Spark, terwijl hij zijn borst vooruitstak.

‘Oeps.’ Win glimlachte en Myron was niet blij met de glinstering die hij in Wins ogen zag. ‘Wil je het echt weer op die manier spelen?’

‘Win,’ zei Myron.

‘Maak je niet druk,’ zei Spark, terwijl hij over Wins hoofd heen

Myron aankeek. 'Ik wilde alleen even zeker weten dat jij degene bent die Chaz op mij attent heeft gemaakt.'

'Dat heb ik gedaan, ja.'

'Dan ga ik niet naar het gesprek.'

'Het spijt me dat te horen,' zei Myron. 'Chaz zou je een eerlijke kans hebben gegeven.'

Win trok een pruillip, deed alsof hij in zijn ogen wreef en zei: 'Huilie, huilie.'

Spark schudde zijn hoofd, draaide zich voorzichtig om, om te voorkomen dat hij Win zou aanraken, en liep terug naar zijn moeder en broer.

Toen hij ver genoeg bij hen vandaan was, zei Win: 'Ik had toch gezegd dat je het moest laten rusten.'

'We hebben hem gekidnapt, Win.'

'Gekidnapt,' zei Win smalend. 'Doe niet zo melodramatisch. En kunnen we alsjeblieft ophouden met dat "we"? "We" hebben helemaal niets gedaan. Ik heb die smoes van die zogenaamde vacature bedacht. Ik heb hem met mijn eigen vliegtuig naar Vegas laten brengen. Ik ben degene die hem op die startbaan op de grond heeft gegooid.'

'En ik ben de onschuld zelve?'

'In dit geval? Ja. Waarom kun je dat zo moeilijk geloven?'

Myron keek naar de overkant van de straat. 'Er was ooit een moment...' Myron stopte en ging toen weer verder. 'Er was ooit een moment waarop ik vond dat je te ver ging.'

Win wachtte af.

'En dat heb ik toen tegen je gezegd. Ik zei tegen je dat je dat nooit meer kon doen. Weet je nog wat jij toen antwoordde?'

Win zweeg nog steeds.

'Je zei: "Je weet wat ik doe – en toch bel je mij altijd weer."'

'Kijk eens aan, je citeert me letterlijk.'

'Maar je had wel gelijk. Ik ga zelf niet vrijuit door jou de schuld te geven.'

Win schudde zijn hoofd. 'Wat ben je toch een idealist.'

'Nee, dat ben ik niet meer. Was ik dat nog maar. Maar ik snap jou nu wel beter.'

'En dat is niet best,' zei Win.

Myron wist niet of Win dit als een vaststelling bedoelde of als een vraag.

'Jij probeert mij af te schermen voor de wat dubieuzere morele momenten,' zei Myron. 'Maar we doen het toch samen. Dus, ja, misschien was dit niet mijn idee, maar dat wil nog niet zeggen dat ik geen schuld heb aan wat jij hebt gedaan.'

'En toen dacht jij,' zei Win, 'dat je door Chaz te bellen iets van onze, eh, meer dubieuze acties kon goedmaken.'

'Ja.'

Win dacht even na. Toen schudde hij zijn hoofd. 'Mafketel.'

Op dat moment ontstond er enige opschudding bij de ingang van het gebouw. Greg Downing kwam naar buiten, samen met Sadie Fisher. Sadie zag er vanzelfsprekend fantastisch uit – een vuurrood jasje op een zwarte blouse en een zwarte kokerrok. Greg droeg dezelfde spijkerbroek en hetzelfde flanellen overhemd die hij had gedragen toen hij was gearresteerd in die A-framewoning in Pine Bush. Hij knipperde tegen het daglicht alsof hij zojuist vanuit eenzame opsluiting de felle zon in liep. Het voelde een beetje geforceerd, maar Myron vergaf het hem. Greg liet een verlegen glimlachje zien en stak een aarzelende hand op – hij wist ook hoe je een persconferentie moest bespelen.

'Bedankt voor uw komst,' zei Sadie Fisher.

Win stootte Myron aan en gebaarde met zijn kin. Myron keek en zag Spark en Bo in een zwart busje stappen. Grace stond ook bij de deur. Ze draaide zich om en wierp Myron een woedende blik toe. Myron wendde zijn blik niet af. Toen stapte Grace in.

Sadie Fisher ging verder: 'Ik heb alles wat ik wilde zeggen al gezegd tijdens de persconferentie die ik vanochtend vanuit Las Vegas heb gegeven. Ik ben hier niet voor de show, dus ik zal niet in herhaling treden. Meneer Downing is erg blij om weer op vrije voeten te zijn, maar hij maakt zich zorgen om de andere slachtoffers die nog opgesloten zitten. Hij en ik hopen allebei op hun spoedige invrijheidstelling. Ook hopen wij dat het Federal Bureau of Investigation een open en transparant onderzoek zal uitvoeren, zodat het Amerikaanse volk de dreiging zal begrijpen en wij allemaal kunnen helpen de dader voor het gerecht te brengen.' Sadie schonk de menigte een strak glimlachje. 'Mijn cliënt vraagt iedereen om na deze vreselijke beproeving zijn privacy te respecteren. Dank u voor uw aandacht.'

De media barstten los in de verwachte kakofonie van vragen. Sadie en Greg schonken er geen aandacht aan en haastten zich naar het zwarte busje.

'Hmm,' zei Win.

'Wat?'

'Jeremy heeft het niet gehaald.'

Emily Downing zat op tv naar de vrijlating van haar ex-man te kijken toen ze een vreemd zoemend geluid hoorde.

Iedereen kent het oude verhaal dat er momenten zijn waarop het lijkt alsof je je hele leven aan je voorbij ziet trekken. Deze beeldspraak was niet heftig genoeg voor wat Emily op het punt stond mee te maken. De afgelopen paar dagen voelden alsof haar hele verleden zich samenbalde tot een enorme vuist die niet ophield op haar in te beuken. Ze had fouten gemaakt. Ze betreurde sommige dingen. Wie niet? Ze stond er niet te veel bij stil. Ze had een goed leven. Ze dacht aan Myron. Ze dacht aan Greg. Maar vooral, ondanks deze moderne tijd, ondanks alles, ondanks haar eigen rebelse geest, was ze bovenal en in de allereerste plaats moeder. Dat zei ze niet tegen vriendinnen wanneer ze elkaar zagen. Ze wilde het amper aan zichzelf toegeven. Het voelde te ouderwets, te achterhaald, maar de belangrijkste rol in haar leven was die van moeder. Haar eigen moeder had haar dat verteld, lang geleden al, nog voordat Jeremy was geboren. Voordat je een kind hebt, heb je een leven. Maar erna verandert je leven voorgoed. Niets is meer hetzelfde. Emily had wat schamper gereageerd op dat aloude cliché. Natuurlijk zouden er dingen veranderen, maar ze was er heilig van overtuigd dat het niets zou veranderen aan de koers die zij voor zichzelf had uitgestippeld. Wat naïef van haar. De reusachtige wereld die zij voor de geboorte van haar kind had gekend, was op de dag dat Jeremy was geboren gereduceerd tot een bijna zeven pond wegend lijfje. Het was hemels en liefdevol en dierlijk.

Daar was het gezoem weer.

Het was eigenlijk niet echt een zoemend geluid, besefte ze, maar eerder een soort vibratie en hoewel die gedachte haar normaal gesproken zou doen glimlachen – en zelfs tot een flauwe dubbelzinnigheid kon leiden waarom ze met haar vriendinnen kon lachen – verroerde ze zich niet, want ook al had ze er geen enkele reden voor, toch bezorgde het geluid haar ijskoude rillingen. Het geluid was een voorbode, dacht ze. Het geluid zou, net als de geboorte van haar eerste kind, haar leven voorgoed veranderen.

Hou op met overdrijven, zei Emily bij zichzelf.

Na de middelbare school was Emily naar Iowa gegaan om een master te behalen in creatief schrijven. Yep, ze wilde schrijfster worden. Het ontging haar niet dat de volgende liefde in Myrons leven, de vrouw voor wie hij was gevallen nadat ze uit elkaar waren gegaan en zij met Greg was getrouwd, de schrijfster Jessica Culver was. Culver was een van Emily's lievelingsauteurs, die het leven leidde dat Emily ooit had gedacht zelf te kunnen leiden. Uiteindelijk was Jessica Culver ook bij Myron weggegaan en Emily besefte dat dit dus nog iets was wat de twee vrouwen met elkaar gemeen hadden. Niet alleen het schrijven en niet alleen hun breuk met Myron, maar een soort zelfdestructie vermomd als onafhankelijkheid.

Het gezoem kwam uit Jeremy's kamer.

Toen ze vierentwintig was, had Emily het schrijven definitief opgegeven. Ze hield niet eens een dagboek bij. De gedachte aan schrijven stond haar tegen. Ze wist niet waarom. Het was nog maar van de laatste tijd, het afgelopen jaar of zo, dat het verlangen terug was gekomen. Ze was aan een roman begonnen. Ze wist niet precies wat haar ertoe bracht – de behoefte om mensen te bereiken, de behoefte om een verhaal te vertellen, een verlangen naar roem, glorie, onsterfelijkheid?

Moest je per se je beweegredenen kennen?

Het gezoem kwam onder Jeremy's bed vandaan.

Emily ging op haar knieën zitten om het beter te kunnen zien. Haar appartement in de Upper East Side had drie slaapkamers. Een voor haar, een voor Jeremy, een voor Emily's jongere dochter Sara. Het grootste deel van de tijd woonde Emily hier alleen. Jeremy was, nou ja, waar hij dan ook was. Sara had een baan in Los Angeles als productieassistente voor een grote streamingsdienst.

Het gezoem hield op.

Maakte niet uit.

Het kostte een paar minuten, maar uiteindelijk vond Emily de telefoon. En op dat moment voelde ze de moed in haar schoenen zinken. Ze stond op en liep als een zombie terug naar de keuken. Het liveverslag van Gregs vrijlating was afgelopen. Een reclame bejubelde de voordelen van het per post verkopen van je eigen goud. Emily plofte neer aan de keukentafel en staarde recht voor zich uit. Toen pakte ze haar mobiele telefoon en toetste het nummer in.

Na de derde keer overgaan nam Myron op. 'Emily?'

'Ik ben in mijn appartement,' zei ze, met een stem die in haar eigen oren heel ver weg klonk. 'Wil je alsjeblieft onmiddellijk komen?'

36

Terwijl je naar Myron Bolitar kijkt, schieten er twee tegenstrijdige, niet met elkaar te vergelijken gedachten door je hoofd.

Eén: je bent de controle over het verhaal kwijt.

Twee: het gaat precies volgens plan.

Je weet niet meer welke van de twee waar is. Je vraagt je af of er een wereld bestaat waarin deze paradox één geheel zou kunnen worden, waar de tegenstellingen met elkaar in harmonie zouden kunnen komen. In zekere zin doet het er niet toe. Je nadert het einde van de reis.

Dat betekent dat je Myron gaat vermoorden.

Je vraagt je af of je hier analytisch bezig bent of dat je op zoek bent naar rationalisering. De waarheid – de harde waarheid – is dat je nog steeds voldoende bij je verstand bent om te weten dat je geestelijk niet in orde bent. Je geniet van moorden. Heel erg zelfs. Je bent er ook van overtuigd dat er heel veel mensen zijn die precies hetzelfde voelen – of kunnen voelen – als jij. Je verschilt niet zo veel van hen, alleen hebben zij er nooit aan toegegeven, en daarom weten ze dus niet welk monster er wellicht in hen schuilt.

Jij wel.

Het heeft je veranderd.

Dat had je niet verwacht. Als iemand je ooit had gevraagd om na te denken over hoe het zou zijn om een ander mens te vermoorden, zou je in alle eerlijkheid hebben gezegd dat die gedachte je totaal niet aansprak, dat de gedachte aan moord je tegen de borst stuitte. Zoals iedereen zou zeggen. Zoals een zogenaamd 'normaal' persoon zou zeggen. Zo iemand was jij ook. Zo ver zou je nooit gaan. En dat is ook nooit je bedoeling geweest. Maar toen je het eenmaal had gedaan, tja, toen veranderde er iets, hè? Een ogenblik lang waande je je een god. Je voelde een roes van opwinding zoals je nog nooit had ervaren. Het benam je de adem. En op dat moment wist je het.

Dit gevoel wilde je vaker beleven.

Zelfs nu vind je jezelf nog steeds geen psychopaat. Je voelt je als iemand die een openbaring heeft gehad, een zeldzaam inzicht met bijna religieuze ondertonen, en je ziet de wereld nu met een helderheid die gewone stervelingen nooit echt zullen kunnen begrijpen.

En toch.

En toch, met diezelfde helderheid, weet je ook dat je niet in orde bent. Het kan je alleen niet schelen. Een cirkelredenering, maar het zij zo. De mens is een zelfzuchtig wezen. We willen wat we willen en de rest van de wereld is decor, schone schijn, als figuranten in een film waarin wij de enige en belangrijkste ster zijn. Je weet dus dat je probeert te rechtvaardigen wat je bent geworden, terwijl je tegelijkertijd weet dat het je uiteindelijk helemaal niks kan schelen.

Je ziet Myron de telefoon opnemen.

Je hebt het wapen. Je hebt het plan.

Voordat de zon weer opgaat is voor Myron Bolitar alles afgelopen.

En voor anderen…

Deze keer weet je dat eigenlijk niet zeker.

37

Myron zat aan de ene kant van de keukentafel, Emily aan de andere. Het enige voorwerp dat tussen hen in op tafel lag was een telefoon. Het was een klein, zwart toestel dat je open kon klappen. Myron kende dit type wel. Sommigen noemden het een 'prepaid' of 'opwaardeertelefoon'. Anderen, zoals Myron, kenden ze als *burners* of wegwerptoestellen.

Hij had de telefoon nog niet aangeraakt.

'Heb je een paar latexhandschoenen?' vroeg Myron aan Emily.

'Zoals chirurgen die dragen, bedoel je?'

'Ja.'

'Ziet het er hier uit als een ziekenhuis?'

'Schoonmaakhandschoenen dan?'

'Rubberhandschoenen, bedoel je?'

'Ja.'

'Ik kan even kijken. Waar heb je die voor nodig?'

'Wat denk je zelf, Emily?' Zijn stem klonk te scherp. Hij schroefde een tandje terug en zei: 'Ik wil geen vingerafdrukken wegvegen of achterlaten.'

'Maar ik heb hem ook al aangeraakt,' zei ze.

'Vertel eens hoe dat ging.'

'Hoe bedoel je?'

'Waar heb je hem precies gevonden?'

'In Jeremy's kamer. Dat had ik toch al gezegd? Hij was met tape aan de onderkant van het bed bevestigd.'

'En jij hoorde hem trillen?'

'Ja. Maar voor hetzelfde geld zat hij daar al maanden.'

Myron fronste. 'Zonder leeg te raken?'

'Niemand gebruikte hem immers. Kan een toestel niet zo lang opgeladen blijven als het nooit wordt gebruikt?'

Myron zag geen reden om hierover met Emily in discussie te gaan.

'Myron?'

Hij keek op. Emily had tranen in haar ogen.

'Ik ben echt bang.'

Hij reikte over de tafel en pakte haar hand. 'Stapje voor stapje, oké?'

Ze knikte.

'Hoe heb je de telefoon onder het bed vandaan gehaald?'

'Eerst probeerde ik hem met mijn hand los te trekken, maar die tape gaf niet mee. Dus toen ben ik in de keuken een schaar gaan pakken.'

'Heb je hem opengeklapt?'

'Nee, ik heb meteen jou gebeld.'

Myron knikte. 'Wil je die handschoenen even gaan pakken?'

Ze vond ze onder het aanrecht, maar ze waren veel te klein voor zijn handen. Myron hield het al snel voor gezien – als hij knoeide met DNA-sporen of iets dergelijks, dan was dat maar zo. De telefoon had vastgeplakt gezeten. Emily had hem vastgepakt. Er was dus al sprake van besmetting.

'Wacht,' zei Emily. 'Moeten we eerst Jeremy niet bellen?'

'Oké,' zei Myron. 'Maar laten we hem niet meteen naar de telefoon vragen.'

'Het heeft waarschijnlijk niets te betekenen.'

'Waarschijnlijk niet.'

'Hij zit in het leger. Hij doet veel geheim werk. Best mogelijk dat die telefoon daarmee te maken heeft.'

'Ja,' zei Myron. 'Dat denk ik ook.'

Ze bleven er allebei nog even naar zitten kijken.

'Hij is onze zoon,' zei Emily, met een smekende klank in haar stem. 'Dat weet je toch?'

Myron zei niets.

'Misschien moeten we er niet aankomen,' zei ze. 'Misschien kunnen we beter wachten tot hij hier is en het hem laten uitleggen.'

'Bel hem maar,' zei Myron.

Ze belde Jeremy, maar kreeg meteen zijn voicemail. De stem die ze te horen kreeg was van een machine, niet van Jeremy. Emily nam niet de moeite een boodschap in te spreken. Ze hing op. Ze zaten samen aan de tafel. Het was stil in de kamer. Myron staarde naar de telefoon. Toen keek hij Emily aan en stak een hand uit om het toestel op te pakken. Hij klapte het open en bekeek de inkomende gesprekken. In totaal waren dat er vier, verdeeld over de afgelopen drie dagen, het recentste van een uur geleden.

Bij alle vier de gesprekken stond: 'Nummer onbekend'.

Dat schoot niet op.

Myron keek of er een mogelijkheid was om het nummer terug te bellen. Hij kon niets vinden. Hij klikte op het pijltje boven aan het schermpje en ging naar uitgaande gesprekken. Bingo. Er was twee keer gebeld. Naar hetzelfde nummer. Toen Myron het zag, verstijfde hij.

'Wat?' zei Emily.

Hij antwoordde niet. Niet op de zaken vooruitlopen, zei hij tegen zichzelf. Stapje voor stapje.

'Myron?'

Het nummer had als kengetal 215. Dat was waar hij van was geschrokken. Hij legde het toestel neer en pakte zijn eigen telefoon.

'Wat doe je?' vroeg Emily.

Hij toetste het nummer in op zijn eigen telefoon. Hij wilde net verbinding maken toen hij zich bedacht. Waarom zou hij het gesprek registreren? Hij ging naar de Google-app en voerde het nummer daar in. Als dit niet werkte – als het een geheim nummer was of niet op een of andere manier online stond – zou hij het naar Esperanza sturen. Zij zou er gauw genoeg achter zijn van wie het nummer was.

Maar dat hoefde niet. Google werkte.

Het nummer met kengetal 215 behoorde volgens Myrons zoekopdracht toe aan de Prine Organization.

Myron sloot zijn ogen.

'Wat?' vroeg Emily.

De intercom zoemde en ze schrokken er allebei van. Emily schoof haar stoel naar achteren en stond op. 'Ik ben zo terug.'

Myron schoof de telefoon van het marmeren tafelblad in zijn hand. Toen leunde hij naar achteren en stak het toestel in zijn broekzak. Myron hoorde Emily tegen de portier zeggen dat hij hem naar boven kon sturen. Myron stond op en liep naar de deur.

'Toen ik de telefoon vond,' zei Emily, 'heb ik als eerste jou gebeld. Gek hè?'

'Ik weet niet. Is dat gek?'

'Ik deed het intuïtief. Maar toen ik ophing, voelde het toch vreemd.'

'Dus toen belde je nog iemand anders,' zei Myron.

'Ja,' zei ze. 'En hij is hier nu ook.'

Ze zaten met z'n drieën – Myron, Emily en nu ook Greg Downing – aan dezelfde keukentafel, met de klaptelefoon in het midden, op gelijke afstand van hen alle drie.

Greg was degene die de stilte verbrak. 'Het is een valstrik.'

'Ja,' zei Emily, die zich onmiddellijk vastklampte aan Gregs verklaring.

'Dat heeft die seriemoordenaar toch elke keer gedaan?' Greg richtte zich tot Myron, klaar om uitleg te geven. 'Hij vermoordt iemand en laat iemand anders ervoor opdraaien. Deze keer is dat Jeremy.'

'Precies,' zei Emily.

'Dat zou dan dubbelop zijn,' zei Myron.

'Wat?'

'De moordenaar heeft Jackie Newton ervoor laten opdraaien. Zij is al gearresteerd. Jeremy zou dan de tweede zijn.'

Greg keek Myron aan. Het deed hem denken aan hun eerste ontmoeting. In de brugklas. Toen Myrons Kasselton All-Stars in de sportzaal van een middelbare school in Tenafly een wedstrijd speelden tegen Gregs Glen Rock Greats, hadden beide jongens al een reputatie als twee van de beste spelers van de staat. Myron had dat seizoen in elke wedstrijd geschitterd. De Kasselton All-Stars waren ongeslagen. Maar die dag hadden een paar van de spelers gezegd dat Glen Rock iemand had die even goed was als hij. Myron en Greg hadden voor de wedstrijd geen woord met elkaar gewisseld. Ze schudden elkaar de hand en gingen er keihard tegenaan. Myron kwam als overwinnaar uit de strijd, maar wist nog dat hij jaloers was geweest op de manier waarop Greg zijn kalmte wist te bewaren. Myron toonde emotie op het veld. Greg nooit.

En hier aan tafel zat ook de eerste vrouw van wie Myron ooit had gehouden. Zij was een openbaring geweest, een explosie, een uitbarsting van emotie. Het was dan misschien niet blijvend geweest, maar destijds, toen hij haar was kwijtgeraakt, had Myron het gevoel gehad dat hij nooit meer op deze manier van iemand zou kunnen houden. Wat had hij zich daarin vergist, maar hé, als je jong bent wist je immers niet beter? Toch, zelfs nu, na al die jaren, was het nog steeds onbegrijpelijk. Hij had begrip voor Emily's, eerlijk is eerlijk, volwassen besluit om niet met hem te trouwen. Het was te snel geweest. Dus waarom had ze dat niet gewoon gezegd? Waarom had ze helemaal met hem gebroken? En ook al was daar nog wel wat voor te zeggen – hij snapte heus wel dat het moeilijk was om verder te gaan na een afgewezen aanzoek – waarom was ze dan zo snel verdergegaan met Greg Downing? Er liepen duizenden mannen rond. Waarom Myrons rivaal? Toen Myron net op de middelbare school zat, had zijn moeder in de auto onophoudelijk Jim Croce's album *You Don't Mess Around with Jim* gedraaid. Haar lievelingsnummer, dat ze altijd meezong, was 'Operator', een smartlap over een man die met de hulp van een telefoniste vergeefs op zoek is naar zijn verloren grote liefde. Het was een triest verhaal, over de man die zijn ex-geliefde wilde laten zien dat hij zijn leven had gebeterd, dat het goed met hem ging, ook al was het duidelijk dat dit helemaal niet zo was, maar wat het nummer voor Myron, zelfs toen al, toen hij nog niet meer van de liefde afwist dan tienerverliefdheden, extra hartverscheurend maakte, was dat de grote liefde van de man in kwestie ervandoor was gegaan met zijn 'beste oude ex-vriend Ray'. Alsof het niet erg genoeg was dat ze zijn hart had gebroken, had ze het ook nog eens zo verdomd persoonlijk gemaakt.

'We vertellen dit tegen niemand,' zei Greg. 'Jeremy is onschuldig. Dat weten we allemaal. Als de politie hem beschuldigt of arresteert, zal dat ernstige gevolgen hebben voor zijn leven. Dat mogen we niet laten gebeuren.'

'Moeten we de telefoon vernietigen?' vroeg Emily.

'Ho even,' zei Myron, 'laten we niet te hard van stapel lopen.'

'We vernietigen hem niet,' zei Greg, Myrons opmerking negerend. 'Ik hou hem voorlopig wel bij me. Als puntje bij paaltje komt, zal ik zeggen dat hij van mij is.'

'En als Jeremy er toch op een of andere manier mee te maken heeft?' vroeg Myron.

Greg keek hem aan. 'Jij bent zijn vader niet.'

'Dat weet ik.'

'Nee, volgens mij weet je dat niet,' zei Greg. 'In het uiterste geval neem ik alle schuld op me. Dit' – hij hield het mobieltje omhoog – 'is officieel mijn bezit. Ik heb het gekocht. Ze hebben mijn DNA al gevonden op een van de plaatsen delict. Dus ik ben de boosdoener. Ik ben de dader.'

'We zorgen er hoe dan ook voor dat Jeremy alle hulp krijgt die hij nodig heeft,' voegde Emily eraan toe. 'Ik geloof niet dat hij er iets mee te maken heeft. Ik geloof er niets van. Maar als het toch zo is, dan is er in het buitenland misschien iets met hem gebeurd. Hij heeft verschrikkingen meegemaakt die wij ons niet kunnen voorstellen. Wij gaan ervoor zorgen dat hij de best mogelijke zorg krijgt.'

'Myron,' zei Greg met een knikje in zijn richting, 'je moet ons beloven dat je ons hierin zult steunen.'

Myron keek eerst Greg aan en toen Emily.

'Jullie denken niet helder na,' zei Myron. 'Jullie allebei niet.'

Nu richtte Greg zich tot Emily. Hij schudde zijn hoofd en zei: 'Waarom heb je hem opgebeld?'

Emily antwoordde niet.

'Wij hadden dit samen kunnen afhandelen. Als zijn ouders.'

Emily legde een hand op Myrons arm. 'Ik dacht dat je het zou begrijpen.'

'Dat doe ik ook,' zei Myron tegen haar. Toen wendde hij zich tot Greg. 'Denk even na. Je kracht als coach was je talent om een perfect wedstrijdplan op te stellen. Je bekeek onvermoeibaar wedstrijdbeelden. Je las verslagen van scouts. Niemand bereidde zich zo goed op een wedstrijd voor als jij.'

Greg leunde naar voren. 'Daarom weet ik dat dit gaat werken,' zei hij.

'Denk je?' zei Myron. Hij wees naar de telefoon. 'Op dat toestel zijn gesprekken gevoerd met de Prine Organization.'

'Klopt.'

'Ronald Prine is vermoord toen jij in hechtenis zat. Wil je soms gaan zeggen dat je hem vanuit je gevangeniscel hebt doodgeschoten?'

Greg keek Emily aan. Emily haalde machteloos haar schouders op.

'Nu moet je eens goed naar me luisteren,' zei Myron tegen Greg. 'De FBI heeft geen idee hoeveel mensen deze seriemoordenaar heeft vermoord – en hoeveel hij er in de val heeft laten lopen. Minimaal zes, maar waarschijnlijk veel meer. Er was er een in Texas, een in New York, een in Las Vegas, een in Nebraska... het hele land door. Er bestond geen enkel verband tussen al die zaken. Nul komma nul. De FBI had geen enkele aanwijzing. Helemaal niets. De moordenaar had nog jaren zo door kunnen gaan. Misschien was hij dan nooit gepakt, ware het niet dat één ding de zaak openbrak.'

Ze zaten allebei te wachten. Greg pakte Emily's hand. Eén fractie van een seconde leek ze dat niet prettig te vinden, leek zijn aanraking haar zelfs tegen te staan, maar opeens leek ze zich te realiseren dat ze hier samen in stonden, als Jeremy's ouders, zij samen tegen de plotselinge vreemde indringer, Myron.

'Jij, Greg. Dat begrijp je toch wel? Jouw DNA is gevonden op de plek van de Callister-moorden. En je hebt een link met Jordan Kravat.'

'Hoe dan?' vroeg Greg. 'Jordan Kravat was de ex-vriend van de zoon van mijn vriendin. Ik bedoel, dat is wel erg magertjes.'

'Maar het is geen toeval, Greg. Denk eens goed na. Wie heeft er nog meer een connectie met beiden? Wie kon jou voor de moord op Cecelia Callister laten opdraaien en Joey Turant voor de moord op Jordan Kravat?'

'Wat wil je nu eigenlijk zeggen?' vroeg Greg. 'Dat Jeremy de connectie is?'

'Nee. Ik vraag je...'

'Want in de maanden voordat ik naar Vegas ging, heb ik Jeremy helemaal niet gezien.' Hij wendde zich tot Emily. 'Weet je nog? Hij was op een of andere missie en was vier maanden lang onbereikbaar.'

'Ja, dat weet ik nog,' zei Emily.

Greg vouwde zijn handen en legde ze voor zich op de tafel. 'Myron, luister. We moeten wat tijd zien te winnen, zodat we dit samen uit kunnen zoeken – voordat we het aan anderen vertellen, oké? Misschien heb je gelijk. Misschien moet ik een stapje terug doen en gaan doen waar ik goed in ben. Scouten. Plannen. Methodisch te werk gaan. Wij met ons drieën.'

Op dat moment ging Myrons telefoon.

Hij keek wie hem belde.

Het was Jeremy.

Iedereen aan tafel verstijfde.

'Waarom belt hij jou?' vroeg Emily.

Myron wachtte niet tot Emily of Greg hem zou vertellen hoe hij het gesprek moest aanpakken. Hij nam op.

'Hé,' zei Myron.

'Hé,' antwoordde Jeremy.

Er viel een ongemakkelijke stilte. Myron nam de telefoon van zijn rechter- over in zijn linkerhand. Emily en Greg zaten hem gespannen aan te kijken.

'Ik dacht dat ik je wel zou zien bij Gregs vrijlating.'

'Ik werd opgehouden,' zei Jeremy.

Zijn stem, besefte Myron, klonk waarschijnlijk hard genoeg voor Emily en Greg om te kunnen verstaan wat hij zei. Myron twijfelde even of dat iets uitmaakte en besloot het erbij te laten.

'Ben je bij Win?' vroeg Jeremy.

'Op dit moment niet, nee.'

'O, sorry. Stoor ik?'

'Nee, absoluut niet.'

'Ik ben ongeveer een uur bij je vandaan,' zei Jeremy. 'Kunnen we ergens afspreken?'

'Tuurlijk.'

'Ik wil je vertellen... nou ja, je weet wel. Over dat ontslag en die IT-baan.'

'Ja, natuurlijk, oké.' Myron voelde zich als verdoofd. 'Bij Win thuis?'

'Prima. Ik zie je over een uur.'

Toen Myron ophing, vroeg Greg: 'Waar ging dat over?'

'Hij is over een uur hier. We hebben afgesproken in het Dakota.'

Emily streek haar haar achter haar oren. 'Wat bedoelde hij met dat ontslag en die IT-baan?'

Myron stond op en zij volgden hem met hun ogen. 'Het is niet aan mij om dat te zeggen.'

'Wat bedoel je daar in vredesnaam mee?' vroeg Greg.

'Daar bedoel ik mee dat jullie hem dat zelf maar moeten vragen.'

'Ontslag?' zei Emily nogmaals. 'Zit hij dan niet meer in het leger?'

'Toen hij hoorde dat jij vrij zou komen is hij teruggekomen naar New York,' zei Myron tegen Greg. 'Dat heeft hij me een paar uur geleden verteld. Ik weet zeker dat hij met jullie allebei contact op zal nemen.'

'Wacht even,' zei Emily.

'Wat?'

'Je kunt niet zomaar...' begon Emily. Ze zweeg en begon opnieuw, ditmaal met vastere stem. 'Hij is onze zoon, niet de jouwe.'

'Ja, dat zeg je steeds,' zei Myron, 'behalve wanneer het je goed uitkomt.'

'Wat wil je daarmee zeggen?' vroeg Emily op bitse toon.

'Toen hij dertien was en een beenmergdonor nodig had, was ik opeens zijn vader. Zo-even, toen je die telefoon vond die in zijn kamer was verstopt, was ik opeens zijn vader. Hoor eens, ik heb hem niet opgevoed. Dat snap ik. Ik ben gewoon de spermadonor of een biologisch ongelukje of hoe je het ook wilt noemen. Ik ben altijd respectvol op de achtergrond gebleven. Het is misschien niet aan mij om te bepalen wat mijn relatie met Jeremy is, maar het is ook zeker niet aan jullie twee. Hij heeft mij gebeld. Hij wil mij spreken. Ik ga nu naar hem toe.'

Myron liep naar de deur. Emily en Greg liepen achter hem aan.

'Ga je hem van die telefoon vertellen?' vroeg Greg.

'Dat weet ik nog niet.'

'Doe dat niet, oké?' zei Greg. 'Vertrouw me nou maar wat dat betreft.'

'Ik vertrouw jou helemaal niet,' zei Myron en liep de deur uit.

38

Je staat aan de Central Park-kant van de straat en houdt de deur in de gaten.

Het appartementengebouw waar de Downings wonen staat op de hoek van Fifth Avenue en 80th Street. Het biedt adembenemende uitzichten over Central Park, het Metropolitan Museum of Art en zelfs over het voormalige Payne Whitney-woonhuis aan 79th Street, dat tegenwoordig dienstdoet als het hoofdkwartier van de culturele diensten van de Franse ambassade.

Je draagt een zwarte honkbalpet. Je bent 'in vermomming', alleen ook deze keer niet heel uitgebreid. Het is precies genoeg.

Je houdt de voordeur in de gaten, zodat je Myron niet kunt missen wanneer hij naar buiten komt.

Dit gedeelte is nog bepaald geen hogere wiskunde.

Het Downing-appartement bevindt zich aan de oostzijde van Central Park. Het Dakota, waar Myron vaak verbleef bij zijn vriend Win, staat aan de westzijde van Central Park. Dit betekent natuurlijk dat Myron hoogstwaarschijnlijk door het park naar huis zal lopen.

Er is ook een kans dat hij een taxi of een Uber neemt, maar dat zal wel niet.

Je hebt hierop gerekend.

Het begint donker te worden. Je ziet hem naar buiten komen. Hij zegt iets tegen de portier en dan zie je hem naar de hoek lopen, waar hij wacht voor het stoplicht. Voordat het licht op groen springt, loop je het park in. Je hoeft hem niet te volgen.

Je weet welke route hij neemt.

Je hebt de mogelijkheden tegen elkaar afgewogen. Ga je hem ergens op een afgelegen plek langs deze route vermoorden, of kun je dat juist het beste op een drukke plek doen? Het lijkt logischer om een rustige plek te zoeken, maar dit is Central Park, een van de populairste parken ter wereld, en afgelegen plekjes zijn hier een zeldzaamheid. Jij en hij zijn al snel midden in het park, ver van de uitgangen en makkelijk toegankelijke ontsnappingsroutes. Een ander probleem is hoe je Myron kunt overrompelen. Wanneer je door de rustige delen van Central Park loopt – waar je het sterkst het gevoel hebt alleen te zijn – ben je juist het meest op je hoede. Dat is een normale overlevingsstrategie. Het is niet zo dat het park onveilig is, maar wanneer je door de donkere en minder drukke delen loopt, kijk je vanzelfsprekend oplettender om je heen.

Je antwoord?

Welke route door het park Myron ook neemt – via Belvedere Castle of langs de Bethesda Fountain of misschien wat zuidelijker langs Conservatory Water en het beeld van Alice in Wonderland – hij zal ongetwijfeld de uitgang aan de westzijde langs 72nd Street nemen, bij Strawberry Fields. Dat weet je zeker. Dat is waar Win woont. Strawberry Fields, een gedenkplek ter nagedachtenis aan John Lennon, is populair en hip en er staat altijd wel een muzikant liedjes van Lennon te spelen en te zingen, omringd door een vrolijke menigte.

Ideaal dus.

Je besluit je naar de door bomen gevormde tunnel te haasten waar het pad op uitkomt. Je plan is heel eenvoudig. Myron loopt hier straks langs, terwijl jij op de loer ligt. Je vuurt meerdere kogels op hem af. Dat zal ervoor zorgen dat er paniek uitbreekt. Gegil en chaos. De menigte toeristen en mensen die hun hond uitlaten zal uiteenstuiven. Jij stuift met ze mee. Je neemt de uitgang aan Central Park West, een paar meter verderop. De ingang voor de metrolijnen B en C is daar pal aan de overkant.

Voordat iemand iets kan doen zul je al weg zijn.

Je hebt de revolver. Je hebt het plan.

Je begint sneller te lopen, vindt je plek en wacht af.

39

Myron stak Fifth Avenue over en liep even ten zuiden van het Met Central Park in. Het was een wandeling, wist hij uit ervaring, van een kwartiertje. Hij liep langs de achterkant, langs de Naald van Cleopatra, een obelisk van bijna 3500 jaar oud, gebouwd in opdracht van farao Thoetmosis II. Jaren later scheen Cleopatra de obelisk te hebben gebruikt bij de bouw van een Romeinse tempel, opgedragen aan haar vriendje Julius Caesar, vandaar de bijnaam Naald van Cleopatra. Hij staat al sinds 1881 in Central Park.

Myron wist dit allemaal – en dacht eraan om niet aan andere dingen te hoeven denken – omdat Win veel van geschiedenis wist en gek was op dit park. Hij liep snel verder. Het sprookjesachtige Belvedere Castle rees uit boven de bomen van de Ramble. Het was een ogenschijnlijk prachtige mengvorm van romaanse en gotische bouwstijlen, hoewel het gebouw in werkelijkheid een 'folly' was – iets wat vaak wordt omschreven als een buitensporig kostbaar en extravagant gebouw zonder enig praktisch nut. Het kasteel had een uitkijktoren, een bezoekerscentrum en een observatorium, maar Myron bleef moeite houden met het idee van een folly – iets wat was neergezet om de indruk te wekken van iets veel imposanters.

Hij dacht aan het telefoontje dat Emily had gevonden. Eigenlijk was dat, op een bepaalde manier, ook een folly.

Hij haalde zijn eigen telefoon uit zijn zak en belde zijn moeder. Ze nam meteen op.

'Fijn dat je nu belt,' zei mam tegen hem.

'Alles in orde met jullie?'

'O, ja, prima hoor. Maar je vader en ik hebben net onze edibles genomen en je weet wat dat betekent.'

Myron sloot zijn ogen. 'Ja, nee.'

'We hadden al een week niets genomen.'

'Uh-huh.'

'Ze zullen zo wel gaan werken, dus straks zit je vader me door het hele appartement achterna.'

'Hallo? Je spreekt met je zoon, hoor. Je zoon hoeft dit niet te horen.'

'En zal ik je eens wat zeggen? Hij hoeft niet veel moeite te doen om me te pakken te krijgen.'

'Mam?'

'O, doe toch niet zo preuts. Wees gewoon blij voor ons.'

'Dat ben ik heus wel. Ik hoef er alleen geen beelden bij te hebben.'

'Wat mankeert er aan de beelden?'

Dit had geen zin. 'Dus ik neem aan dat pap zich beter voelt?'

'Ja. Iedereen heeft al gebeld. Je broer. Je zus – o, die komt trouwens morgen over uit Seattle.'

'Wat gezellig.'

'Zeker. En Terese heeft gebeld.'

Myron begon in zuidelijke richting het pad af te lopen.

'Ik raak steeds meer op haar gesteld, Myron. Ik vind haar erg lief.'

'Daar ben ik blij om.'

'Het is een sterke vrouw.'

'Dat is ze zeker.'

'Je weet dat ik mijn bedenkingen had.'

Dat wist hij. Terese kan geen kinderen krijgen. Zijn ouders hadden al drie kleinkinderen – van wie Mickey, de zoon van zijn broer

Brad, de oudste was – maar pap en mam wisten dat Myron ook graag kinderen had gewild.

Zijn telefoon piepte ten teken dat hij een inkomend gesprek kreeg. Hij keek op het schermpje en zag dat het PT was.

'Mam, ik moet even opnemen, oké?'

Mam hoorde aan zijn stem dat het belangrijk was. 'Toe maar,' zei ze snel.

Ze hing nog eerder op dan hij.

'PT?'

De norse stem klonk niet vrolijk. 'Is er iets wat je mij moet vertellen?'

'Zoals?'

'Zoals dat we een aankoopbon hebben gevonden voor een prepaidtelefoon, gekocht bij een Walmart in Doylestown. Weet je waar Doylestown is?'

Doylestown lag, wist Myron, een uur rijden ten noorden van Philadelphia.

'Ja.'

'O, mooi zo. Deze prepaidtelefoon heeft de Prine Organization gebeld om ze te bedreigen. Kun je me nog volgen?'

Myron was niet blij met de kant die dit opging. 'Jazeker.'

'Raad eens wat wij zojuist hebben gedaan, Myron.'

'Jullie hebben die telefoon gepingd?'

'We hebben meer gedaan dan dat. We hebben de telefoon geopend en de geografische locatie bepaald door middel van triangulatie, met behulp van de beacons voor de noodnummers van de hulpdiensten op het netwerk.'

'Ik wist niet dat jij zo technisch aangelegd was.'

'Dat ben ik niet,' zei PT. 'Ik lees dit letterlijk zo voor uit een verslag dat hier voor me ligt op mijn bureau. Moet ik je de rest ook uitleggen?'

'Geef me een uur,' zei Myron.

'Ik neem aan dat je een grapje maakt?'

'De telefoon ligt op dit moment in de flat van Emily Downing. Dat weet ik.'

'Dus je gaat tegen me liegen?'

'Ik lieg niet...'

'De telefoon bevindt zich niet meer in die flat,' zei PT. 'En jij ook niet.'

'Wat?'

'De telefoon is op dit moment ergens midden in Central Park. En raad eens? We hebben ook jouw telefoon gelokaliseerd, dus we weten dat jij daarmee door het park loopt.'

Myron zette grote ogen op. Hij bleef stevig doorlopen en keek niet achterom.

'Heb je mijn exacte locatie?'

'Hier voor me op mijn scherm. Je loopt in zuidwestelijke richting door Central Park.'

Myron slikte. 'En dat prepaidtoestel?'

'Weet je dat niet?'

'Dat weet ik niet.'

'Ga je me nu vertellen dat je dat niet bij je hebt?'

'Ik heb het niet.'

'Shit.'

'Hoe exact zijn de locaties?'

'Tot op zo'n honderd meter nauwkeurig.'

Dus hij werd door iemand gevolgd. Dat konden maar twee mensen zijn. Greg of Emily.

'Luister, er zijn agenten van ons onderweg,' zei PT. 'Ze kunnen snel bij je zijn. Vertel me over die telefoon.'

Myron overwoog voorzichtig over zijn schouder te kijken, om te zien of hij werd gevolgd. Maar wat dan? Stel dat het Greg was. Wat moest hij doen? Myron was nu bij het pad naar Strawberry Fields. Tussen de bomen door kon hij de vestingachtige omtrekken van het

Dakota al zien. Hij was er bijna. Het ging goed. Hij zou snel het pad aflopen en aan het einde ervan wegduiken achter een boom. Daar kon hij wachten om te zien door wie hij werd gevolgd.

'Myron?' zei PT. 'Hoe zit het met die telefoon?'

'Dat is een lang verhaal.'

Myron liep-rende het pad op en keek intussen achterom. Daar liep een gezin van vier personen. Twee ouders en twee meisjes die eruitzagen als een tweeling. Achter het gezin liep een gezelschap toeristen onder aanvoering van een vrouw die een Frans vlaggetje omhooghield zodat ze haar makkelijk konden volgen.

Geen Greg. Geen Emily.

Op het bankje een eindje verderop zag Myron een bebaarde muzikant met een gitaar en een microfoon en een versterker, en QR-codes, zodat je hem wat geld kon geven. Straatmuzikanten deden tegenwoordig ook al aan hightech. Hij zong over een bankier die in de stromende regen nooit een regenjas droeg, wat hij heel erg vreemd vond. Geweldige tekst, totdat je er goed over ging nadenken. Myron haastte zich langs hem heen. Er stond een grote groep mensen in de rij om foto's te maken bij het Imagine-mozaïek. Dave, de buttonverkoper met wie Win wel eens een praatje maakte en die de straatmuzikanten op Strawberry Fields inroosterde, stond niet op zijn vaste plek. Dat was de plek waar Myron het pad verliet. Hij zocht een dikke boom uit en verstopte zich erachter.

Hij keek in de richting waar hij vandaan was gekomen. Geen Greg. Geen Emily.

'Waar is die telefoon nu?' vroeg Myron aan PT.

Voordat PT kon antwoorden, zoemde Myrons telefoon weer. Het was een berichtje van Esperanza, in hoofdletters. Esperanza gebruikte nooit hoofdletters.

BEL ME NU!!!!!

Myron nam niet eens de moeite dag te zeggen tegen PT. Hij hing gewoon op en belde Esperanza.

'Vertel op.'

'O shit, je had gelijk.'

'Wat?'

'Die geheime bankrekening,' zei Esperanza. 'Die Greg en Grace gebruikten voor het huis in Pine Bush. Jij zei dat ik daar eens naar moest kijken.'

'En?'

'Ze hebben een creditcard laten aanmaken op naam van Parker Stalworth. Twee dagen geleden heeft iemand die kaart gebruikt om een auto te huren in Horsham, Pennsylvania.'

Horsham, dacht Myron. Niet ver van Doylestown of Philadelphia.

Plotseling begon alles op zijn plek te vallen.

'Hoe komen we daar meer over te weten?' vroeg Myron.

'Al gebeurd,' zei Esperanza. 'Een screenshot van de beveiligingscamera van het autoverhuurbedrijf komt eraan. Check je berichten.'

Myron hoorde het geluid van de binnenkomende foto. Hij wierp opnieuw een blik op het pad. Geen Greg. Geen Emily. Niemand die hij kende. Toen zette hij de telefoon op speaker en keek naar het schermpje. Het screenshot was te klein om iets te kunnen zien. Hij tikte op de foto om de afbeelding te vergroten. Het duurde even voordat hij was geladen.

De afbeelding, net als alle afbeeldingen van beveiligingscamera's, was van bovenaf genomen. Myron zag het achterhoofd van de medewerker van het autoverhuurbedrijf. Degene die de auto kwam huren droeg een zwart honkbalpetje en hield het gezicht omlaag.

Maar Myron wist wie het was. Opeens vielen alle puzzelstukjes op hun plek.

Esperanza zei: 'Myron, is dat…'

Op hetzelfde moment gebeurde er iets. Het was meer een gewaarwording dan dat Myron het hoorde of zelfs voelde.

Er was iemand achter hem opgedoken.

Hij aarzelde geen moment. Hij draaide zich bliksemsnel om naar rechts, stak zijn arm uit en sloeg de revolver weg die zich slechts centimeters van zijn achterhoofd bevond. In die ene seconde – minder dan dat zelfs, misschien nog geen tiende van een seconde – herkende Myron de zwarte honkbalpet.

De revolver ging af.

De kogel raakte Myron.

En Myron viel neer.

40

Vanaf je plek bij de ingang van de groentunnel kijk je hoe Myron haastig komt aanlopen.

Waarom die haast? vraag je je af.

Het is druk op Strawberry Fields. Groepen toeristen drommen samen terwijl gidsen in allerlei talen hun verhaal doen. De fietstaxi's – denk aan een combinatie van fiets en riksja – staan opgesteld langs de vrijwel altijd voor auto's afgesloten oprit van 72nd Street. De bestuurders moeten het hebben van de toeristen en proberen voetgangers over te halen met glimlachende gezichten en stadsplattegronden en foto's van de mooie plekjes in het park die ze te zien zullen krijgen als ze hun fietstaxi huren. Er staan ook enkele paardenkoetsen te wachten op nieuwe passagiers. De paarden, denk je, zullen zich doodschrikken wanneer ze schoten horen.

Dat is mooi. Het zal voor nog meer chaos zorgen.

Myron Bolitar passeert het Imagine-mozaïek.

Zo dichtbij.

Je trekt de klep van je pet omlaag, maar je doet het meer uit gewoonte dan uit voorzorg. Je verbergt je bij de ingang van de tunnel die bestaat uit takken en twijgjes. Er komen veel voetgangers voorbij. Veel mensen die hun hond hier komen uitlaten.

Myron Bolitar houdt zijn telefoon tegen zijn oor gedrukt.

Maakt dat wat uit – dat hij misschien iemand aan de lijn heeft wanneer jij hem doodschiet?

Je zou niet weten waarom.

Je plan is niet ingewikkeld. Hij loopt langs. Jij zet de loop van de revolver tegen zijn hoofd. Je haalt de trekker over.

Myron is dertig meter van je verwijderd.

Nu zet je een mondkapje op. Voor alle zekerheid. Je ziet ze niet zo veel meer – mondkapjes – maar ze zijn zeker niet ongebruikelijk, als overblijfsel uit de coronaperiode.

Handschoenen heb je natuurlijk al aan.

Nog twintig meter.

Je haalt de Ruger LCR tevoorschijn. Je houdt je arm langs je lichaam en je donkere broek camoufleert het zwarte wapen.

Vijftien meter.

Je legt je vinger om de trekker.

Nu is het nog een kwestie van seconden.

Je voelt de adrenaline door je heen stromen. De spanning. Nee, dit gedeelte is niet zo bevredigend als het daadwerkelijke doden. Dat is het fijnst – het moment waarop de ogen sluiten en het leven uit het lichaam vloeit. Maar dit, het voorspel van moord, is ook een intens gebeuren.

En dan, zonder waarschuwing vooraf, verlaat Myron het pad.

Wat krijgen we…

Hij glipt snel achter een boom en drukt zich er met zijn rug tegenaan.

Waarom, vraag je je af, doet hij dat?

Verbergt hij zich?

Daar lijkt het wel op.

Heeft hij door dat je hier op hem wacht?

Je zou niet weten hoe dat kan. Je kijkt hoe Myron zijn hoofd naar links en rechts draait. Dan buigt hij voorzichtig een stukje opzij, net genoeg om om de boom heen te kunnen kijken.

Je duikt weg.

Maar hij kijkt niet in jouw richting.

Hij kijkt het pad af.

Alsof hij weet dat jij het op hem hebt voorzien. Alleen kijkt hij natuurlijk de verkeerde kant op.

Was dat logisch?

Hij heeft nog steeds iemand aan de telefoon.

Met wie praat hij?

Het doet er niet toe.

Je weet niet wat er gaande is of waarom Myron zich achter de boom verstopt. Je overweegt wat je nu moet doen. Moet je wachten tot hij weer verder loopt, deze kant op?

Nee.

Dat kun je niet riskeren. Je moet handelen en wel onmiddellijk. Stel je voor dat Myron wordt gevolgd. Of dat hij rechtsomkeert maakt, terug naar Emily's appartement. Dan sta je hier verkeerd. Dan verlies je hem misschien helemaal uit het oog. Dan komt je plan in gevaar.

Doe het! zeg je tegen jezelf.

Dus doe je het.

Je verlaat de beschutting van de tunnelingang en haast je naar hem toe. Hij staat nog steeds met zijn rug naar je toe. Hij staart steeds in de richting van het Imagine-mozaïek, terwijl hij intussen in de telefoon praat. Dat is goed. Hij is afgeleid. Hij kijkt niet jouw kant op.

Je bent nog maar een paar meter van hem verwijderd wanneer Myron de telefoon plotseling weghaalt van zijn oor.

Hij kijkt naar iets op het schermpje.

Opeens gebeurt er van alles tegelijk.

Je brengt de revolver omhoog om hem in zijn hoofd te schieten.

Tegelijkertijd zie je waar hij naar staat te kijken op zijn telefoon. Je verstijft.

Dat ben jij.

Hoe…

Je blijft verstijfd. Maar het duurt niet lang. Nauwelijks een seconde. Je verdringt de paniek en vermant je. Je brengt de loop van de revolver naar zijn achterhoofd.

Je maakt aanstalten om de trekker over te halen – en terwijl je dat doet, draait Myron zich bliksemsnel om en slaat tegen je arm.

Maar hij is te laat. De kogel wordt afgevuurd.

En zijn bloed spat in je gezicht.

41

Myron viel eerst op zijn knieën en daarna verder voorover, op zijn handen.

Hij bloedde hevig. Myron staarde omlaag en zag hoe het bloed een plas vormde op het plaveisel onder hem. Er werd gegild en geschreeuwd en om hem heen leek alles in beweging.

Myron knipperde met zijn ogen en voelde de kou.

Hij besefte dat hij was neergeschoten – dat hij in shock begon te raken.

Beweeg, zei hij tegen zichzelf. Beweeg of sterf.

Er was geen plan, geen bewuste overweging, behalve dan de eenvoudige gedachte dat hij in beweging moest komen. Hij wist dat hij gewond was en dat het ernstig was. De pijn overspoelde hem als een vloedgolf en verspreidde zich snel. Het voelde alsof een reusachtig beest een enorme hap uit zijn nek had genomen. Hij deed een poging overeind te komen. Dat lukte niet. Toen duwde hij zich met één been naar voren, als een gewonde sprinter in de startblokken.

Wij zijn niet kogelbestendig...

Had Win dat laatst niet gezegd?

Toepasselijk.

Niettemin slaagde hij erin voetje voor voetje moeizaam vooruit te komen.

42

Je bent verbijsterd, maar voelt tegelijkertijd een uitzinnige vreugde.

Hij heeft je verrast, Myron Bolitar, toen hij uithaalde met zijn arm en de koers van de kogel veranderde.

Fijn voor hem.

Toch heeft de kogel hem geraakt, in de holte tussen zijn nek en zijn sleutelbeen. Het bloed spuit uit de wond, ook op jou. Je vraagt je af of je een slagader hebt geraakt.

Zal hij gewoon doodbloeden?

Je wilde chaos en die heb je gekregen. Je hoort gegil. Je ziet mensen naar de uitgang aan de westzijde van het park rennen. Je laat je meevoeren door de stroom.

Maar dan herinner je je opeens iets: hij had een foto van jou op zijn telefoon.

Myron is er op de een of andere manier achter gekomen hoe het zit.

Je kunt hem niet alleen verwonden. Je moet zeker weten dat hij dood is.

Je hebt nu geen tijd om alles op een rijtje te zetten. Als je dat wel had, al was het maar een paar tellen, zou je je waarschijnlijk realiseren dat iemand hem die foto moet hebben gestuurd, dat Myron nooit helemaal alleen werkt, dat als Myron heeft ontdekt hoe het zit, anderen, zoals Win, dat ook weten.

Maar nu, op dit moment, heb je geen tijd voor details.

Je moet hem vermoorden. Hoe dan ook. Als dit voor jou het einde betekent, als dit het laatste is wat je doet, dan geldt hetzelfde ook voor hem.

Myron is ernstig gewond. Hij kruipt bij je vandaan als een krab zonder evenwichtsgevoel. De stroom mensen beweegt in tegenovergestelde richting en hindert je. Je overweegt een paar schoten te lossen, maar je revolver heeft maar zes kogels. Je kunt beter geen patronen verspillen. Wanneer je Myron een ogenblik uit het oog verliest, raak je in paniek. Je knokt nu harder en baant je hardhandig een weg door de menigte.

En daar is hij, bij de bankjes. Hij kruipt nog steeds. Hij begint zich een beetje op te richten.

Je richt en schiet. Je mist. Je richt en vuurt nog een keer.

Je raakt hem in zijn rug.

Myrons lichaam schokt. Deze keer valt hij met een klap voorover.

43

Nadat de eerste kogel hem had geraakt, probeerde Myron overeind te komen, maar de pijn deed hem duizelen. Hij bleef op handen en knieën zitten en gleed meer dan dat hij rende. Hij wankelde naar links. Zijn hoofd protesteerde. Hij had geen evenwicht meer, alles bewoog.

Mensen renden langs hem heen, liepen tegen hem aan. Iedereen gilde. Myron probeerde weg te komen uit de richting van de schutter. Hij hoorde weer een schot. Myron kneep even zijn ogen dicht en voelde het bloed uit zijn lichaam stromen. Hij bleef kruipen. Er klonk opnieuw een schot.

Hij voelde een verzengende pijn in zijn onderrug.

De impact zorgde ervoor dat Myron met zijn armen wijd gespreid voorover viel. Zijn ruggengraat kromde naar achteren en alle lucht werd uit zijn longen geperst. Hij kon niet ademen. Hij viel hard met zijn wang op de punt van een bankje.

Zijn mond vulde zich met bloed. Niet van de val. Niet van zijn wang op het bankje.

Het bloed kwam vanuit zijn borst omhoog in zijn keel.

Hij verdronk erin.

Myron voelde vanaf de zijkanten van zijn blikveld de duisternis oprukken. Hij begon het bewustzijn te verliezen.

Hou vol, zei hij tegen zichzelf.

Maar zijn lichaam weigerde te luisteren. Zelfs zijn primitieve overlevingsinstinct ebde langzaam weg, steeds verder. Hij rolde weg, onder het bankje. Inmiddels begon het donker te worden voor zijn ogen. Ergens binnen in hem begon iets stil te vallen.

Hij vroeg zich af of hij stervende was.

Hij lag nu op zijn zij, met zijn wang op het plaveisel. Hij kon zich niet bewegen. Het kon hem niet veel schelen. Hij zag nog steeds voeten langsrennen, maar hij hoorde geen geschreeuw meer. Het enige geluid was een hoog gonzen in zijn hoofd. Waarom gebeurde dat? Waarom hoorde hij niets meer?

Het voelde alsof een machtige arm hem omlaag sleurde naar waar het koud was en zwart.

Opeens verschenen er twee voeten voor hem. Ze bleven staan en bukten zich.

Het gezicht van het screenshot, compleet met zwarte honkbalpet, verscheen voor zijn ogen en keek hem aan.

Het was Grace Konners.

Myron had zijn telefoon nog in zijn hand. Zij stak haar hand ernaar uit en trok het toestel met gemak uit zijn zwakke greep. Zodra ze het in handen had, richtte Grace haar revolver op het midden van zijn gezicht. Myron kon zich niet bewegen. Hij kon alleen maar machteloos toekijken. Hij zag de glinstering in haar ogen, de manier waarop haar lippen zich in een glimlach krulden.

Hij had de moordenaar gevonden. Te laat. Maar hij had haar gevonden.

Myron probeerde in de laatste seconde die hij te leven had nog iets te doen. Een laatste gebaar. Een manier om het allemaal af te sluiten met verzet of moed of iets dergelijks. Maar zijn lichaam gehoorzaamde niet. Hij kon alleen maar naar de revolver kijken.

De tijd vertraagde.

Toen gebeurde alles tegelijk.

Een mannenstem riep: 'Nee!'

Grace haalde de trekker over.

Een mannenhand greep naar de loop van het wapen en de handpalm bedekte de loopmonding.

Het waren de stem en de hand van Jeremy.

Myron wilde hem wegwuiven, zijn zoon vertellen dat het te laat was, dat hij de revolver los moest laten en zichzelf in veiligheid moest zien te brengen.

Het wapen ging af.

Myron hoorde Jeremy een kreet van pijn slaken.

Nee...

Myron wilde schreeuwen, wilde helpen, wilde iets dóén, wat dan ook.

Hij kon zich niet bewegen. Hij voelde zich koud, verstijfd. Het hoge gonzen in zijn hoofd veranderde in een doods gezoem.

Grace richtte opnieuw haar revolver. Maar niet op Myron.

Op Jeremy.

Nee...

Er klonken twee schoten. De kogels raakten Myron niet. Ze raakten Jeremy ook niet.

Ze raakten Grace.

Ze maakte een pirouette naar links, hield zichzelf nog een ogenblik overeind en zakte toen in elkaar als een marionet waarvan de touwtjes zijn doorgeknipt. Op het moment dat ze viel, zag Myron nog iemand staan, aan de andere kant van het Imagine-mozaïek.

Greg Downing.

Hij stond daar met een verbijsterde blik op zijn gezicht, de revolver in zijn hand, gericht op de plek waar Grace zo-even nog had gestaan.

Myron hield het niet meer vol. Hij voelde zijn handen wegglijden langs het inwendige touw waaraan ze zich hadden vastgeklemd. Zijn ogen rolden weg in hun kassen.

'Myron?'

Het was Win.

'Ik ben hier,' zei Win en Myron kon de ongewone paniek in de stem van zijn vriend horen. 'Hou vol, Myron. Blijf bij me.'

Maar Myron kon niet meer.

'Myron? Myron, blijf bij me.'

Hij wilde wel luisteren. Echt waar. Maar nu stortte hij in die gonzende leegte en werd alles zwart.

44

WIN

'Myron?' zeg ik nogmaals en ik hoor zelf de vreemde, smekende toon in mijn stem. 'Myron, blijf bij me.'

Maar hij is niet bij me. Dat zie ik nu. Zijn huid is grauw, zijn lippen zijn al blauw. Bloed borrelt op en stroomt vervolgens vrijelijk uit zijn hals. Ik leg mijn hand op de wond en oefen er druk op uit. Ik wend me tot een man die naast me staat te filmen.

'Bel 911,' zeg ik op mijn meest autoritaire toon. Zo moet je dat doen. Je roept niet op goed geluk dat iemand moet bellen. Dan blijven er te veel mensen gewoon staan kijken in de veronderstelling dat iemand anders het wel zal doen. Je geeft iemand opdracht om te bellen en ziet erop toe dat het ook echt gebeurt. 'Bellen, nú.'

De man knikt en toetst het nummer in. Ik weet niet of het zin heeft, want ik stel me zo voor dat iemand anders de autoriteiten al op de hoogte heeft gebracht. Chaos alom. Ik blijf mijn hand op de bloedende wond drukken. Myrons bloed sijpelt tussen mijn vingers door.

Hij verliest te veel bloed.

'Hou vol,' zeg ik tegen Myron. Mijn stem klinkt zelfs in mijn eigen oren vreemd en lijkt van ver weg te komen. Hij is toch niet bij bewustzijn. Hij kan me niet horen.

Ik zie vanuit mijn ooghoeken een aantal dingen tegelijk gebeuren. Grace Konners ligt op de grond. Ze is dood. Haar ogen zijn open en knipperen niet meer. Haar bloed verspreidt zich langzaam in de richting van het Imagine-mozaïek. Greg Downing, die haar heeft neergeschoten, rent naar Jeremy toe. Jeremy's gezicht is, net als dat van zijn biologische vader, lijkbleek. Jeremy is zo verstandig zijn bloedende handstomp boven zijn hoofd te houden, alsof het een toorts is, en kijkt ernaar alsof het hem verbaast dat hij er nog aan zit. Greg trekt snel zijn jas uit en wikkelt die om de wond.

Ik heb geen idee hoelang we daar allemaal zijn.

Op een gegeven moment knielt er een vrouw naast mij neer. Ze is misschien een jaar of vijftig, met rossig haar dat in een paardenstaart zit. 'Ik ben arts,' zegt ze tegen mij. 'Blijf op de wond drukken.' Later zal ik horen dat ze Dodi Meyer heet en dat ze op de afdeling spoedeisende hulp van het New York-Presbyterian werkt. Ze rolt Myron op zijn rug. Ik durf mijn hand pas van zijn hals te halen wanneer de ambulance er is en iemand het van me overneemt.

Dan haal ik mijn hand weg en klim bij hem in de ambulance. Terwijl de wagen wegrijdt staar ik omlaag naar mijn handen. Ze druipen van Myrons bloed. Later zal ik me afvragen wanneer ik het bloed eraf heb gewassen, want hoe vaak ik de hele film van die avond in gedachten ook heb afgespeeld, ik kan me daar niets van herinneren.

En inderdaad, best vreemd dat ik me juist dat afvraag.

Myron sterft twee keer. Een keer in de ambulance op weg naar het ziekenhuis. En nog een keer op de operatietafel. We horen vaak hoe taai mensen zijn, dat ze zijn gebouwd om te overleven, maar het verbaast mij altijd weer hoe fragiel en afhankelijk van de grillen van het noodlot we uiteindelijk allemaal zijn. We hebben het hier over Myron Bolitar, in zo veel opzichten toch een van de beste exemplaren van de menselijke soort, een empathische ziel, voortgekomen uit een lijn van robuuste voorouders, en ook nog eens toegerust met opmerkelijke fysieke kracht en intelligentie. En toch. En toch, ook al had hij de juiste keuzes gemaakt, de morele keuzes, de moedige keuzes, de verstandige en voorzichtige keuzes, toch was er dus maar één krankzinnige vrouw met een wapen tot haar beschikking voor nodig om zo'n krachtig iemand als een kaarsvlammetje te doven. Wij neigen ernaar te denken dat het universum rechtvaardig en geordend is, maar we weten allemaal dat het dat niet is. Het is wreed en grillig. We denken dat we als soort zijn geëvolueerd, dat het erom gaat dat de sterksten overleven, maar in werkelijkheid werden de besten onder ons, de sterksten onder ons, de moedigsten en intelligentsten onder ons, eeuwen geleden al naar het slagveld gestuurd en sneuvelden daar, ongeacht hoe moedig of bekwaam ze, net als Myron, ook waren, terwijl de zwakkeren en de lafsten onder ons thuis achterbleven en zich voortplantten. Dat is wie wij zijn. Het restproduct van de zwaksten. De fecale overblijfselen, zogezegd, van de geschiedenis. We willen graag geloven dat ons wezen een ethische kern heeft, dat onze wereld vredig en liefdevol is, en tegelijkertijd wordt iedereen die al is het maar vijf minuten van een natuurdocumentaire heeft gezien eraan herinnerd dat wij moeten doden om te overleven. Wij allemaal. Dat is de wereld die is geschapen door om het even welk hoger wezen – een wereld van doden of gedood worden. Daar komt niemand onderuit, zelfs de zelfgenoegzame veganisten onder jullie niet, die velden omploegen en daarmee levende wezens opofferen opdat ook jullie kunnen overleven.

Dit is geen plezierig besef, maar wil je plezier of realiteit?

En nu, terwijl ik de levenskracht zie wegebben uit de man om wie ik in de hele wereld het allermeest geef, bid ik tot een hoger wezen in wie ik niet geloof en van wie ik weet dat hij niet luistert en zullen velen van jullie me willen vertellen dat dit allemaal deel uitmaakt van een of ander masterplan.

Hoe naïef kun je zijn?

Je wilt 's nachts kunnen slapen, dus vertel je jezelf sprookjes. Als een kind.

Maar ik dwaal af.

Myron ligt in het ziekenhuis. Hij heeft nog moeite met communiceren.

Daarom zal ik, als jullie het goedvinden, dit verhaal voor hem afmaken.

De weg terug zal lang en moeizaam voor hem zijn. Er zijn weinig garanties. Een volledig herstel, hoe dat er ook uit zou moeten zien, lijkt onwaarschijnlijk. Een volle maand na de schietpartij, wanneer hij uit zijn coma is ontwaakt en niet meer op de ic ligt, wordt Myron overgebracht naar een eenpersoonskamer in de Milstein Building van het New York-Presbyterian. Ik regel dat door middel van een aanzienlijke donatie. In de hoek bij het raam wordt een veldbed neergezet. Daar slaapt Terese. Zij heeft verlof genomen. Ze wijkt nauwelijks van zijn zijde.

Ik zal niet in detail treden over zijn verwondingen, want daar zie ik het nut niet van in. Myron brengt het grootste deel van zijn tijd door in een mist van pijn en medicatie en behandelingen. Het is niet duidelijk wat hij wel begrijpt en wat niet. Ik probeer hem zo veel mogelijk uit te leggen. Het is moeilijk voor hem om zich lang achtereen te concentreren. Ik herhaal mezelf vaak omdat ik bang ben dat hij wat ik vertel weer vergeet, of dat het niet goed blijft hangen.

Dus laat mij, voor zover mogelijk, jullie vragen beantwoorden. Ik heb dit allemaal ook tegen Myron verteld, hoewel deze samenvatting is samengesteld uit tientallen gesprekken met hem.

Om te beginnen, Myrons grootste zorg: Jeremy.

Zodra de eerste kogel Myron raakte, drong tot Esperanza door dat er iets heel erg mis was. Zij gebruikte een sneltoets om mij te bellen en voegde me toe aan het gesprek, zodat we met z'n drieën verbonden waren. Vreemd genoeg was ik al onderweg. Ik had in mijn appartement aan de overkant van de straat het schot en het daaropvolgende tumult gehoord. Ik wist niet dat Myron het slachtoffer was, maar misschien realiseerde ik me instinctief dat die kans groot was. Ik wist dat Myron rond dat tijdstip door het park zou lopen om Jeremy te ontmoeten, die naast mij zat toen Esperanza belde.

Ik reageerde snel. Jeremy, die wellicht iets van zijn vaders talenten heeft geërfd, reageerde sneller.

Het was Jeremy, niet ik, die als eerste ter plekke was. Hij is jong, denk ik dan maar. Ik kan rennen, maar Jeremy schoot me met gemak voorbij. Schijnbaar zonder ook maar enigszins aan zijn eigen veiligheid te denken handelde Jeremy als de held die hij duidelijk is. Hij dook regelrecht op Grace' revolver af – en betaalde daar de prijs voor toen Grace de trekker overhaalde.

Jeremy verloor de ringvinger en pink van zijn rechterhand.

In het Walter Reed wordt momenteel aan een soort prothese voor hem gewerkt. Nee, Jeremy is drie jaar geleden niet ontslagen en nee, hij werkte niet in de IT bij Dillard's. Zoals Myron al dacht – misschien meer als hoop dan als nuchtere analyse – maakten het ontslag, de andere naam en de baan in de IT allemaal deel uit van Jeremy's tot in detail uitgewerkte dekmantel. Hij deed inderdaad geheim werk om zijn land veilig te houden. Meer kan ik er niet over vertellen, want ik weet niet meer.

Het is, zoals Jeremy zelf zegt, geheim.

Ten tweede: de Valstrik-seriemoordenaar.

Volgens de officiële verklaring van de FBI loopt het onderzoek nog steeds. Volgens PT luidt de 'officieuze officiële' conclusie dat Grace Konners die zeldzame (hoewel niet volledig onbekende) uitzondering is die bekendstaat als de vrouwelijke seriemoordenaar. De FBI heeft haar tot nu toe in verband gebracht met zes moorden en de daaropvolgende frame-ups, maar er zijn nog minstens drie andere zaken die volgens de FBI zeker op haar teruggevoerd zullen worden.

PT denkt – en ik ben het met hem eens – dat het er waarschijnlijk nog meer zijn en dat de FBI, ook al doen ze nog zo hun best, misschien nooit zal weten om hoeveel slachtoffers het gaat. Verschrikkelijk, ik weet het. Het spookt door mijn gedachten – dat er onschuldige mensen in de gevangenis zitten voor moord, die daar waarschijnlijk altijd zullen blijven.

Wat dit onderzoek nog onoverzichtelijker maakt voor de FBI is dat tientallen, misschien wel honderden, veroordeelde moordenaars nu beweren dat Grace Konners ook hen voor de moord in kwestie heeft laten opdraaien. Zij is hun verlaat-de-gevangenis-zonder-betalen-kaart. Ze eisen dat hun veroordelingen worden teruggedraaid. Je kunt je het probleem wel voorstellen, of niet soms? Ze liegen natuurlijk bijna allemaal, maar de FBI kan zich geen vergissing veroorloven. De taak om al die claims uit te zoeken is een tijdrovende en kostbare rotklus, zelfs voor de meest ervaren rechercheurs.

Drie: waarom werd Greg Downings DNA gevonden op de plaats delict van de Callister-moorden?

Hierover bestaan twee theorieën. De belangrijkste, de theorie die de FBI de waarschijnlijkste lijkt, is dat Grace Konners net als de meeste seriemoordenaars (of verslaafden in het algemeen) gaandeweg een steeds sterkere dosis dopamine nodig had. Kort gezegd, ze wilde zowel beter worden in wat ze deed als zichzelf ontdoen van de enige persoon ter wereld die haar kon tegenhouden.

Greg Downing.

Greg was ook degene die hun gezamenlijke kapitaal beheerde, dat van haar alleen zou zijn als hij in de gevangenis terechtkwam. Zij zou niet worden verdacht en zou helemaal opnieuw kunnen beginnen. En over psychopathisch gedrag gesproken – stel je eens voor dat je niet alleen in staat bent een voormalig topmodel te vermoorden, maar dat je vervolgens je eigen partner ervoor op wilt laten draaien.

Myron trekt een dubieus gezicht wanneer ik hem dit gedeelte

vertel. Ik weet niet of ik er zelf wel echt in geloof, maar het zou kunnen.

Vier: hoe is het allemaal begonnen?

Volgens mij is dit ten dele een kwestie van oordelen met de kennis van nu, maar ik zal jullie vertellen wat de FBI denkt. Toen ze onderzoek gingen doen naar Grace Konners' verleden, vonden ze een groot aantal zorgelijke voortekenen. Als kind was ze misbruikt door een gewelddadige oom. In haar directe omgeving verdwenen regelmatig huisdieren. Zowel Spark als Bo, haar zoons, zeiden fysiek door haar mishandeld te zijn en geloofden dat hun vader, die was overleden na een zogenaamde val in de douche, wellicht door toedoen van hun moeder op een twijfelachtigere manier aan zijn eind was gekomen.

Na de dood van hun vader kroop Grace 's nachts vaak bij haar zoons in bed. Hoe minder daarover wordt gezegd hoe beter, lijkt me.

Wat betreft chronologie was Jordan Kravat het eerste slachtoffer van de Valstrik-seriemoordenaar. Grace had Kravat in eerste instantie niet willen vermoorden omdat ze een seriemoordenaar in de dop was, maar om een heel eenvoudige reden – omdat Kravat haar zoon slecht behandelde en zijn leven verwoestte. Maar op een gegeven moment – misschien nog vóór de moord, of misschien omdat ze na de moord opeens een kans zag – realiseerde ze zich dat ze twee vliegen in één klap kon slaan door de ene aartsvijand (Jordan Kravat) te vermoorden en de andere (Joey Turant) voor de moord te laten opdraaien.

Grace' kinderen onderschrijven deze theorie trouwens. Bo Storm heeft toegegeven dat het OM in Vegas hem niet onder druk heeft gezet of bedreigd. Zijn moeder had hem verteld dat zij Jordan Kravat had vermoord om hem te beschermen en dat hij met een beschuldigende vinger naar Joey the Toe moest wijzen.

Vinger, kleine teen. Grapje.

Hoe dan ook, de gedragswetenschappers van de FBI denken dat Jordan Kravat de Patiënt Nul was die heeft geleid tot de uitbraak van wat nu bekendstaat als de Valstrik-seriemoorden.

Volgende vraag (ik ben de tel kwijt – de hoeveelste is dit?): hoe is het afgelopen?

Dit weten jullie waarschijnlijk al, maar ik zal het nog een keer vertellen: Greg heeft Grace neergeschoten en gedood. Toen Myron bij Emily wegging om met Jeremy te gaan praten, waren diens ouders – dat wil zeggen, Greg en Emily – bang dat Myron in een vlaag van rechtschapenheid de FBI op de hoogte zou brengen van de gevonden telefoon. Dat was de reden waarom Greg besloot om naar hen toe te gaan. Hij had de wegwerptelefoon in zijn zak. Zo kwam het dat PT er door middel van geolokalisatie achter kwam dat het toestel zich ergens in het park, in de buurt van Myron bevond. Greg hoorde de schoten, rende op het geluid af...

... en toen hij zag dat Grace de revolver op zijn zoon richtte...

Kaboem.

Toch vraag ik me af: als Greg was aan komen rennen en had gezien dat Grace op het punt stond opnieuw op Myron te schieten, zou hij haar dan ook hebben doodgeschoten?

Hmm.

Wat ik me ook afvraag: was Greg in werkelijkheid een paar tellen eerder al ter plaatse? Heeft hij dus gewoon de keuze gemaakt pas te schieten toen zijn zoon in gevaar was?

Antwoorden: die heb ik niet, vandaar dat ik zeg dat ik het me afvraag.

Laatste vraag: hoe zat dat met Greg Downing? Hij moet toch de waarheid hebben geweten?

Ook wat dit betreft bestaan er verschillende theorieën.

De eerste is dat Greg van niets wist. Het stel had volgens Greg een eigenaardige relatie. Hij vertelde de autoriteiten dat hij en Grace vaak afzonderlijk reisden en maanden achtereen gescheiden van elkaar leefden. In de loop van vijf jaar werden er uiteindelijk slechts – en ik realiseer me heel goed dat 'slechts' in deze zin buitengewoon relatief is – zes moorden gepleegd. Dat is iets meer dan één per jaar. Hoe moeilijk zou het zijn om dat voor je partner verborgen te houden? Er zijn veel gevallen bekend van een mannelijke seriemoordenaar die zijn moordlust verborgen hield voor zijn partner. Recentelijk nog beweerde de vrouw van Rex Heuermann, de Long Island-moordenaar, niets van de barbaarse misdaden van haar man te hebben geweten. De meesten van ons geloven dat zij de waarheid spreekt. Is het dan misschien seksistisch om te denken dat Grace Konners niet in staat zou zijn dit alles voor haar vriend verborgen te houden?

Goede vraag.

De tweede theorie is dat Greg vermoedde wat er aan de hand was, of dat Grace misschien bang was dat hij te dicht bij de waarheid kwam. Dat zou dan natuurlijk hebben bijgedragen aan haar besluit om zijn DNA achter te laten op de plek waar de Callister-moorden werden gepleegd.

Daar zit wel wat in, denk ik.

Er zitten mogelijk nog wat hiaten in, zeg ik tegen Myron (en daarmee ook tegen jullie), maar als dat zo is, denk ik dat het kleintjes zijn. Ik heb nog nooit een moordzaak meegemaakt waarbij niet op z'n minst sprake was van enkele tegenstrijdigheden. Als een zaak te gedegen en aannemelijk is, nou ja, hebben we niet allemaal zojuist een waardevolle les geleerd over moorden die een uitgemaakte zaak lijken?

Maar, zeg ik tegen Myron, het is hoe dan ook voorbij. Misschien ontdekken we nog wat details, zoals hoe de slachtoffers werden uitgekozen en of er misschien bijkomende motieven waren. Maar ik zou niet weten hoe dat nog iets substantieel aan het verhaal kan veranderen. De FBI lijkt liever de brandjes te willen blussen die deze reeks moorden heeft gecreëerd dan extra olie op het vuur te gooien.

Greg is weer aan het reizen en heeft een ticket gekocht naar Cairns, bij het Groot Barrièrerif in Australië. Er gaan geruchten dat hij misschien weer zal worden gevraagd om de New York Knicks te coachen, maar voorlopig houdt hij zich gedeisd.

Zo eindigt het dus.

Ik heb maanden van persoonlijke gesprekken met Myron samengevat in de bovenstaande paar pagina's. Het meeste had je waarschijnlijk zelf al geraden. Hopelijk ben ik erin geslaagd ook de laatste dingetjes die je misschien nog dwarszaten op te helderen.

Zodra Myron voldoende is opgeknapt, zal ik hem deze samenvatting ook geven. Hij praat niet veel, iets waar ik nog steeds erg aan moet wennen. Normaal gesproken is Myron een echte prater. Hij houdt ervan om tussenbeide te komen, te onderzoeken, af te leiden, te ondervragen, te vleien en te ageren.

Maar tegenwoordig wordt hij snel moe van praten. Tegenwoordig zit hij rechtop in zijn bed en luistert alleen maar, zonder een woord te zeggen.

Wanneer ik klaar ben, wanneer ik tegen hem zeg, zoals ik hierboven al tegen jullie heb gezegd: 'Zo eindigt het dus', doet Myron voor het eerst zijn mond open:

'Helemaal niet.'

45

Het is zes weken later.

Myron zit in z'n eentje, in het donker, in kamer 982 van het Royal Mansour-hotel in Marrakech. Ja, in Marokko. Zelf zit ik, samen met Terese, in een kamer naast hem. De kamers hebben een verbindingsdeur, dus als Myron me nodig heeft, ben ik binnen een paar tellen bij hem. Er zijn camera's en microfoons geplaatst. Met Myrons gezondheid gaat het iets beter, maar hij is nog lang niet honderd procent hersteld. Of zelfs maar vijftig procent. We hadden dit nog wat langer kunnen uitstellen – eerlijk gezegd had Myrons arts daarop aangedrongen – maar ik weet dat Myron er slecht van sliep. Ik heb een gruwelijke hekel aan het woord 'afsluiten', maar ik weet zeker dat Myron het nodig heeft om te kunnen genezen.

Mijn mannetje dat de lift in de gaten houdt stuurt mij en Myron een berichtje dat uit slechts één woord bestaat:

HIER.

Terese leest over mijn schouder mee. 'Het zit me niet lekker.'

'Hij is veilig,' zeg ik tegen haar.

Ze lijkt er niet van overtuigd. Ik begrijp haar wel.

Kamer 982 is al zes nachten lang geboekt op naam van Arthur

Caldwell. Dat is niet zijn echte naam. Hij beweegt zijn sleutelkaart even heen en weer voor het slot en opent de deur. Het licht is uit. Hij loopt naar binnen en sluit de deur achter zich. Hij knipt het licht aan en gaat de hotelkamer binnen.

Hij blijft meteen staan wanneer hij Myron ziet.

'Ha, Greg.'

Greg Downing schrikt, maar eerlijk is eerlijk, hij herstelt zich onmiddellijk. 'Heeft het zin om te vragen hoe je me hebt gevonden?'

Zo moeilijk was dat volgens mij niet. Toen de FBI met hem klaar was, begon Greg zijn reis, zoals ik al eerder heb vermeld, in Cairns, Australië. Ik ging ervan uit dat Greg zo snel mogelijk een andere identiteit zou willen. Mijn mensen vonden in Cairns drie leveranciers van valse identiteiten. Ik loofde een kwart miljoen dollar uit voor de eerste die mij Gregs nieuwe identiteit kon vertellen. Er meldde zich onmiddellijk iemand die mijn geld aannam en mij kopieën gaf van alle officiële documenten van Arthur Caldwell.

Van dieven kun je geen eergevoel verwachten.

'Je bent afgevallen,' zegt Greg.

Dat is zwak uitgedrukt. Myron is vijftien kilo afgevallen. Zijn wangen zijn ingevallen. Er zijn momenten dat ik hem bijna niet kan aankijken zonder te schrikken.

Wanneer Myron niet antwoordt, vraagt Greg: 'Wat wil je van me?'

'Wist je dat Grace van plan was mij te vermoorden?'

'Zou je me geloven als ik nee zei?'

'Misschien,' zegt Myron. 'Het zou best kunnen dat ze haar eigen plan heeft getrokken.'

'Ze was een moordenaar, Myron.'

'Dat ben jij ook.'

Greg glimlacht. 'Maar niet zoals zij.'

'Wil je me erover vertellen?'

Greg gaat op het hoekje van het bed zitten. 'Ik neem aan dat ik weinig keus heb? Win zal wel in de buurt zijn. Zonder Win zou jij hier niet zijn.'

Myron zegt niets.

'Ik wil niet mijn hele leven over mijn schouder moeten blijven kijken,' zegt Greg, terwijl hij zijn benen over elkaar slaat, 'dus vooruit dan maar. Om te beginnen: waar ben ik de fout in gegaan?'

'Kleine dingetjes,' zegt Myron.

'Zoals?'

'Dat Grace Ronald Prine vermoordde, bijvoorbeeld. Als Grace degene was die jouw DNA op de plek van de Callister-moorden heeft achtergelaten, waarom was ze dan zo dom om Prine te vermoorden terwijl jij achter de tralies zat en het niet kon hebben gedaan? Het was juist een gegronde reden om je vrij te laten.'

'Omdat ze gek was?' probeert Greg.

Myron fronst. 'Gaan we het zo spelen?'

'Macht der gewoonte, denk ik. En verder?'

'Je verklaring voor hoe de moordenaar erin was geslaagd jouw DNA op de plaats delict achter te laten.'

'Je bedoelt dat potje basketbal? Ik vond dat best goed gevonden.'

'Dat was het ook,' geeft Myron toe, 'maar alleen oppervlakkig gezien. Iemand raakt je tijdens een pick-upgame tegen je neus. Je bloedt. Ze nemen je bloed mee en laten het achter op de plaats van de moord.'

'Ik had het idee uit een boek. Of misschien was het een kort verhaal.'

'Hoe dan ook, wij hebben het nagetrokken. Niemand in Wallkill herinnert zich jou of een gebroken neus. Die gebroken neus? Daar zat ik niet mee. Maar niemand herinnerde zich jóú, Greg. En dat zat me niet lekker. Win merkte het niet op. Niemand zou het hebben opgemerkt. Maar jij en ik...'

Greg knikt. 'Je hebt gelijk. Het had iemand moeten opvallen.'

'Greg Downing in een pick-upgame? Het doet er niet toe hoe

goed je je had vermomd of hoe je je tijdens het spelen had ingehouden.'

'Een echte basketballer zou me hebben herkend,' zegt Greg. 'Dat was dom van me.'

'Eén dingetje nog,' zegt Myron.

Hij grijnst. 'Je lijkt Columbo wel. Wat?'

'Ik heb jou en Grace samen gezien in jullie huis in Pine Bush. Oké, het was maar heel even en mogelijk was het gespeeld, maar dat denk ik toch niet. Volgens mij hield je echt van haar.'

'Dat klopt.' Hij doet heel even zijn ogen dicht en zijn stem klinkt opeens zachter. 'Nog steeds.'

'Je hebt het er zelfs met me over gehad. "Is het te cliché om haar mijn maatje te noemen?" vroeg je toen.'

'Dat meende ik.'

'Dat geloof ik best. En daarom waren al die verhalen over dat jij van niets wist omdat jullie gescheiden leefden of niet zo close waren...'

'Ja, die waren gelogen.'

Greg kijkt naar Myron op. Deze keer vallen ze niet terug op hun jeugdjaren op het basketbalveld. Dit zijn gewoon twee mannen, volwassen mannen, mannen die in fysiek opzicht hun beste jaren hebben gehad, die door het noodlot te vaak met elkaar in conflict zijn gekomen.

'Ben jij ooit zo verliefd geweest, Myron?'

'Ik denk dat ik dat nu ben.'

'Nee, nee. Je bent verliefd en je bent getrouwd en dat is allemaal prachtig. Maar jullie zijn niet altijd samen. Jullie leiden je eigen leven. Dat is waarschijnlijk verstandig. Gezond. Zo heb ik dat altijd gevoeld voordat ik Grace leerde kennen. Maar – en ja, ik weet hoe oubollig dit zal klinken – ik weet nog dat ik een keer 's nachts naast haar in bed lag. Ik lag tegen haar rug en had mijn arm om haar middel geslagen. Ik voelde haar hart kloppen en plotseling begon het mijne in precies hetzelfde ritme te kloppen als dat van haar. Helemaal vanzelf. Onze harten klopten synchroon en dat is nooit meer opgehouden. Het was alsof onze twee harten één waren geworden.'

'Wauw,' zegt Myron.

'Ik meen elk woord.'

'En toch heb je haar vermoord.'

'Ik had geen keus.'

'Omdat ze Jeremy ging vermoorden.'

'Ja.' Hij schudt zijn hoofd. 'Ik heb de vrouw van wie ik hield opgeofferd voor onze zoon.'

'O, ónze zoon,' herhaalt Myron. 'Gaan we nu opeens zó beginnen?'

'Ik grijp alles aan,' zegt Greg. 'Maar gek genoeg denk ik toch dat het 't beste is om jou de waarheid te laten zien.'

'Het ging allemaal mis met de Callisters, nietwaar?'

Greg schudt zijn hoofd. 'Lang daarvóór ging het al mis, toen Grace naar die Bucks-Suns wedstrijd in Phoenix kwam,' zegt hij. 'Zo zit de wereld in elkaar, hè? Alles is een chemische reactie. Hoe groot is de kans dat jij en ik elkaar tegenkomen, met elkaar wedijveren, voor hetzelfde meisje vallen en uiteindelijk elkaars leven aan flarden scheuren? Wij waren twee doodgewone bestanddelen die in combinatie met elkaar giftig werden. Zo is het ook gegaan met Grace, maar dan veel explosiever. Er zijn heel veel wat-alzen in het leven. Wat als ik Spark niet had aangenomen als assistent-coach, bijvoorbeeld? Dat heb ik bijna niet gedaan. Dan had ik Grace nooit ontmoet en als je al denkt dat jij en ik explosief waren wanneer we met elkaar in botsing kwamen…'

'Wat is er gebeurd, Greg?'

Hij haalt zijn schouders op. 'Ik werd verliefd. Meer was het aanvankelijk niet. Zoals ik je eerder al vertelde – ik was helemaal óp. Ik wilde niet meer spelen, ik wilde ervandoor met Grace, samen met haar de wereld zien. Maar eerst moesten we haar zoon helpen.'

'Bo.'

'Je kent het hele, onverkwikkelijke verhaal. Jordan Kravat maakte hem afhankelijk van drugs, dwong hem zijn lichaam te verkopen. Ik bedoel, die vent vermoordde Bo beetje bij beetje. Grace en ik bespraken het. We konden geen manier bedenken om Bo uit die situatie te bevrijden. En toen opperde Grace plotseling de meest voor de hand liggende, maar verboden oplossing.'

'Jordan Kravat vermoorden.'

Greg knikt. 'En toen die gedachte eenmaal hardop was uitgesproken, toen we het woord "moord" eenmaal gebruikten... het is net of we toen een grens waren gepasseerd en niet meer terug konden. Ik begon een plan te beramen, alsof ik een belangrijke wedstrijd plande. Terrein verkennen. Kijken wie we tegenover ons hadden. Proberen in te schatten wat ze wel of niet zouden doen. Toen kwam ik op het idee om Jordans maffiabaas erin te luizen.'

'Joey the Toe.'

'Inderdaad. We zouden de grootste dreiging elimineren en het zou de aandacht afleiden. Kravat, Turant. Het waren slechte mensen, Myron. Het voelde als de enige manier.'

'Dus dat was jullie eerste gezamenlijke moord?'

'Ja.'

'En? Het beviel je wel?'

Hij grinnikt. 'Meer dan dat. Veel meer. Hoe moet ik dit uitleggen?'

'Ik zal je helpen. Jullie waren twee psychopaten. Eén psychopaat die in z'n eentje door het leven gaat, dat is al erg genoeg. Maar toen jullie tweeën met elkaar – hoe noemde je dat zo-even? – met elkaar in botsing kwamen...'

'Zoiets, ja,' zegt Greg. 'Het was, wat zal ik zeggen, het was absoluut een kick. Een ongekende roes. Maar het was meer. Het was alsof we allebei een volledige transformatie ondergingen. Alles werd in alle opzichten beter. Eten smaakte beter. Seks was intenser. We maakten iets mee wat gewone stervelingen nooit zullen begrijpen.'

'Dus om kort te gaan,' zegt Myron, 'jullie gingen door met moorden.'

'Ja.'

'En mensen in de val laten lopen.'

'Ja.'

'Als team. Jullie werkten samen.'

Hij knikt. 'Grace was de gewelddadigste van ons tweeën. Zij genoot ervan het leven uit iemands gezicht te zien verdwijnen. Een einde maken aan iemands leven – je voelt je nog net geen god, maar veel scheelt het niet, zo beschreef zij het. Ik begreep dat wel, maar ik was meer degene die de plannen maakte. Ik vond het geweldig om aan een complot te werken, het trage proces van iemand naar de gevangenis sturen voor een misdaad die hij of zij niet heeft gepleegd. Maar we deden het allebei. Ik vermoordde er een paar en zij vermoordde er een paar. Ik maakte de meeste plannen, maar zij droeg daar ook veel aan bij. We waren in alle opzichten een team. Wat ik hiermee wil zeggen is dat velen van ons de potentie bezitten om moordenaars te zijn, maar toen Grace en ik er eenmaal mee begonnen...'

'Ja, Greg, ik begrijp wat je wilt zeggen. Jullie gingen gewoon door met moorden.'

'Ja.'

'Hoeveel, Greg?'

'Meer dan ze weten. Dat is alles wat ik er op dit moment over kwijt wil.'

Myron ziet in dat het weinig zin heeft om nu door te vragen. 'Je hebt alles heel zorgvuldig voorbereid.'

'Ja.'

'Je hebt er steeds voor gezorgd dat iemand anders voor de moord zou opdraaien. Je hebt niets overhaast. Het was vrijwel uitgesloten dat je betrapt zou worden, tot je in de fout ging met de Callisters.

Dat snap ik niet. Waarom koos je voor iemand die je, ook al was het slechts oppervlakkig, kende?'

'Om het spannender te maken, denk ik. En ik vond het een leuk idee om Cecelia's louche echtgenoot, Lou Himble, een loer te draaien. Hij heeft, zoals je weet, heel veel mensen al hun spaargeld afgepakt. Ik wil ons niet afschilderen als een soort Robin Hoods. Meestal kozen we onze slachtoffers heel koelbloedig uit – hoe makkelijk waren ze te vermoorden en hadden ze iemand in hun leven die hen liever dood zou zien.'

'Om het complot te laten werken?'

'Ja. We verplaatsten ons veel. We werkten meestal aan meer dan één slachtoffer tegelijk en het kwam vaak genoeg voor dat we het hele plan afbliezen wanneer we ons realiseerden dat het ons niet ging lukken zowel de moord als het complot te laten slagen.'

'Dus jullie hadden geen band met de slachtoffers?'

'Nee. Tot Cecelia. Maar ze was zo'n geschikt slachtoffer toen bleek dat ze tegen haar man zou gaan getuigen. O, en ik kende Cecelia's eerste man.'

'Ben Staples.'

'Ja, ik mocht Ben.' Greg zet zijn handen op zijn knieën en last een korte stilte in. Hij laat zijn stem wat dalen, want hij wil Myrons volledige aandacht. 'Want zie je, Myron, Cecelia had Ben een gore rotstreek geleverd. Ze was zwanger geworden van een andere man. Iets ergers kan een vrouw haar man toch niet aandoen?'

Nu zwijgt Greg en grijnst naar Myron.

'Subtiel,' zegt Myron.

'Ik probeer helemaal niet subtiel te zijn.'

'En Cecelia heeft haar man niet bedrogen. Ze is verkracht.'

Greg haalt zijn schouders op. 'Dat wist ik niet.'

'Dus je beraamde een plan om haar te vermoorden en haar man ervoor op te laten draaien?'

'Ja. Alleen kwam Cecelia's zoon Clay toen opeens opdagen. Hij zou eigenlijk een cruise van een week maken op de Caraïbische Zee, maar hij kreeg voedselvergiftiging en kwam twee dagen eerder thuis.' Greg slikt en wendt zijn blik af. 'Hij kwam binnen terwijl Grace en ik bezig waren zijn moeder te vermoorden. Er ontstond een schermutseling. Ik heb ze allebei vermoord.'

'En daarbij heb je je DNA achtergelaten.'

'Ik had geen keus,' zegt hij, 'maar ik maakte me geen zorgen. Ik was immers dood? Dat was een van de redenen waarom ik mijn dood in scène heb gezet. Om onder de radar te kunnen blijven. Dus als mensen misschien "dachten" iemand te hebben gezien die op Greg Downing leek, nou ja, die was dus dood. Dat zou nergens toe leiden. En zelfs als de politie op een of andere manier het DNA van een dode zou achterhalen, dacht ik, dan ga ik nog steeds schuil achter een andere identiteit. Ze kunnen me dus onmogelijk vinden op mijn kleine boerderij in Pine Bush.' Hij leunde naar voren. 'Hoe heb jij me eigenlijk gevonden?'

'Die bankrekening in North Carolina.'

'Ah.'

'Maar,' zegt Myron, 'je bent een echte plannenmaker.'

'Dat ben ik zeker.'

'Dus je bedacht een plan voor het geval je werd gevonden.'

Greg glimlacht weer. 'Jij bent hier echt goed in.'

'Nee, niet echt. Maar ik kan een beetje in je hoofd kijken.'

'Dat maakte je zo'n geduchte tegenstander op het basketbalveld.'

'Kort nadat ik jou in Pine Bush had gevonden,' gaat Myron verder, 'werd je gearresteerd. Je DNA was aangetroffen op de plaats delict. Je zou schuldig worden bevonden. Dat wist je allemaal. Het enige wat je kon doen was wat je altijd had gedaan – iemand anders de moord in de schoenen schuiven. Grace belde anoniem de FBI om ze attent te maken op de andere moorden. Ze zei dat die allemaal het werk waren van een seriemoordenaar die onschuldige mensen liet opdraaien voor de moorden die hij pleegde – en dat jij het recentste doelwit van die dader was. Grace ging zelfs zover om Ronald Prine te vermoorden, zodat de FBI dan zeker zou weten dat jij, die immers in de cel zat, de seriemoordenaar niet kon zijn.'

'Het werkte.'

'Alleen was Grace niet zo goed in plannen als jij.'

'Nee, dat was meer mijn ding.'

'Zij besloot Jeremy de schuld in de schoenen te schuiven. Zij ging ervoor zorgen dat hij zou worden aangemerkt als de seriemoordenaar.'

'Dom.'

'Ze verstopte die mobiele telefoon in zijn kamer.'

'Grace moet hebben gedacht dat ik dat een goed idee zou vinden.'

Myron trekt een gezicht. 'Dacht ze dat jij het een goed idee zou vinden om je eigen zoon erin te luizen?'

'Grace was erachter gekomen dat Jeremy niet mijn biologische zoon was, Myron.'

Greg kijkt Myron opnieuw aan met dat glimlachje van hem en wacht tot Myron toehapt. Wanneer Myron dat niet doet, gaat Greg verder. 'Grace zag wat ze deed waarschijnlijk als poëtische gerechtigheid. In haar ogen was Jeremy het duivelsgebroed van mijn overspelige aartsvijand. Dus waarom zou je die vijand niet vermoorden en zijn duivelsgebroed ervoor op laten draaien?'

De twee mannen blijven nog een hele tijd zo zitten. Geen van beiden zegt iets. De stilte is eigenaardig aangenaam. Ze weten allebei dat ze het eindspel hebben bereikt, maar geen van beiden voelt de behoefte er haast mee te maken.

Ten slotte slaat Greg met beide handen op zijn bovenbenen en zegt: 'Dus nu weet je het.'

'Nu weet ik het.'

'En je kent mij,' zegt Greg. 'Jij kent me als geen ander.'

'Wat bedoel je daarmee?'

'Je weet dat ik geen gevaar meer ben.'

Dit lijkt wel tot Myron door te dringen, maar hij vraagt niettemin: 'Waarom denk je dat ik dat weet?'

'Omdat wij allebei weten en begrijpen wat liefde en verlies is.'

Myron zegt niets.

'Weet je wat het probleem is wanneer twee harten één worden?' vraagt Greg.

Myron schudt zijn hoofd. Greg staat op en loopt de kamer door.

'Het betekent dat wanneer een van de twee sterft, de ander dat ook doet. Datgene wat in mij zat en mij aanzette tot moord – dat is weg. Dat weten we allebei.'

Hij loopt naar het raam en kijkt naar buiten.

'Dus jij denkt dat ik dit gewoon kan laten gaan?' vraagt Myron.

'Jij?' Greg staart uit het raam. Dan zegt hij: 'Ik denk het niet.'

Myron wacht. Greg staat nog steeds met zijn rug naar hem toe.

'Wij hebben elkaar heel wat aangedaan,' zegt Greg. 'Grace dacht dat er iets kapot was in mij en dat jij dat kapot hebt gemaakt, die nacht dat je met Emily was.'

'Greg?'

'Wat?'

'Het gaat je niet lukken mij daar de schuld van te geven,' zegt Myron.

'Misschien heb je wel gelijk.'

Dan zet Greg twee stappen naar achteren, bij het raam vandaan.

'Greg?'

'Het is oké.'

'Wat is oké?'

'Het eindigt hier.'

'Greg?'

Maar hij luistert niet. Greg Downing schenkt Myron nog een laatste glimlachje voordat hij zich weer omkeert naar het raam. Dan neemt hij die twee stappen en werpt zich tegen de ruit. Myron probeert op te staan om hem tegen te houden, maar zijn broze botten schreeuwen in protest. Er is trouwens toch niets wat hij kan doen. Even lijkt het alsof het glas weigert te zwichten. Maar dat gebeurt toch. En Greg verdwijnt voor eeuwig.

46

Zal ik dan maar eindigen met een positieve noot?

Het is drie dagen later. We hebben alle vragen beantwoord die de Marokkaanse autoriteiten ons hebben gesteld. De Amerikaanse ambassadeur in Marokko is een oude vriend. Hij helpt ons met de afwikkeling van de juridische rompslomp.

We lopen met z'n drieën over het asfalt naar mijn vliegtuig. Ik links van Myron en Terese rechts. We hebben allebei een arm door de zijne gestoken om Myron overeind te houden. Hij loopt heel langzaam, maar wel met vaste tred. Ons verblijf in Marokko heeft zijn tol geëist. Hij is zwak en uitgeput maar toch, precies zoals we hadden verwacht, heeft deze afsluiting een last van zijn schouders getild.

Myron vertrekt zijn gezicht en struikelt.

Terese grijpt hem steviger vast. 'Gaat het?'

Myron knikt zwakjes.

'Kan ik iets voor je doen?' vraagt ze.

Myron gebaart met zijn kin naar het vliegtuig. 'Help je me straks om lid te worden van de Mile High Club?'

Ik schiet in de lach.

Ik hou zo van deze man.

Terese rolt met haar ogen. 'Jij verandert ook nooit.'

‘Is dat een ja?’

‘Dat is een absoluut nee.’

‘Je was veel leuker voordat ik werd neergeschoten.’

We vliegen van Marrakech naar Fort Lauderdale. Myron slaapt de hele vlucht. Ik heb ervoor gezorgd dat er een auto voor ons klaarstaat. We rijden naar het appartement van zijn ouders in Boca Raton. Zij hebben hun zoon sinds de schietpartij nog niet gezien. Ze hadden vanzelfsprekend meteen naar New York willen komen, maar met hulp van Myrons broer en zus hebben Terese en ik hen ervan weten te overtuigen dat ze beter konden wachten.

We nemen de lift naar hun verdieping. Terese heeft Ellen en Al foto’s gestuurd, zodat ze nu zijn voorbereid op Myrons uitgemergelde uiterlijk. Wanneer de liftdeur opengaat, staat Myrons vader daar. Hij heeft al tranen in zijn ogen. Net als Myron. Zo gaat dat bij deze familie. Heel veel tranen. Niet bang om gevoelens te tonen. Dat zou mij, als de cynische kakker die ik ben, moeten ergeren, maar op een of andere manier kan ik het goed hebben. Myrons vader wacht niet tot we uit de lift stappen. Hij springt in de lift en omhelst zijn zoon. Al Bolitar begint te huilen, deze man die al bijna tachtig jaar op deze aardkloot rondloopt, en dan vlijt de vader in een teder gebaar zijn handpalm om het achterhoofd van zijn zoon. Dat is het gebaar waardoor ik zelf bijna in tranen uitbarst. Ik heb foto’s gezien van Myrons bar mitswa. Er is er ook een van een dertienjarige Myron met zijn vader op de bima. Dat is het onderdeel, legde Myron mij ooit uit, waar de vader de zoon zegent. Myron zegt dat hij niet precies meer weet wat zijn vader hem die dag in het oor heeft gefluisterd – iets over dat hij van hem hield en zou bidden voor zijn gezondheid en geluk – maar hij herinnert zich nog wel de geur van zijn vaders Old Spice en de manier waarop zijn vader zijn hand om Myrons achterhoofd had gelegd, precies zoals ik dat nu zie, een verre echo die de jaren overspant, een teken dat de ene man nog steeds de vader is en de andere nog steeds zijn zoon.

Myron sluit zijn ogen en leunt tegen zijn vader aan.

'Het is al goed,' fluistert Myrons vader in zijn oor. 'Stil maar, ik ben bij je.'

Ten slotte laat Myrons vader zijn zoon los. Hij draait zich om en omhelst Terese. Dan draait hij zich om en omhelst mij. Ik laat me omhelzen terwijl ik intussen mijn vinger op de liftknop houd, zodat de deur niet voor onze neus dicht glijdt. Zo hebben we allemaal onze taak. Multitasking.

Wanneer Myron de lift uit loopt, hoor ik Ellen Bolitar, Myrons moeder, een kreet slaken. Zij staat in de hal rechts van ons. Myrons zus staat achter haar. Zijn broer is er ook. Terese en ik doen een stapje naar achteren om hun de ruimte te geven. Er wordt geknuffeld en gehuild en gemopperd dat Myron meer moet eten. Vervolgens worden Terese en ik in de familiekring gezogen alsof we worden aangetrokken door de zwaartekracht van een veel krachtiger bron.

Allemaal pinken ze een traantje weg. Allemaal brengen ze een paar vingers naar hun gezicht om die tranen weg te vegen.

Allemaal, behalve ik. Mijn ogen blijven zoals gebruikelijk droog.

Ellen Bolitar fluistert tegen Myron: 'We hebben een verrassing voor je.'

Ik zet me schrap, want ik weet wat er nu gaat komen.

Myrons moeder draait zich langzaam om en kijkt achter zich, de gang in. Alle hoofden draaien mee, behalve het mijne. Ik blijf naar Myron kijken. Ik wil zijn reactie zien. Een ogenblik lang kijkt Myron alleen maar verbaasd. Dan volgt hij zijn moeders blik naar de deur van hun appartement. Ik blijf naar hem kijken en er speelt een glimlachje om mijn lippen.

Jeremy komt tevoorschijn. 'Hoi, Myron.'

Ik zie Myrons ogen groot worden en zijn gezicht vertrekken. Jeremy rent op hem af.

En ik? Ik breng mijn vingers naar mijn gezicht en droog mijn ogen.

DANKWOORD

Het is een tijd geleden dat ik een compleet dankwoord heb geschreven, dus heb een beetje geduld met me.

De auteur (heerlijk om hier de derde persoon enkelvoud te gebruiken) wil de volgende mensen bedanken:

Iedereen die betrokken is bij het publicatieproces, inclusief het USA-team: Ben Sevier, Michael Pietsch, Lyssa Keusch, Lauren Bello, Beth deGuzman, Karen Kosztolnyik, Jonathan Valuckas, Matthew Ballast, Staci Burt, Andrew Duncan, Taylor Parker-Means, Alexis Gilbert, Janine Perez, Tiffany Porcelli, Joseph Benincase, Albert Tang, Liz Connor, Rena Kornbluh, Rebecca Holland, Mari Okuda, Jennifer Tordy, Ana Maria Allessi, Nita Basu, Michele McGonigle en Rick Ball. Zoals altijd bedank ik Diane Discepolo en Lisa Erbach Vance.

Het UK-team: Selina Walker, Venetia Butterfield, Rachel Imrie, Charlotte Bush, Claire Bush, Glenn O'Neill, Alice Gomer en Anna Curvis. Het Franse team: Diane Du Périer, Valérie Maréchal, Caroline Ast en natuurlijk Eliane Benisti.

Letícia Rodrigues en Flávia Silva zijn onmisbaar vanwege hun ondersteuning en researchkwaliteiten. Bedankt voor alles wat jullie doen.

Alle fouten zijn te wijten aan deze mensen. Zij zijn de experts, niet ik.

Verder wil ik graag nog even de handen op elkaar voor Judy Becker, Allen Castner, Grace Conte, Carol DeChant, Kelly Gallagher, Mike Grenley, Rick Legrand, Ellen Nakhnikian, Ed Newton, Edward Pascoe, Ben Staples en Stan Ulanoff. Deze mensen (of hun geliefden) hebben gulle donaties gedaan aan liefdadige doelen van mijn keuze, in ruil voor het noemen van hun naam in dit boek. Mocht je daar in de toekomst aan mee willen doen, stuur dan een mail naar: giving@harlancoben.com.